Constanze Wilken

Die Liebenden von Islay

Roman

GOLDMANN

MIX
Papier | Fördert gute Waldnutzung
FSC® C014496

Penguin Random House Verlagsgruppe FSC® N001967

1. Auflage
Originalausgabe Juni 2024

Dieses Werk wurde vermittelt durch die Literarische Agentur
Thomas Schlück GmbH, 30161 Hannover
Umschlaggestaltung: UNO Werbeagentur München
Umschlagfoto: © FinePic®, München
Redaktion: Regine Weisbrod
BH · Herstellung: ik
Satz: GGP Media GmbH, Pößneck
Druck und Einband: GGP Media GmbH, Pößneck
Printed in Germany
ISBN: 978-3-442-49449-1

www.goldmann-verlag.de

Smoke rose up on Islay
Isle as homesteads burned there.
South on Saltire bloody
Swords felled many Scotsmen.

Magnúss Saga, 11. Jhd.

Im Sturm soll man den Baum
schlagen, bei Wind auf See fahren,
im Dunkeln mit dem Mädchen reden:
Viele Augen hat der Tag;
auf dem Schiff soll man fahren,
aber den Schild braucht man zum Schutz,
das Schwert zum Schlag,
aber das Mädchen zum Küssen.

Ältere Edda, Sprüche des Hohen

Für Anja

Personenverzeichnis

Islay Gegenwart
Shona MacLean – arbeitet in einer Marketingagentur
Freya MacLean – ihre Schwester
Erin – Freyas Tochter
Coll & Bente MacLean – Freyas & Shonas Eltern
Gavin Ramsey – Brennmeister und Mitinhaber der Destillerie Darragh
Brian Ramsey – sein Bruder
Mary Ramsey – seine Schwester
Henry & Charlotte Ramsey
Dr. Quinton Lewis – Archäologe Universität Edinburgh
Charles Saunders – Verwalter auf Kellsay Lodge
Duff MacRae – Wildhüter auf Kellsay Lodge
Zachary Barkham – Automechaniker

Íl 1085
Fjell Halvorson – Krieger, Flottenführer
Halvor & Védis – Fjells Eltern
Báfurr, Pédr, Fálki – Fjells Brüder
Sváfa – Fjells Schwester
Hulda Rokadóttir
Róki & Brigida – Huldas Eltern
Netja, Eir – Huldas Schwestern

Alff, Benkt, Rian – Huldas Brüder
Jón, Ulfarr, Fionn – Krieger
Gormr – Heerführer
Sverrir – Krieger
Godred Crovan* – König von Man und den Inseln
Lagman Godredsson* – sein ältester Sohn
Harald* – Lagmans jüngerer Bruder
Olav Kyrre* – König von Norwegen bis 1093
William Rufus* – König von England ab 1087
Malcom III.* – König von Schottland
Donald III.* – Bruder von Malcolm
Muirchertach Ua Briain* – König von Munster
Herzog Robert von der Normandie* – nimmt am ersten Kreuzzug teil
Magnus (später Barefoot)* – König von Norwegen, Sohn von Olav Kyrre
Edgar (Etgair mac Maíl Choluim)* – König von Schottland ab 1097

* historische Personen

Íl, 1085

Der Sturm hatte das Meer aufgewühlt. Noch immer schlug die Gischt an den Felsen hoch. Aber der Wind hatte auch die grauen Wolken vertrieben, die seit Tagen wie ein schweres Segel über der Insel gehangen hatten. Mit einem Mal brach die Sonne hervor, und die junge Frau setzte ihren Korb ab und breitete die Arme aus. »Ich schenke dir den größten Fisch, wenn du uns endlich Wärme spendest, Sól!«, rief Hulda, deren hellblondes Haar glänzte, als wäre es aus gesponnenem Gold.

Die Sonnenstrahlen wurden kräftiger, und über der See bildete sich ein Lichtstrahl, der die weißen Schaumkronen leuchten und das Wasser grün schimmern ließ. Die Sonnengöttin hatte sie erhört. Lachend griff Hulda nach dem größten noch zappelnden Fisch und warf ihn zurück ins Meer.

»Warum tust du das, Hulda? Von dem Fisch wären wir alle satt geworden!«, rief ihre Schwester Eir und trat neben sie.

Eir war gerade vierzehn Jahre alt geworden, führte sich aber auf, als wäre sie ihre Mutter. Kleiner, mit aschblondem Haar und einem Mausgesicht, beneidete sie die hochgewachsene Schwester, der die Männer mit verrenkten Hälsen nachstarrten.

Hulda raffte ihr wollenes Kleid und tauchte einen Fuß ins kalte Wasser. Die Kälte durchfuhr sie, ließ sie erst zittern, und dann rauschte das Blut durch ihre Adern. Sie fühlte sich lebendig!

»Du holst dir ein Fieber, wenn du nass wirst«, mahnte Eir.

Wenn Hulda allein gewesen wäre, hätte sie sogar das Kleid abgelegt und wäre ins Wasser gegangen. Sie hatte schwimmen gelernt, bevor sie laufen konnte. »Warum hat uns Yggdrasil das Land und das Meer und den Himmel gegeben, wenn wir nicht darin sein sollen?« Mit herausforderndem Blick wandte sich Hulda um und stapfte durch den feuchten Sand an ihrer Schwester vorbei.

Auf einem Felsen oberhalb des Strands stand ein Krieger und beobachtete die See. Viele volle Monde waren die Männer schon fort, doch es hatte Kunde von einem Händler gegeben, dass die Drachenschiffe die Gewässer vor Dyflin verlassen hatten und auf dem Weg nach Ili waren. Wenn die Krieger zurückkehrten, würde es Feste geben, denn sie hatten gewiss reiche Beute gemacht. Huldas Bruder Rian war zum ersten Mal auf dem Drachenschiff von Fjell Halvorson mitgefahren. Fjell war der beste Schwertkämpfer und König Crovans erster Mann hier auf Íl.

Hulda bückte sich nach dem Korb mit den Fischen, die Aodh, einer ihrer Sklaven, gefangen hatte. Wo steckte der Mann überhaupt?

»Aodh!«, rief Hulda, und es dauerte nicht lange, und der junge Mann kam hinter einem der größeren Felsen hervor, in der Hand ein Netz, in dem ein Fisch zappelte.

»Wir haben genug Fische für das Mahl. Hilf uns lieber tragen!«, befahl sie und sagte zu ihrer Schwester: »Komm schon, Eir.«

Aodh, dessen wollene Hosen durchnässt waren, watete durch das auflaufende Wasser und warf seinen Fang in ihren Korb. Wortlos schulterte er den Korb und lief voraus.

»Bald wirst du deinen eigenen Haushalt haben, Hulda. Dann kannst du andere herumkommandieren, und ich habe endlich Ruhe vor dir.« Eir knuffte ihre ältere Schwester in die Seite.

»Warum sagst du das? Was weißt du, das ich nicht weiß? Haben die Eltern einen Mann für mich ausgewählt?« Erschrocken packte Hulda ihre Schwester am Arm.

»Au, du tust mir weh!« Eir machte sich los. »Ich habe sie heute Nacht flüstern hören, dass es Zeit werde für dich, dass du nicht ewig hier bleiben könntest und solcherlei.«

»Und solcherlei was?«

»Ja, das habe ich eben nicht verstanden. Frag sie doch selbst!« Eir hob eine Muschel auf und befreite sie vom Sand. »Du bist längst in dem Alter, wo du einen Mann haben solltest. Ich will nicht so lange warten!«

Hulda blickte den Weg entlang. Er führte hinauf zu den Dünen, hinter denen sich sattes Weideland und Wälder im Inselinnern erstreckten. »Ich will nicht irgendeinen Mann.«

»Als ob du das zu bestimmen hättest!«, spottete Eir. »Und wer sollte es denn sein? Etwa Sigbjørn von Grjótland?«

Hulda lachte. »Sigbjørn ist schon vierzig Jahre alt! Ich will keinen alten Mann heiraten, auch wenn er noch so viel Land besitzt.«

Der Großbauer galt als gute Partie, und ihm war vor Kurzem die Frau verstorben, weshalb er nun auf Brautschau war.

»Ich weiß es!«, rief Eir. »Du wartest auf die Kriegsschiffe! Einer von den Kriegern ist es, nach dem du dich sehnst!«

»Sei nicht albern, und jetzt lass uns endlich nach Hause gehen.« Energisch schritt Hulda aus.

»Das werden die Eltern niemals zulassen. Du wirst einen Mann vom wahren Glauben heiraten.« Triumphierend tanzte Eir um ihre Schwester herum.

Langsam wurde Hulda wütend. »Hör auf damit!«, schrie sie gegen den Wind, der mit Macht durch die Dünen fegte. »Die Götter sind mächtig und werden mir helfen, hast du mich verstanden?«

Doch Eir zog eine Grimasse und rannte davon.

Noch in der Nacht würde Hulda der großen Freya heimlich ein Opfer bringen, und dann würden sie schon sehen.

1

Islay, Gegenwart

Shona MacLean stand an der Reling und beobachtete, wie die Fähre in Port Askaig anlegte. Die Dieselmotoren der *Finlaggan* dröhnten, die Wellen schlugen gegen die Kaimauer, und über ihnen schrien die Möwen. Zuerst verließen die großen Lastwagen den Bauch der Fähre. Tankwagen, die Whisky zu den Abfüllereien aufs Festland gebracht hatten, kamen leer zurück, und in einem offenen Container lagen Dutzende Whiskyfässer. Das ist Islay, dachte Shona. Auf der Insel lebte wohl die Hälfte der Einwohner von den Destillerien.

Ein junges Paar hatte ihr angeboten, sie nach Portnahaven mitzunehmen. »Danke fürs Bringen!«, sagte Shona und warf die Autotür zu.

»Gern geschehen und viel Glück!« Die Frau winkte, und dann fuhren sie weiter zu ihrem Cottage.

Das kann ich brauchen, dachte Shona, zog den Griff aus ihrem Koffer, schulterte ihren Rucksack und lief die vertraute schmale Straße hinunter. In Portnahaven, dem kleinen verschlafenen Ort am Loch Indaal, war sie aufgewachsen, und sie verband viele schöne Kindheitserinnerungen mit dem Haus, das am Ende einer Reihe von blitzweißen Cottages oberhalb der Klippen stand. Ein leichter Wind trieb die würzige Seeluft herauf, die Wellen schlugen schmatzend gegen die Felsen, und unten am Strand spielten Kinder mit ihrem Hund.

Doch Shona war nicht hier, um Ferien zu machen, sie hatte sich von ihrem Chef auf unbestimmte Zeit beurlauben lassen, weil ihre ältere Schwester sie brauchte. Freya lag nach einem schweren Verkehrsunfall im Koma. Irgendein verdammter Rowdy, und das war noch das schmeichelhafteste Wort, hatte Freya samt ihrem Fahrrad von der Straße gedrängt und sie verletzt liegen gelassen. Shona sah das leuchtend grüne Meer, bei dessen Anblick ihr normalerweise leicht ums Herz wurde. Heute jedoch entfuhr ihr ein Seufzer, als sie vor dem Cottage stehen blieb, über dessen Tür der schwarze Schriftzug »Zazzles« stand.

Zazzles war der Name von der Katze ihrer Nichte Erin gewesen. Der Name war so ungewöhnlich wie das kleine Gästehaus, das Shona nun mitsamt Erin betreuen sollte. Auf dem Parkplatz stand Freyas Auto, ein alter Jeep, und Shona schluckte ihre Tränen hinunter. Sie musste einfach daran glauben, dass sich alles zum Guten wenden würde.

Beherzt griff sie nach dem Türklopfer. Blumenkästen waren liebevoll mit Geranien bepflanzt, und im kleinen Vorgarten blühten wilde Nelken zwischen Steinen und einem Buchsbaum. Es dauerte nicht lange, und die Tür öffnete sich.

»Sie müssen Shona sein, ja?«, wurde sie hoffnungsvoll von einer älteren Dame begrüßt.

Shona lächelte und ergriff die angebotene Hand. »Ja, freut mich. Dann sind Sie Thea?«

Die ältere Frau nickte. Sie war kleiner als Shona, trug eine Jeans, eine geblümte Bluse und eine Schürze. Es duftete nach Bratkartoffeln und Zwiebeln. »Kommen Sie, meine Liebe. Gott, bin ich froh, dass Sie hier sind. Die Kleine macht mir Sorgen. Aber alles zu seiner Zeit. Ich habe gekocht. Haben Sie Hunger?«

»Ein wenig, danke. Wo ist denn Erin?« Shona zog ihren Koffer herein und nahm die Veränderungen in ihrem Elternhaus wahr, die Freya vorgenommen hatte, nachdem sie beschlossen hatte, Gäste zu beherbergen.

Sie erkannte die alte Kommode im Flur wieder, und die Ölbilder ihres Großvaters schmückten Eingangsbereich und Treppenaufgang. Lange hatte die Familie nicht gewusst, was mit dem Haus auf Islay geschehen sollte, denn ihre Eltern waren nach Edinburgh gezogen, wo auch Shona lebte. Die letzten Mieter hatten dem Haus nicht gutgetan, und als Freya den Wunsch geäußert hatte, mit Erin auf der Insel neu anzufangen, waren alle glücklich gewesen.

»Oben, in ihrem Zimmer. Da verkriecht sie sich die meiste Zeit. Heute ist das ja wohl so mit den jungen Leuten. Die tippen den ganzen Tag auf ihrem Handy herum, anstatt an den Strand zu gehen«, beschwerte sich Thea.

Shona lachte. »Na, ganz so schlimm wird's nicht sein. Ich weiß, dass Freya gern mit Erin wandert.«

»Hm, ja, kann sein. Der Unfall Ihrer Schwester hat die Kleine sehr mitgenommen.« Thea ging in die Küche, in der es nach Fisch duftete.

Die hellgrün gestrichene Cottageküche war schon früher der Mittelpunkt des Hauses gewesen, und heute bereitete Freya hier Frühstück für die Feriengäste zu. »Haben wir Gäste im Haus?«

Überrascht sah Thea sie an. »Aber ja! Hat Molly Ihnen das nicht gesagt? Wir haben einen Dauergast. Ein seltsamer Kauz, wenn Sie mich fragen. Der wohnt in der Eins, in der Zwei ein junges Paar aus London und in der Drei eine Deutsche, aber die reist morgen ab. Dafür kommen zwei Japaner.«

»Wow, das hätte ich nicht erwartet. Im Mai schon so viele Gäste!«

»Die Touristen kommen jetzt fast das ganze Jahr durch. November bis Januar weniger, Regen und Sturm halten die dann doch nicht aus. Mir soll's recht sein. Ich will auch mal meine Ruhe haben. Wissen Sie, die klingeln ja sogar schon bei mir und trampeln durch meinen Garten!«

Thea lebte nebenan in einem kleinen Cottage, und Shona konnte verstehen, dass Gäste zwar eine gute Sache waren, aber es auch überhandnehmen konnte. Das spürten sie auch in Edinburgh.

»Ich gehe nach oben zu Erin, und dann essen wir gemeinsam. Sie sind ein Schatz, Thea.« Kurz umarmte sie die ältere Frau und verließ die Küche.

Im ersten Stock hatte Freya drei Zimmer und ein Bad für die private Nutzung abgetrennt. Shona betrat den Flur, und sofort schallte ihr laute Musik entgegen. Energisch klopfte sie, und als keine Antwort kam, öffnete sie vorsichtig die Tür. Ihre Nichte saß an ihrem Schreibtisch und schien zu zeichnen. Voller Mitgefühl ging Shona zu dem Mädchen: »Hallo, Erin!«

Das Mädchen fuhr herum und sah sie mit verweinten Augen an. »Tante Shona, hast du mich erschreckt!«, sagte sie vorwurfsvoll.

Es war ein Jahr her, dass sie sich auf dem Festland gesehen hatten, bei einem Teenager war das viel. Erin hatte sich verändert. Langes braunes Haar rahmte ihr schmales Gesicht. Ihre weiblichen Formen verbarg sie unter einem weiten Sweatshirt und einer formlosen Jeans. Die graublauen Augen hatten dieselbe Farbe wie die von Freya, dachte Shona und nahm das Mädchen in die Arme.

Erin drückte sich an sie und fragte schluchzend: »Wie geht es Mum? Warst du bei ihr? Ich will nicht alleine hierbleiben. Warum kann ich nicht mit nach Edinburgh kommen? Grandpa und Grandma sind da und können auf mich aufpassen, obwohl ich sowieso schon allein klarkomme, und …«

»Hey, Erin, deshalb bin ich doch hier. Damit du nicht allein bist. Hier hast du deine Schule, deine Freunde, und wir besuchen deine Mum bald. Ihr Zustand ist unverändert. Sie müssen ihre Verletzungen erst auskurieren, und dafür braucht sie ganz viel Ruhe und Zeit.«

Sie verschwieg Erin, dass Freyas Zustand noch immer kritisch war, und die Ärzte alles taten, um das Leben ihrer Schwester zu retten. Es durfte einfach nicht zum Äußersten kommen, betete Shona seit Tagen.

Ihre Nichte wischte sich die Augen und sah sie trotzig an. »Warum denkt ihr, dass ihr besser wisst, was gut für mich ist? Ich gehe nicht mehr zur Schule!«

Es würde schwieriger werden als gedacht. Shona legte ihrer Nichte die Hände auf die Schultern. »Süße, jetzt gehen wir erst einmal runter zum Essen, ja? Thea hat toll gekocht.«

Erin rollte die Augen. »Sie will mich herumkommandieren. Ich brauche keinen Aufpasser.«

»Nein, das will auch niemand für dich sein, Erin. Aber du bist erst zwölf, und da kannst du eben noch nicht allein entscheiden.« Sie schaute über Erins Schulter auf deren Schreibtisch. »Hast du das eben gezeichnet?«

Das Mädchen drehte sich um. »Wer denn sonst!«

»Das ist richtig gut!« Sie betrachtete die Zeichnung einer Frau in mittelalterlicher Tracht, deren Mantel von einer Brosche gehalten wurde. »Wen stellt sie dar? Ist das eine Heilige aus dem Mittelalter?«

Erin klappte den Skizzenblock zu. »Nein. Ich komme mit zum Essen. Aber wenn du jetzt hier bist, dann geht Thea wieder?«

Shona lachte. »Sie kocht besser als ich, das ist mal sicher. Vielleicht …«

»Nein! Wieso? Kannst du nicht kochen?« Erin ging an ihr vorbei zur Tür. Das Zimmer war nicht groß, bot gerade genügend Platz für ein Bett, einen Kleiderschrank, Bücherregale und den Schreibtisch vor dem Fenster. Aber der Ausblick auf das Meer war unvergleichlich. Der Rhinns-of-Islay-Leuchtturm erhob sich nur wenige Hundert Meter von ihnen auf der winzigen Insel Orsay, und hin und wieder tuckerte ein Boot in den kleinen Hafen.

Shona grinste. »Dafür hatte ich nie Zeit. In Edinburgh sitze ich von morgens bis abends in der Firma, und danach gehe ich laufen oder mit Freunden …« Sie hielt inne. Mit dem Ausgehen war es nun vorbei, aber das war nicht wichtig.

Kurz öffnete sie die Tür zu Freyas Zimmer, das sie beziehen würde, und sah die Stapel von Papieren und Ordnern, die auf und unter dem Schreibtisch ihrer Schwester lagen. In die Buchführung musste sie später einen Blick werfen.

»Kommst du jetzt?«, murrte Erin auf dem Treppenabsatz.

»Aber ja. Thea, es kann losgehen!«, rief Shona.

2

Whisky ist flüssiges Sonnenlicht.

George Bernhard Shaw

Die Hände tief in den Taschen seiner Wachstuchjacke vergraben, lief Gavin Ramsey die Uferstraße in Bowmore entlang. Bevor er sich den prüfenden Fragen von Bankdirektor Hardy Campbell stellte, brauchte er frische Luft. Am Morgen hatte es noch geschüttet, doch seit einer Stunde zeigte sich die Sonne wieder, und die grauen Wolken verzogen sich aufs Meer. Vom Geräusch der Wellen, die sich an den Felsen brachen, konnte er nicht genug bekommen. Nicht ohne Grund war er nach Jahren auf dem Festland zurück nach Islay gekommen. Dass dann alles schiefgelaufen war, hatte er nicht vorhersehen können.

Das gesamte Kapital der Familie Ramsey steckte in der kleinen Destillerie bei Kilchoman. Nach der alten Eiche auf dem Land seiner Vorfahren hatten sie ihre Destillerie Darragh genannt. Seine Eltern, sein Bruder Brian und seine Schwester Mary hatten ihre Ersparnisse in das Start-up-Unternehmen gesteckt und auf sein Fachwissen vertraut. Er hatte in verschiedenen Destillerien gelernt und genügend Erfahrungen gesammelt, um seinen eigenen Whisky zu produzieren. Einen Teil des Startkapitals hatte außerdem Veronica beigesteuert. Bei dem Gedanken an seine Ex-Frau stieß Gavin hörbar die Luft aus. Ihretwegen stand ihnen das Wasser jetzt bis zum Hals.

»Hey, wo sind Sie denn mit Ihren Gedanken?«, rief eine Frauenstimme, und er spürte eine Hand an seiner Brust.

»Verzeihung«, sagte er automatisch und hob den Blick.

»Oh, du? Ich wusste gar nicht, dass du wieder auf Islay bist«, sagte Shona MacLean und streckte ihm die Hand entgegen.

Überrascht nahm er ihre Hand und sah in amüsiert funkelnde grüne Augen. Sie hatte sich nicht verändert. Ihr wildes rotbraunes Haar fiel ihr bis auf die Schultern, und ihre Haltung entsprach einer Frau, die fest im Leben stand und glücklich zu sein schien. Auf der Highschool hatten sie miteinander geflirtet, und dann hatten sich ihre Wege getrennt. Das Schicksal vieler Inselkinder.

»Dasselbe könnte ich von dir sagen.« Er hielt inne, und seine Miene verdunkelte sich. »Ich hab's gehört. Du bist sicher wegen deiner Schwester hier. Wir alle sind entsetzt, dass jemand auf Islay so rücksichtslos gefahren ist und sich nicht um Freya gekümmert hat. Tut mir sehr leid, Shona. Wie geht es Freya?«

Shona stellte ihren Rucksack ab. »Nicht gut, Gavin. Aber behalte das bitte für dich. Es ist schwer genug, Erin ruhig zu halten. Heute ist sie das erste Mal seit dem Unfall wieder zur Schule gegangen. Freya liegt noch im Koma. Die Ärzte halten das für das Beste. So können ihre schweren Verletzungen heilen. Scheiße, wer macht denn so was?«

Er sah, dass sie mit den Tränen kämpfte. »Hey, wollen wir einen Kaffee trinken und reden? Ich muss nur eben zur Bank.«

Sie fing sich wieder und schien nachzudenken, bevor sie antwortete: »Okay, gern. Ich muss auch noch einige Sachen einkaufen. Wir haben Gäste aus London, die mich mit ihren Sonderwünschen in den Wahnsinn treiben.« Shona verdrehte die Augen, und Gavin lachte.

»Du hast wohl sonst nicht viel mit Gästen zu tun?«

»Zum Glück nicht! Ich bin Mediaplanerin, und das gefällt mir auch ausgesprochen gut. Aber ich kann Freya nicht hängen lassen.«

Ein Familienmensch, dachte Gavin und lächelte.

»In der Peatzeria, in, sagen wir, einer halben Stunde?«, schlug er vor.

Sie nickte, packte ihren Rucksack und ging davon.

Gavin schaute auf seine Uhr und beschleunigte seine Schritte. Das Gebäude der Bank of Scotland lag auf der anderen Straßenseite und unterschied sich kaum von den übrigen weißen Häusern. Es könnte einen neuen Anstrich gebrauchen, dachte Gavin, als er sich dem Eingang näherte. Bei den Zinsen, die er für seinen Kredit zahlte, sollte das drin sein.

Die junge Frau am Schalter klingelte, und Campbell trat aus seinem Büro. Der Banker war mittelgroß, untersetzt und hatte eine Halbglatze. Das breite Lächeln konnte er nach Belieben ein- und ausschalten. Es erreichte nie seine Augen.

»Mr Ramsey, wie schön, Sie bei uns begrüßen zu dürfen. Möchten Sie einen Tee oder einen Kaffee? Bitte, hier entlang.«

Gavin kannte den Weg und folgte Campbell in dessen Büro, ein kleiner Raum, in dem es nach kaltem Schweiß roch. Wahrscheinlich der Angstschweiß vorheriger Klienten.

»Danke, nein. Lassen Sie uns gleich zur Sache kommen, Mr Campbell.« Gavin setzte sich in den Stuhl vor dem Schreibtisch, während Campbell dahinter Platz nahm und seine Krawatte gerade rückte.

»Es tut mir leid, aber Mrs Ramsey, also Ihre Ex-Frau …«, begann Campbell.

»Entschuldigung, Hutchinson, sie hat ihren Mädchennamen wieder angenommen, worüber ich sehr froh bin. Bitte«, sagte Gavin.

»Mrs Hutchinson, ja, ich verstehe. Gut, also sie besteht darauf, ihr Kapital aus dem Unternehmen zu ziehen, was bedeutet, dass Sie sie auszahlen müssen. Wir haben uns wirklich bemüht, ihr ein attraktives Anlageangebot zu machen.« Entschuldigend breitete Campbell die Handflächen aus.

Grimmig sagte Gavin: »Sie will uns oder – besser – mich ruinieren.«

»Auf der Destillerie liegt bereits eine Hypothek. Haben Sie noch Landbesitz? Wir brauchen einen Gegenwert, wenn wir Ihnen einen Kredit gewähren sollen.«

Gavin legte die Hand auf seine Brusttasche, in der der Grundbuchauszug steckte. Zögerlich nahm er die Urkunde heraus. »Dieses Land ist seit vielen Generationen im Besitz unserer Familie.«

Campbell streckte die Hand nach der Urkunde aus. Gierig, fand Gavin und gab sie dem Banker.

»Das ist ja die Landspitze bei Cnoc Mòr!« Campbell sah auf. »Der Hügel mit den Mauerresten gehört dazu, einige fruchtbare Felder und der Rest, na ja …« Campbell legte die Urkunde ab.

»Das ist gutes, wertvolles Land. Das wissen wir beide!« Gavin musste an sich halten, denn natürlich wollte der Banker das Land schlechtmachen, um seinen Wert zu drücken und noch mehr Gegenleistungen zu verlangen.

»Schon gut. Also schön, wir würden das Land als Sicherheit akzeptieren. Aber, mein Bester, Sie müssen sich Ihrer Sache ja sehr sicher sein. Haben Sie das auch wirklich alles bedacht? Ihr Whisky ist neu auf dem Markt, und es wird dauern, bis er sich durchsetzt, wenn er sich denn verkaufen lässt. Immerhin werden hier auf Islay die ganz großen Whiskys produziert. Wer schaut da schon nach einem Newcomer?«

»Das lassen Sie unsere Sorge sein. Unser Whisky ist von hervorragender Qualität. In diesem Herbst werden wir aus Fässern abfüllen, die fünfzehn Jahre lagern. Ich bin mir sicher, dass wir bei der World Spirits Competition eine Medaille gewinnen«, sagte Gavin voller Überzeugung.

Campbell lächelte. »Ich wünsche es Ihnen und Ihrer Familie, und das meine ich ehrlich. Ihren Vater kenne ich, seit ich die Filiale übernommen habe, und von meinem Vorgänger weiß ich, dass auch Ihr Großvater ein zuverlässiger Kunde war. Mir gefällt es, unter uns gesagt, nicht, dass immer öfter Land an ausländische Investoren verkauft wird.«

»Da stimme ich Ihnen zu. Vor allem die Jagdveranstaltungen auf Kellsay Lodge sind eine Schande für die Insel.« Gavin fuhr sich durch die dichten dunkelblonden Haare. Seit einigen Jahren veranstalteten die Besitzer des Waldgebiets rund um die Lodge Jagden für zahlungskräftige Besucher, die sich mit Helikoptern einfliegen ließen.

Es klopfte an der Tür, und Campbells Assistentin schaute herein. »Mr Saunders möchte Sie sprechen, Sir. Hätten Sie gleich ein paar Minuten?«

»Wenn man vom Teufel spricht«, murmelte Gavin, denn Saunders war der Verwalter von Kellsay Lodge.

»Ja, das passt. Wir sind ja auch so weit durch, was, Mr Ramsey?«, meinte der Bankier. »Ich lasse die Papiere fertig machen, und wir vereinbaren einen Termin zur Unterzeichnung. Ist das in Ihrem Sinne?«

Gavin nickte, obwohl er sich wie der Verräter der Familie fühlte. Wenn die Destillerie keinen Erfolg hatte, würde er seiner Familie nie wieder in die Augen sehen können.

Ihm wurde erst leichter, als er Shona MacLean vor der Peatzeria stehen sah.

»Hallo, Shona, konntest du alles erledigen?« Er hielt die Tür auf.

»Auf dieses bestimmte Müsli, das die Herrschaften zum Frühstück wollten, werden sie verzichten müssen.

Himmel, wenn man Urlaub macht, will man doch auch mal was anderes essen, oder nicht?« Shona zog eine Grimasse.

»Sollte man meinen. Ich habe mal Gäste, die eine Unterkunft suchten, zu deiner Schwester geschickt. Die waren begeistert von Freyas Frühstück. Du trittst also in große Fußstapfen.«

Sie setzten sich, und Shona sagte: »Rührei und Porridge kriege ich hin.«

Während sie sich unterhielten, vergaß Gavin seine Sorgen und sprach vielmehr Shona Mut zu. Alle, die Freya kannten, hofften, dass sie bald genesen würde, denn sie war freundlich und hilfsbereit und brachte sich bei lokalen Veranstaltungen ein.

»Ich finde es mutig von euch, eine Destillerie zu gründen«, sagte Shona schließlich. »Ich weiß nicht, ob ich das könnte. Selbstständig sein, meine ich. Freya hat es ja auch gewagt, und einfach ist es nicht.«

»Wenn das Business stimmt und das Risiko überschaubar ist, spricht nichts dagegen. Die Arbeit macht uns allen Spaß, und wir haben etwas vorzuweisen. Wir wären schon viel weiter, wenn nicht …« Er biss sich auf die Lippen und sah Shona an.

»Ja?«

»Ach, es wird ja doch überall herumgetratscht. Ich war mit Veronica Hutchinson verheiratet.«

»Aus der Unternehmerfamilie Hutchinson?«, hakte Shona nach und trank ihren Kaffee aus.

»Hm, ja, sie hatte Kapital eingebracht, und das fehlt jetzt.« Er seufzte.

»Verstehe, das ist nicht gut, aber ihr schafft das, oder?« Shona legte den Kopf schief, musterte ihn und lächelte. »Ihr schafft das.«

Draußen fuhr ein Schulbus vorbei, und Shona fluchte leise. »Verdammt, ich habe Erin versprochen, sie abzuholen. Danke, Gavin. Es hat gutgetan, über Freya zu sprechen.«

»Jederzeit«, sagte er.

3

»Tut mir leid, dass ich zu spät war, Erin.« Shona konzentrierte sich auf die schmale Uferstraße, konnte aber aus den Augenwinkeln sehen, dass ihre Nichte mit den Schultern zuckte.

»Du musst dich nicht entschuldigen. Gibt eben Wichtigeres als mich …«, murmelte Erin und starrte durch die Windschutzscheibe, auf der vereinzelte Regentropfen landeten.

»Nein, ja, hör auf, dich wie eine Fünfjährige aufzuführen! Ich bin nicht deine Mutter, aber ich gebe mein Bestes!« Shona hätte nicht gedacht, dass das Mädchen sie derartig an ihre Grenzen bringen würde. Aber sie hatten sich sonst nur in den Ferien gesehen, Ausnahmezustand. Das hier war Alltag, Schule, die Sorgen von Teenagern, und obwohl Shona sich noch gut an ihre eigene Jugend erinnerte, war ihr Erins Welt offenbar fremd.

»Ihr könnt mich ja auch zu meinem Vater schicken, wenn ihr mich schon nicht in Edinburgh haben wollt.« Das Mädchen lehnte die Stirn gegen die Fensterscheibe. »Aber der will mich ja auch nicht.«

Leider hatte Erin damit sogar recht, denn ihr Vater, Jean Pierre Vasseur, war ein französischer Winzer, den

Freya während ihrer wilden Wanderjahre, wie sie sich auszudrücken pflegte, kennen- und lieben gelernt hatte. Dass er die schottische Studentin nicht heiraten würde, hatte er von Anfang an deutlich gemacht, und Freya hatte sich dafür entschieden, ihre Tochter allein großzuziehen. Ihre Schwester war viel zu stolz, als dass sie Jean Pierre um Geld gebeten hätte, und mithilfe ihrer Familie hatte sie ihr Leben gemeistert. Nun ja, dachte Shona und verkniff sich ein Lächeln. Der Dickkopf lag wohl in der Familie.

»Dein Vater weiß ja gar nicht, was er verpasst, Erin. Ich jedenfalls bin gern hier, und es macht mir Freude, mich um dich und euer Gästehaus zu kümmern.«

Eine Gruppe Schafe lief gemächlich auf der Fahrbahn, und Shona drosselte das Tempo. Sie hatte Zeit, doch jemand hinter ihr offensichtlich nicht. Lautes Hupen schreckte sie auf.

»Idiot!«, schimpfte Shona, stellte ihren Wagen quer auf die Straße und stieg aus.

Ein großer Geländewagen mit dunklen Scheiben hielt notgedrungen an, und ein Seitenfenster wurde heruntergelassen.

»Jetzt fahren Sie schon! Haben Sie noch nie Schafe gesehen, oder wie?«, rief ein Mann mittleren Alters. Er trug eine Tweedmütze und Jagdkleidung.

Er konnte nicht überholen, weil rechts Geröll lag und er links die Böschung hinuntergerauscht wäre. Einen Kratzer an seinem teuren Wagen wollte er anscheinend nicht riskieren. Seinem Dialekt nach zu urteilen, kam er vom Festland. Ein Engländer.

In breitem Inselslang sagte sie: »Aye, Schafe habe ich viele gesehen, und diese hier brauchten etwas länger, um von einer Seite auf die andere zu gehen. Haben Sie keine Zeit? Wir sind auf einer Insel, nicht in der Londoner Rushhour. Sir«, fügte sie sarkastisch hinzu.

»Schon gut. Ich hab's verstanden. Machen Sie jetzt die Straße frei?« Das Telefon des Fremden klingelte, und sie hörte ihn sagen: »Bin gleich da. Irgendeine Insulanerin spielt sich hier auf. Schenkt eine Runde Champagner aus und serviert die Canapés. Irgendwas wird euch ja wohl einfallen.«

Sie hatte den Mann noch nie gesehen, zumindest erinnerte sie sich nicht an ihn. Es hörte sich so an, als arbeitete er in einer der Luxuslodges. Als sie plötzlich das laute Dröhnen eines Helikopters hörte, der über ihre Köpfe hinweg Richtung Loch Gorm flog, rief sie: »Sind das da oben Ihre Gäste? Dann wundert es mich nicht, dass Sie keinen Respekt vor Tieren haben.«

Nur Kellsay Lodge hatte einen Hubschrauber-Landeplatz.

»Wenn Sie jetzt nicht sofort Platz machen, rufe ich die Polizei!«, brüllte der Mann und hupte.

Shona spuckte auf die Straße und ging gemächlich zu ihrem Wagen zurück, wo sie von einer grinsenden Erin erwartet wurde. »Das war ja cool, Shona! Weißt du, wer das war?«

Shona startete den Wagen und fuhr langsam weiter. Die Schafe grasten inzwischen auf einem Grünstreifen am Ufer. »Ich habe da so eine Vermutung. Gehört der Kerl zu Kellsay Lodge?«

Erin nickte eifrig. »Mum kann ihn nicht ausstehen. Das ist Charles Saunders, der Verwalter. Der ist so arrogant! Ehrlich, Tante Shona, der führt sich hier auf, als gehörte ihm die Insel!«

»Und stimmt das? Besitzt er Land?«

»Keine Ahnung. Mum weiß das.« Erin vergrub die Hände in den Ärmeln ihrer Jacke, und ein drückendes Schweigen machte sich im Wagen breit.

»Ich habe Pizza mitgenommen. Die magst du, oder?«, versuchte Shona, die Stimmung aufzuhellen.

Ein unverständliches Murmeln war die Antwort.

Als sie wenig später in die Straße vor dem Gästehaus bogen, sah Shona ein Paar mit Koffern vor dem Eingang stehen »Oh, verdammter …«

»Das sind dann ja wohl neue Gäste?«, meinte Erin. »Ganz toll, Shona. Die kommen doch nie wieder!«

»Molly wollte doch … oder habe ich vergessen, ihr das zu sagen?« Shona parkte den Wagen in der Einfahrt und sprang mit einem strahlenden Lächeln heraus. »Hallo, wollten Sie zu uns?«

Der Mann wirkte verärgert, während die Frau ihn anstieß und sagte: »Wir haben eine Reservierung für das Zazzles. Von heute bis nächsten Mittwoch. Ich habe eine Bestätigung in meinem Handy …«

»Das machen wir gleich. Kommen Sie doch bitte mit hinein.« Shona sandte ein Stoßgebet zum Himmel. Zumindest regnete es nicht mehr.

»Meiner Mutter wäre das nicht passiert«, zischte Erin, als sie an Shona und den Gästen vorbei ins Haus stürmte.

»Ja, wissen Sie …«, sagte Shona zu dem Paar und ging durch die Diele in den Frühstücksraum, der auch als Wohnzimmer diente, »… es ist tatsächlich so, dass eigentlich meine Schwester das Zazzles führt. Leider hatte sie einen schweren Unfall und liegt im Krankenhaus. Also, ich kann mich nur entschuldigen und hoffe, Sie fühlen sich dennoch wohl hier. Waren Sie schon einmal auf Islay?«

»Nein, wir sind zum ersten Mal auf den Hebriden. Das ist der Beginn einer Rundreise, wissen Sie, nachgeholte Flitterwochen«, meinte die Frau.

»Ich wäre lieber nach Martinique geflogen«, sagte ihr Mann.

»Die Karibik wird überschätzt. Wir haben die schönsten Strände, kristallklares Wasser und den besten Whisky. Was will man mehr?«, scherzte Shona.

»Dreißig Grad und einen Daiquiri am Pool«, blaffte der Mann und sah sich kritisch um.

Nur die Ruhe, ermahnte sich Shona und holte den Zimmerschlüssel und die Unterlagen aus der Küche. Dabei entdeckte sie einen Zettel von Molly, der Aushilfe. »Musste früher weg. Zimmer ist fertig. Frühstück Mr Wilcox morgen: Eier Benedict.« Großartig, was zum Henker waren Eier Benedict?

Müde setzte sich Shona später an diesem Abend an den Schreibtisch ihrer Schwester und betrachtete ein Foto, auf dem Freya mit der kleinen Erin auf dem Arm am Strand von Islay stand. Wie lange war das her? Seufzend öffnete Shona ihren Computer und suchte nach einem Rezept für Eier Benedict.

»Spiegeleier werden es auch tun«, sagte sie und nahm sich die Rechnungen vor, die am dringendsten schienen. Die Stromrechnung zuerst, dachte sie, dann der Installateur. Handwerker musste man sich gewogen halten, besonders, wenn man Gäste beherbergte.

Nach einer viel zu kurzen Nachtruhe ging Shona um sieben Uhr hinunter in die Küche und bereitete das Frühstück vor. Sie kochte Kaffee, Tee, briet Würstchen, rührte Waffelteig an und schnitt Obst klein.

»Guten Morgen!«, begrüßte Mr Wilcox sie als erster Gast. Ein kleiner, drahtiger Mann mit Brille und Wanderkleidung, der sich nichts daraus zu machen schien, dass er heute mit Spiegeleiern vorliebnehmen musste.

Shona schloss gerade das Waffeleisen, als ihr Telefon klingelte.

»Guten Morgen, Shona!«, begrüßte ihr Arbeitgeber, Agenturchef Steve Fraser, sie. »Entschuldige, dass ich dich überfalle, aber wir brauchen deine Hilfe. Wir haben doch die große Kampagne für die Sportfirma bekommen, und du fehlst! Ohne dich schaffen wir das nicht. So ein paar Gäste laufen doch nebenher. Deiner Schwester geht es besser, ja?«

Sie kannte ihn gut genug, um zu wissen, dass das eher eine rhetorische Frage war. »Nein, nicht wirklich, Steve, aber danke, dass du fragst.«

»Äh, ja. Also, pass auf, ich sende dir die Dateien für die Kampagne zu. Miranda hat angefangen, aber das Konzept ist noch nicht rund. Ja? Du bist die Beste! Du weißt ja, wir stehen voll hinter dir. Und weiterhin alles Gute für deine Schwester. Das wird schon!«

»Steve, ich habe hier wirklich viel zu tun! Ich weiß nicht, ob …«

»Ich muss Schluss machen. Wenn du Fragen hast, wende dich an Miranda. Danke, Shona.«

Aufgelegt. Sie starrte auf ihr Handy und roch erst jetzt die verbrannten Waffeln.

»Die kannst du wegwerfen, Shona«, sagte Erin und goss sich Tee in einen Becher. »Wer war das denn eben?«

»Mein Chef. Er hat mich freigestellt, aber das hält ihn nicht davon ab, mich für ein Projekt einzuspannen.« Seufzend kratzte Shona den schwarzen Waffelteig aus dem Waffeleisen.

»Klingt nicht nett«, konstatierte Erin.

»Mit Nettigkeit bringst du es nicht zum Chef einer der größten Medienagenturen des Landes.«

Es klingelte im Frühstücksraum.

»Das sind die Coopers. Und sie wollten Waffeln!« Shonas Wangen waren gerötet, und ihr stand der Schweiß auf der Stirn.

»Ich mache das. Du kannst ja schon den Kaffee rübertragen«, bot Erin an.

Shona gab ihrer Nichte einen Kuss auf die Stirn und bereitete ein Tablett vor. Vielleicht war das hier ein Anfang.

I

Íl, 1085

Er konnte die Heimat riechen. Tief sog Fjell den Geruch des Meeres ein, der sich hier mit dem würzigen Duft von Torf und fettem Weideland mischte. Íl, seine Heimat. Die Männer fingen an, zu rufen und auf ihre Schilde zu klopfen, während er *Sturmpfeil*, sein Drachenschiff, in die Weiße Bucht steuerte. Die anderen drei Schiffe fuhren weiter die Küste hinauf, um in den Hafen von Naustvík zu fahren. Den Großteil des Winters hatten sie auf Man verbracht, bevor sie die Küsten von Munster und schließlich Uí Néill im Norden von Írland besucht hatten. Reiche Beute hatten sie auf ihren Raubzügen gemacht und konnten sich heute von ihren Familien feiern lassen.

»Fjell, sie haben uns gesehen!«, rief Jón, sein Freund und Kampfgefährte. Keiner bewegte sich schneller als der drahtige Däne, der ihm mehr als einmal das Leben gerettet hatte.

Tatsächlich standen auf den Felsen entlang der Bucht Männer, Frauen und Kinder, die johlten und winkten. Viele seiner Krieger hatten hier Frau und Kinder, und Fjell spielte mit dem Gedanken, sich eine Frau zu nehmen. Er brauchte Söhne, die seinen Namen trugen, und eine Frau, die auf ihn wartete. Jóns Gesicht veränderte sich, wenn er von seiner Frau und seinen Kindern sprach. Dann war er nicht mehr der Krieger, dessen Schwert durch das Blut ihrer Feinde pflügte, sondern ein Mann, dessen Herz verwundbar war, weil er liebte.

Jón packte seinen Arm. »Sie wird jedes Mal schöner!«

Fjell lachte. »Kára ist eine prachtvolle Frau. Und sie trägt ein Kind auf dem Arm.«

Eine großgewachsene Rothaarige hielt ein Kleinkind im Arm. Doch Fjells Blick blieb an einer blonden Frau haften, die neben Kára stand. Ihr langes goldblondes Haar leuchtete in der Sonne, die endlich ihre Strahlen auf die Bucht und den Strand warf. Bevor er sich weitere Gedanken machen konnte, stieß das Schiff gegen den Steg. Die Balken und Planken ächzten, das Wasser spritzte zwischen Bordwand und Steg hoch, als eine Welle hereinrollte, doch die Männer sprangen schon von Bord. Stolz trat auch Fjell an Land. Sie hatten für ihren Heerführer, ihr Land und ihr Leben gekämpft. Ein Leben ohne Kampf war nicht möglich. Immer gab es andere Jarls oder Könige, die sich nach neuem Land und Sklaven umsahen. Also mussten sie verteidigen, was sie ihr Eigen nannten.

»Eh, Fjell Halvorson, willkommen, das Bier wartet auf dich und deine Männer. Erzählt uns, was ihr erlebt habt! Kommt ans Feuer, esst, trinkt, und wir singen von euren Taten!« Der dicke Mann, dessen graue Mähne ihm über die Schultern und in zwei Zöpfen ins Gesicht fiel, breitete die Arme aus.

Fjell ließ sich von seinem Onkel umarmen. Einst ein stattlicher Krieger, humpelte er nach einer Verletzung und konnte mit den Fingern, die ihm an der Schwerthand geblieben waren, nicht mehr kämpfen.

»Sebbi, es ist gut, dich zu sehen. Aber wo ist mein Vater?« Fjell sah zu, wie seine Männer das Schiff entluden, und zeigte auf eine mit Eisen beschlagene Kiste. »In mein Haus!«

»Ja, Herr!«, sagte Ulfarr, ein junger Krieger, der seine erste Fahrt mit Fjell gemacht hatte. Sie teilten alles gerecht auf, und ihm als Anführer stand ein Fünftel mehr zu. Nicht immer nahm sich Fjell mehr, aber bei diesem reichen Beutezug hatte er auf seinem Silberanteil bestanden. Er suchte in der Menge der lachenden und gestikulierenden Menschen nach den blonden Haaren, doch sie war verschwunden.

Sein Onkel legte ihm den Arm um die Schultern. »Er ist in der Großen Halle. Der Schlag hat ihn getroffen, Fjell. Erschrick nicht, wenn du ihn siehst.«

Fjell, dessen Schwert auf seinem Rücken befestigt war, musterte seinen Onkel, der trotz seiner Verletzungen ein wehrhafter Mann war, so dass man ihm während der Abwesenheit der Krieger die Aufsicht über die Verteidigung der Familien anvertraut hatte. Fjells Vater, Halvor, war zwei Jahre jünger. »So schlimm? Und wie geht es Mutter?«

»Gut. Und deine Brüder?«

Sebbi hatte seine Frau und drei Kinder vor Jahren während einer Seuche verloren. Die Todesgöttin hatte damals ein Drittel der Bewohner von Íl geholt. Seine beiden Söhne standen in Crovans Diensten und lebten auf Man.

»Báfurr ist mit Ottarr bei Crovan auf Man geblieben. Eigentlich wollte er mit mir zurück, aber Crovan hat irgendetwas vor«, sagte Fjell düster und sah sich um, doch die anderen waren mit dem Schleppen der Kisten und Säcke oder dem Wiedersehen mit ihren Freunden und Familien beschäftigt.

Sie gingen den lose mit Baumstämmen befestigten Pfad durch die Dünen hinauf, hinter denen sich die Siedlung und die Festung befanden. Kúla nannten sie den Turm, von dem aus sie über die Bucht und bis weit aufs Meer sehen konnten.

»Fálki und Pédr müssten gleich kommen.« Fjell sah sich nach seinen jüngeren Brüdern um, die es unter seiner Führung nicht leichter hatten als andere junge Krieger. Aber sie respektierten ihn, weil er nicht nur der beste Schwertkämpfer, sondern auch der erfolgreichste Heerführer war. Wenn es darum ging, eine Burg zu erobern oder eine Schlacht zu planen, verließ sich sogar Crovan auf Fjells Rat.

Endlich erreichten sie den Grat der Dünen. Unter ihnen breitete sich die Siedlung aus, die aus der Großen Halle und einem Dutzend Häusern bestand. Das Land hier im Westen der Insel war fruchtbar und lag unmittelbar an Loch Gorm, dem größten Süßwasserreservoir von Íl. Loch Gorm war voller Fische und umgeben von flachem, sattem Weideland. Fjell und vor ihm Sebbi und sein Vater hatten sich den besten Platz in Íls Westen als Krieger verdient.

Rauch stieg aus den Langhäusern auf. Die Frauen trugen Körbe mit Fladenbrot und Fleisch über den Platz, und zwischen ihnen rannten Kinder und Hunde umher. In den Ställen stand das Vieh, die Pferde weideten in der Einfriedung hinter den Häusern. Ein kühler Wind wehte vom Meer herüber, doch Fjell verspürte eine große innere Wärme, als er sein Dorf sah mit den Menschen, die er liebte.

Plötzlich hörte er glockenhelles Lachen, und Jón kam mit seiner Frau durch die Dünen herauf. »Wie schön, dass du mir meinen Mann heil zurückgebracht hast, Fjell! Weil ich so glücklich bin, werde ich dich küssen!«

Übermütig kam Kára auf ihn zu, nahm sein Gesicht in ihre Hände und gab ihm einen laut schmatzenden Kuss auf den Mund. Bevor Fjell sie an den Hüften packen konnte, war Jón, der sein Kind auf dem Arm hielt, bei ihnen.

»Das reicht, Kára! Wenn du Küsse willst, Fjell, nimm dieses Frauenzimmer!« Jón trat zur Seite und schob die blonde Schönheit vor, die Fjell aus blauen Augen ernst musterte.

»Und wer bist du? Dein Haar glänzt wie Gold«, sagte Fjell und griff nach einer Strähne.

Sebbi lachte dröhnend. »Du warst zu lange fort, Fjell. Das ist Hulda Rokadóttir!«

Die junge Frau hob das Kinn und hielt seinem Blick stand. Ihr blaues Kleid aus feinem Wollstoff wurde vom Wind gegen einen kräftigen, wohlgeformten Körper gedrückt. Ihre Züge waren ebenmäßig, und in ihren Augen funkelte ein wissendes Feuer.

»Wie konnte ich dich vergessen, Hulda, Tochter von Róki«, sagte Fjell und legte einen Finger unter ihr Kinn. Er würde sie nicht küssen. Nicht hier.

Sie verzog den Mund zu einem schmalen Lächeln. »Ich kann wohl von Glück sagen, dass du mich nicht bemerkt hast, Fjell Halvorson.« Damit drehte sie sich um und schritt den Weg zum Dorf hinunter.

Jón lachte. »Lass die Finger von ihr. Die bringt nur Ärger!«

Seine Frau stupste ihn. »So sprichst du nicht über meine Freundin. Hulda ist ein reizendes Mädchen.«

Mit seinem Onkel und den anderen Männern machte sich Fjell auf den Weg. Als er die Große Halle betrat, das Versammlungshaus, in dem sie sich berieten, Besucher empfingen und feierten, wich seine Freude über die ruhmreiche Heimkehr der Sorge um seinen Vater. Aus dem einst großen Krieger, dessen Schultern Panzer und Kettenhemd getragen und dessen Arme Schild und Schwert geführt hatten, war ein zusammengesunkener alter Mann geworden.

Fjell musste sich die Tränen verbieten, als er auf seine Eltern zuging, die auf fellbedeckten Stühlen saßen. Seine Mutter war noch immer eine beeindruckende Frau von vornehmer Haltung, und ihre Augen schimmerten feucht, als sie ihm die Arme entgegenstreckte und ihn an sich zog.

»Mein Sohn«, sagte sie und küsste ihn auf die Wangen. »Wir sind sehr stolz auf dich!«

Es duftete nach Fleisch und Gewürzen, und jemand begann zu singen.

»Vater«, brachte Fjell mit gepresster Stimme heraus und ging vor seinem Vater auf die Knie, um ihn umarmen zu können.

Der schiefe Mund zitterte, und das kantige Kinn bewegte sich, doch Halvor brachte nur ein Stammeln hervor. Fjell drückte seinen Vater fest an sich. »Ich bin froh, euch zu sehen. Es war eine lange Fahrt. Viel zu lang.«

Er spürte eine Hand auf dem Rücken.

»Fürchte nicht den Tod, denn die Stunde deines Todes ist vorausbestimmt, und niemand kann ihr entrinnen«, sagte sein Onkel. »Wenn die Stunde gekommen ist, wird dein Vater als Krieger an Odins Tafel sitzen und von seinen Taten erzählen.«

»Aber bis dahin wollen wir uns an eurer Rückkehr erfreuen!«, sagte Fjells Mutter Védis und strich ihrem Mann über die Wange.

Als Fjell aufsah, fing er Huldas Blick auf. Sie stand neben einem Holzpfeiler und beobachtete ihn.

II

> Nacht wurde es im Gehöft,
> Nornen kamen,
> die dem Edlen
> die Lebenszeit schufen;
> sie bestimmten, dass dieser Heerführer
> der berühmteste werde
> und als der Fürsten
> bester erscheine.
>
> *Edda*

Fjell wischte sich den Mund mit dem Handrücken und spülte den letzten Bissen Fisch mit einem Schluck hinunter. Sein Bruder Pédr saß mit Onkel Sebbi und Fionn bei ihm. Jón saß neben Kára und zog sie immer wieder an sich. Seine Männer hatten sich das ausgelassene Fest verdient, denn sie hatten sich tapfer im Kampf geschlagen, und nur wenige waren gefallen, aber das ehrenhaft. Jeder, der im Kampf fiel und sein Schwert im Tode hielt, durfte einziehen in Walhall, die prächtige Halle in Odins Burg Gladsheim.

»Was grübelst du, mein Freund?« Fionn stieß ihn an und schenkte ihm Bier nach.

»Ich habe an unsere Freunde gedacht, die nicht mehr unter uns sind. Mögen sie lachen und ihre Tapferkeit preisen und sich göttlichen Met von den Walküren einschenken lassen!«

Fionn stand auf, hob seinen Becher und rief: »Gedenken wir unserer tapferen Freunde, die heute in Walhall feiern!«

Ein Raunen ging durch die Menge, und alle stimmten in seinen Ruf mit ein. Namen wurden laut gerufen, und die Witwen der Gefallenen weinten, doch heute durften die Lebenden feiern und sich ihrer Taten preisen lassen. Ein Mann in auffällig bunter Kleidung, behangen mit Knochen- und Silberschmuck, trat in die Mitte der Halle und begann, in Versen von den Taten der Helden zu singen. Nikulás war ein Skalde, ein Dichter, der von Hof zu Hof, von Insel zu Insel zog und von alten und neuen Taten der Heerführer erzählte.

Fjell lehnte sich zurück und hörte zu, wie der Skalde vom Ruhm seiner Vorfahren sang. Dabei fiel sein Blick auf ein schlankes Mädchen mit langen braunen Haaren.

»Sváfa!«, rief Fjell, und seine Schwester drehte sich um und kam zu ihm.

Sie umarmte ihn und drückte sich an ihn. Dann setzte sie sich auf sein Bein und strich ihm durch die wilden braunen Haare. »Niemand hat sich um dich gekümmert, Fjell. Ich habe dir immer gern das Haar gekämmt. Hast du denn noch keine Frau, die das für dich macht, Bruder?«

Er hielt den schmalen Körper seiner Schwester. Ihre Hüften konnte er beinahe mit seiner Hand umfassen. »Du bist mager, Sváfa, habt ihr nicht genug zu essen gehabt?«

»Lenk nicht ab, Fjell. Ich bin genau richtig, jedenfalls hat Fionn das gesagt.« Ihre dunklen Augen leuchteten herausfordernd, und Fjell warf seinem Waffenkameraden einen kritischen Blick zu.

»Hast du meiner Schwester etwa schöne Augen gemacht? Sie ist noch ein Kind!«

Fionn hob die Augenbrauen. Er war ein ansehnlicher Bursche mit grünen Augen, kurzem dunklen Haar und einer kräftigen Kinnpartie. Sein breiter Mund war immer zu einem Lächeln bereit. Nur wenn er in den Kampf zog, wurde seine Miene zu einer furchterregenden Fratze, wie bei ihnen allen.

»Sieh mal genauer hin, Fjell, deine Schwester ist ein Weib geworden, und ich bin nicht der Einzige, der das bemerkt hat.«

»Was, hast du einen Verehrer, Sváfa? Wer ist es? Ich werde nicht zulassen …«, begann Fjell, doch Sváfa rutschte von seinem Bein und gab ihm einen Kuss auf die Wange.

»So ein Unsinn! Fionn, was redest du da?« Sie hielt ihre Hand ins Licht der flackernden Flammen. »Die Ringe sind wunderschön, Fjell! Wo hast du sie gefunden? Auf einem Markt in Lundene? Wart ihr da unten? Oder aus Dyflin? Irgendwann musst du mich mitnehmen!«

»Auf einem Markt ja, an der Küste von Connacht«, schwindelte er, denn auf welchem der Beutezüge er den Schmuck gefunden hatte, wusste er nicht mehr.

Seine hübsche Schwester beugte sich zu ihm hinunter und flüsterte an seinem Ohr: »Und hast du auch ein Kleinod für meine Freundin Hulda mitgebracht? Ich habe gesehen, wie du sie angeschaut hast. Ihre Eltern sind viel zu streng mit ihr. Ihre Mutter betet zum Christengott und liegt ihr dauernd mit Sünde und Schuld in den Ohren.«

Fjell horchte auf. Seine Schwester war mit der blonden Hulda befreundet. »Sicher habe ich auch etwas für deine Freundin.«

»Soll ich sie zu dir schicken?« Sváfa ließ ihn los und nahm einen leeren Bierkrug vom Tisch.

»Nein«, sagte Fjell und war froh, als sein Onkel sich an ihn wandte.

»Was hat Crovan vor, Fjell? Er ist kein Mann des Friedens. Sein Hunger nach Land und Macht ist groß. Die Schmach von Jórvík sitzt tief.«

Fjell schickte seine Schwester mit einer Handbewegung weg, und die Männer rückten zusammen.

Seit der großen Niederlage bei Jórvík vor neunzehn Jahren hatte sich das Schicksal gegen die Nordmänner gewendet. Es schien so, als hätten sie die Götter erzürnt. Weder das große Blutopfer der Neun für Thor noch ihre Opfer für Snotra hatten ihnen geholfen. Das Kriegsglück hatte sie verlassen. Crovan, Sebbi und Fjells Vater hatten damals gemeinsam an der Seite von Hardråde gekämpft. Die Erinnerung an die Niederlage und den Tod Tausender tapferer Krieger vergiftete die Atmosphäre.

Sebbi, der Älteste unter ihnen, knurrte grimmig: »Ich gäbe meinen Schwertarm, wenn wir die verfluchten Engilsaxar schlagen könnten.«

»Ihr seid im Nachteil gewesen, Sebbi«, sagte Fionn. »Erst habt ihr im Süden von Jórvík die Truppen von

Morcar und Edwin von Mercien besiegt und musstet keine fünf Tage später gegen Harold Godwinson kämpfen.«

»Dreihundert Schiffe! Mit dreihundert Schiffen ist Hardråde von Norvegr gekommen, und zusammen mit Tostigs Männern waren wir acht mal tausend Mann stark!« Sebbi stürzte einen Becher Bier hinunter.

Fjell konnte den Schmerz der Männer verstehen. Es war nicht nur die Niederlage der Nordmänner gegen den König von Engilsaxa, sondern das Ausmaß der Niederlage. Nur fünfundzwanzig Schiffe waren ihnen damals geblieben. Mit denen hatten sich die überlebenden Männer der blutigen Schlacht, in der Hardråde und Tostig gefallen waren, zuerst nach Skotland zu König Malcolm geflüchtet und dann auf den Inseln im Norden niedergelassen. Dabei war auch das Kriegsglück von Harold Godwinson nur von kurzer Dauer, denn er wurde kurz darauf bei Hastengas im Süden Englands von Wilhelm dem Normannen geschlagen. Seither saß der Normanne in Lundene und ließ sich König von England nennen.

»Also, was hat Crovan vor? Will er gegen die Engländer ziehen?«, rief Sebbi mit schwerer Zunge.

Fjell schlug seinem Onkel auf die Schulter. »So wahnsinnig ist selbst Crovan nicht. Es ist eher anzunehmen, dass wir bald nach Bretland aufbrechen. Grudffud ap Cynan, der König von Gwynedd, hat uns um Hilfe gebeten.«

Bretland war das fruchtbare grüne Hügelland im Westen Englands, das Fjell auf der Suche nach Sklavenmärkten besucht hatte.

»Ich will mir ein Schwert schmieden lassen, das die Feinde das Fürchten lehrt!«, rief Fálki, dessen Gesicht rot vom Met war.

Der Trank der Götter schmeckte süß und würzig, und Fjell goss sich ebenfalls Met in seinen Becher. Im Halbdunkel der Halle sah er Huldas goldenes Haar im Schein der Flammen schimmern. Er leerte seinen Becher und erhob sich.

»Wohin willst du, Fjell? Erzähl von Crovan und euren Fahrten!«, verlangte Sebbi.

Fionn legte dem Onkel den Arm um die Schulter. »Lass ihn, Sebbi. Ich erzähle dir, wen wir um sein Silber erleichtert haben, was, Pédr?«

Fjells jüngster Bruder grinste und schlug mit der Faust auf den Tisch. »Und wie wir erzählen werden! Drei Männer habe ich beim Sturm auf die Feste von …«

Doch Fjell hörte nicht länger zu. Die blonden Haare zogen ihn an, als hätten die Nornen eine Schnur zwischen ihnen gespannt. Er bahnte sich seinen Weg durch die Feiernden, machte sich los, als er von einem seiner Gefolgsleute umarmt wurde, und stolperte über einen Schemel, bevor er die Feuerstelle erreichte, hinter der Hulda mit einem seiner Krieger stand. Sverrir war ein großer Mann und ihm an Jahren voraus. Erstes Grau durchzog seine Schläfen und den Bart, in den er Knochen und Silber flocht. Fjell hätte Sverrir nicht mit auf sein Schiff genommen, doch Crovan hatte es befohlen. Sverrir war sein treuer Gefolgsmann, seine Augen und Ohren. Doch er strebte nach einem eigenen Schiff und neidete Fjell seinen Ruhm. Deshalb misstraute Fjell dem Krieger, dessen Gesicht von einer tiefen Narbe geteilt wurde.

»Sverrir, hat man dir ein Quartier gegeben? Geh zu Fionn, der teilt euch ein.«

Der Hüne sprach mit rauer Stimme: »Ich gehe, wenn ich hier fertig bin.«

Hulda wirkte nicht ängstlich, aber die Nähe zu dem muskulösen Krieger, der sie um zwei Köpfe überragte, war ihr sichtlich unangenehm. Fjell packte Hulda am Arm und zog sie hinter sich.

»Du bist hier fertig, Sverrir!«

Ein drohendes Grollen schwoll in der Brust des Hünen an, der nach seinem Dolch griff, doch mit einem gezielten Faustschlag von Fjell daran gehindert wurde.

»In meiner Halle wird kein Messer gezogen, Sverrir! Du bist mein Gast!«, sagte Fjell mit scharfer Stimme.

Einige Männer sahen zu ihnen hinüber, und Fionn war aufgesprungen und mit wenigen Sätzen bei ihnen.

»Wir haben Seite an Seite gekämpft, Sverrir. Das Mädchen gehört Fjell. Lass es gut sein!«, sagte Fionn mit Nachdruck.

Sverrir, dessen Augen gerötet waren, stierte Hulda an und riss sich drei silberne Armreifen vom Oberarm. »Hier, ich will sie heute Nacht haben!«

Fjell spürte, wie Hulda sich an ihn drängte und sich an seinem Lederpanzer festhielt. Sie zitterte jetzt vor Angst.

»Du hast Fionn gehört. Sie gehört mir! Nimm dein Silber und such dir eine andere!« Fjell schaute sich nach den Sklavinnen um, von denen einige sehr hübsch waren.

Als auch Pédr und Ulfarr dazukamen und schließlich Sebbi herbeihumpelte und sich breitbeinig vor Sverrir aufstellte, ging ein Ruck durch den Hünen.

Zwischen zusammengepressten Lippen zischte er: »Das wirst du noch bereuen, Fjell Halvorson.«

Wütend wandte sich Sverrir ab, griff sich eins der Sklavenmädchen und verschwand mit ihr nach draußen.

Hulda stieß einen tiefen Seufzer aus und nahm seinen Arm. »Danke, Herr!«

Fjell sah die noch immer zitternde junge Frau an und strich ihr über die Haare. »Solange ich ein Schwert führen kann, wird dir niemals jemand ein Leid tun.«

4

Die Besuchergruppe heute war nur klein, aber die Gäste hörten interessiert zu, als seine Schwester ihnen die Geschichte der Destillerie erzählte.

»Auf Islay wird Whisky schon seit über sechshundert Jahren gebrannt. Wir gehen davon aus, dass auch unsere Vorfahren gewiefte Schwarzbrenner waren«, sagte Mary, und wie erwartet lachten die Besucher.

Seine Schwester sah in der Jeans, dem dunkelblauen Sweatshirt mit dem Logo der Destillerie und ihren kurzen Haaren jünger aus, als sie war. Ihr spitzbübisches Lächeln begrüßte ihn, als sie ihn in der Empfangshalle der Destillerie entdeckte.

»Die Schwarzbrennerei hat tatsächlich eine lange Tradition. 1644 wurden Steuern auf das Whiskybrennen erhoben, aber glauben Sie nicht, dass sich ein Steuereintreiber auf die Insel getraut hat!«, sagte Mary stolz.

Ein Amerikaner meinte: »Waren da noch Wikinger auf Islay?«

Mary lachte. »Also zu der Zeit sicher nicht mehr, vorher schon, aber das ist nicht mein Fachgebiet. Ich kann Ihnen sagen, dass sich der erste Steuereintreiber 1797 nach Islay getraut hat. Damals wurde die gesamte Gerste für die Mälzereien hier angebaut. Wir bauen auch heute noch unsere Gerste an und mälzen selbst. Gleich werde ich Ihnen erklären, warum die Mälze so wichtig für den unverwechselbaren Geschmack des Whiskys ist. Bitte, schauen Sie sich ruhig um, machen Sie Fotos. Nur in der Brennerei selbst dürfen Sie nicht fotografieren.«

Mary winkte einladend und trat zu Gavin, der hinter dem Empfangstresen den Terminplaner durchsah. Schwarz gebeizte Holzbalken gliederten die Decken und unterteilten als Pfosten den langgestreckten Raum. Die Gebäude der Destillerie waren nach Entwürfen von Gavins Vater, der viele Jahre als Architekt gearbeitet hatte, errichtet worden. Sie hatten fast ausschließlich Materialien verwendet, die auf der Insel zu finden waren. Das alte Farmhaus neben der Destillerie hatten sie in ein Mehrfamilienhaus umgebaut, in dem sich drei Wohnungen befanden. Gavin teilte sich mit Mary den ersten Stock, und seine Eltern bewohnten das Erdgeschoss. Nur sein Bruder Brian lebte mit seiner Frau und zwei Kindern in einem nahe gelegenen Cottage. Die namensgebende Eiche stand in der Mitte des Hofes, und ihre breite Krone spendete im Sommer Schatten.

»Du machst das so gut, Mary!«, lobte Gavin seine Schwester.

»Pah, das sagst du nur, weil du keine Führungen übernehmen willst.« Sie tippte auf den offenen Terminplaner. »Hast du gesehen? Morgen sind wir für beide Termine ausgebucht.« Sie senkte die Stimme. »Und die hier gehen auch nicht ohne unsere T-Shirts, Becher und mindestens eine Flasche des Zehnjährigen nach Hause.«

Sie hatten viel Zeit und Mühe auf das Erstellen des Firmenlogos verwendet, das nun die Eiche und den Schriftzug zeigte. In den Regalen des Verkaufsraums gab es neben T-Shirts und Hoodies Becher, Schlüsselanhänger aus Holz und Schiefer, Mousepads, Geschirrtücher, Holzschalen und Gläser mit dem Logo der Destillerie. Außerdem verkauften sie biologische Produkte ortsansässiger Farmer und natürlich ihren Whisky. Der Verkauf dieser Werbeartikel war eine zusätzliche Einnahmequelle, die sich als lukrativ herausgestellt hatte.

»Ich habe mit Hardy Campbell gesprochen«, sagte Gavin und behielt die Besucher im Auge, die sich nach einem Rundgang wieder näherten.

»Und?«

»Er wollte eine Sicherheit. Verdammt, Mary, es tut mir so leid. Ich hätte es nie so weit kommen lassen dürfen. Unser Land, dein Land, das Land unserer Familie steht jetzt auf dem Spiel!«, sagte er leise.

»Hey.« Sie legte ihm die Hand auf den Arm und sah ihn an. »Wir haben das besprochen, Gav. Es geht nicht anders, und du glaubst doch auch an den Erfolg von Darragh, oder etwa nicht?«

Gavin nickte und räusperte sich. »Ja natürlich. Wir werden es schaffen. Hat Brian etwas aus der Werkstatt gehört?«

Ihr Traktor stand derzeit mit einem Motorschaden in der Werkstatt von Fergus Callender.

»Keine Ahnung. Ich habe ihn nur heute früh kurz getroffen und bin dann gleich hier in den Laden gegangen. Hast du den Honig gesehen? Ich glaube, der wird gut laufen. Ach, und die Kühlschrankmagnete sind gekommen. Die müssen wir zurückschicken.«

Sie stieß mit dem Fuß gegen einen Karton unter dem Tresen. Gavin bückte sich und zog eine Plastiktüte mit Kühlschrankmagneten heraus.

»Wie dämlich kann man sein? Das muss man doch sehen! So was verschickt man doch gar nicht erst!« Verärgert betrachtete er den schiefen Druck und warf die Tüte wieder in den Karton.

»Hallo, Miss, wir wären dann so weit!«, rief eine der Besucherinnen, und Mary winkte.

»Okay, dann mal los!«

Mary begann ihre Tour durch die Destillerie mit einem Halt vor einer großen Tafel, auf der die einzelnen Schritte der Whiskyherstellung gezeigt wurden.

Gavin ging nach hinten, wo sich ein großes Büro befand, das er sich mit Mary teilte. Nur Brian hatte ein eigenes Büro, denn er machte die Buchhaltung und brauchte seine Ruhe, wobei sein älterer Bruder schon immer ein Eigenbrötler gewesen war. Obwohl oder gerade weil sie als Geschwister von so unterschiedlichem Temperament waren, arbeiteten sie gut zusammen.

»Hey, Brian!«, sagte Gavin, nachdem er geklopft hatte und als Antwort ein mürrisches Knurren erhalten hatte.

»Du störst!«, murmelte Brian, der gebannt auf seinen Computerbildschirm starrte. »Ah, da habe ich es! Fehler gefunden!«

Zufrieden tippte er etwas und schaute dann auf.

»Ich war bei Campbell.« Gavin zog die Papiere aus seiner Hosentasche. Sie würden von allen unterzeichnet werden müssen.

»Ehrlich, Gavin, wie kann man Dokumente nur so zerknüllen. Gib schon her. Wir haben das besprochen, also machen wir kein Drama draus. Ich habe die Zahlen im Griff, und es sieht gut aus. Der Verkauf in der ersten Jahreshälfte ist im Vergleich zum Vorjahr bereits um fünf Prozent besser. Und dann haben wir ja noch die World Spirit Competition im Oktober. Das gibt einen weiteren Anschub. Der Fünfzehnjährige hat großes Potenzial. Ich habe vorhin mit Vater und Tom verkostet.«

Sein Bruder lehnte sich in seinem Stuhl zurück. Brian kam mit dem dunklen Haar und den blauen Augen nach seiner Mutter. Wie alle Ramseys hatte er ein schmales ovales Gesicht und ein ansteckendes Lachen. Jetzt sah er Gavin ernst durch seine Brille an. »Hast du etwa Zweifel?«

»Um Himmels willen, nein! Ich war und bin von unserer Destillerie überzeugt. Ich könnte es mir nur nicht verzeihen, wenn wir alles verlieren, weil …«

»Weil was? Das Schlimmste, was geschehen konnte, ist eingetreten, und es war nicht deine Schuld. Kapier das endlich, Gavin! Du hättest sie vor Gericht bluten lassen können. Warum du Veronica so billig hast davonkommen lassen, verstehe ich nicht. Aber das ist deine Sache. Wir als Familie haben uns für die Destillerie entschieden. Ich habe meinen Job aufgegeben, weil ich es liebe, hier mit euch zu arbeiten, durch die Hallen zu gehen, die Maschinen zu hören, mit dir und Tom über die Destillation zu diskutieren, und vor allem sehe ich meine

Familie täglich.« Ein warmer Ausdruck trat auf Brians Gesicht.

Erleichtert sah Gavin zu, wie Brian die Dokumente auseinanderfaltete und glattstrich. »Du prüfst das noch mal, ja? Ich denke nicht, dass Campbell uns über den Tisch ziehen will. Vertrauen ist gut.« Er hielt inne.

»Aber Kontrolle ist besser«, beendete Brian den Satz für ihn, und die Brüder grinsten. Der Leitspruch ihres Vaters war ihnen in Fleisch und Blut übergegangen.

»Ich habe Shona MacLean in Bowmore getroffen. Freya liegt noch immer im Koma«, sagte Gavin.

Brian runzelte die Stirn. »Das ist eine verdammte Geschichte. Es muss doch möglich sein, den flüchtigen Fahrer zu finden, immerhin sind wir eine Insel.«

»Wer ist denn mit dem Fall beschäftigt?«

»Ist das ein Witz? Donald schiebt bis zu seiner Pension eine ruhige Kugel, und sein Hilfssheriff ist ein junger Typ, der sich nur für die Touristinnen interessiert. Wenn er keinen Dienst hat, arbeitet er in Craigs Bar«, meinte Brian und schnaufte abfällig.

»Ja, die beiden sind keine große Hilfe. Hoffen wir, dass sie Freya helfen können. Shona tut mir leid. Sie scheint ziemlich überfordert mit dem Gästehaus und der kleinen Erin.« Gavin wandte sich zum Gehen.

»Du magst sie«, kam es lakonisch von seinem Bruder.

»Erin?«, erwiderte Gavin, seinen Bruder absichtlich missverstehend.

»Hm, genau. Wäre an der Zeit, dass du mal wieder ausgehst.« Brians Finger glitten leise klappernd über die Tastatur.

»Verschone mich mit deinen Ratschlägen. Du findest mich bei Tom.«

Seit seiner Scheidung hatte Gavin sich auf keine Frau mehr eingelassen, und er hatte nicht vor, das zu ändern. Unverbindliche Affären waren alles, was er wollte. Was Veronica ihm angetan hatte, konnte er nicht vergessen.

5

Der klare Maihimmel stand im Gegensatz zu Shonas Verfassung, denn Molly war nicht gekommen, heute standen drei Zimmerwechsel auf dem Plan, und die Waschmaschine war kaputt.

»Und das kurz vor dem Wochenende!«, stöhnte Shona und tippte erneut auf Mollys Telefonnummer.

Endlich meldete sich jemand. »Hallo?«

»Molly, bist du das?«, fragte Shona, denn die Stimme klang sehr jung.

»Nein, Molly schläft noch. Ich bin Lainey, Mollys Schwester.«

Shona musste sich eingestehen, dass sie kaum etwas über Molly wusste. »Hi, Lainey, ich bin Shona vom Zazzles. Molly arbeitet bei uns. Kannst du deine Schwester bitte wecken und ans Telefon holen?«

»Ich darf Molly nicht wecken. Dann wird sie sauer«, sagte die kleine Schwester fest.

»Doch, heute darfst du das, auf meine Verantwortung, okay?«

»Nein. Nur wenn das Haus brennt, hat Molly gesagt, und es brennt nicht.«

Shona atmete tief durch und trommelte auf der Arbeitsplatte des Küchenblocks. »Ist deine Mutter da?«

»Ja.«

»Gibst du mir bitte deine Mutter?«

Das Telefon wurde auf einen Tisch geknallt, so dass Shona erschrocken den Hörer vom Ohr nahm.

Schritte kamen die Treppe herunter, und das Paar aus London schaute in die Küche. »Wir stellen die Koffer in die Halle. Sind Sie denn nachher auch hier?«, wollte der Mann wissen.

»Wenn ich nicht hier bin, liegt ein Schlüssel in der Box. Den Code kennen Sie ja. Und wenn Sie gehen, ziehen Sie die Tür einfach hinter sich zu. Hatten Sie eine schöne Zeit hier auf Islay?«, fragte Shona freundlich.

»Ja, aber die Matratzen sind sehr weich. Da sollten Sie mal investieren«, meinte der Mann.

»Ah, ja, das werde ich notieren. Schade, dass Sie nicht sofort etwas gesagt haben, dann hätte ich Ihnen andere Matratzen oder ein anderes Zimmer geben können«, bemühte sich Shona, den Unmut des Mannes abzufangen.

Doch der hörte nicht weiter zu und tippte etwas in sein Handy. »Wiedersehen!«

Ein Geräusch ließ Shona aufhorchen. Es kam aus ihrem Telefon. »Oh, hallo?«

Die Haustür fiel ins Schloss.

»Ja, wer ist denn da?«, sagte eine ältere Frauenstimme.

»Zazzles, ich bin …«

Doch Mollys Mutter rief: »Ja, jetzt weiß ich. Sie sind Freyas Schwester! Die arme Frau, so ein furchtbares Unglück! Kommen Sie denn zurecht? Ist nicht leicht mit Gästen, wenn man das nicht kennt.«

»Es geht schon, nur Molly sollte heute helfen. Allein schaffe ich das nicht.«

»Wirklich? Oh, das hat sie vergessen. Sie war gestern zum Geburtstag ihrer besten Freundin. Ich schicke sie Ihnen rüber!«

»Wunderbar, danke!« Erleichtert ging Shona in den Frühstücksraum, um das Geschirr abzuräumen. Dann wollte sie sich eine Liste für den Einkauf machen, und sie musste den Klempner anrufen.

Kaum hatte sie das Tablett in die Küche gebracht, als ihr Telefon klingelte. Sie erkannte die Nummer ihrer Mutter. Mit klopfendem Herzen nahm sie das Gespräch an.

»Mum?« Ihre Stimme zitterte.

»Hallo, Shona, es ist alles in Ordnung. Mach dir keine Sorgen!«, versicherte ihre Mutter, und Shona seufzte. »Freyas Zustand ist unverändert. Ich habe heute noch einmal mit dem behandelnden Arzt gesprochen. Freyas Kreislauf ist stabil, und das künstliche Koma verhindert, dass Freya wegen der Schmerzen zu flach atmet und es zu einer Unterversorgung des Körpers mit Sauerstoff kommt.«

Freya hatte sich bei dem Sturz vom Rad Rippenbrüche und ein Schädeltrauma zugezogen.

»Wie lange wollen die Ärzte sie denn noch im Koma halten?« Shona ging in den Frühstücksraum, von dem aus sie auf das Meer schauen konnte. Freya hatte ihr früher Geschichten über die Geister des Meeres und der Felsen erzählt und ihr die sagenhaften Steine der Insel gezeigt.

»Das wissen sie noch nicht. Sie halten Freyas Körper noch immer auf einer Temperatur von zweiunddreißig bis vierunddreißig Grad Celsius, damit sich der Stoffwechsel verlangsamt und das Gehirn weniger Sauerstoff braucht.« Shonas Mutter, Bente, war Norwegerin, und man hörte noch immer ihren nordischen Akzent. Bente brach ab und räusperte sich.

»Mum, soll ich kommen? Braucht ihr mich?«

»Nein, nein, es ist nur so schwer, meine Süße, weißt du. Freya ist in guten Händen. Die Ärzte tun ihr Bestes. Gestern hat ein Dr. Lewis angerufen und wollte wissen, wie es ihr geht. Kennst du den Mann?«

»Quinton Lewis von der Uni Edinburgh?«

»Ja, das sagte er.«

»Das ist ein alter Freund von Freya. Sie hat doch mal angefangen, Archäologie zu studieren – oder Ur- und Frühgeschichte? Jedenfalls kennt sie ihn aus dieser Zeit. Netter Typ, wenn ich mich richtig erinnere. Leider hat sie sich ja dann in Jean Pierre verliebt.«

Ihre Mutter lachte trocken. »Wenn er nicht Erins Vater wäre, hätte ich ihn zum Teufel gejagt, als er einmal hier aufgekreuzt ist. Gut, dann kann ich Dr. Lewis gestatten, dass er Freya besucht? Die Ärzte sagen, dass sie jetzt in eine Phase kommt, in der Besuch von Vorteil sein kann.«

»Oh ja, ich glaube, sie wird sich freuen.« Shona wischte sich die Augen.

»Deshalb rufe ich an, Shona. Du könntest Erin fürs Wochenende zu uns schicken. Dann gehe ich mit ihr ins Krankenhaus. Dein Vater ist heute bei ihr. Und wir würden uns freuen, Erin bei uns zu haben.«

»Oh, Erin wird sich sehr freuen. Sie hat mich schon gefragt, wann wir rüberfahren. Gibt es denn einen Bus von Krennacraig nach Edinburgh? Ich muss mal schauen.«

Die Fährhäfen auf Islay waren Port Ellen und Port Askaig. Abhängig von den Gezeiten legten die Fähren von einem der beiden Häfen ab und fuhren nach Krennacraig. Umständlich wurde es, wenn man kein eigenes Auto hatte, um nach Glasgow zu fahren.

»Wir haben das besprochen. Erin kann mit dem Flugzeug kommen. Dein Vater und ich bezahlen das.«

Loganair flog regelmäßig von Islay nach Glasgow, nur leider gab es keine direkten Flüge nach Edinburgh.

»Aber ich kann sie nicht allein auf dem Flughafen umsteigen lassen, und am Wochenende ist das Haus voll, ich …«

»Wir holen sie vom Flughafen ab, Shona. Du setzt sie in den Flieger, und ich hole sie in Glasgow am Gate ab. Da kommt dein Vater, er wollte auch noch mit dir reden. Mach's gut, Shona.«

»Du auch, Mum. Hallo, Dad!«

»Hallo, Shona. Mum hat dir sicher alles erzählt. Und wie kommst du klar?«

»Meine Bewunderung für Freya steigt mit jedem Tag. Himmel, ich muss noch einen Klempner auftreiben, der am Freitag kommt. Die Waschmaschine hat sich verabschiedet.«

»Frag doch mal bei Platman. Allan hatte eine Firma in Bridgend, und ich meine, sein Sohn wollte übernehmen«, schlug ihr Vater vor.

»Danke für den Tipp.«

Bald darauf verabschiedeten sie sich, und Shona suchte im Telefonbuch nach Platman. Tatsächlich fand sie Platman & Son – Plumbing & Heating. Man wollte sie auf die nächste Woche vertrösten, doch als sie Grüße von ihrem Vater ausrichten ließ, hatte man ein Einsehen und bot an, noch am selben Tag jemanden vorbeizuschicken. Nachdem Molly einsilbig und verkatert eingetroffen war, machte sich Shona mit ihrer Einkaufsliste auf den Weg nach Bowmore. Sie hatte eine gepackte Reisetasche für Erin dabei, damit sie das Mädchen von der Schule direkt zum Flughafen Glenegedale bringen konnte.

Mit einem vollen Einkaufswagen fuhr sie in Bowmore über den Parkplatz des Supermarkts. Ihr Jeep stand neben einem Transporter mit der Aufschrift Martin's Electrical Repairs. Die Firma befand sich in der Nähe des Flughafens in Glenegedale. Gut zu wissen, dachte Shona und wuchtete die schweren Tüten in ihren Kofferraum. Hinter dem Transporter stritten sich zwei Männer, und eine Stimme kam ihr auf unangenehme Weise bekannt vor. Sie hielt inne, die letzte Tüte in der Hand.

»Sie sind bei uns angestellt! Ich habe Ihnen schon vor Wochen von der Gruppe berichtet. Die Leute bezahlen für einen Abschuss, und Sie haben mir garantiert, dass …«

Ein Auto fuhr vorbei, so dass sie den Rest des Satzes nicht verstand. Es war eindeutig Saunders, der Verwalter von Kellsay Lodge, der dort sprach.

»Ja, Sir, ich werde sehen, was ich tun kann«, erwiderte der andere Mann kleinlaut.

Vorsichtig wollte Shona um den Transporter herumschauen, doch da riss ihre Einkaufstüte, sie fluchte und bückte sich, um die Kartoffeln aufzusammeln. Das Gespräch verstummte, und ein Automotor wurde angelassen. Kein Wunder, dass Gavin und die Ramseys nicht glücklich über die unmittelbare Nachbarschaft zur Lodge waren.

Shona fuhr zu Erins Schule, trank Kaffee aus ihrer Thermoskanne und wartete auf ihre Nichte. Erin trat in Begleitung zweier Mädchen auf die Straße und stutzte, als sie Shona sah. Rasch wechselte sie ein paar Worte mit ihren Freundinnen und ging zur Fahrerseite.

»Hallo, Erin, steig ein, ich habe eine Überraschung für dich«, sagte Shona.

»Ich will übers Wochenende bei Leah bleiben. Du kannst mir das nicht verbieten …«, begann Erin trotzig, wurde jedoch von Shona unterbrochen.

»Dann willst du nicht zu deiner Mutter? Deine Großeltern haben einen Flug für dich gebucht.« Shona sah zur Uhr. »Wenn du den erwischen willst, sollten wir uns beeilen.«

»Was? Ja!« Erin winkte ihren Freundinnen zu. »Ich fliege aufs Festland!«

Dann sprang sie zu Shona in den Wagen und warf ihren Rucksack auf die Rückbank. »Du hast für mich gepackt?«

»Ging nicht anders.«

»Schon okay. Wie geht es Mum? Kommst du mit?«

»Das geht nicht. Deine Mum schafft das, und sie braucht dich jetzt.« Sie warf Erin einen Seitenblick zu und freute sich über die gelöste Miene ihrer Nichte.

6

Als sie Erin am Flughafen verabschiedete, wirkte das Mädchen ängstlich und drückte Shona fest an sich. Shona küsste sie auf die Stirn und strich ihr über die Haare. »Du bist ein tapferes Mädchen, Erin. Sei stark für deine Mum, sie braucht dich jetzt.«

»Wir hatten so viel vor in diesem Sommer«, schluchzte Erin.

»Das holt ihr alles nach. Ihr werdet noch tausend wundervolle Dinge zusammen machen.«

Der Wind fegte über die Landebahn, auf der die zweimotorige Maschine stand. Der Pilot stellte den Motor an, und der Flughafenmitarbeiter winkte.

»Und wenn sie nicht gesund wird? Was soll ich denn …«

Shona ließ ihre Nichte nicht weitersprechen, legte ihr einen Finger auf die Lippen und sah ihr fest in die Augen. »Freya wird wieder gesund. Sie ist aus hartem Holz geschnitzt. Wir MacLeans sind nicht so leicht unterzukriegen. Und jetzt lauf. Sonst hebt der Flieger ohne dich ab.«

Erin schniefte, nickte und lief davon. Bevor sie durch die Luke verschwand, sah sie sich noch einmal um und winkte Shona zu, die ihren Tränen nun freien Lauf ließ.

Sie wartete, bis der Flieger in der Luft war. Langsam ging sie durch den winzigen Flughafen. Erin mochte schwierig sein und sie mehr als Eindringling denn als Hilfe sehen, Shona verstand sie jetzt besser. Heute war Erin nur ein verzweifeltes kleines Mädchen, das Angst um seine Mutter hatte.

Es war früher Abend, als Shona vor dem Zazzles parkte und ihre Einkaufstüten ins Haus trug. Sie hatte sich neue Frühstücksvarianten überlegt und würde belgische Waffeln anbieten. Wenn sie schon in aller Herrgottsfrühe aufstehen und die Leute verköstigen musste, konnte es ihr zumindest Spaß machen.

Im Wintergarten saßen die Coopers bei einem Becher Tee und blätterten in einem Reiseführer.

»Hallo!«, rief Shona aus der Küche. »Wie wär's mit einem Glas Wein?«

Lydia Cooper, eine hübsche Dunkelhaarige, kam zu ihr. »Hey, Shona, danke, ja, das wäre nett. Haben Sie einen Roten?«

Shona zog einen anständigen Bordeaux aus einer der Tüten. »Wie wäre es damit?«

»Aber nicht irgendeinen kalifornischen Fusel!«, rief Lydias Mann von hinten.

Lydia zog eine Grimasse. »Nehmen Sie es ihm nicht übel. Schottland ist einfach nicht sein Fall, zu kalt, zu nass, zu …« Sie machte eine ratlose Geste.

»Wenn man etwas aus Liebe tut, sollte man den anderen nicht spüren lassen, dass es ein Opfer ist. Die nächste Reise können Sie ja in die Karibik machen. Man soll das Hier und Jetzt genießen, das Beste daraus machen, im nächsten Augenblick kann nämlich alles anders sein«, sagte Shona mit einem bitteren Lächeln und nahm den Korkenzieher aus einer Schublade.

Lydia sah sie nachdenklich an. »Sie erwähnten, dass Sie Ihre Schwester vertreten. Ich hoffe, es ist nichts geschehen?«

Shona entkorkte die Flasche. »Doch. Ein Unfall, aber Sie haben Urlaub. Trinken Sie ein Glas Wein, und machen Sie sich einen schönen Abend. Oh, es gibt morgen auch belgische Waffeln. Wie wäre es?«

Lydia lächelte. »Danke, für mich sehr gern. Mein Mann bleibt beim traditionellen Frühstück. Wir wollen den Bogen nicht überspannen.«

Nachdem Lydia zwei Gläser mit in den Wintergarten genommen hatte, nippte Shona an ihrem Wein und räumte ihre Einkäufe weg. Sie war so weit, nach oben zu gehen, als Lydia erneut zu ihr kam.

»Entschuldigung, aber wir würden gern eine Destillerie besichtigen. Morgen, wenn möglich, übermorgen reisen wir ja schon wieder ab. Hätten Sie einen Tipp?«

»Wenn es keine der großen Destillerien sein muss, kann ich das für Sie organisieren.«

»Wunderbar, ich danke Ihnen!«

Von Freyas Büro aus rief Shona in Darragh an. Gavins Schwester nahm ab und bot an, die Gäste in der Vormittagsführung unterzubringen.

Bevor Shona zu Bett ging, warf sie noch einen Blick in Erins Zimmer. Das Mädchen hat Talent zum Zeichnen, dachte sie und sah sich die Blätter auf ihrem Tisch an. Besonders die Wikingerfrau faszinierte Shona. Erin hatte sich große Mühe mit der Brosche am Gewand der Frau gegeben. Das Schmuckstück war so detailliert dargestellt, dass es nach einer Vorlage gemalt zu sein schien.

Der Mond stand heute voll am nächtlichen Himmel. Was für ein Ausblick, dachte Shona und lauschte der Brandung. Wie hatte sie vergessen können, wie schön es hier draußen war. In Edinburgh gab es Leith, das Hafenviertel, aber dic Großstadt mit all ihren materiellen Verlockungen und kulturellen Angeboten war so präsent, dass die Natur nicht die Hauptrolle spielte.

Shona öffnete das Fenster und sog die kühle, salzige Nachtluft ein. Sie lauschte dem Klang der Wellen, die sich auf den Felsen brachen, kein Geräusch, sondern das Lied der Natur, seit Tausenden von Jahren gleich. Eine Böe blies ihr die Haare aus dem Gesicht und wirbelte die Blätter auf dem Tisch auf. Sie bückte sich, wischte dabei mit ihrem Pullover über einen Bücherstapel, blieb an etwas hängen, und mit lautem Poltern fielen die Bücher zu Boden.

»Herrje«, seufzte Shona und begann, die Blätter aufzusammeln. Als sie eins der Bücher in die Hand nahm, fand sie darunter eine kleine Holzkiste, von Hand bemalt, die offen und umgedreht auf dem Boden lag. In der Hoffnung, dass nichts zerbrochen war, griff Shona nach dem Kistchen und fand darunter ein Stofftaschentuch, in dem ein Gegenstand eingewickelt war. Erins Schatz, dachte sie und fühlte sich wie ein Eindringling in die Welt des Mädchens. Doch als sie das Tuch samt

Inhalt in die Kiste legen wollte, sah sie, dass es sich um eine Ovalfibel handelte.

Shona setzte sich und hielt das schöne Schmuckstück ins Licht. Es war aus Silber gefertigt, nicht größer als ihre Handfläche und hatte eine Nadel an der Rückseite. Vielleicht eine Art Gewandspange, dachte Shona und suchte nach dem Blatt mit der Wikingerfrau. Als sie es gefunden hatte und die Spange danebenhielt, hielt sie den Atem an. Erin hatte das Schmuckstück bis ins letzte Detail genau wiedergegeben. Das fein ziselierte Relief aus floralen Ornamenten und Tierformen musste sehr alt sein. Sie war keine Expertin, aber eine Replik hätte anders ausgesehen, glatter, perfekter. Die vielen kleinen Dellen und Kratzer deuteten auf einen Gebrauchsgegenstand hin. Ob diese Spange tatsächlich einmal das Gewand einer Wikingerfrau geziert hatte?

Sorgsam wickelte Shona das Schmuckstück ein und packte es zurück in die Holzkiste, die sie unter die Bücher legte. Woher hatte ihre Nichte das Schmuckstück? Ob Freya davon wusste? In dieser Nacht träumte Shona von ihrer Schwester, die im Gewand einer Wikingerfrau am Ufer stand und aufs Meer hinaussah. Als ein Drachenschiff am Horizont erschien, erwachte Shona mit einem Gefühl der Angst und stand auf, weil sie den seltsamen Traum nicht abschütteln konnte.

So stand sie schon um sechs Uhr in der Küche und bereitete Waffeln und Muffins zu. Sie schnitt Obst klein und freute sich, als Lydia und Mr Wilcox später ihre Mühe mit ehrlichem Lob belohnten. Gegen zehn Uhr klingelte das Telefon.

»Hier ist Mary Ramsey von der Darragh Destillerie.«

»Guten Morgen, Mary. Geht es um den Termin für meine Gäste?«

»Ja, tut mir leid, aber könnten sie vielleicht jetzt gleich kommen? Anders schaffen wir es heute nicht.«

Shona überlegte kurz. »Ja, kein Problem. Ich fahre die beiden zu euch rüber.«

»Danke dir, Shona!«

Wenn sie ehrlich war, hatte sie nicht ohne Hintergedanken angeboten, Lydia und Marc zur Destillerie zu fahren.

Eine lange Privatstraße führte hinauf zur Destillerie. Ein altes Farmhaus war umgebaut, die Gebäude der Destillerie allesamt neu errichtet worden. Die Ramseys hatten viel investiert, und Shona verstand jetzt besser, was auf dem Spiel stand. Die großen Destillerien wie Bruichladdich, Laphroaig oder Ardbeg hatten ihren Namen über Generationen aufbauen können. Wer wie Ardbeg schon 1815 Whisky exportiert hatte, musste sich nicht um den Vertrieb sorgen. Ein neuer Name wie Darragh hatte es dagegen schwer, doch andererseits gab es immer häufiger Start-ups, die sich auf dem Markt durchzusetzen wussten.

Auf dem Hof standen ein Traktor mit Anhänger und mehrere Pkw. Über den Gebäuden aus grauem Stein ballten sich Wolken zusammen, die von Norden herüberzogen. Shona parkte neben einem Mini Cooper, stieg aus und sah sich um. Der Fahrer des Traktors nickte ihnen zu, aber es war nicht Gavin.

»Ich bringe Sie noch hinein, war selbst lange nicht

hier«, sagte Shona, zog den Reißverschluss ihrer Weste zu und ging voran.

Sie traten durch ein hohes schmiedeeisernes Tor, auf dem das Wappen der Destillerie angebracht war. Die Ramseys haben weder Kosten noch Mühen gescheut, dachte Shona anerkennend. Der Verkaufs- und Empfangsraum der Destillerie wirkte einladend und elegant zugleich, und das Angebot an Waren überraschte Shona.

»Hallo, wie schön, dass ihr es möglich machen konntet!«, wurden sie von Mary Ramsey begrüßt.

»Wir haben uns viel zu lange nicht gesehen, Mary.«

Sie umarmten sich, und Mary sagte leise: »Tut mir so leid mit Freya. Ich würde gern mit dir sprechen, aber die Gruppe wartet. Willst du deine Gäste abholen? Dann könnten wir nachher einen Moment plaudern?«

»Sehr gern, Mary. Bis später. Und Ihnen viel Spaß!«, wandte sich Shona an die Coopers.

Sie verließ die Destillerie und wollte gerade durch das Tor gehen, als sie Gavins Stimme hörte.

»Shona! Was bringt dich zu uns?«

Sie drehte sich um. »Ich habe euch Gäste vorbeigebracht.«

Sein Lächeln erfasste seine Augen. »Dann sind wir dir zu Dank verpflichtet, Shona. Hast du unsere Anlage schon gesehen? Wir müssen uns nicht hinter den Großen verstecken.«

»Nicht von innen, nein, aber auch so macht alles einen tollen Eindruck. Ihr habt da wirklich was auf die Beine gestellt, Chapeau!«

Er trug einen dunklen Sweater, Weste und Jeans. Der Wind konnte auch im Mai überraschend kalt sein. »Langsam zahlt sich unser Einsatz aus. Wenn du willst, zeige ich dir die Anlage. Du bist ja kein Spion der Konkurrenz, oder?«

Sie grinste. »Das fehlte mir noch. Bin froh, die Gäste bei Laune halten zu können. Oh, verdammt, ich muss zurück, weil ich nicht weiß, ob Molly heute kommt. Aber ich hole die Gäste ab. Wie lange dauert eine Führung bei euch?«

»Zwei Stunden.«

»In zwei Stunden dann?« Sie nahm ihren Autoschlüssel aus der Tasche.

Gavin nickte. »Aye.«

III

Freya hat mich erhört, dachte Hulda und strich glücklich über die silberne Gewandfibel, die Fjell ihr geschenkt hatte. Fjell, der siegreiche Kriegsherr, der ein Kettenhemd und einen goldbesetzten Schwertgürtel besaß, dessen Helm von einem silbernen Adlerkopf gekrönt wurde, der über vierzig Männer befahl und der sie mit seinen dunklen Augen ansah wie kein Mann zuvor.

Die Kuh bewegte sich und hätte beinahe den Eimer umgestoßen.

»Ruhig, ist gut. Du hast ja recht.« Sanft strich Hulda über die Flanke der Kuh, die offenbar spürte, dass sie mit ihren Gedanken woanders war.

Hulda lehnte sich gegen das Tier, spürte das weiche Fell an ihrer Wange, zog an den Zitzen des Kuheuters und ließ die warme Milch in den Eimer spritzen. Sie war gern allein im Stall bei den Kühen. Hier war es warm, und niemand traktierte sie mit christlichen Litaneien oder befahl ihr, Wolle zu spinnen oder Tierfelle zu schaben.

Ihre Mutter Brigida hatte den alten Göttern abgeschworen und betete nur noch zu dem Christengott. Hulda schnaufte, weil allein der Gedanke an das Kruzifix mit dem angenagelten Gott sie wütend machte. Wer war dieser Gott, dass er behaupten konnte, es gäbe keine anderen Götter? Und das verborgene Volk? Die Alben lebten mit ihnen im Diesseits. Rasch nahm Hulda eine kleine Schale, tauchte sie in die Milch und stellte sie in eine Ecke. Wenn man nur immer dafür Sorge trug, die *álfr* nicht zu erzürnen, hatte man nichts zu befürchten, dann beschützten die Naturgeister sie.

Fjell trug den Thorshammer um den Hals und opferte den Göttern. Hulda begann, ein Lied zu summen, das sie bei einem Fest aufgeschnappt hatte. Die langen, finsteren Wintermonate wurden nur erhellt, wenn Schiffe eintrafen und mit ihnen Nachrichten von fernen Ufern. Manchmal kamen auch Fremde, die singen oder Geschichten erzählen konnten.

»Hulda! Wo in Gottes Namen steckst du?«, rief ihre Mutter.

»Bin gleich fertig!«, antwortete Hulda und griff nach ihrem Milcheimer. Bevor sie ging, klopfte sie der Kuh den Hals. »Braves Mädchen. So, jetzt kann dein Kalb wieder trinken.«

Sie band das Kalb los, das nervös neben ihnen gewartet hatte und sofort zu seiner Mutter lief.

Ihre Mutter hatte die Decke, die den Eingang verdeckte, angehoben und stand mit dem Rücken zum Licht, die Silhouette einer kräftigen Frau in mittleren Jahren. Ihre Hände waren rau vom Wollekämmen und Nähen und ihr Gesicht von zahlreichen Linien durchzogen. Um den Hals baumelte ein Kreuz, das sie dauernd berührte und an die Lippen presste, während sie ein Gebet murmelte. So wie jetzt.

»Hier bringe ich die Milch. Genug für heute Abend und morgen.« Hulda schleppte den Eimer über den festgestampften Boden, der sich bei zu viel Regen in morastigen Schlamm verwandelte.

Brigida ließ das Kreuz los und musterte ihre Tochter streng. Eine Ähnlichkeit bestand nicht zwischen den beiden Frauen, weder innerlich noch äußerlich. Missbilligend starrte Brigida auf die Gewandfibel, die Huldas Umhang hielt.

»Du hättest das Geschenk nicht annehmen dürfen, Hulda. Gib es ihm zurück!«, verlangte Brigida von ihr, doch Hulda lachte kurz auf.

»Warum? Es ist ein schönes Stück. Gutes Silber. Und Fjell Halvarsson ist ein respektierter Krieger, der beste Mann von Jarl Crovan. Ich wäre stolz, seine Frau zu sein.«

Die Ohrfeige kam so überraschend, dass sie keine Zeit hatte, auszuweichen. Sie schrie auf, hielt den Milcheimer jedoch fest in den Händen.

»Untersteh dich, du dummes Geschöpf! Wir suchen deinen Mann aus, einen ehrbaren christlichen Mann, keinen gottlosen Krieger!«

Huldas Augen wurden schmal. »Du hast Glück, dass ich den Eimer trage. Ich gehe jetzt ins Haus und werde Vater um Erlaubnis bitten, Fjell zu sehen.«

Ihre Mutter packte sie an den Haaren und riss sie zurück. Die Milch schwappte aus dem Eimer auf den Boden. Hulda gelang es gerade noch, den Eimer abzustellen, dann drehte sie sich blitzschnell um und packte den Arm der Mutter. Sie war jünger, stärker und wendiger.

»Was fällt dir ein, mich zu schlagen? Ich habe nichts Unrechtes getan! Die Götter sind mir wohlgesinnt. Das haben sie mir gestern bewiesen.« Hulda ließ die Handgelenke der Mutter nicht los, während sie ihr in die Augen sah. »Freya hat mein Opfer angenommen und mir die Gunst von Fjell geschenkt. Daran kann dein schwacher, weinerlicher Christus nichts ändern.«

Die Tiere reagierten nervös auf den Streit und begannen, unruhig mit den Hufen zu scharren.

»Wenn die Milch sauer wird, ist das deine Schuld, Mutter.«

Die von Wind und Wetter gezeichneten Gesichtszüge der Älteren wurden weicher. »Ich will doch nur das Beste für dich, Hulda. Ein Leben als Frau eines Kriegers ist einsam, und du kannst so schnell Witwe sein, wie du verheiratet bist.«

»Und wen hast du für mich ausgesucht? Einen fetten Schweinezüchter? Gib ihn Eir oder Netja. Ich will ihn nicht!«

»Du bist immer der Liebling deines Vaters gewesen. Hulda, hör mich doch wenigstens an. Die Zeiten ändern sich. Die Sachsen und die Normannen haben Britannien unter sich aufgeteilt, und die Mönche gewinnen mit jedem Jahr an Macht. So schrecklich es auch klingt, aber Godred Crovan musste flüchten wie alle, die bei Júrvík verloren haben.«

Stolz hob Hulda das Kinn. »Godred Crovan ist kein Feigling. Er hat Man erobert, und er wird seine Herrschaft erweitern! Das haben Fjell und die Männer erzählt!«

Ihre Mutter entstammte einer Familie von Orkneyjar, Gefolgsleuten von Olav Kyrre, dem Sohn von Harald Hardrådes. In Norvegr und auf den Inseln von Orkneyjar hatten sich die Mönche schon früh eingenistet, und ihre Mutter war in dem neuen Glauben erzogen worden. Doch Hulda hatte sich nie mit dem sauertöpfischen Gott, dem man es nie recht machen konnte, anfreunden können.

»Ich weiß. Aber denk bitte über meine Worte nach, Hulda. Du bist ein kluges Mädchen.« In einem seltenen Anflug mütterlicher Zuneigung strich Brigida ihr über die Haare. Anschließend sah ihre Mutter sich um. »Wo ist Aodh? Er sollte *tare* sammeln und hätte längst wieder hier sein müssen. Ich traue dem Kerl nicht.«

Seetang war eine salzige Delikatesse, die sie gern zu Bier oder Met aßen. *Tare*, wie das rote Seegras genannt wurde, schmeckte getrocknet oder gekocht. Hulda knabberte es am liebsten getrocknet.

»Ich habe ihn nicht gesehen.« Hulda nahm den Eimer und trug die Milch gemeinsam mit ihrer Mutter hinüber ins Haupthaus.

Sie bereiteten das Essen für das Nattmal zu, die zweite große Mahlzeit des Tages. Morgens wurden die Überreste vom Vortag – Haferbrei und Trockenfrüchte – gegessen, die Hulda liebte. Wenn die Sonne länger schien und es wärmer wurde auf ihrer Insel, wuchsen auch die wilden Pflanzen wie Brennnesseln, Himbeeren, Erdbeeren und Blaubeeren. Dann ging Hulda mit ihren Schwestern in den Wald oder über die Felder und pflückte Kräuter und Beeren.

In der Mitte des Wohnhauses brannte ein Feuer, über dem ein Topf hing. Ihr Vater hockte mit Rian und Benkt am Tisch und schärfte Messer mit einem Wetzstein. Alff, ihr ältester Bruder, diente Crovan auf Man. Er war immer ihr Lieblingsbruder gewesen, und sie vermisste ihn, seit er mit vierzehn Jahren das erste Mal auf einem Drachenboot hinausgefahren war. Seither sahen sie ihn nur noch selten auf Íl. So war das Los der Frauen, warten und hoffen, dass die Nornen es gut mit ihnen meinten.

Hulda stellte den Milcheimer auf eine Bank in der Ecke des Hauses. Hier wurden die Speisen zubereitet, und zwei Sklavinnen zerteilten bereits ein Huhn und schnitten weiße Karotten in Stücke. Die Seealgen würden dem Eintopf seinen typisch herben salzigen Geschmack geben, aber es gab kein frisches *tare*.

»Wo ist Aodh?«, herrschte ihre Mutter die beiden Frauen an.

Eadha, die Ältere, war schon seit vielen Jahren bei ihnen. Huldas Vater Róki hatte sie von einem Raubzug aus dem Land der Rus mitgebracht. Sie war einmal sehr schön gewesen, und Róki hatte oft das Bett mit ihr geteilt. Brigida hatte es ertragen, die Sklavin aber besonders streng behandelt und sie härter bestraft als die anderen. Eadha hatte drei Totgeburten gehabt und Ketill, einen Bastardsohn, zur Welt gebracht, der die Rinder und Schweine hütete. Hulda hatte den Verdacht, dass Brigida, die sich mit Kräutern auskannte, dafür Sorge getragen hatte, dass es keine weiteren Kinder von Eadha gab.

Die Sklavin hob den Blick. Sie hatte hohe Wangenknochen und Katzenaugen. Ihre einst vollen Lippen waren aufgesprungen und die Haut rot und voller Narben. Tiefe Furchen zogen sich von ihrer Nase um die Mundwinkel, und ihr Haar war grau. Als junges Mädchen war sie gekommen und sah nach fünfundzwanzig Wintern auf Íl aus wie eine alte Frau.

»Ich weiß nicht, Herrin.«

»Lüg mich nicht an!«, fauchte Brigida. »Ihr steckt doch immer die Köpfe zusammen.«

Dada, die jüngere Sklavin, kam ihr zu Hilfe. »Aodh hat den Korb für das *tare* genommen und ist gegangen, Herrin. Er hat nicht gesagt, dass er anderes vorhat.«

»Hör dir das an, Hulda! Was soll ich tun? Sie gehorchen mir nicht.« Wütend starrte Brigida von den Küchensklavinnen zur Tür.

»Vielleicht hat sich Aodh an den Felsen verletzt«, schlug Hulda vor. »Die Wellen schlugen heute hoch, und dann ist es sehr rutschig dort vorn.« Sie drehte sich zu den Männern in der Mitte des Hauses. »Rian, Benkt, ein Sklave wird an den Klippen vermisst. Könnt ihr nachsehen, ob er Hilfe braucht?«

Benkt legte sein Messer auf den Tisch und stand auf. Er war so groß wie Hulda, und genau wie sie liebte er Pferde. Wenn sich eine Gelegenheit bot, ritt er mit seiner Schwester über die Insel, während Rian sich am liebsten im Schwertkampf übte.

»Ich gehe nachsehen, noch ist es hell, und ich muss sowieso noch zu den Pferden.« Ihr Bruder trug ein Oberhemd und eine Hose aus Wolle, und in seinem

Gürtel steckte der lange Dolch, den jeder der Männer stets bei sich trug.

»Sei vorsichtig!«, rief Brigida, doch Benkt war schon zur Tür hinaus.

An diesem Abend sollten sie vergeblich auf Benkts Rückkehr warten, denn die Nornen hatten die Schicksalsfäden wieder einmal neu verwebt.

IV

Das flackernde Feuer verströmte seine Wärme bis zu den Männern, die sich auf Bänken und Fellen ringsherum niedergelassen hatten. Fjell hatte die Augen geschlossen und lauschte der sonoren Stimme seines Onkels, der von seinen Kriegszügen erzählte. Ab und an wurde Sebbi von Fjells Vater unterbrochen, der die Hand hob und etwas sagen wollte.

»Du hast ja recht, Halvor, ich habe vergessen zu erwähnen, dass wir den großen Fluss bis Bulgar gesegelt und in einen Hinterhalt geraten sind.« Sebbi leerte seinen Becher und schlug sich auf die Schenkel. »Aber was haben wir für prachtvolle Frauen erbeutet, nachdem wir die Festung niedergemacht hatten.«

Die Männer lachten. Die Jüngeren von ihnen waren nicht so weit gefahren wie Sebbi und Halvor, und der Ruhm der alten Krieger lebte in ihren Geschichten weiter. Ihr Großvater, Rúnolfr der Unbeugsame, war mit Leif Eriksson sogar nach Grœnland und weiter nach Vinland gefahren. Von dieser ungeheuerlichen Reise wurde oft erzählt, und Fjell fragte sich, warum sie nicht eine weitere Fahrt ans Ende der Welt unternahmen.

Plötzlich näherten sich draußen aufgeregte Stimmen, und jemand schlug an ihre Tür.

»An den Klippen gab es ein Unglück!«, rief der junge Rian Rókasson und kam herein.

Auf einen Schlag waren die Männer kampfbereit, griffen nach ihren Schwertern und Dolchen, warfen sich ihre Lederwämser über und eilten mit Rian hinaus.

»Was ist geschehen?« Fjell berührte Rian an der Schulter. Huldas Bruder gehörte zu seinen Männern und war ein tapferer Kämpfer.

»Benkt ist kurz vor dem Ende des verlöschenden Tages zu den Klippen bei Kúla, wo einer unserer Sklaven Seetang sammeln sollte. Der Mann kam einfach nicht zurück.«

Kaum hatten sie die Häuser hinter sich gelassen, verfielen die Männer in einen schnellen Lauf. Wind und ein leichter Regen schlugen ihnen entgegen. Waren sie auf ihren Drachenbooten, trotzten sie den Elementen und segelten bei Schnee und Eis genauso wie bei Sonnenschein. Und wenn eine Schlacht bevorstand, fragte niemand nach dem Wetter.

Gegen den Wind rief Rian: »Der Sklave Aodh hält Benkt wohl gefangen und will ein Boot haben, um mit einer Sklavin zu fliehen.«

Fjell rannte schneller. Es kam selten vor, dass ein Sklave zu fliehen versuchte. Wenn es stimmte, was Rian sagte, musste der Sklave vollkommen verrückt geworden sein. Es dauerte nicht lange, und sie erreichten die Bucht. Oben auf den Klippen standen zwei Männer mit Fackeln. Unten zwischen den Felsen erkannte Fjell die Umrisse zweier Männer und einer Frau.

Seine Männer hatten Fackeln mitgebracht, die ihr

flackerndes Licht auf den Strand, die Felsen und die Brandung warfen. Die Szenerie war unwirklich, und es hätte Fjell nicht gewundert, wenn sich Ägir aus dem Meer erhoben und die Gestalten dort im Dunkel verschlungen hätte.

»Wie heißt der Sklave?«, fragte er Rian.

»Aodh, eigentlich ist er folgsam«, antwortete der junge Krieger.

Fjell watete durch die auflaufenden Wellen, bis er genau erkennen konnte, wen er vor sich hatte. Der Sklave hatte Benkt anscheinend verwundet, gefesselt und hielt ihm ein Messer an die Kehle.

Hinter dem Sklaven stand eine junge Frau und jammerte: »Nicht, Aodh, warum hast du das getan? Sie werden uns töten!«

Sie war anscheinend klüger als der Mann.

»Aodh! Was willst du?«, brüllte Fjell, um das Rauschen des Meeres und den Wind zu übertönen. Zu Rian, der hinter ihm stand, sagte er: »Gib mir eine Axt!«

»Wozu? Willst du Aodh erschlagen? Dann bringt er Benkt um!«, erwiderte Rian entsetzt.

Das Wasser spülte um ihre Beine. Der Sand war weich und ein fester Stand schwierig. Doch Fjell hatte die Entfernung abgeschätzt und wusste, dass er den Sklaven mit einem Wurf treffen würde.

»Mach schon, der Kerl ist verrückt und wird Benkt umbringen. Na los!«, herrschte er Rian an.

»Ich will ein Boot für mich und Isla. Wir nehmen Benkt mit und lassen ihn laufen, wenn wir in Skotland sind«, brüllte Aodh mit dem Mut des Verzweifelten.

Fjell hörte, wie Rian hinter ihm durchs Wasser stapfte, und auch die übrigen Männer hatten sich um sie im knietiefen Wasser versammelt.

»Ich teile ihn in zwei Hälften!«, knurrte Fionn.

»Hier, Herr!« Rian drückte Fjell eine leichte Axt in die Hand.

»Er wird Benkt töten, Rian, er kann gar nicht anders handeln. Vertrau mir«, sagte Fjell zu Rian.

Das Wasser spritzte mit jeder neuen Welle höher gegen ihre Beine, und plötzlich riss die Wolkendecke auf, die vorher den Mond verdeckt hatte. Silbernes Licht ließ die Dreiergruppe zwischen den Felsen deutlich gegen die Dunkelheit hervortreten.

Fjell nutzte das Überraschungsmoment und schleuderte die Axt mit voller Wucht nach vorn. Er hatte den Wurfbogen so berechnet, dass die Axt leicht eindrehte und Aodh seitlich am Kopf traf. Das Mädchen schrie und fiel rückwärts ins Wasser, genau wie der Sklave, der mit seinem Messer zwar Benkts Hals streifte, ihm jedoch nicht die Kehle durchtrennte.

»Bei allen Göttern, Fjell, das war ein meisterlicher Wurf!«, rief Fionn.

Die Männer drängten nach vor, um den in den Fluten versinkenden Benkt herauszuziehen. Fjell packte das Mädchen am Arm und riss es mit sich aus dem Wasser. Am Strand fiel es auf die Knie und rang die Hände.

»Bitte, verschont mich, Herr. Wir wollten nichts Böses. Aber dann kam der Herr Benkt und hat uns überrascht.« Sie weinte.

Das Mädchen war jung und hübsch, und es trug ein Kreuz um den Hals.

»Wobei überrascht?«, wollte Fjell wissen und sah zu, wie seine Männer Aodhs Leiche und den verletzten Benkt herbeischleppten.

»Den Wurf muss dir erst einmal einer nachmachen!« Ulfarr klopfte ihm anerkennend auf die Schulter.

Das Mädchen schluchzte und schüttelte den Kopf.

Fjell hatte Mitleid mit dem jungen Geschöpf, das sich allem Anschein nach von Aodh hatte verführen lassen. Aber aufrührerische Sklaven konnten nicht geduldet werden.

Ulfarr sah das Mädchen an. »Was machen wir mit ihr?«

»Sie hat zugesehen, wie der Sklave fast meinen Bruder getötet hätte. Es gibt nur eine Strafe!«, kam es grimmig von Rian, der Ulfarr die Axt zurückgab.

»Sie erhält ihre Strafe, aber für heute ist es genug. Das Mädchen wird vorerst eingesperrt.« Fjell half den Männern, den Verletzten mithilfe eines Tuches durch die Dünen zum Dorf zu tragen.

Neben dem großen Versammlungshaus gab es ein kleines Haus, in dem Vieh oder Gefangene untergebracht wurden. Rian war noch immer voller Zorn und warf Isla Blicke zu, die nichts Gutes verhießen. Fjell befahl Fionn, das Mädchen einzusperren.

»Warum darf ich sie nicht töten? Sie hat es verdient!«, beklagte sich Rian. »Sieh dir meinen Bruder an. Sie haben ihn in den Rücken gestochen!«

»Ich verstehe dich, Rian, aber wir waren nicht dabei

und sollten zuerst deinen Bruder befragen«, entschied Fjell.

Die Männer trugen Benkt in das Haus seiner Familie, und Fjell folgte ihnen. Man legte den Verletzten auf eine Bank, und Hulda, ihre Schwestern und ihre Mutter eilten herbei, um sich die Wunden anzusehen. Róki trat hinzu. Seine lange graue Mähne fiel ihm auf die Schultern. Er war noch immer ein stattlicher Mann, wenn ihm auch einige Finger an der Schwerthand fehlten und eine breite Narbe sich von seiner Stirn bis über die Wange zog. Rian berichtete hastig, was geschehen war.

Róki legte Fjell die Hand auf die Schulter. »Danke, Fjell Halvorson. Komm, trink von meinem Met und iss mit uns. Brigida, lass den Männern auftischen, was sie wollen.«

Das ließen sich die Männer nicht zweimal sagen und hockten sich um den großen Tisch neben dem Feuer. Fjell nahm seinen Becher und trat an die Bank, auf der die Frauen den Verletzten versorgten. Die Öllampen, die mit dem Fett von Schweinen oder Walen befüllt wurden, verbreiteten spärliches Licht, doch Fjell konnte sehen, dass Hulda seine Brosche trug. Die blonden Haare hatte sie zu einem Zopf geflochten und beugte sich mit konzentrierter Miene über ihren Bruder, der auf der Seite lag und die Augen noch immer geschlossen hatte.

»Netja, gib mir das Moos, und du reißt mir einen Streifen Stoff ab, Eir.« Hulda hob kurz den Blick und sah Fjell an. »Der Stich ging tief, hat aber die Organe verfehlt, würde ich behaupten. Fjell, gib mir deinen Becher.«

Er reichte ihr den Metbecher, und sie hielt ihn ihrem Bruder an die Lippen, während sie seine Wange tätschelte. »Benkt, wach auf! Trink das hier. Guter Met!«

Die Augenlider des Verletzten flatterten, und er fuhr sich mit der Zunge über die Lippen. Dann verzog er schmerzhaft das Gesicht und tastete nach seinem Hals, an dem ein langer Schnitt zu sehen war, der jedoch kaum noch blutete. Das Seewasser hatte die Wunden gesäubert.

Benkt griff nach dem Becher und trank im Liegen. »Danke! Wo ist diese Ausgeburt der Hölle? Hinterrücks hat er mich abstechen wollen, weil ich ihn und die Frau in den Dünen erwischt habe.«

»Aber warum hat er dich angegriffen?«, wollte Fjell wissen.

Hulda legte das Moos, das ihre Schwester gebracht hatte, auf die Rückenwunde und umwickelte den Körper mit dem Stoffstreifen.

Benkt sog scharf die Luft ein und antwortete zwischen zusammengebissenen Zähnen: »Sie sind weggelaufen, und als ich unten an den Strand kam, hat mich Aodh von hinten angefallen. Ich habe einfach nicht damit gerechnet. Warum auch?«

»Seine Beweggründe werden wir nicht mehr erfahren. Was ist mit der Frau, hat sie dich auch angegriffen?« Fjell stand neben Hulda und konnte den süßen Duft ihrer Haare riechen. Sie machte ihn verrückt, und er musste bald etwas dagegen tun.

Hulda strich eine streng riechende Paste auf seine Halswunde, und ihr Bruder schloss die Augen. »Nein, sie hat nur geschrien und ihren Gott angefleht.«

Fjell nickte und bemerkte, wie ihn eine der älteren Sklavinnen aus einer dunklen Ecke heraus beobachtete. »Wir werden sie verkaufen. Wenn sie hierbleibt, macht sie nur Ärger.«

Es raschelte in der Ecke, und die Sklavin war verschwunden.

»Ich denke, so ist es gut, Benkt«, sagte Hulda und packte ihre Heilmittel in einen Lederbeutel.

»Du hast heilende Hände, Hulda.« Benkt richtete sich langsam auf, erhob sich und küsste seine Schwester auf die Stirn.

»Männer, es ist genug für heute. Lassen wir Benkt und seine Familie ruhen!«, rief Fjell und sah zu, wie die Männer ihre Becher abstellten, den letzten Bissen Brot und Käse verspeisten und hinausgingen.

Róki ging zu seinem Sohn und half ihm zu seiner Bettstatt am anderen Ende des Hauses. Rian stürzte einen Becher Met hinunter und starrte finster vor sich hin.

Er war auf Rache aus, dachte Fjell, aber Rache war kein guter Ratgeber.

Fjell war sich der aufmerksamen Augen von Brigida bewusst, als er Huldas Arm streifte und sie ihn mit einem wissenden Blick unter langen Wimpern bedachte. Etwas an ihr unterschied sie von den übrigen Frauen. Es war nicht allein ihre stolze Haltung, sondern eine Aura der Ruhe und der Kraft, die sie umgab.

»Dir gefällt mein Geschenk?«, fragte er leise und berührte die Gewandfibel mit den Fingerspitzen.

Ihr Atem ging schneller. »Sehr, Herr.«

Ihre Blicke trafen sich, und für einen Augenblick schien die Zeit stillzustehen.

V

Ein scharfer Westwind trieb den Geruch des Meeres über die Dünen, die als unförmiger dunkler Schatten im Wolfslicht des nahenden Tages zu erkennen waren. Unter ihrem Umhang versteckte Hulda einen Korb mit Brot und einem Krug Bier. Außerdem hatte sie ein Tuch mitgenommen, das Isla vor der Kälte schützen sollte. Ihr Bruder Rian hatte noch in der Nacht allen untersagt, sich der Sklavin zu nähern und ihr Essen zu geben. Auch wenn sie nur eine Sklavin war, so hatte sie doch Hunger und Durst.

Hulda huschte zwischen den Häusern hindurch, deren Bewohner noch schliefen. Vor dem Stall, in dem man Isla eingesperrt hatte, stand keine Wache. Von den Sklaven würde sich keiner in ihre Nähe wagen, zumindest keiner, dem etwas an seinem Leben lag. Einer der Hunde, die zum Dorf gehörten, hob müde den Kopf und streckte sich wieder aus, als sie leise mit ihm sprach. Immer wieder schaute Hulda sich um, konnte jedoch niemanden entdecken.

Rasch schlüpfte sie in den Stall und musste sich einen Augenblick an die Lichtverhältnisse gewöhnen. Durch die Ritzen der Bretterwand fiel spärliches Licht der aufgehenden Sonne. Isla hockte in ihrer Zelle, die von einer

Gittertür aus Eisenstäben verschlossen war. Das Mädchen zitterte, denn durch die Ritzen des Verschlags drangen Wind und Kälte ein.

»Psst, Isla!«, rief Hulda leise, und das Mädchen hob langsam den Kopf.

»Komm her!«, befahl Hulda.

Das Mädchen erhob sich und kam zögernd zu ihr. Islas Gesicht war blass und die Augen verweint. Die dunklen Haare hatte sie zu einem dicken Zopf geflochten, und um den Hals trug sie an einem Lederband ein Holzkreuz. Das musste Huldas Mutter gefallen, auch wenn sie kaum mit den Sklavinnen sprach.

Große dunkle Augen musterten Hulda ängstlich, aber nicht unterwürfig. »Ja, Herrin?«

»Hier, nimm das, aber versteck die Sachen, wenn die Männer kommen.« Sie gab ihr den Inhalt des Korbes.

Isla legte sich das Tuch um die Schultern und hielt Krug und Brot fest. »Werden sie mich töten?«

»Nein. Du wirst verkauft werden. Wohin wolltet ihr, Isla?«

Ihre Miene wurde verschlossen. »Nach Skotland. Aodh und ich sind Christen und wollten heiraten.« Sie biss sich auf die bebenden Lippen, und dicke Tränen rollten ihr über die Wangen. »Er war ein guter Mann. Er wollte nichts Böses! Wir sind auch Menschen!«

Unangenehm berührt trat Hulda einen Schritt zurück. »Ihr hättet uns um Erlaubnis fragen können. Auch Sklaven dürfen heiraten.«

Islas Augen funkelten. »Aber wir wären immer Sklaven geblieben!«

»Das ist euer Schicksal. Die Götter haben es so vorherbestimmt. Wir alle folgen nur unserem Schicksal.«

Hulda dachte an die drei Frauen, die in den Wurzeln von Yggdrasil saßen und die Lebensfäden der Menschen spannen. Diese Spinnerinnen webten ihre Zukunft, und niemand konnte vorhersehen, wie sich die Fäden verbinden würden. Und vielleicht war das auch gut so.

»Das denkt ihr!«, sagte Isla.

Sie würde sich nicht mit einer Sklavin über die Gesetze ihrer Leute streiten. »Genug! Ihr habt beinahe meinen Bruder umgebracht. Das hat er nicht verdient.«

Isla senkte den Blick und zog sich in ihre Ecke zurück, wo sie auf einem Haufen Stroh gesessen hatte. Mit einem letzten Blick auf das Mädchen verließ Hulda das Gefängnis. Als sie vorsichtig um die Ecke des Stalls lugte, wurde sie plötzlich von hinten an den Hüften gepackt.

»Na, wen haben wir denn hier? So ein hübsches Täubchen!«, raunzte eine tiefe Stimme an ihrem Ohr, und sie konnte den üblen Atem von Sverrir riechen.

Er zog sie an sich, so dass sie seine sehr wache Männlichkeit spüren konnte. Keiner der Männer aus dem Dorf hatte sie jemals so angefasst, und zum ersten Mal verspürte Hulda eine tiefe Furcht. Dieser Kerl verstand keinen Spaß, das hatte sie schon bei ihrer Begegnung im Versammlungshaus gedacht.

»Lass mich los!« Sie versuchte, sich aus seinem Griff zu befreien, aber er war ihr an Kraft und Körpergröße so sehr überlegen, dass es aussichtslos war.

»Was zierst du dich so? Komm schon.« Er packte ihre Arme, presste ihre Handgelenke zusammen, als wären es dünne Äste, und riss sie mit sich.

»Fjell! Rian! Helft mir!«, brüllte sie mit aller Kraft, bevor Sverrir ihr seine Pranke auf den Mund presste.

Irgendjemand musste doch schon wach sein! Helft mir, bitte helft mir, ihr Götter, flehte Hulda, während ihr Tränen in die Augen schossen. Doch das ganze Dorf schien noch zu schlafen. Sverrir zog sie an der Wand des Stalles entlang. Hulda trat mit den Füßen dagegen und versuchte, in Sverrirs Hand zu beißen. Kurz bewegte sich seine Hand, er fluchte, und Hulda stieß einen gellenden Schrei aus.

Die Hunde begannen zu bellen, und plötzlich flog irgendwo in der Nähe eine Tür auf, und ein Mann mit nacktem Oberkörper und Hose kam mit erhobenem Schwert auf sie zugestürmt.

»Lass sie los, Sverrir!«, brüllte Fjell, dessen lange Haare vom Wind aufgewirbelt wurden und ihn wie einen Rachegott aussehen ließen.

Hulda spürte, wie ein Ruck durch Sverrirs Körper ging, und nutzte den Moment, um sich aus seinem Griff zu winden. Sie hörte ihn knurren und verspürte einen Ruck, als er sie an den Haaren packte, doch kaum war Fjells Schwert einem Blitz gleich durch die Luft gefahren, zuckte Sverrir zurück, als hätte er sich die Hand verbrannt.

Mit einem Mal waren alle Bewohner erwacht und kamen neugierig aus den Häusern, um den Grund des Lärms zu erfahren. Hulda rannte zu Fjell, der sie hinter seinen Körper schob. Er war nicht so groß wie Sverrir, aber muskulös und wendiger. Seine Bewegungen waren geschmeidig und schnell, und er hatte noch keinen Zweikampf verloren.

»Bringt mir mein Schwert!«, brüllte Sverrir. »Wir klären das hier und jetzt, Fjell Halvorson!« Der Hüne schnaufte wie ein Stier, und die Adern an seinem Hals und an seinen nackten Oberarmen schwollen an.

Ulfarr war ebenfalls herausgekommen und hob die Hände. »Nicht! Bei den Göttern, was ist denn in euch gefahren? Sverrir, wir haben dich aufgenommen, und so vergiltst du es uns?«

»Habt ihr Angst, dass ich euren Anführer an Odins Tafel schicke? Oder vielleicht doch nach Niflheim? Wenn er sich weiterhin ziert wie ein Mädchen, wird er wohl eher in Helas Arme flüchten! Aber die wird ihm den Kopf abbeißen«, höhnte Sverrir und lachte laut.

»Vor dir habe ich keine Angst, und wir wissen beide, dass ich dich von deinem elendigen Dasein erlösen würde«, rief Fjell, und seine Leute stimmten mit ermunternden Rufen zu. Fjell schwang sein Schwert kunstvoll hin und her. »Aber ich will dich nicht töten, Sverrir, nicht heute.«

Der Hüne stieß einen wütenden Schrei aus.

»Nicht heute und nicht auf meinem Land! Wir dienen beide unserem Herrn Godred. Und er hat dir nicht aufgetragen, mich zu töten.« Breitbeinig stellte sich Fjell hin, das Schwert in der Hand.

»Genug!«, rief Sebbi, der aus seinem Haus getreten war. »Gerade erst seid ihr von einem Kriegszug zurück und könnt euch nicht zusammenraufen?«

Sverrir schien einzusehen, dass er hier keine Freunde hatte, schüttelte seine Mähne und knurrte drohend. Dann nahm er die Schultern zurück und ließ sein Schwert sinken. »Nicht heute, Fjell, aber irgendwann kommt dir kein Onkel zu Hilfe.«

Jetzt war es an Fjell, wütend zu schnaufen, doch sein Onkel zischte: »Lass es, Fjell. Du bist klüger als dieser stumpfe Klotz.«

Sverrir schien die letzten Worte nicht gehört zu haben, denn er steckte sein Schwert ein und herrschte einen vorbeikommenden Sklaven an: »Mach mir Essen!«

»Ja, Herr«, haspelte der arme Mann und eilte, gefolgt von Sverrir, zu einem der Häuser.

Sebbi klopfte Fjell auf den Rücken. »Komm mit.«

»Warte.« Fjell drehte sich zu Hulda um und legte ihr eine Hand unter das Kinn. »Willst du mein Weib sein, Hulda Rokadóttir?«

»Ja«, flüsterte sie, und ihre Knie fühlten sich weich an.

Er lächelte, und seine Augen umfingen sie mit einer Wärme, die ihr den Atem nahm.

Ihr Bruder Rian war auch dazugekommen, und Fjell sagte: »Bist du damit einverstanden, dass ich deine Schwester heirate?«

Rian trat zu Hulda. »Wenn sie es will?«

»Ja, Rian. Es ist auch mein Wunsch.« Sie ergriff den Arm des Bruders.

»Gut, wir besprechen uns, und dann komme ich zu euch.« Fjell beugte sich vor und gab ihr einen Kuss auf den Mund, wie um sein Versprechen zu besiegeln.

Seine Lippen waren sanft und weich und jagten ihr einen Schauer über den Körper, der sie taumeln ließ. Dieser Mann war ihr Schicksal, und sie würde ihn lieben bis an ihr Ende.

7

Molly war offenbar bereits da, als Shona vor dem Zazzles parkte, die Fenster der Gästezimmer standen offen, und laute Musik schallte nach draußen. Falls noch ein Gast geschlafen hatte, war er jetzt wach. Shona schloss die Haustür auf und hielt sich die Ohren zu.

»Molly!«, rief sie, wobei das ziemlich sinnlos war. Die Autoschlüssel noch in der Hand, lief sie die Treppen hinauf und stolperte über den Staubsauger, der mitten im Flur stand. Sie fiel nach vorn und riss eine Vase von einem schmalen Tisch.

»Verflucht!«, schimpfte Shona. Der Schmerz schoss ihr durch die Hand, als sie langsam aufstand. Sie zog sich einen Splitter aus ihrem Handballen.

Wütend ging sie in das Gästezimmer, wo Molly die Laken ausschüttelte. Endlich fand sie auch den tragbaren Lautsprecher und schaltete ihn aus, woraufhin Molly sich umdrehte und sie erschrocken anstarrte.

»Habe ich einen Schreck bekommen!« Dann sah sie Shonas blutende Hand. »Oje, soll ich dir helfen? Wir haben unten Verbandszeug. Komm!«

Es war schwer, dem Mädchen böse zu sein, das zwar chaotisch und unzuverlässig, aber hilfsbereit und freundlich war. Molly hatte sich grüne und rote Strähnen in die dunklen Haare gefärbt, und ihre Arme waren mit bunten Tätowierungen bedeckt.

»Danke!« Shona biss die Zähne zusammen und griff nach einem sauberen Handtuch, das sie sich um die Hand wickelte, damit das Blut nicht auf den Boden tropfte.

Flink eilte Molly vor ihr durch den Flur. »Huch! Was ist denn hier passiert?«

»Der Staubsauger, Molly. Den solltest du nicht im Flur liegen lassen. Wenn ein Gast darüber stolpert, können wir verklagt werden.«

»Tut mir leid. Habe ich vergessen. Ich kaufe eine neue Vase. Meine Tante töpfert und macht wirklich schöne Keramik. Abby's Pottery. Warst du mal in ihrem Studio oben bei Ballygrant?«

Sie traten in die Küche, wo Molly einen Schrank öffnete und eine Blechdose hervorholte. »Gib mal deine Hand.«

Ohne Scheu nahm sie Shonas Hand, wischte das Blut mit dem Tuch ab, gab Jodsalbe auf die Wunde und klebte ein Pflaster drauf.

»Ob das hält, na ja. Vielleicht wickeln wir noch Mull drum, was meinst du?«

»Ist in Ordnung. Das kann ich allein. Äh, nein, Abby's Pottery kenne ich nicht. Da sollten wir unsere Gäste hinschicken«, schlug Shona vor.

Molly nahm zwei Gläser aus einem Regal und goss Wasser für sich und Shona ein. »Ich kann dir auch einen Kaffee machen. Mit Espressomaschinen kenne ich mich aus.« Sie grinste. »Habe mal in einem schnieken Hotel in Port Ellen gearbeitet.« Molly leerte ihr Glas in einem Zug. »Aber die waren so ätzend.« Sie schob die Nasenspitze bedeutungsvoll mit einem Finger nach oben. »Ich sollte im Sommer ein T-Shirt mit langen Ärmeln tragen. Ehrlich, geht's noch?! Die Gäste haben auch Tätowierungen!«

Shona grinste. »Die waren also sehr konservativ. Tja, da haben sie dich verloren, und Freya hat Glück gehabt.«

Molly strahlte. »Nicht wahr? Ich mache meine Arbeit gut, und für Freya arbeite ich gern. Die war noch nie sauer auf mich.«

Aus den Worten klang ein leichter Vorwurf, und Shona antwortete: »Sauer bin ich auch nicht, Molly, vielleicht ein klein wenig verärgert.« Sie hielt die Hand in die Höhe. »Das wäre nicht passiert, wenn du …«

»Ist ja gut, ich hab's begriffen. Kein Staubsauger im Flur. Soll ich weitermachen? Ich bin nicht billig.« Molly ließ die offene Blechdose stehen und ging davon.

Innerlich fluchend räumte Shona das Verbandszeug weg. Das Mädchen wusste ganz genau, dass sie auf sie angewiesen war. Mit der verletzten Hand konnte sie kaum etwas machen, außer Büroarbeiten. Die Musik ging wieder an, und Shona verzichtete darauf, sich zu beschweren. Heute erwartete sie nur eine Anreise, morgen reisten zwei neue Partien an, und Molly hatte frei.

Sie schloss alle Zwischentüren und hörte die Musik noch immer, jedoch gedämpfter. Das Telefon klingelte.

»Ja«, sagte sie genervt und fügte freundlicher hinzu. »Hier ist das Zazzles, wie können wir helfen?«

»Hallo, Shona, mein Schatz«, sagte ihre Mutter.

»Wie geht es Freya? Ist sie schon wach?«

»Deswegen rufe ich an. Leider hat sich ihr Zustand verschlechtert, und die Ärzte wagen nicht, sie schon aus dem Koma zurückzuholen. Das ist besonders für Erin eine schreckliche Situation. Gestern Abend hat Freya Erins Hand gedrückt, und wir alle waren so zuversichtlich. Aber heute Nacht hat ihr Kreislauf verrücktgespielt. Wir müssen weiter Geduld haben.«

Die Stimme ihrer Mutter zitterte, denn sie wussten beide, dass jeder Tag im Koma ein Risiko für die Patientin bedeutete. Langes Liegen und die künstliche Beatmung konnten Thrombosen und Infektionen auslösen.

»Mum, sie schafft das! Wie geht es Erin?«

»Nicht gut. Sie hat sich verändert, lässt keinen an sich heran. Ich kann sie verstehen, sie hat Angst, aber sie ist doch noch ein Kind und sollte so was nicht miterleben müssen.«

»Sie ist stark, Mum, aber ich werde mir mehr Mühe geben, wenn sie wieder hier ist. Ist sie da?«

»Nein, sie ist im Krankenhaus. Da verbringt sie den ganzen Tag, so lange, bis wir sie abholen. Und bei dir ist alles in Ordnung, Shona?«

Shona betrachtete ihre verpflasterte Hand. »Ja, mach dir keine Gedanken. Grüße alle von mir und gib Freya einen Kuss, ja?«

»Natürlich. Mach's gut, Shona!«

Zwei Stunden später saß sie immer noch über den Rechnungen und hätte fast vergessen, dass die Coopers darauf warteten, abgeholt zu werden. Molly packte gerade die Reinigungsutensilien zusammen.

»Die Scherben habe ich weggesaugt. Nicht dass da noch jemand reintritt. Kannst du mir heute schon das Geld für nächstes Mal geben? Ich fahre morgen nach Glasgow«, bat Molly sie.

Shona gab ihr das Geld und verabschiedete das Mädchen. Nach einem kurzen Blick in den Spiegel strich sie über die Stirnfalte, die sich tiefer eingegraben zu haben schien, und fuhr los.

Die Coopers standen noch vor den Regalen im Shop der Destillerie, und Mary hob hinter ihrem Rücken den Daumen.

»Hallo, Shona!« Gavin kam aus den Räumen hinter dem Tresen.

»Bin etwas zu spät, es kam was dazwischen.« Sie hob die Schultern, und er nickte verständnisvoll.

»Ich habe jetzt leider auch keine Zeit mehr, aber ich würde …« Gavin brach ab und starrte nach draußen.

Dort quietschten Reifen, und kurz darauf kam ein Mann mit hochrotem Kopf in die Halle gestiefelt. Seine schlammigen grünen Stiefel hinterließen sichtbare Spuren auf dem Natursteinboden. Shona erkannte in ihm den Mann vom Parkplatz, der sich mit Saunders, dem Verwalter von Kellsay Lodge, unterhalten hatte.

Der Mann ging ohne Umschweife auf Gavin zu und stieß ihn mit einem Finger hart vor die Brust. »Was soll das? Willst du uns provozieren? Hol deinen verschissenen Traktor von unserem Land, oder du kannst dir morgen die Einzelteile abholen!«, wetterte der Mann.

Die Leute drehten die Köpfe, und Gavin packte den aufgebrachten Mann am Arm, um ihn zur Tür zu dirigieren. »Raus, MacRae. Sofort – oder du lernst mich kennen!«

MacRae riss sich los und wich Gavin aus. Er trug Jagdkleidung, und auf seiner Weste war das Logo von Kellsay Lodge zu sehen.

»Meine Güte, was haben Sie denn für ein Problem?«, entfuhr es Shona, die an den Verwalter der Lodge dachte und sich fragte, was dort oben schieflief.

Der Mann, der einen Kopf kleiner als Gavin war, richtete seine Aufmerksamkeit nun auf sie, und Shona bereute, dass sie sich eingemischt hatte, denn aus dem vom Wetter gegerbten Gesicht sprach blanker Zorn. Der Mann hatte ein breites Kinn, eine dicke Nase und trug einen Vollbart. Eine Tweedmütze bedeckte die Glatze des Enddreißigers.

»Lass gut sein, Shona, der reizende Mensch hier hat leider keine Manieren, noch nie gehabt, was, MacRae? Außerdem hat er noch immer nicht begriffen, dass die Grenzen zwischen unseren Besitzungen neu vermessen worden sind und der Traktor daher auf unserem Land steht.« Gavin machte einen Schritt nach vorn, so dass MacRae gezwungen war, ihm auszuweichen.

Der Mann runzelte irritiert die Stirn. »Wieso? Davon hat Saunders nichts gesagt.«

»Dann geh erst mal deinen Chef fragen, was Sache ist, bevor du dich aufführst wie ein wild gewordenes …« Gavin hielt inne. »Nein, ich mag Wildschweine.«

Verunsichert machte MacRae einen weiteren Schritt

rückwärts und suchte mit einem Arm nach der Tür. »Ich werde das prüfen. Und wenn du mich angelogen hast …«

»Was dann? Drohst du mir? Mal ganz abgesehen davon, dass ich die Fakten kenne und du anscheinend nicht.«

Grimmig knurrte MacRae etwas in seinen Bart und stiefelte davon.

»Warum war der denn schon wieder hier? Wir haben das doch von unseren Anwälten klären lassen!«, sagte Mary, die zu ihnen getreten war.

Shona musste etwas ratlos ausgesehen haben, denn Gavin sagte: »Das war Duff MacRae der Wildhüter und Mädchen für alles auf Kellsay Lodge. Er ist für die Pflege und Aufzucht der Wildtiere und den Wald zuständig. Das Schlimme ist, dass ich ihn von früher kenne. Wir haben einige Monate gemeinsam die Schulbank gedrückt. Und ich habe mich schon damals mit ihm gerauft.«

»Geprügelt habt ihr euch«, meinte Mary mit einem breiten Grinsen. »Du bist öfter mal mit einem blauen Auge oder Prellungen nach Hause gekommen.«

»Ich hoffe, dass Gavin immer gewonnen hat!«, sagte Shona.

Gavin machte eine vage Handbewegung. »Es war ziemlich ausgeglichen, leider. Duff ist nicht zu unterschätzen.«

Die Coopers gingen zum Tresen, und Mary winkte. »Ich komme. Haben Sie noch ein paar schöne Souvenirs gefunden?«

»Tut mir leid, dass du diesen unschönen Auftritt mitansehen musstest. Und was ich eigentlich vorhin schon sagen wollte, passt jetzt noch besser. Ein Freund von mir kocht im Restaurant des Hotels von Port Charlotte, und ich würde dich heute Abend gern dorthin einladen, falls es bei dir passt.« Bittend sah er sie an.

»Sehr gern, danke!«, erwiderte Shona lächelnd.

»Großartig, dann erkläre ich dir, was hier los war. Bis später! Ich muss los!«

Sie sah ihm nach, wie er die Tür aufstieß. Der Wind fegte herein, Gavin strich sich die Haare aus dem Gesicht und drehte sich dabei zu ihr um. Er sieht wirklich gut aus, dachte Shona und nahm sich vor, nichts in dieses Abendessen hineinzuinterpretieren. Sie hatte genügend Probleme.

8

Eigentlich hätte Gavin sich mit seinem Brennmeister besprechen müssen, aber der Zusammenstoß mit Duff MacRae ließ ihm keine Ruhe. Gavin hatte sich eine Jacke übergezogen, stieg in seinen Wagen und fuhr langsam los. Als er Niall McMunn, seinen Brennergesellen, eine Zigarette rauchend vor dem Mälzhaus stehen sah, hielt er an.

»Niall, schnapp dir eine Jacke und komm mit!«.

»Ja, Chef!«, rief der junge Mann und verschwand, um gleich darauf mit einer Windjacke in der Hand in den Wagen zu klettern.

»Was gibt es? Habe MacRae gesehen.«

Gavin nickte finster. »Er behauptet, unser Traktor stünde auf seinem Land. Der Kerl bringt es fertig und sabotiert unser Gerät.«

MacRae war ein ständiges Ärgernis. Bei jeder denkbaren Gelegenheit schikanierte Duff ihn und seine Familie. Sie hatten schon länger den Verdacht gehabt, dass die Besitzer von Kellsay Lodge ihre Zäune willkürlich zu eigenen Gunsten gezogen hatten. Irgendwann war es Gavin zu viel geworden, und er hatte einen Landvermesser damit beauftragt, seine Grundstücksgrenzen neu zu vermessen. Sein Verdacht hatte sich bestätigt, und die

Lodge-Besitzer hatten einige Zäune entfernen und andere versetzen müssen. Es war ohnehin verboten, den Wald einzuzäunen, aber es kam immer wieder vor, dass das Wild vor einer Jagd in einen heimlich abgezäunten Bereich getrieben wurde.

Niall schlüpfte in seine Jacke, schnallte sich an und zog eine Schachtel Zigaretten aus der Tasche. »Darf ich?«

»Nein, du solltest dir den Mist abgewöhnen.« Gavin konzentrierte sich auf den mit Schlaglöchern und Steinen übersäten Feldweg.

»Ich verstehe MacRae nicht. Der hat doch was Persönliches mit dir, Gavin, oder?« Niall sah ihn von der Seite an. »Was bringt ihm das sonst, uns dauernd Ärger zu machen? Ist ja nicht mal seine Lodge.«

»Hm, keine Ahnung. Dass man sich als Kinder mal zofft, ist ja normal. Wir mochten uns nicht. Punkt. Es gab nichts, an das ich mich erinnern kann, das seine Feindseligkeit rechtfertigt.«

Der Geländewagen ächzte, als sie durch eine Senke fuhren und gleich darauf scharf abbiegen und steil bergauf fahren mussten. Der Turnaichadh war nur zweihundert Meter hoch, doch die Tücken lagen in dem unbefestigten Weg. Das archaische Land schien sich seit Hunderten von Jahren kaum verändert zu haben. Dunkle Heide und Grasbüschel zeigten an, wo es moorig war. Dort wurde der begehrte Torf gestochen. Gelber Stechginster leuchtete an vielen Steinwällen, die das Land durchzogen. Weiter oben stand ein steinernes Kreuz aus dem fünfzehnten Jahrhundert, und in der

Nähe gab es ein Hünengrab. Überall fanden sich Spuren ihrer Vorfahren, die sich aus Nordmännern und Kelten zusammensetzten.

»Ein Mädchen?«, meinte Niall grinsend.

»Machst du Witze? Nein! Hätte Patrick den Traktor nicht gleich zurückfahren können?« Er folgte einer Fahrspur in Richtung des Waldstückes, in dem der Traktor stand.

»Patrick musste sich um die defekte Pumpe kümmern, und allein konnte ich nicht weitermachen. Da haben wir gedacht, wir nehmen uns den Traktor später vor.«

Als Maschinenführer der Brennerei kümmerte sich Patrick nicht nur um die Brennanlage, sondern auch um den überschaubaren Fuhrpark. In Absprache mit der Forstverwaltung durften sie Bäume schlagen, die ohnehin gefällt werden mussten.

»Die Pumpe, ach ja.« Gavin parkte auf der Anhöhe am Waldrand, und sie stiegen aus. Wildes Grasland erstreckte sich bis zur Straße, die unterhalb von Kilchiaran nach Lossit und weiter nach Portnahaven führte. Hinter ihnen strich der Wind durch Tannen, Koniferen, Eichen und Haselnussbäume. Gavin mochte den Geruch des Waldes, den er auch in einer seiner Whiskysorten schmeckte. Auch wenn er die Insel nach der Schule verlassen hatte, waren seine Wurzeln immer hier gewesen. Islay war in seinem Blut.

»Hey, was machen Sie da?«, rief Niall, der auf den Traktor gestiegen war.

»Was ist denn, Niall?« Gavin war mit wenigen Schritten bei ihm.

»Da kraucht einer durchs Unterholz, und der hat irgendein Gerät dabei. Hey! Haben Sie was mit den Ohren, oder wie?«, brüllte Niall.

Gavin rannte zum Wagen und kam mit einem Fernglas zurück, das er Niall nach oben reichte.

»Hat er ein Gewehr?«, fragte Gavin.

»Nein, eher so ein Ding, mit dem sie am Strand nach Münzen suchen, glaube ich«, antwortete Niall. »Der Kerl kratzt im Boden.«

»Auf unserem Land?«

»Ja!«, rief Niall. »Zweihundert Meter östlich von dir.«

»Den sehe ich mir mal an.« Gavin lief los. Sprang über umgestürzte Bäume, duckte sich unter Zweigen hindurch und hielt sich an Nialls Anweisung. Manchmal kamen Touristen hier herauf und wanderten abseits der ausgeschilderten Routen, wenn sie auf der Suche nach dem keltischen Kreuz waren. Dagegen hatte er nichts, wenn sie ihren Müll mitnahmen und die Tiere nicht störten. Gegen Hobbyarchäologen hingegen war Gavin allergisch, denn oft buddelten sie Löcher, wo es nicht erlaubt war, störten Grabstätten und nahmen mit, was ihnen nicht gehörte.

Zwischen dem Grün des Waldes schimmerte es rot und blau, und das Piepsen eines Metalldetektors wurde hörbar. Noch wenige Schritte, und Gavin hätte den Fremden erreicht, doch der begann plötzlich zu rennen.

»Stehen bleiben! Ich kann auch die Polizei rufen!«

Das war eine leere Drohung, denn Special Constable Dougal Anderson wartete auf seine Pensionierung und hasste es, wenn die Ruhe auf seiner Insel gestört wurde.

Sein Hilfssheriff Tommy McDonald nutzte seinen Aushilfsposten bei der Polizei in erster Linie, um mit Touristinnen anzubändeln. Entweder, der Fremde hatte ihn nicht gehört, oder er kam von hier und wusste um die prekäre Situation der Vertreter des Gesetzes.

Der Metalldetektor hatte jedoch ein gewisses Gewicht, so dass Gavin schneller war und den Mann bald eingeholt hatte. Er schlug ihm von hinten auf die Schulter und zwang ihn, stehen zu bleiben. »Was soll das?«

Als der Mann sich umdrehte und ihn mit verschwitztem Gesicht anstarrte, wich Gavin einen Schritt zurück.

»Ramsey, was spielst du dich hier so auf? Das ist nicht deine Insel!«, knurrte der Mann aggressiv.

»Zach?« Der Automechaniker Zachary Barkham betrieb eine Werkstatt bei Kilmeny. Einmal hatte Gavin seinen Wagen dorthin zur Reparatur gebracht und sich nach einer unverschämten Rechnung und schlechter Arbeit geschworen, dass ein Besuch mehr als genug war.

»Ja, was guckst du so komisch?«, fuhr ihn der Mechaniker an und wedelte mit seinem Metalldetektor. »Das ist mein Hobby, na und? Ist das verboten? Nein, ist es nicht!«

Gavin fuhr sich durch die Haare, in denen sich Blätter verfangen hatten. »Kommt darauf an. Wenn du hier auf meinem Grund und Boden suchst, ist das schon verboten. Und wenn du etwas findest, gehört es mir. Eigentlich ziemlich einfach, oder?«

Zachary spuckte aus. »Ihr Landbesitzer seid doch alle gleich. Du oder die Ausländer da oben, alle gleich. Obwohl …« Er hielt inne und zog die Oberlippe hoch. Mit seinen vorstehenden Vorderzähnen erinnerte er an ein Maultier. Ein Basecap zierte seinen eiförmigen Kopf und ein struppiger Bart sein Kinn. »Die da oben bei Kellsay Lodge sind noch schlimmer. Einmal hat mich nur knapp eine Kugel verfehlt, als ich oben im Wald gesucht habe.«

»Tja, das passiert Leuten, die sich widerrechtlich auf fremdem Grund herumtreiben«, meinte Gavin und betrachtete die Ausrüstung seines Gegenübers. Barkham trug einen Rucksack über einer Weste, in der verschiedene Werkzeuge steckten. An seinem Gürtel hing eine kleine Schaufel.

»Was suchst du hier eigentlich?«

»Chef, alles in Ordnung?«, rief Niall aus der Ferne.

»Alles okay!«, antwortete Gavin. »Fahr den Traktor zurück!«

Ein wenig hämisch musterte Zachary ihn. »Hab gehört, es läuft nicht so bei euch. Deine Ex macht dir Schwierigkeiten, was? Die hatte schließlich die Kohle.«

»Du hast meine Frage nicht beantwortet, Zach. Was suchst du hier?« Gavin ignorierte die Anspielung. Getratscht wurde immer, damit musste man auf einer Insel leben.

»Na, was schon, Wikingergold! Das sind schließlich unsere Vorfahren. Musst dich mal mit der Geschichte deiner Heimat befassen und nicht nur teuren Whisky brennen, den eh keiner trinken will. Außerdem können die Großen das besser. Glaubst du ernsthaft, dass du mit Firmen wie Laphroaig, Ardbeg oder Bruichladdich konkurrieren kannst?«

»Wer hat gesagt, dass ich mit denen konkurrieren will? Wir haben einen eigenen Whisky hergestellt, der seine Nische gefunden hat. Und jetzt reicht es mir. Nimm dein Gerät, und verschwinde von hier. Wenn es hier draußen ein Wikingergrab gibt, sollen das die Profis untersuchen. Dann kann man davon ausgehen, dass die Funde auch im Museum landen, wo sie hingehören.«

»Als ob die Akademiker alle ehrlich wären. Die verkaufen auch unter der Hand.« Zachary Barkham sah zu einer Gruppe von Tannen, die vor einem Felsen standen, hinter dem sich ein bemooster Hügel erhob. Er zögerte, doch als Gavin sich ihm in den Weg stellte, drehte er um und machte sich daran, den Hügel in Richtung Küste hinunterzulaufen.

Nachdenklich betrachtete Gavin den Hügel, konnte jedoch nichts Ungewöhnliches entdecken. Es war lange her, hundert Jahre, wenn er richtig lag, dass ein Wikingergrab auf Islay entdeckt worden war. Auf eine Sache hatte er gewiss überhaupt keine Lust – auf ein Ausgrabungsteam und einen Haufen neugieriger Presseleute, die hier überall herumstrolchten.

9

Das Port Charlotte Hotel & Restaurant lag am Ufer von Loch Indaal. Etwas weiter die Straße hoch gab es einen kleinen Supermarkt und eine Tanksäule mit zwei Zapfpistolen – eine für Diesel, eine für Super. Auf der anderen Seite der Bucht sah man die Häuser von Gartbreck und dazwischen das kristallklare Meer. An manchen Tagen war die See ruhig und schimmerte auf dem weißen Sandstrand so blau wie in der Karibik. Der Wind hatte sich abgeschwächt, und die Wellen rauschten leise auf den Strand.

Shona stand mit Gavin auf der Terrasse und genoss den Ausblick. Die Lichter des Hotels spiegelten sich auf dem Wasser, eine Möwe hockte auf einem Felsen, und eine Frau spielte mit ihrem Hund am Strand.

»Mein Gott, ist das schön. Ich liebe Edinburgh, aber die Ruhe hier und das Meer … ich habe vergessen, wie sehr ich das vermisst habe«, sagte Shona.

Wie alle Häuser auf der Insel war auch das Hotel weiß verputzt und die Fensterrahmen ebenso schwarz wie das Dach. Ein Fremder mochte denken, dass die Zeit auf Islay stehen geblieben war, aber der Schein trog. Die Häuser wurden im traditionellen Stil erbaut, doch modernen Komfort musste niemand missen. Und dennoch tickten die Uhren auf einer Insel langsamer als auf dem Festland. Das Leben hier draußen auf den Hebriden hatte seinen eigenen Rhythmus. Einen Rhythmus, den Shona zu schätzen begann.

»Freut mich, dass du dich eingelebt hast, Shona. Ist sicher nicht leicht, vor allem unter den Umständen. Als ich damals hierher zurückkam, hat es ein wenig gedauert, bis ich wieder im Islay-Modus funktioniert habe.«

Sie lächelte. »So ähnlich kommt es mir auch vor. Weißt du, in Edinburgh habe ich öfters Kopfschmerzen, und mein Blutdruck schießt bei Stress über die Stränge. Das ist mir hier noch nicht passiert, und dabei bin ich nicht die perfekte Gästehausbetreuerin. Immerhin habe ich noch einen Job, der meine Aufmerksamkeit braucht.«

Er lehnte an der steinernen Balustrade und sah sie an. Die Abendsonne ließ seine dunkelblonden Haare rötlich schimmern und machte seine Züge weich. Gavin trug ein anthrazitfarbenes Oberhemd und hatte die Lederjacke auf die Mauer gelegt. »Die Gäste, die du zu uns geschickt hast, waren doch sehr zufrieden. Mach dir nicht zu viele Gedanken. Freya kann stolz auf dich sein. Wie geht es ihr? Neuigkeiten?«

Shona seufzte, etwas, das sie in diesen Tagen viel zu oft tat. »Keine Verbesserung, leider. Das macht es noch schwerer für Erin. Wir hatten so sehr gehofft, dass die Ärzte Freya aus dem Koma zurückholen würden.«

Die Tür zum Restaurant ging auf, und eine Kellnerin mit dunkelgrüner Schürze kam heraus. »Ihr Tisch wäre dann so weit. Wenn Sie mir bitte folgen würden?«

»Nach dir.«

Sie spürte kurz seine Hand an ihrem Rücken und folgte der jungen Frau, die sie drinnen zu einem Tisch am Fenster führte. Dielen, Holzstühle, die traditionelle Bar, an den Wänden Fotografien von Musikern, die hier gespielt hatten, und Bilder von einheimischen Künstlern verliehen dem Pubrestaurant eine gemütliche Atmosphäre.

Nachdem sie sich gesetzt und die Getränke bestellt hatten, sagte Shona mit Blick auf eins der Bilder vom Hafen: »Ich bin früher gern gesegelt. Die Eltern meiner Freundin hatten ein Boot. Wir haben bei schönem Wetter kleine Turns gemacht, bis Colonsay oder rauf nach Jura. Gern wäre ich mal nach Mull oder weiter nach Barra gesegelt. Wenn ich hier leben würde, wer weiß, vielleicht würde ich dann segeln.«

Die Kellnerin servierte die Getränke, und Shona hob ihr Glas. »Slàinte – und danke für die Einladung!«

Gavin stieß mit ihr an. »Slàinte! Mein Freund Bernard hat ein Boot, und er kann verdammt gut segeln. Er sagt, dass die Strömungen es in sich haben, und wenn Sturm aufkommt, ist das kein Spaß mehr. Ich habe das einmal mit ihm erlebt.«

Shona hörte ihm gern zu. Er erzählte von seinem Segelabenteuer und von seinen Erfahrungen in ausländischen Destillerien, nur als es um die Gründung von Darragh und die Beteiligung seiner Ex-Frau ging, wurde er einsilbig.

»Hey, du musst nicht über deine Ex sprechen. Ihr habt das doch jetzt mit der Bank geklärt. Du hast so viel Erfahrung gesammelt, und ich glaube fest daran, dass euer Whisky ein Erfolg wird. Komm, darauf stoßen wir an!«

Sie stießen noch viele Male an diesem Abend an, und Shona bedauerte beinahe, dass sie wieder nach Edinburgh gehen würde. Aber dort war ihr Leben, ihr Job, ihre Freunde, ihre Wohnung. Als ihr Handy summte, sah sie besorgt auf das Display.

»Entschuldige, meine Mutter.« Gavin nickte, und sie nahm das Gespräch an. »Mum?«

»Freya hatte heute eine Krise, Shona. Zum Glück war Erin da schon wieder zu Hause bei deinem Vater.« Ihre Mutter rang nach Worten. »Jetzt ist sie stabil, aber eben immer noch im Koma. Und das wird auch noch eine Weile so bleiben. Kommst du damit klar, Shona? Ich meine, auch mit Erin? Oder sollen wir sie hierbehalten und sie zu einem Psychologen schicken?«

Shona biss sich auf die Unterlippe, was sie immer tat, wenn sie nervös war. »Was hat Erin denn gesagt? Will sie nicht zurück zu mir?«

»Doch, doch. Sie spricht ja nicht viel mit uns. Ruf sie bitte morgen früh mal an, Shona. Der Flieger, mit dem Erin zurückkommt, landet um achtzehn Uhr in Glenegedale.«

»Ist gut, mache ich. Wie geht es Dad?«

»Er leidet, aber er zeigt es nicht. Ich weiß nicht, was ich ohne ihn täte«, sagte ihre Mutter.

Shona wischte sich die Augen. »Umarme Dad von mir. Mum, lass uns morgen telefonieren.«

»Ist gut, meine Süße. Und mach dir keine Sorgen. Es ist ein langer Weg, aber die Ärzte sind zuversichtlich.«

»Das ist das Wichtigste. Bis morgen, Mum!«

Sie räusperte sich. »Entschuldige.«

Gavin legte seine Hand auf ihre, als sie das Telefon auf den Tisch legte. »Wie steht es? Wenn du Hilfe brauchst, kannst du auf mich zählen. Auf mich und meine Familie, hörst du?«

Seine Wärme durchströmte sie und gab ihr ein wenig Zuversicht. »Danke, Gavin. Weißt du, ich wünschte nur, man würde denjenigen finden, der für den Unfall verantwortlich ist.«

Die Kellnerin kam mit zwei Tellern an ihren Tisch. »Einmal Muscheln und einmal Lachs. Den Salat bringe ich gleich.«

Das Essen war appetitlich angerichtet und duftete köstlich, doch Shona starrte unglücklich auf ihren Teller.

»Ist etwas nicht in Ordnung?«, fragte die Kellnerin, die einen Undercut und schwarz gefärbte Haare trug. In beiden Ohrläppchen waren zahlreiche silberne Piercings angebracht.

»Was? Oh nein, nein. Das sieht ganz wunderbar aus«, versicherte Shona.

Mit pikierter Miene ging die Kellnerin und brachte den Salat.

»Es tut mir so leid. Ich will dir nicht den Appetit verderben, Gavin, aber ich muss immer an Freya denken«, flüsterte Shona.

»Ich verstehe dich, Shona, aber du hilfst ihr nur, wenn du stark bleibst und das Zazzles für sie führst. Deine Schwester hat so viel in das Gästehaus investiert. Und was du jetzt für sie tust, ist genauso wichtig, wie das, was deine Eltern machen. In so einer Ausnahmesituation tut jeder, was er kann.« Gavin legte eine von seinen Muscheln auf einen kleinen Teller und schob ihn ihr zu. »Koste mal. Die sind hier wirklich spitzenmäßig. Hast du heute schon gegessen?«

»Seit dem Frühstück nichts mehr«, fiel es ihr ein. »Kaffee zählt nicht, oder?«

Gavin schüttelte den Kopf. »Dann wird es Zeit. Wir können Sebastian nicht enttäuschen.«

Sein Freund war hier Koch. »Verzeihung. Ich bin ein schrecklicher Gast.« Sie kostete die Muschel und sah Gavin mit aufgerissenen Augen an. »Das ist so gut!«

Er lächelte zufrieden. »Dann guten Appetit!«

Schließlich aß sie sogar noch ein Dessert, ein Schokoladenküchlein mit flüssigem Kern auf einem Fruchtspiegel.

Als die Kellnerin die Teller abräumte, fragte sie: »Darf es sonst noch etwas sein?«

Shona hob dankend die Hände, und Gavin sagte: »Unser Kompliment an die Küche. Richten Sie Sebastian bitte aus, dass er sich selbst übertroffen hat.«

»Sehr gern.« Die Kellnerin entfernte sich, und Shona sah Gavin an. »Ich danke dir für diesen wunderbaren Abend, Gavin. Allein im Zazzles hätte ich wahrscheinlich nur geheult. Was mache ich denn nur mit Erin?«

Sie erzählte kurz, was ihre Mutter gesagt hatte.

»Hat Erin Hobbys?«, wollte Gavin wissen.

»Sie zeichnet sehr schön, und mit meiner Schwester ist sie wandern gegangen.« Shona dachte an die Brosche. »Davon habe ich dir noch gar nicht erzählt. Freya hat zwar keinen Metalldetektor wie dieser Zach, von dem du erzählt hast, aber ich schätze, dass sie mit Erin etwas aus der Zeit der Wikinger gefunden hat. Falls es echt ist … das weiß ich natürlich nicht.«

In diesem Moment brachte die Kellnerin die Rechnung und ein Tablett mit zwei Whiskygläsern. »Ein Gruß des Hauses.«

»Danke.« Gavin notierte das Trinkgeld auf der Rechnung und legte seine Kreditkarte in das Rechnungsbuch.

Zu Shona sagte er: »Ja? Jetzt bin ich neugierig. Dass sie überhaupt fündig wird, hätte ich nicht gedacht.«

»Tja, also ich habe zufällig so eine silberne Spange gefunden. Ich weiß ja, dass Freya sich für die Zeit der Nordmänner interessiert und oft auf solchen Festivals ist. Sie hat auch Schmuck, der dort verkauft wird, aber das Stück sah anders aus. Irgendwie echt.«

Gavin nickte, hob das Whiskyglas, schnupperte daran und lächelte. »Hm, der ist gut. Was riechst du, Shona?«

Sie schwenkte das bauchige Glas ein wenig und roch an dem goldfarbenen Whisky. »Torf.«

Gavin grinste. »Sicher. Der stammt von Islay. Was noch?«

»Süß?«, sagte sie fragend.

»Sehr gut! Der hat tatsächlich eine süßliche Note. Myrte und Heidekraut.« Gavin nahm einen Schluck und schloss kurz die Augen. »Unser Zehnjähriger. Ein Hoch auf dieses Restaurant, das guten Whisky zu schätzen weiß.«

Shona kostete ebenfalls und mochte den leicht rauchigen Nachgeschmack. »Ich versteh nicht viel von Whisky, aber diesen hier mag ich sehr, nicht nur weil er von euch ist. Er ist weich und kratzt nicht.«

»Danke, das ist ein richtig gutes Kompliment. Und jetzt bin ich gespannt auf Freyas Fund. Wikingerschmuck auf unserem Land? Das wäre mal was!« Er hob den Blick, denn die Kellnerin war mit der Mappe zurückgekommen und schien ihnen zuzuhören.

»Alles in Ordnung?«, sagte Gavin zur Kellnerin, die angelegentlich in die Mappe mit der Rechnung sah.

»Ja, ja.« Hastig ging sie davon.

»Hat sie uns belauscht, oder kam mir das nur so vor?«, fragte Shona leise.

»Hm, komm, wir gehen, und dann erzählst du mir draußen alles«, schlug Gavin vor.

10

Der Wecker klingelte, und Shona stöhnte. Sie hatten gestern Whisky und Wein getrunken, nicht viel, aber genug, um jetzt lieber noch im Bett liegen zu bleiben. Es war Sonntag! Warum zum Teufel musste sie überhaupt aufstehen? Sie wollte sich umdrehen, als es ihr siedend heiß einfiel – sie hatte Gäste! Und die Agenturarbeit musste auch erledigt werden!

Die Bewunderung für ihre Schwester wuchs mit jedem Schritt, den sie schlurfend in Richtung Bad machte. Nach einer kurzen Dusche lief sie die Treppe hinunter und machte sich in der Küche an die Frühstücksvorbereitungen. Sie hatte ganz vergessen, Mr Wilcox und die Neuankömmlinge nach ihren Wünschen zu fragen. Shona stellte das Radio an und begann, Eier aufzuschlagen und Speck zu braten. Toast hatte sie genug vorrätig und Marmelade ebenfalls. Außerdem war sie jetzt versiert in der Herstellung von belgischen Waffeln. Was also sollte schiefgehen?

Sie summte gerade einen alten Beatles-Song mit, als es an die Tür klopfte.

»Guten Morgen, junge Frau!« Herbert Wilcox stand mit vor der Brust verschränkten Armen vor ihr.

»Guten Morgen, Mr Wilcox!« Sie drehte sich zu ihm

um, in einer Hand einen Löffel, von dem Teig auf den Boden tropfte. »Kaffee oder Tee? Eier mit Speck?«

Die leicht verärgerte Miene des Vogelkundlers entspannte sich. »Tee, Eier, keinen Speck und Toast, bitte. Ich befürchtete schon, dass ich ohne Frühstück losziehen müsste.«

»Aber nein, das wäre ja ein schrecklicher Start in den Tag. Welche Vögel beobachten Sie eigentlich? Alles, was Ihnen vors Fernglas kommt?«

Der Mann stellte seinen Rucksack ab, offensichtlich glücklich, dass er nach seinem Hobby gefragt wurde. Er hatte dünnes graues Haar und trug eine runde Brille. »Sie wissen ja sicherlich, dass es über einhundert Vogelarten auf Islay gibt. Ich habe Austernfischer und Basstölpel, eine Kolonie Kormorane, Gryllteisten und Kiebitze gesehen. Uferschnepfen, einen Wanderfalken und Rotschenkel und natürlich die Weißwangengänse, die bald weiterziehen. Aber das Schönste, was ich oben bei Loch Gruinart beobachten durfte, war ein Paar Kornweihen.«

Er machte eine Pause, und Shona schob die Bratpfanne zur Seite. »Ja? Sind die so selten?«

»Oh ja! Die waren fast ausgestorben! Und dabei sind es so wunderschöne Vögel. Das Männchen ist graublau und das Weibchen braun. Sie brüten noch. Hach, wenn ich noch miterleben darf, wie die Küken schlüpfen! Dann wäre mein Aufenthalt hier perfekt.« Selig lächelnd hob er seinen Rucksack auf. »Wenn Sie Zeit haben, können Sie mich begleiten. Aber Sie haben das Naturparadies ja vor der Haustür. In Liverpool ist das anders. Da komme ich nicht so oft raus. Wissen Sie, sobald ich pensioniert bin, miete ich mir auf einer Insel ein Häuschen.«

»Das klingt nach einem schönen Plan. Aber es könnte auch einsam werden. Im Winter ist hier kaum was los«, gab Shona zu bedenken und schob die Portion Rührei auf einen Teller.

Als zeitgleich der Wasserkocher ratterte, gab sie Tee in ein Sieb, legte es auf ein Tablett und goss das sprudelnde Wasser in eine Glaskanne. Rasch drückte sie Brot in den Toaster und brachte alles auf einem großen Tablett in den Frühstücksraum. Sie zündete eine Kerze auf dem Tisch von Mr Wilcox an und holte Milch und Butter. »Lassen Sie es sich schmecken!«

Der Mann strahlte sie zum ersten Mal, seit sie hier war, an. »Danke schön. Das sieht sehr gut aus.«

Vielleicht wäre das Beobachten von Vögeln in Loch Gruinart auch etwas für Erin, dachte Shona. In der Küche nahm sie sich den *Íleach*, die Inselzeitung, zur Hand und informierte sich über die neuesten Entwicklungen auf Islay.

Die neuen Gäste kamen erst mit der letzten Fähre, so dass Shona ihre Nichte am frühen Abend vom Flughafen abholen konnte. Es hatten sich noch keine Veränderungen bei Freya ergeben. Auf dem Weg dorthin kam sie durch Bowmore und hielt spontan vor der Polizeistation, weil sie den Dienstwagen dort stehen sah. Das Wetter war noch besser als tags zuvor. Nur ein leichter Westwind wehte, und die Sonne schien seit Stunden. Solche Tage waren selten genug.

Shona stieg aus und ging auf den Eingang der Polizeistation zu, als die Tür aufschwang und der Inselsheriff höchstpersönlich herauskam. Dougal Anderson war stämmig, aber nicht übergewichtig und hatte schlohweißes Haar, das unter einer Tweedmütze hervorschaute. Am Sonntag trug er keine Uniform, sondern eine Wachstuchjacke zu Oberhemd und Stoffhose. Leicht wässrige Augen musterten sie aus einem rotwangigen Gesicht.

»Hallo, Chief! Ich weiß, dass Sonntag ist und Sie eigentlich keinen Dienst haben«, begann sie, und Anderson blieb stehen.

»Wenn es bis morgen warten kann, kommen Sie morgen wieder«, sagte er knapp.

»Ja, nein, eigentlich kann es gar nicht warten, weil ich nicht verstehe, warum sich niemand darum kümmert, herauszufinden, wer meine Schwester angefahren hat! Freya liegt seit zwei Wochen im künstlichen Koma!« Sie war lauter geworden als beabsichtigt, und Andersons ablehnende Haltung veränderte sich.

»Sie sind Freyas Schwester?«

»Shona MacLean, ja, ganz genau. Wir haben telefoniert. Haben Sie denn schon etwas herausgefunden?«

Der Polizist spielte mit seinen Autoschlüsseln. »Was glauben Sie eigentlich, wo wir hier sind? Das ist eine Insel. Wir haben kein Kriminallabor mit diesem Hightechkram. Was möglich ist, haben wir getan. Es gibt Statistiken. Sollten Sie sich mal ansehen. Fahrerflucht wird mal gerade eben zu fünfunddreißig bis vierzig Prozent aufgeklärt. Die ganze Sache ist schlimm. Tut mir persönlich sehr leid, aber ich kann Ihnen nicht helfen.«

Doch Shona gab nicht nach. »Gerade weil wir auf einer Insel sind, müsste es doch leichter sein, einen Augenzeugen zu finden. Oder das Auto des Täters!«

»Der oder die Fahrerin kann sofort nach dem Unfall mit der Fähre aufs Festland gefahren sein. Wir haben Ihre Schwester doch erst Stunden nach dem Unfall gefunden. Ich muss jetzt weiter. Aber ich verspreche Ihnen, mich morgen noch einmal mit der Akte zu befassen.« Er räusperte sich. »Und wie geht es Ihrer Schwester?«

»Sie liegt noch im künstlichen Koma. Wenn sie, wenn … Also, dann wäre es Mord, oder nicht?«, brachte Shona hervor.

»Auch so ist es schwere Körperverletzung. Ich nehme das nicht auf die leichte Schulter. Aber, wie gesagt, ohne Zeugen können wir nichts machen.«

»Lagen denn keine Lacksplitter oder sonst irgendetwas von dem Wagen herum?« Shona ging mit dem Polizisten zu seinem Dienstwagen.

Er schüttelte den Kopf. »Morgen.«

Anderson stieg in seinen Wagen und fuhr davon.

»Verfluchter …«, schimpfte Shona. Einem Impuls folgend, rief sie Gavin an.

»Hey, schön, dass du dich meldest. Alles in Ordnung?«

»Ich wollte mich für den Abend bedanken. Das Essen war toll und danke, dass du zugehört hast.«

»Dafür sind Freunde doch wohl da, oder nicht?«

Freunde, dachte sie, für einen Moment enttäuscht, doch er hatte recht. Sie war nicht der Typ für eine flüchtige Affäre.

»Darf ich dich noch etwas fragen, Gavin? Ich komme gerade von der Polizei.«

»Sicher. Was hast du auf dem Herzen?«

»Störe ich auch nicht?« Abrupt trat sie auf die Bremse, denn sie war an der Abzweigung nach Glenegedale vorbeigefahren.

»Wir machen Kisten für den Transport fertig. Eine Pause kommt mir gelegen.« Gavin sprach kurz mit seiner Schwester.

»Okay. Weißt du, wo genau meine Schwester verunglückt ist? Ich meine, ganz genau.« Sie erzählte, was der Polizist gesagt hatte.

»Verstehe, du willst selbst nach Spuren suchen. Aber das ist jetzt über vierzehn Tage her. Was willst du noch finden?«

»Auf jeden Fall mehr als dieser Inselsheriff, der überhaupt kein Interesse an dem Fall hat!«, gab sie zurück.

Bisher hatte sie sich davor gescheut, den Ort aufzusuchen, an dem Freya angefahren worden war. Zu frisch und schmerzlich waren die Ereignisse. Aber irgendwie musste sie Bewegung in die Sache bringen, denn sonst würde es niemand hier auf der Insel tun.

»Ich zeige dir den Platz, aber nur, wenn wir gemeinsam dorthin fahren. So was kann schmerzhafter sein, als du dir vorstellen kannst. Ich muss sehen, wann ich Zeit habe, und rufe dich zurück, ja?«

»Danke, Gavin. Das ist mir wirklich wichtig.«

»Bis bald.«

Die Verbindung wurde unterbrochen. Bald darauf konnte Shona die Landebahnen des ehemaligen RAF-

Flughafens an der Küste sehen. Während des Zweiten Weltkriegs waren drei Landebahnen gebaut worden, denn die Insel spielte eine wichtige Rolle als Stützpunkt für See- wie Flugstreitkräfte. Heute wurden noch zwei Landebahnen für den zivilen Luftverkehr genutzt.

Als Shona auf den Parkplatz vor dem Tower fuhr, war Erins Flieger bereits im Landeanflug. Erin kam mit blassem Gesicht und verweinten Augen durch das Gate und ließ sich von Shona in die Arme nehmen.

»Ach, meine Kleine. Es tut mir so leid. Wir alle haben gehofft, dass deine Mum an diesem Wochenende einen großen Schritt nach vorn machen würde.« Sie strich Erin über die Haare.

Das Mädchen klammerte sich an sie. »Ich habe solche Angst, Shona.«

»Das ist okay, Erin. Aber Freya wird wieder gesund. Das ist so sicher wie der nächste Sonnenaufgang!«

Erin machte sich los und zog eine Grimasse. »Das ist ein blöder Vergleich. Und wenn jetzt ein Meteorit einschlägt?«

Shona grinste. »Wie wahrscheinlich ist das?«

»Eins zu einer Trillion oder so.« Erin legte den Kopf schief.

»Fein, dann weißt du, wie wahrscheinlich es ist, dass Freya bald wieder hier ist.« Sie griff nach Erins Tasche und legte den Arm um die Schultern ihrer Nichte. »Ich habe mir überlegt, dass wir mal raus in die Natur sollten. Mr Wilcox hat mir von den Vögeln in Loch Gruinart erzählt. Er hat eine Kornweihe gesehen.«

Sie gingen zum Auto, und Erin sagte: »Kornweihen

gibt es nur noch sehr wenige, haben wir in der Schule gelernt.«

»Und wie toll ist es dann, dass hier auf Islay welche brüten?« Shona öffnete die Tür des Jeeps.

»Vielleicht kann ich ein Foto machen und das für ein Referat benutzen«, sagte Erin.

»Das halte ich für eine super Idee. Und jetzt rate mal, wer belgische Waffeln machen kann?«

Erin lachte. »Glaube ich nicht. Die hast du bestimmt verkohlen lassen.«

Lächelnd startete Shona den Wagen.

VI

See heißt's bei den Menschen,
aber Immerruhig bei den Göttern,
Woge nennen's die Wanen,
Aalheim die Riesen, die Alben Nassstab,
die Zwerge nennen's tiefes Meer.

Die Götterlieder der Älteren Edda

Fjell stand in seinem Haus und wog zwei Säcke mit Silbermünzen. Es erschien ihm nicht genug, denn Huldas Schönheit überstrahlte die Sonne. Er würde mit Huldas Vater verhandeln, ging aber davon aus, dass dieser den Brautpreis akzeptieren würde. Róki war ein vernünftiger Mann. Anders hingegen seine Frau Brigida, deren Beharren auf ihrem Christengott ihm zuwider war. Brigida lehnte ihn ab, wie sie alle Krieger als grausame Gotteslästerer sah. Nur vergaß die frömmelnde Frau, dass sie ohne den Schutz der Krieger schon lange nicht mehr am Leben wäre.

Fjell war davon überzeugt, dass sein Leben vom Augenblick der Geburt an vom Schicksal bestimmt wurde. Am Fuße der gewaltigen Esche Yggdrasil saßen Urðr, Verðani und Skuld in einer endlos scheinenden Höhle, deren grauenvolle Leere von den sich windenden Wurzeln Yggdrasils durchzogen wurde. Hier wurde der Bilderteppich vom Leben jedes einzelnen Menschen gewoben, und jedes Beten und Flehen konnte daran nichts ändern, denn das Schicksal war vorherbestimmt.

»Was machst du für ein finsteres Gesicht, Fjell? Ist es nicht eine freudige Sache, eine schöne Frau zu heiraten?«, fragte sein Bruder Fálki und trat neben ihn. »Denkst du, das ist nicht genug Silber? Ich meine, sie ist ja keine vornehme Frau.«

Fjell ließ die Säcke auf die Bank fallen. »Doch, Fálki, das ist sie. Sie ist vornehm an Geist und Schönheit. Ihretwegen mache ich mir keine Sorgen. Ihre Mutter ist mir nicht gewogen. Ich weiß, dass sie einen christlichen Mann für Hulda wollte.«

Sein Bruder schnaufte abfällig. »Wir sind nicht in Orkneyjar und auch nicht bei den Engilsaxar. Auf unseren Inseln herrschen die alten Götter, die einzigen Götter!«

Fjell klopfte seinem Bruder auf die Schulter. »So ist es. Und vor dem nächsten vollen Mond wird sie meine Frau sein.«

»Nur vor Sverrir musst du dich in Acht nehmen. Der hat es schon seit Uí Néill auf dich abgesehen«, warnte Fálki.

»Er kann nicht verwinden, dass Crovan meinen Rat in Kriegsdingen mehr schätzt als den aller anderen.« Fjell fürchtete niemanden, denn er vertraute auf seine körperliche Stärke, sein Schwert und seinen Verstand. Aber er war nicht so vermessen zu glauben, dass er unangreifbar war. Schon lange intrigierte Sverrir gegen ihn, bisher ohne Erfolg.

Sein Vater gestikulierte ihm, zu ihm zu kommen. Der Kranke saß in einem Armlehnstuhl aus Fichtenholz, die

Beine mit einem Fell bedeckt. Halvor streckte die zitternden Arme nach ihm aus und zog Fjell kurz an sich.

»Was willst du mir sagen, Vater?«, fragte Fjell und hockte sich auf einen Schemel. Seine Mutter und die anderen Frauen waren dabei, Gemüse und Beeren zu säubern. Doch Védis schaute immer wieder einmal zu ihrem Mann hinüber.

Fálki kam ebenfalls dazu. »Du hast das mit Sverrir gehört, ja, Vater?«

Der Alte nickte und brachte langsam heraus: »Schlechter Mann. Töte ihn.«

Fjell erkannte die Besorgnis in den Augen seines Vaters und wusste in seinem Innersten, dass Halvor recht hatte. Irgendwann würde Sverrir ihn töten, wenn er ihm nicht zuvorkam.

»Ich bin kein hinterhältiger Mörder, Vater. Wenn das Schicksal es will, werde ich gegen Sverrir kämpfen und ihm die Chance geben, mit dem Schwert in der Hand zu sterben.«

Sein Vater verzog den schiefen Mund und nickte. Halvor hatte ihm beigebracht, ehrenhaft zu kämpfen. Ein Krieger lebte durch seine Taten. Draußen waren Stimmen und das Wiehern von Pferden zu hören.

»Üben die jungen Kämpfer?«, wollte Fjell wissen und stellte das Silber zurück in eine schwere Holzkiste.

Fálki wollte zur Tür gehen, als diese aufgestoßen wurde und Sváfa hereinkam.

»Da ist ein Bote aus Naustvík. Fjell, ihr habt gesagt, dass ihr eine Weile hierbleibt!«, sagte seine Schwester vorwurfsvoll.

Ihr erblühender Körper wurde nur ungenügend unter den wollenen Kleidern verborgen, und Fjell wusste genau, wie seine Männer auf eine schöne junge Frau reagierten.

»Bleib im Haus, Svāfa!«

Fjell griff nach seinem Schwert und ging mit Fálki nach draußen, wo sich auf einer Seite des Platzes junge Männer im Schwertkampf übten. Andere putzten ihre Rüstung oder sprachen mit dem Bogenmacher. Der Schmied hatte seine Werkstatt am Ende des Dorfes. Seine Dienste waren in Kriegs- wie in Friedenszeiten gefragt. Fjell wollte sich eine neue Axt schmieden lassen. Sein Schwert war von einem fränkischen Schmied gefertigt worden, denn die waren wahre Meister in der Herstellung von mehrschichtig geschmiedeten Klingen. Fränkische Schwerter waren leichter, schärfer und stabiler als vergleichbare Waffen. Sein Schwert hatte er Adlerschwinge genannt, denn so leicht und präzise, wie eine Adlerschwinge sich bewegte, durchtrennte sein Schwert die Leiber der Feinde. Als er den Boten sah, ließ er es sinken.

»Dúri!«, rief er dem Mann zu, der von einem grauen Pferd sprang.

Verschwitzt vom Ritt, kam Dúri auf sie zu. Sein verzotteltes rotblondes Haar hing ihm auf den Rücken. Er trug nur Wollhosen und über dem nackten Oberkörper seinen Waffengurt mit dem Schwert auf dem Rücken. Dúri war immer zu einem Spaß aufgelegt und liebte die Frauen wie sie ihn. Er wusste nicht, wie viele Kinder er gezeugt hatte, aber er hatte immer Silber für seine Frauen zurückgelassen.

Fjell und Dúri umarmten sich kurz. Die Männer hielten in ihrem Kampftraining inne und kamen neugierig näher. Ein Bote brachte Neuigkeiten, und die gingen alle im Dorf an.

»Was führt dich her, Dúri? Ich dachte, ihr feiert noch immer!«, sagte Fjell, und alle lachten.

Die anderen drei Drachenschiffe waren nach Naustvík gefahren, wo sie im Hafen festmachten und ausgebessert wurden. Dort oben, im Norden von Kúla, bauten sie auch neue Schiffe. Das Tuch für die Segel webten sie hier und in Sandvík, einem Dorf westlich des Hafens.

Dúri grinste breit. »Wir haben es uns gutgehen lassen. Aber Gormr will euch sehen, dich und deine Männer. Er hat etwas vor.«

»Hey, Dúri!«, rief Sverrir und gesellte sich zu ihnen. Der Hüne überragte den schmächtigeren Boten um einen halben Kopf. Das Wasser tropfte von seinem nackten, mit Tätowierungen bedeckten Oberkörper. Um den Hals trug er Thors Hammer, und an den Oberarmen prangten silberne Armreife.

»Sverrir!« Die beiden schlugen sich auf die Schultern. Sie hatten Seite an Seite gekämpft, und Sverrir galt als herausragender Krieger.

»Gormr will euch etwas vorschlagen, und dazu sollt ihr hoch nach Naustvík kommen. Er meint, ihr würdet sonst zu fett und bequem, wenn ihr hier wie die Maden im Speck bei den Weibern ausruht.« Dúri hob abwehrend die Hände, als er Fjells verärgerte Miene sah. »Das sind nicht meine Worte!«

»Was will er, Dúri? Warum sagte er nicht, was er vorhat?«, wollte Fjell wissen.

»Ich weiß es nicht, aber es scheint ihm wichtig, und ihr wisst, dass er eng mit Crovan ist.« Dúri wischte sich die Stirn. »Bekomme ich wenigstens ein Bier, bevor wir aufbrechen?«

»Natürlich! Komm mit!« Fjell ging voraus in sein Haus.

Fálki kam mit ihnen, doch als auch Sverrir folgen wollte, schüttelte Fjell den Kopf. »Du betrittst mein Haus nicht, Sverrir. Es sei denn, du nimmst zurück, was du zu mir gesagt hast.«

Herausfordernd sah Fjell den Hünen an. Doch der zog nur höhnisch die Oberlippe hoch und spuckte aus.

»Wir sehen uns, Dúri.« Dann stapfte er davon und brüllte die jungen Männer an. »Los, worauf wartet ihr? In Stellung und angreifen!«

Als sie im Schutz des Hausinneren waren, fragte Dúri leise: »Was ist denn mit Sverrir los? Hattet ihr Streit?«

»Wann hatten wir den nicht, aber diesmal ist er zu weit gegangen. Ich werde heiraten, Dúri, und Sverrir wollte sich meine Braut nehmen.«

Dúri sog scharf die Luft ein und strich sich über seinen Bart. »Das sieht ihm ähnlich. Er kennt kein Maß. Es tut mir leid, dass ich jetzt so ungelegen komme, Fjell. Hätte ich das geahnt, wäre ich langsamer geritten.«

Sie setzten sich an den großen Tisch, und Sváfa und eine Sklavin brachten Bier, Brot und Käse. Fjell beobachtete seine Schwester, die sich in Dúris Gegenwart ganz ungewohnt verhielt. Dúri war ein unverheirateter

Krieger und ein guter Mann. Wenn seine Schwester ihn wollte, hätte er nichts dagegen einzuwenden.

»Und jetzt sag mir, was Gormr vorhat. Er hat doch bestimmt darüber gesprochen.«

Dúri leerte seinen Becher und biss ein großes Stück Käse ab. Nach einer Weile murmelte er: »Er will jagen.«

»Jagen? Ja, dann soll er doch! Wozu braucht er uns?«

Auf Íl gab es Rotwild und Hasen, und die Fischgründe waren reich.

»Nicht hier. Er will rüber nach Dy Oer, wo das Wild im Überfluss herumläuft. Außerdem juckt es ihn, einen Abstecher nach Skotland zu machen.«

Fjell schüttelte den Kopf. »Wir haben Frieden mit Skotland. Den breche ich nicht.«

Dy Oer war die große Nachbarinsel, auf der nur wenige Siedler lebten, die aber reich an Wild war. Außerdem lag die Insel dichter am Festland. Gormr war ein raublustiger Kerl, immer auf neue Beute aus, doch es wäre dumm, sich mit den Skoten anzulegen. König Malcolm III. hatte sich mit Wilhelm dem Normannen verbündet. In Nórvegr herrschte Olav Kyrre und bewahrte seit Jahren den Frieden. Was bezweckte Gormr mit seinem Plan?

VII

Aus seinem Vermögen,
das er erworben hat,
soll der Mann Nutzen ziehen;
oft spart man für Ungeliebte,
was man Lieben bestimmt hatte,
vieles kommt übler, als man denkt.

Die Götterlieder der Alten Edda

Fjell stand vor Huldas Vater. Die beiden Männer sprachen schon eine Weile miteinander und wurden aufmerksam von Hulda und ihrer Mutter beobachtet.

»Du solltest ihn nicht heiraten, Hulda. Er ist nicht gut für dich. Wir hätten dich nach Nórvegr schicken sollen, wo wir einen christlichen Mann für dich gefunden hätten. Aber dein Vater hat ja noch nie auf mich gehört«, schimpfte ihre Mutter leise und strich ein Wolltuch glatt, das sie vom Webstuhl geschnitten hatte.

Hulda hielt das andere Ende, damit sich der Stoff glattzog. Ihr Herz schlug schneller, als die beiden Männer sich die Hände schüttelten.

»Vater hat zugestimmt«, sagte Hulda, und ihre Wangen waren gerötet.

»Natürlich hat er das. Fjell wird ihm viel Silber für dich geboten haben. Aber ein reines Gewissen und ein aufrichtiger Glaube an den einzigen wahren Gott sind mehr wert. Irgendwann wirst du das begreifen, Hulda.« Mit steinerner Miene zog und zerrte Brigida an dem Tuch. »Und dafür haben wir dich aufgezogen. Damit du die Frau eines Wilden wirst!«

Hulda lachte leise. »Und was ist Vater? Auch ein Wilder? Du redest Unsinn, Mutter. Dieses Geschwätz der Priester damals hat dich krank gemacht.«

Im Halbdunkel des Hauses putzten zwei Sklavinnen Holzteller und wuschen Wurzelgemüse. Dass sie ihre Ohren spitzten, war normal. Hulda überlegte, ob sie eine der Sklavinnen in ihr neues Heim mitnehmen wollte. Sie hoffte, dass Fjell ein neues Haus für sie beide bauen würde. Ein Haus, in dem sie die Herrin sein würde. Ein Haus, in dem ihr niemand reinreden würde, was sie zu tun und zu lassen hatte. Niemand außer Fjell.

»Warum solltet ihr mich überhaupt nach Nórvegr schicken? Wir haben keine Ahnen dort«, sagte Hulda.

Ihrer Mutter schien diese Bemerkung bereits zu bereuen, denn sie winkte ab. »Vergiss es, Hulda. Ich hätte dich eben gern an einem königlichen Hof gesehen. Das Zeug dazu hättest du.«

Mit dem Stolz der zukünftigen Ehefrau beobachtete sie Fjell, wie er mit ihrem Vater sprach. Ihr Mann war ein Krieger und ein schöner Mann, das Abbild eines Gottes, fand Hulda und spürte, wie ihr die Röte in die Wangen stieg.

»Hulda!«, zischte ihre Mutter. »Jetzt starr ihn nicht so an wie eine läufige Hündin.«

Wütend ließ Hulda das Tuch fallen, warf ihre blonden Locken zurück und spielte provozierend mit dem silbernen Thorshammer, der zusammen mit einem Kreuz an einem Lederband um ihren Hals hing.

»Vater versteht mich besser als du.«

»Nimm das Tuch auf, Hulda. Arbeiten wirst du auch müssen, wenn du Fjells Frau bist«, kam es durch die zusammengebissenen Zähne ihrer Mutter.

Hulda sah ein, dass es ihr nicht gut zu Gesicht stand, wenn sie sich vor den Augen der Männer mit ihrer Mutter stritt, und griff nach dem Tuch. Ihr Vater wandte sich ihr zu. »Hulda, komm doch einmal zu uns.« Er streckte eine Hand aus, und sie lief zu ihm und ergriff sie.

Sie liebte ihre Eltern, aber ihre Mutter verstand sie nicht so wie Róki. Als Kind hatte sie mit ihren Brüdern gespielt und sich mit Holzschwertern gegen die Jungen zu wehren gewusst. Vielleicht wäre eine Kriegerin aus ihr geworden, doch ihre Mutter hatte sie stets gerügt und ins Haus gezerrt, wenn sie schmutzig und mit blauen Flecken draußen gerauft hatte. Heute wusste sie um ihre Kraft als Frau und sah von Róki zu Fjell.

»Meine Tochter, wir haben den Vertrag mit einem Handschlag besiegelt. Wir werden ein großes Fest feiern, und ich werde dich Fjell übergeben, wenn er von Dy Oer zurück ist«, sagte ihr Vater feierlich.

Hulda erstarrte. Sie hatte gedacht, dass die Hochzeit in den nächsten Wochen stattfinden würde. »Dy Oer? Was gibt es dort, dass du fortmusst, Fjell?«

Er machte eine entschuldigende Miene. »Gormr will uns in Naustvík sprechen. Er hat etwas vor. Dúri vermutet, dass Gormr auf Dy Oer jagen will. Die Jagdgründe dort sind überreich. Aber ich fürchte, dass er mehr vorhat und die Dörfer auf dem Festland plündern will. Wenn es in meiner Macht liegt, werde ich das verhindern, sonst haben wir hier die Rache der Valskr zu fürchten.«

Ihr Vater nickte. »Ich stimme dir zu, Fjell. Gormr und Sverrir denken nie weiter als bis zum nächsten Raubzug. Aber wenn man einmal ein großer Herrscher werden will, muss man seine Entscheidungen abwägen.«

Erstaunt hörte Hulda das Lob aus dem Mund ihres Vaters. So hatte er noch nie über Fjell gesprochen. Ein großer Herrscher? Was war mit Godred Crovan? War er nicht der Herr über die südlichen Inseln?

»Ich bin zufrieden mit dem, was ich habe, Róki. Eine Krone steht mir nicht, und ich will die Götter nicht verärgern«, erwiderte Fjell und sah sich rasch um.

Falls jemand zuhörte und die Worte ihres Vaters falsch auslegte, konnte man Fjell des Verrats beschuldigen. Auf solch eine Gelegenheit wartete jemand wie Sverrir nur.

»Verzeih, natürlich. Mein Stolz darauf, dass du bald zu unserer Familie gehören wirst, hat mich übermütig gemacht«, meinte Róki.

Ihre Schwester Netja trat mit einem Krug Milch hinter einem Vorhang hervor, und Hulda fragte sich, ob ihre Schwester gelauscht hatte. In ihrem Ungestüm entglitten ihr leicht Worte, die in den falschen Ohren Unheil anrichten konnten. Hulda wollte nachher mit ihr sprechen.

Fjell ergriff Huldas Hand. »Erlaubst du, dass ich mit deiner Tochter spazieren gehe, Róki? Ich würde ihr gern noch etwas schenken, bevor wir fortreiten.«

Hulda hörte, wie ihre Mutter sich laut räusperte, doch ihr Vater nickte zustimmend.

»Ihr seid einander versprochen, und der Vertrag ist besiegelt.«

Glücklich ließ sich Hulda von Fjell aus dem Haus führen.

»Wohin gehen wir?«, flüsterte sie, als er mit ihr um die Hausecke trat.

»Wir nehmen mein Pferd.«

Auf dem Platz in der Mitte der Häuser trainierten die Männer den Umgang mit Schild und Schwert. Hulda hörte die Rufe und das Klirren der Waffen. Doch Fjell vermied es, an den Männern vorbeigehen zu müssen, und ging durch die schmalen Zwischenräume zwischen zwei Gebäuden zu den Ställen, hinter denen sich die Wiese mit den grasenden Pferden befand. Ein Schimmel wartete, aufgezäumt an einen Pfahl gebunden, und schnaubte, als er Fjell sah.

»Ah, mein Schöner!« Fjell strich dem edlen Tier über die Nüstern.

»Er ist wundervoll!«, sagte Hulda und streichelte den Hals des Hengstes.

»Sein Name ist Sturmwind. Er hat mich noch nie im Stich gelassen, und jetzt wird er uns beide tragen.« Fjell hob sie mit Leichtigkeit auf den Rücken des Pferdes und schwang sich hinter ihr in den Sattel.

Aus den Augenwinkeln sah sie Rian und einen Fremden aus dem Stall kommen, doch Fjell schnalzte mit der Zunge, und der Schimmel verfiel erst in Trab und trug sie durch die Dünen und dann in nördlicher Richtung die Küste hinauf. Sie spürte seinen Arm um ihre Hüfte, und die Wärme seines Körpers durchströmte sie. Der Wind trug das Rauschen des Meeres von den Klippen herauf, und die Seevögel schrien. Graue und weiße Wolken zogen über ihnen hinweg, und unter den Hufen des Pferdes wirbelte der feuchte Marschboden auf. Ein Gefühl von neu gefundener Freiheit erfasste Hulda, und sie lachte.

»Das gefällt dir, Hulda Rokadóttir?«, rief er dicht an ihrem Ohr, und sie fasste die Mähne des Pferdes.

»Ja!«, rief sie. »Wohin reiten wir?«

Doch er sagte nichts, hielt sie fester und ließ sein Pferd galoppieren. Sie kamen an den riesigen Stehenden Steinen vorbei, in deren Mitte den Göttern Opfer gebracht wurden. Weiter trieb Fjell sein Pferd, durch die Ebene, über saftiges Grasland. Zu ihrer Rechten lag Loch Gorm, und vor ihnen erhoben sich die bewaldeten Hügel. Erst als sie den Waldrand erreicht hatten, verlangsamte Fjell das Tempo und ließ Sturmwind in ein gemächliches Gehen verfallen. Auf der Hügelkuppe blieben sie stehen. Von hier aus hatten sie einen weiten Blick über die Ausläufer des Waldes bis hinunter zum Meer.

Fjell sprang ab und half ihr herunter. Als sie vor ihm stand, den Rücken an den warmen Pferdekörper gelehnt, legte sie ihre Hand auf seine Brust, die sich von der Anstrengung des Rittes hob und senkte. Er holte tief Luft und schien etwas sagen zu wollen, zog sie jedoch stattdessen an sich und küsste sie. Diesmal war es kein zarter, vorsichtiger Kuss, sondern ein besitzergreifendes

Kennenlernen. Hulda schlang die Arme um seinen Körper, schloss die Augen und überließ ihrem Körper die Führung. Sie spürte Fjells Hände auf ihrem Gesäß, ihrem Rücken, in ihren Haaren und stöhnte, als er sie an sich presste. Nur einen Augenblick lang, dann ließ er sie los, strich ihr die Haare aus dem Gesicht und murmelte: »Meine Frau. Bald bist du meine Frau, Hulda.«

»Ich bin dein, Fjell. Jetzt und immer.« Zärtlich fuhr sie mit den Fingerspitzen über seine Wange. Dafür musste sie sich ein wenig auf die Zehenspitzen stellen, denn er war größer als sie. Sein Bart war gestutzt, und er duftete nach Leder, Seife und frischem Schweiß.

»Für immer. Ich habe auf dich gewartet, Hulda, ein ganzes Leben.« Seine grauen Augen verdunkelten sich.

»Ach, ein ganzes Leben? Du Lügner! Du hattest viele Frauen vor mir!«, sagte Hulda, doch es war kein Vorwurf.

»Aber keine nach dir.«

Sie wollte ihm glauben und zog ihn an sich.

VIII

Freundschaft verbindet dann,
wenn man einem
alle Gedanken anvertrauen kann.

Die Götterlieder der Älteren Edda

Nach einem langen Kuss, den er gerne vertieft hätte, machte Fjell sich von Hulda los und sah ihr in die Augen, die so dunkelblau und undurchdringlich waren wie Loch Gorm. Sie war noch so jung und unerfahren, und er wollte sich Zeit lassen, wenn sie das erste Mal das Lager miteinander teilten. Er griff nach dem Ledersäckchen an seinem Gürtel und zog einen Ring heraus. Feine Silberdrähte waren eng miteinander verflochten.

»Der ist für dich, Hulda. Wirst du ihn tragen, bis ich zurückkomme?« Er nahm ihre schlanke Hand und wartete auf ihre Antwort. Ihre Augen schimmerten feucht, und sie nickte. »Er ist wunderschön!«, flüsterte sie.

Vorsichtig schob er den Ring über ihren mittleren Finger. »Ich werde dir mehr Schmuck schenken, Hulda, dich mit Silber und Perlen überhäufen, so wie es der Frau eines Kriegers zusteht.«

»Komm gesund zu mir zurück, das ist alles, was ich mir wünsche.« Sie schloss ihre Hand und lehnte sich an ihn.

Es war ein süßer Moment, den er in seinem Herzen bewahren wollte. Vor ihm lagen kalte Nächte und blutige Kämpfe, stürmische Tage auf hoher See und Auseinandersetzungen mit Männern von wilden Stämmen in Skotland. Niemand konnte sagen, was dort auf sie wartete.

Er drehte sie mit dem Rücken zu sich, so dass er einen Arm um sie legen und mit dem anderen über die Landschaft zeigen konnte. »Wir stehen hier auf einem Flecken namens Býr. Das Land gehört mir. Der Wald und die Wiesen bis hinunter zum Meer. Hier baue ich uns ein Haus, hier werden unsere Kinder geboren werden, und hier wird unser Vieh weiden. Der Boden ist fruchtbar, und es gibt genügend Holz für lange Winter. Was sagst du, Hulda?«

»Ich werde Stoffe weben für unser Haus und Felle schaben lassen, damit du es warm hast, wenn du wiederkommst. Aber ich hoffe, dass ich nicht bis zum Winter warten muss.«

Er spürte den Wind und die salzige Luft in seinem Gesicht und starrte in die Ferne. Íl war seine Heimat, das hatte er noch nie so sehr gespürt wie in diesem Moment. Ein Bauer würde nie aus ihm werden, jedenfalls nicht für lange Zeit, aber er war diesem Land verbunden, wie er dieser Frau und seiner Familie verbunden war. Seine Aufgabe war es, sie zu beschützen, sie reich mit Silber zu beschenken, denn Silber bedeutete Macht. Nur wer seine Krieger bezahlen konnte, war ein mächtiger Kriegsherr.

»Im Herbst wird unser Haus fertig sein. Das verspreche ich dir, Hulda. Und nun lass uns zurück ins Dorf reiten, wo Dúri wartet.«

Er ging mit ihr zu seinem grasenden Pferd und hob sie hinauf. Als er hinter ihr saß und die Zügel nahm, sagte sie: »Warum will Gormr unbedingt auf Dy Oer jagen? Wir haben hier genug Rinder und Schweine. Die Jagd beginnt doch erst im Herbst.«

»Gormr ist nie zufrieden. Seine Gier nach Trophäen und Silber ist unstillbar. Deshalb hat Godred Crovan ihn und seine Schiffe mit uns nach Íl geschickt. Er fürchtet sich vor Gormr, auch wenn er das niemals zugeben würde.«

»Was? Der mächtige Herrscher Crovan fürchtet sich? Ich habe ihn vor fünf Jahren das letzte Mal hier auf der Insel gesehen. Damals fand ich ihn sehr beeindruckend, und er schien unbesiegbar«, sagte Hulda und lehnte sich an ihn.

Fjell ließ das Pferd im Schritt gehen, um die Zweisamkeit auszukosten und sich mit ihr zu unterhalten. »Er ist schlau und im Grunde wie Gormr, nie zufrieden. Doch er plant weitsichtiger, das zeichnet ihn aus. Durch seine Klugheit und Bündnisse mit den richtigen Jarls hat er die Insel Man erobert. Das hätte Gormr nicht geschafft. Aber Gormr ist trotzdem nicht zu unterschätzen. Er hat seine Getreuen, und es sind allesamt Dänen.«

»Warum sagst du das so, Fjell?«

Der Weg führte den Hügel hinunter, und sie mussten gemeinsam ihr Gewicht nach hinten verlagern. Eine Herde Schafe graste etwas abseits und näherte sich den Klippen. Die Schafe fraßen neben Gras auch den Seetang, der angespült wurde.

»Weil ich manchmal nicht genau weiß, wem Gormrs Loyalität gilt.«

Sie erreichten wieder ebenes Gelände, und er konnte die Nase in ihren Haaren vergraben, etwas, das er noch oft und ausgiebig tun wollte.

»Wie meinst du das? Wäre es denn falsch, wenn er zu König Harald von Dänemark steht?«, wollte Hulda wissen.

Seit vielen Generationen lebten Dänen, Nordmänner, Galen, Pikten und die Stämme der Uí Néill nebeneinander. Man bekämpfte sich, man nahm sich Land und eroberte es in der nächsten Generation zurück. Die Grenzen waren aufgeweicht, und die Stämme hatten sich vermischt. Die große Zeit der Dänen war vorbei. Wilhelm der Normanne hatte sich in Lundene festgesetzt und seinen Machtanspruch in den letzten Jahren durch brutale Raubzüge in den Norden bekräftigt. Er ließ ganze Landstriche dem Erdboden gleichmachen, die herrschenden Grafen ermorden, Ernten vernichten, das Vieh töten und Dörfer niederbrennen.

»Knut hat eine Flotte ausgerüstet, um gegen Wilhelm den Normannen zu kämpfen. Gerüchte machen die Runde, dass Knut von Dänemark aus Lundene angreifen will, um die Normannen zu vertreiben.« Er wollte ihr keine Angst machen, doch sie hatte ihn gefragt, und er würde immer offen mit seiner Frau sprechen.

»Knut? Der Halbbruder von König Harald? Vater hat gesagt, dass Harald eher wie Olav Kyrre regiert, verhandelt und keine Eroberungsfeldzüge mehr führt.«

Seufzend lenkte Fjell seinen Schimmel auf einen Pfad, der sie nach Kúla brachte. Die hohen Dünen waren bereits in Sichtweite, und Stimmen schallten aus dem Dorf herüber, aus dessen Häusern Rauch aufstieg.

»Harald ist zwar König, aber es gibt eine ganze Reihe von Brüdern, die nach der Krone lechzen. Knut hat eine starke Flotte zusammengestellt, und er ist begierig darauf, Rache an Wilhelm zu nehmen. Vielleicht erhofft sich Gormr mehr von Knut, als er von Crovan zu erwarten hat. Aber genug davon, Hulda. Ich werde jedenfalls nicht mit den Dänen gegen Wilhelm und die Engilsaxar ziehen.«

Fjell ritt bis zu Huldas Haus, half ihr von seinem Pferd und nahm sie noch einmal in die Arme. Dann küsste er sie kurz und fest auf den Mund und sagte dann: »Es werden keine drei vollen Monde vergehen, und ich komme, um dich zu mir zu holen, Hulda.«

Ihre Augen füllten sich mit Tränen, seinetwegen, und er strich ihr über die Stirn. »Meine schöne Braut.«

»Mögen die Götter dich beschützen, Fjell«, sagte sie leise.

Hinter ihr wurde die Haustür geöffnet, und Róki kam heraus.

»Dúri hat nach dir gefragt, Fjell. Er ist drüben bei euch, und Sverrir hat bereits seine Rüstung angelegt«, sagte ihr Vater. »Geh ins Haus, Hulda.«

Fjell ergriff Rókis Arm. »Danke, mein Freund. Ich hätte dir auch mehr Silber gezahlt.«

Róki grinste, wurde aber sofort wieder ernst und sagte mit gesenkter Stimme: »Ich weiß, aber ich weiß auch, dass du der beste Mann für meine Tochter bist. Sie braucht einen Krieger, der sie beschützen kann, denn sie ist von königlicher Abstammung, Fjell.«

Verwirrt musterte Fjell den Vater seiner Braut. »Ich wusste nicht, dass du von hoher Geburt bist, Róki.«

Der Ältere schüttelte den Kopf. »Bin ich nicht und Brigida auch nicht. Aber Hulda ist es. Sie ist unser Mündel, doch niemand weiß es, und niemand darf es wissen.«

Zutiefst erschüttert über diese Eröffnung, hielt Fjell noch immer den Arm des anderen fest. »Aber wer?«

»Nicht hier, Fjell. Wenn du zurück bist, sprechen wir miteinander.« Róki ließ ihn los, klopfte ihm auf die Schulter und trat zur Seite, weil sein Sohn Rian, verschwitzt vom Training, zu ihnen kam.

Hulda war nicht Rókis leibliche Tochter. Das konnte nur bedeuten, dass sie von adliger Abstammung war und man sie hier auf Íl hatte aufziehen lassen, um sie vor Feinden zu beschützen.

»Hey, Fjell, wo warst du?« Jón stieß ihn an, und Fjell schüttelte die Flut an Gedanken ab, die ihn überrollt hatte.

Sein Freund trug bereits seinen ledernen Brustpanzer und das Schwert über den Rücken geschnallt.

»Ich habe mich von Hulda verabschiedet.«

»Wir feiern, wenn wir zurück sind, mein Freund!« Jón gab ihm einen leichten Schubs. »Na los, lass uns aufbrechen, damit wir vor der Dunkelheit in Naustvík sind.«

Vor dem Eingang von Fjells Haus hockte sein Sklave Arlan auf einer Bank und polierte sein Kettenhemd mit Sand. Fjell hatte dieses besonders engmaschige und leichte Kettenhemd von seinem Vater geerbt, der es aus Antiochia mitgebracht hatte.

Arlan war ein zwölfjähriger Junge, der zu einer Gruppe von Sklaven aus Umall gehört hatte. Der Landstrich an der Küste von Connacht war so arm und öde, gewesen, dass die erbeuteten Sklaven halb verhungert an Bord gekommen waren. Fjell hatte sich den stillen, aber aufmerksamen und flinken Jungen ausgesucht und ihm beigebracht, sich um seine Waffen und die Rüstung zu kümmern. Im Gegenzug lehrte er Arlan das Kämpfen und war sicher, dass aus dem Jungen einmal ein guter Krieger werden würde.

Der Junge hatte krauses dunkles Haar und blaue Augen, mit denen er Fjell aufgeregt ansah. »Euer Kettenhemd ist sauber. Hört nur, wie fein es klingt!«

Arlan sprang auf und schüttelte das silberne Kettenhemd, das im Sonnenlicht blitzte und metallisch raschelte.

»Danke.« Fjell fuhr dem Jungen durch die Haare. »Such uns Proviant zusammen, pack deine Sachen und bring meine Decke und mein Schulterfell mit.«

»Wir bleiben also länger fort?«, fragte der Junge und legte das Kettenhemd sorgsam auf die Bank. In ein Wolltuch gewickelt und durch Leder geschützt, würde Fjell es mitnehmen.

»Wir werden sehen.« Fjell stieß die Tür auf und fand seine Brüder bei seinem Vater und seinem Onkel.

»Rian, du bleibst hier«, entschied Fjell.

Sein Bruder kannte ihn gut genug, um zu wissen, dass sein Befehl einen guten Grund hatte.

IX

Freigebige, mutige Männer leben am besten,
selten treibt sie Sorge;
aber der mutlose Mann fürchtet alles.

Die Götterlieder der Älteren Edda

Als Fjell die Große Versammlungshalle in Naustvík betrat, sah er den Hunger nach Blut und Silber in den Augen Gormrs. Einem Herrscher gleich hatte sich Gormr in einen breiten Stuhl gesetzt, der erhöht auf einem Podest stand. Das war anmaßend, denn Gormr hatte ihm nichts zu befehlen. Hier auf Íl war Fjell sein eigener Herr, und die Ländereien, die er besaß, waren groß und fruchtbar.

Jón, Fionn und Ulfarr standen neben Fjell und dachten anscheinend genauso wie er.

»Sieh dir den aufgeblasenen Kerl an. Meint, er wäre der König der Inseln. Das sollten wir nicht durchgehen lassen, Fjell«, flüsterte Fionn.

Hinter ihnen standen sechzig Männer, die alle nur auf ein Zeichen von Fjell warteten. Ihnen gegenüber standen zweimal so viele Männer, von denen Fjell nicht wusste, wie loyal sie Gormr gegenüber waren.

»Bleibst du da oben sitzen, Gormr Langbart? Ist das deine Art, Freunde zu begrüßen?« Breitbeinig stellte sich Fjell auf. Die Schwerter hatten sie vor der Halle abgeben müssen. Doch in seinem Gürtel steckte ein Dolch, den er ebenfalls einzusetzen wusste.

In der Mitte der Halle brannte unter dem Abzugsloch ein Feuer. Obwohl es auf die Monate der Sonnengöttin zuging, war es nicht warm, und es hatte geregnet.

Gormr war für seine Feinde eine Furcht einflößende Erscheinung. Für Fjell und seine Männer war er ein großer, hässlicher Kerl, dessen muskulöser Oberkörper mit dunklen Tintenbildern bis hinauf zum Hals bedeckt war. Silberne Armreife bewegten sich, wenn er die Muskeln anspannte. Gormrs roter Bart fiel ihm auf die Brust, sein rotes Haupthaar war auf dem Oberkopf in Zöpfen zurückgeflochten, während die Seiten über den Ohren kahl geschoren waren. Von Gormrs rechtem Ohr war nur noch ein Teil vorhanden, und eine tiefe Narbe zog sich von dort bis zu seinem Mund. Um den Hals hingen Lederbänder mit dem Thorshammer, Eberzähnen und Knochen.

Langsam kam Gormr auf sie zu. Sie wurden von seinen Männern beobachtet, die Bier trinkend ringsum auf Bänken saßen.

»Warum so feindselig, Fjell? Gönnst du mir meine bescheidene Festung nicht? Wir haben doch Seite an Seite gekämpft.« Er breitete die Arme aus, und Fjell tat es ihm gleich, und sie umarmten sich kurz.

Sie waren nie Freunde gewesen, doch sie hatten einander stets respektiert, verbunden vor allem durch ihren Eid Crovan gegenüber. Gormr hatte seine dänische Abstammung immer betont, während Fjell sich seiner dänischen Vorfahren bewusst war, jedoch auf Íl seine

Wurzeln hatte. Dort war er geboren, und dort wollte er ein Haus für Hulda bauen.

»Ich freue mich, dass ihr meinem Ruf gefolgt seid. Kommt schon, setzt euch, trinkt und esst mit uns!«, rief Gormr, legte Fjell den Arm um die Schulter und führte ihn zu nebeneinanderstehenden Stühlen.

»Bitte. Ah, da ist ja auch Sverrir!« Gormr, selbst von stattlicher Größe, wurde von Sverrir noch um einen halben Kopf überragt.

Die beiden Männer packten sich an den Unterarmen und drückten einander.

»Es ist gut, hier zu sein«, sagte Sverrir mit grimmigem Blick auf Fjell.

»Setz dich, Sverrir, und trink, aber fang keinen Streit an. Wir sind hier, um einen gemeinsamen Beschluss zu fassen«, verkündete Gormr.

Sverrir ließ sich auf einem Stuhl nieder, streckte die Beine aus, und als eine Sklavin mit einem Bierkrug kam, hielt er sie fest und zog sie auf seinen Schoß. Die Frau wehrte sich nicht und versuchte, das Bier nicht zu verschütten.

Nachdem sie sich gesetzt hatten und auch Gormrs beste Krieger dazugekommen waren, ergriff Fjell das Wort: »Du hast uns doch nicht hergerufen, weil wir gemeinsam zur Jagd gehen sollen! Dafür brauchst du unsere Gesellschaft nicht.«

Der Rothaarige sah ihn durchdringend an. »Nein, da hast du recht. Wir sind Krieger und keine Bauern. Und hier werden wir fett und verlieren unsere Kraft. Die Männer sind nur bei den Weibern und trinken Bier.«

Sverrir grunzte. »Da sprichst du mit dem Richtigen, Gormr. Oder, Fjell? Hast du nicht vor zu heiraten? Und dabei ist das letzte Wort in der Sache noch nicht gesprochen. Ich habe Hulda zuerst für mich beansprucht!«

»Gar nichts hast du in der Sache zu sagen, Sverrir. Ich habe den Vertrag bereits mit Huldas Vater geschlossen. Ich weiß nicht, wie in deinem hohlen Schädel überhaupt so eine irrsinnige Idee Platz finden kann. Hulda hätte dich niemals gewählt!«

Sverrir lief rot an, und die Augen quollen ihm aus den Höhlen. »Sie muss mich nicht wählen. Sie ist ein Weib und wird den nehmen, der das meiste Silber bietet!« Seine Stimme war zu einem Brüllen angeschwollen.

»In dieser Halle herrscht Friede!«, rief Gormr. »Wenn wir damals einig gegen die Engilsaxar gezogen wären, hätten wir keine so schmähliche Niederlage erleben müssen. Dann wären wir jetzt die Herrscher über Englaland!«

Seine Männer brüllten zustimmend, und einer rief: »Wir können es immer noch schaffen! Lasst uns mit Knut gegen Wilhelm, diesen normannischen Hurensohn, ziehen!«

Lautes Gejohle war die Antwort. Das war es also tatsächlich. Fjell hatte bereits befürchtet, dass die Gerüchte über Knuts Flotte sich bewahrheiteten.

»Was ist, Fjell? Bist du dabei? Oder willst du dich weiter auf deiner Insel verkriechen und Kühe hüten?«, fragte Gormr provozierend.

Fjell entging nicht, dass Gormrs Männer sich gegenseitig aufstachelten. Seine Leute waren vorsichtiger und sahen immer wieder zu ihm und seinen Freunden hin. Aber lange würde er sie nicht halten können, wenn Gormr große Beute, Ruhm und Ehre versprach. Denn das war es, was jeder Krieger sich letztlich erträumte – ein ehrenvoller Tod mit dem Schwert in der Hand auf dem Schlachtfeld. Nur so war der Platz an Odins Tafel gewiss.

»Wir alle sind Krieger, Gormr. Hast du diesen Plan jetzt gefasst, oder weiß Crovan davon? Mir hat er nichts von einem Pakt mit den Dänen gesagt«, warf Fjell laut ein.

Jeder hier wusste, dass er hoch in Crovans Gunst stand und gewiss von einem solchen gewaltigen Unterfangen gewusst hätte.

Sverrir schleuderte seinen Becher nach Fjell. »Feigling!«

Daraufhin sprang Fjell auf und wollte sich auf Sverrir stürzen, wurde jedoch von Jón und Fionn zurückgehalten.

»Nicht, wir sind nicht hergekommen, um uns mit diesem Holzkopf zu prügeln«, sagte Fionn.

Gormr beäugte das Geschehen und schien enttäuscht, als Fjell tief Luft holte und zurücktrat. »Wo sind die Dänen überhaupt? Wo genau lagert Knuts Flotte, und wie sieht der Plan für einen Einfall in Englaland aus? Wilhelm der Normanne hat eine riesige Streitmacht. Habt ihr vergessen, dass er vor wenigen Monaten erst Northumbrien verwüstet hat?«

Es wurde stiller in der Halle. Die vorher wüst grölenden Männer hörten ihm zu.

»Und was ist mit Edgar Ætheling? Bis zuletzt hat er sich gegen Wilhelm gestellt und ist nun auch nur einer seiner Vasallen. Genau wie König Malcolm von Skotland! Habt ihr auch das vergessen? Der König von Skotland hat in Abernethy seine Niederlage, seine Versklavung unterschrieben! Ein weiterer Vasall Wilhelms. Hattet ihr etwa Hilfe von Malcolm erwartet?« Fjell sah in die Runde. »Wir würden dann nicht nur gegen Wilhelms Heere kämpfen, sondern auch gegen die von Malcolm und Edgar. Und wie das ausgeht, könnt ihr euch wohl ausrechnen.«

Ein Raunen ging durch die Versammelten. Fjells Worte waren auf offene Ohren getroffen. Viele der Anwesenden hatten Väter und Freunde in den verheerenden Schlachten in Hastengas und Stanfordbrygge verloren. Die Krieger hatten ehrenhaft gekämpft und waren ruhmreich gefallen und nach Walhall gezogen, doch die Niederlage gegen die Normannen saß tief.

Gormr hatte ihn reden lassen, woraus Fjell schloss, dass er keine Rückendeckung von Crovan hatte.

»Ich schicke einen Boten zu Knut. Bis wir Nachricht haben, wie es um seine Flotte bestellt ist, gehen wir jagen und füllen unsere Truhen mit Silber vom Festland auf«, schlug Gormr vor.

Fjell verständigte sich durch einen kurzen Blick mit seinen Männern. »Wir jagen mit euch, aber wir greifen keine Festung an, die auf Donnchads Land steht!«

Donnchads Männer waren Krieger, deren Rache grausam war. Sie würden im Gegenzug nach Íl kommen, die Dörfer niederbrennen und abschlachten, wer sich ihnen in den Weg stellte. Und das durfte nicht geschehen!

11

Die bauchigen Brennblasen aus Kupfer waren das Herzstück der Brennerei. Die kleine Gruppe stand mit Mary vor der ersten Brennblase, der Pot Still. Seine Schwester erklärte geduldig, dass mit Wasserdampf geheizt wurde, wie der Alkohol in dem sich verjüngenden Rohr aufstieg, zu Low Wine wurde und der zweiten Brennblase zugeführt wurde.

»Sie macht das so gut!«, sagte Gavin zu seinem Vater, der mit Tom Machraff, dem Brennmeister, neben ihm im gläsernen Kontrollraum stand.

Henry Ramsey, das ältere Abbild seines Sohnes, rieb sich das Kinn. Er trug einen kurz gestutzten Vollbart, der so grau wie sein Haupthaar war.

»Ich weiß, dass du froh bist, sie hier zu haben, Gavin. Aber sie hat mich heute gefragt, ob sie das lange Wochenende frei haben kann.«

»Wie bitte? Ausgerechnet jetzt über den ersten Juni? Sie weiß doch, dass wir komplett ausgebucht sind und die Abfüllung des Zehnjährigen bevorsteht«, erwiderte Gavin und runzelte die Stirn. »Typisch. Da geht sie zu dir, weil sie genau weiß, dass ich Nein gesagt hätte.«

»Ich kann sie verstehen, Gavin. Sie und Peter sehen sich viel zu selten. Wenn die Beziehung bestehen soll, muss sie ihn öfter besuchen. Immerhin kommt er ja meistens nach Islay.« Henry Ramsey schaute auf die Kontrollpaneele, während Tom sich Notizen in einem schwarzen Buch machte, das offen vor den digitalen Anzeigen lag.

»Ich kann Peter nicht leiden. Er ist so von sich eingenommen. Dabei arbeitet er in einer Abfüllerei. Pff! Was bildet der sich ein! Wir machen alles von Hand! Der weiß doch gar nicht, wie Gerste angebaut wird!« Der Freund seiner Schwester war ein rotes Tuch für Gavin, was an ihrer ersten Begegnung und seiner Ex-Frau lag, die sich gut mit Peter verstanden hatte.

»Peter ist der Freund deiner Schwester. Stell deine Gefühle hintenan, Gavin«, meinte Henry.

»Er spioniert uns über sie aus. Warum willst du das nicht sehen, Dad?« Gavin starrte durch die Glasscheibe, wo seine Schwester mit den Gästen scherzte.

»Die Scheidung und jetzt Veronicas Forderung nach Auszahlung hat dein Grundvertrauen in die Menschen erschüttert, Gavin. Das verstehe ich. Aber du tust Peter unrecht. Und vor allem unterschätzt du deine Schwester. Sie würde nie etwas tun, was unserem Unternehmen schadet.« Sein Vater legte ihm die Hand auf den Arm und sah ihn bittend an.

Gavin rang sich ein Lächeln ab. »Dein Optimismus in allen Ehren. Aber die Realität sieht so aus, dass die Kleinen von den Großen geschluckt werden. Und wir sind ein Leckerbissen für so einen Konzern wie Rémy Cointreau oder Beam Suntory. Hättest du dir träumen lassen, dass Bruichladdich und Laphroaig einmal ausländischen Unternehmen gehören?«

»Das ist der globale Markt, Gavin. Wir spüren noch immer die Auswirkungen der Krise in den Achtzigern.«

Während der Großen Rezession in Großbritannien war es so weit gekommen, dass Löhne wöchentlich bar ausgezahlt worden waren, die Arbeitslosigkeit war hoch, und viele Malt-Whisky-Brennereien mussten schließen oder ihre Produktion reduzieren. Das hatte zur Folge, dass alte Whiskys schwer zu bekommen waren. Der Brexit und die Pandemie wirkten sich zusätzlich auf die Absatzmärkte aus. In einer nie da gewesenen Aktion, der Operation Vanish, einigten sich die großen schottischen Destillerien darauf, sieben Millionen Liter einjährigen Whisky im Atlantischen Ozean auf halber Strecke zwischen Schottland und Island zu verklappen. Damit sollten die knapp gewordenen Fässer frei werden und einer Überproduktion vorgebeugt werden.

»Wir haben unsere Nische gefunden, Dad«, sagte Gavin. »Unser Konzept geht auf, weil sich Qualität und Individualität durchsetzen. Aber wenn jemand unsere finanziellen Probleme und Interna an jemanden wie Peter weitergibt, der mit solchen Haien wie Diageo oder Pernod-Richard arbeitet, könnte das üble Folgen haben.«

Tom räusperte sich und sah zur Tür, die offen stand.

Gavin drehte sich um und stand seiner Schwester gegenüber, die ihn mit vor der Brust verschränkten Armen ansah. »Habe ich das eben richtig verstanden? Für was hältst du mich eigentlich?«

Gavin holte tief Luft. Das war gründlich schiefgegangen. »Hey, Mary, nein, das hast du falsch verstanden.«

Wütend funkelte sie ihn an. »Ach ja? Du magst Peter nicht. Das ist ja allen klar geworden, damals auf dem Erntefest.«

»Er hat es herausgefordert. Komm schon, das musst du zugeben.«

Tom Machraff schaltete sich ein. »Ehrlich, Mary, da hat Gavin recht. Peter hat mit Veronica geflirtet, und sie haben mit einem von den Abfüllern aus Glasgow geredet.«

»Ja, sicher, da haltet ihr zusammen. Ach, was soll's. Ich bin am Wochenende in Perth.« Wütend eilte Mary aus dem Kontrollraum und lief die Stahltreppen hinunter, wo unten die Gruppe auf sie wartete.

»Zufrieden?«, sagte sein Vater und verließ ebenfalls den Raum.

»Ich habe nur laut gedacht, verdammt noch mal. Das muss doch wohl erlaubt sein«, grummelte Gavin.

»Das renkt sich schon wieder ein. Lass uns nach den Temperaturen sehen und eine Probe ziehen«, schlug der Brennmeister vor.

Heizte man sehr stark, wurden viele Begleitstoffe und Fuselöle herausgetrieben. Und gerade bei Single Malt Whisky, wie Darragh ihn produzierte, wurde Wert auf den intensiven Geschmack gelegt. Da die Ausgangsseite der Brennblasen staatlich verplombt war, gab es die Glaskästen, sogenannte Sample Safes, durch die der Low Wine geleitet wurde. Gavin und Tom gingen in den Raum mit den Brennblasen und betrachteten den Kasten aus Glas und poliertem Messing. »Intermediate Destillate« stand darauf. Für eine Weile konzentrierte sich Gavin ausschließlich auf die Feinabstimmung, denn das rechtzeitige Umstellen entschied darüber, ob eine Charge gut oder herausragend ausfallen würde.

Als die beiden Männer zufrieden waren und den nächsten Schritt eingeleitet hatten, sagte Gavin zu seinem Brennmeister: »Aus dieser Charge sollten wir einen fruchtigen Whisky mit Noten von Zitrone und Karamell machen. Wir könnten die Sherry-Fässer verwenden, die wir von Bodega Miguel Martin gekauft haben.«

»Daran habe ich auch schon gedacht«, stimmte Tom ihm zu. »Dann hätten wir unser Sortiment auf vier sehr unterschiedliche Whiskys erweitert.«

»Ja, aber unsere Nummer eins bleibt der Fünfzehnjährige.« Die Ramseys liebten alle diesen besonders torfigen Whisky und hofften, in diesem Jahr einen Preis mit ihm zu gewinnen.

»Wann wollen wir abfüllen?«, fragte Tom.

»Das besprechen wir noch.« Gavin verabschiedete sich und ging durch die Produktionsanlage zurück in die Eingangshalle, wo er Mary mit den Kunden vermutete.

Doch er sah sich getäuscht. Nicht Mary verkaufte den Kunden der Tour Souvenirs und Whisky, sondern seine Mutter. So, wie sie ihn ansah, hatte er ein Donnerwetter zu erwarten. Gewisse Dinge änderten sich nie, dachte er und zog sich in sein Büro zurück. Marys Schreibtisch lag verwaist vor ihm, und er hatte ein schlechtes Gewissen. Er liebte seine Schwester, und deshalb tat es ihm umso mehr weh, dass sie ausgerechnet mit Peter Brown zusammen war.

Es dauerte nicht lange, und seine Mutter klopfte an die offene Tür und kam zu ihm. Charlotte Ramsey bewegte sich dynamisch und wirkte jünger als ihr biologisches Alter von neunundsechzig Jahren. Sie trat zum Fenster und sah nach draußen, wo die Touristen mit ihren schwarzen Taschen, die das Darragh-Logo trugen, über den Hof spazierten.

»Was hast du zu Mary gesagt, Gavin? Sie ist außer sich. So habe ich sie noch nie erlebt.«

»Sie übertreibt! Es ging um Peter. Ich habe mit Tom gesprochen. Meine Worte waren also gar nicht für Marys Ohren bestimmt. Sie ist also selbst schuld.«

»Red dich nicht raus, Junge!«, kam es scharf von seiner Mutter. »Dass du mit einem Mitarbeiter über deine Schwester sprichst, ist ja noch schlimmer! Wenn du etwas zu sagen hast, klär das mit Mary!«

»Ach ja? Wie denn? Sie rennt doch jetzt sicher gleich zu ihrem Peter und schmiert ihm brühwarm aufs Brot, was wir beredet haben. Das stinkt mir! Der Kerl ist nicht echt! Aber mir will ja niemand glauben!« Gavin war lauter geworden und atmete tief ein und aus. »Tut mir leid, Mum. Aber das regt mich auf.«

Charlotte Ramsey war das Herz der Familie, und bisher war es ihr immer gelungen, die Wogen nach einem Sturm zu glätten. Sogar die schwere See, die Veronica verursacht hatte, hatte Charlotte in ruhigere Bahnen lenken können.

»Was kannst du gegen ihn anführen? Hast du konkrete Beweise, dass er gegen uns arbeitet?« Streng sah sie ihren Sohn an.

Es klopfte, und Brian schaute herein. »Was gibt es? Familienbesprechung? Wo ist Mary?« Brian Ramsey ging zu seiner Mutter und gab ihr einen Kuss auf die Wange. »Mum, alles in Ordnung?«

»Ich bin schuld. Es ist wegen Peter. Ich fürchte, er heckt einen Deal mit einem der Großen aus, und Mary spielt ihm in die Hände.« Gavin hob die Schultern. »Nur ein Gefühl, ich kann es nicht beweisen.«

»Verstehe. Und nun ist Mary wütend abgerauscht, ja? Sie wollte sowieso übers Wochenende nach Perth fahren«, meinte Brian. »Weißt du, Gavin, ich hoffe zwar, dass du unrecht hast, aber ehrlich gesagt traue ich Peter auch nicht über den Weg. Er ist schrecklich neugierig, und einmal habe ich ihn bei mir im Büro mit einem Aktenordner erwischt. Kann Zufall sein, ist aber nicht schön.«

»Siehst du, Mum? Brian ist meiner Meinung.«

Ihre Mutter schüttelte den Kopf. »So geht das nicht. Peter ist Marys Freund, und sie ist nicht dumm.«

»Aber blind vor Liebe. Ich weiß, was das heißt«, meinte Gavin düster.

»Du solltest deine Erfahrung nicht auf andere übertragen. Gavin, du musst auch wieder vertrauen lernen«, sagte seine Mutter milder. »Willst du dich für den Rest deines Lebens in deinem Panzer verkriechen? Das wird sehr einsam.«

»Ich komme klar, danke. Okay, ich rufe Mary an und entschuldige mich.«

»Mein Junge«, sagte Charlotte liebevoll. »Jetzt kümmere ich mich um das Mittagessen. Und du solltest diese MacLean mal wieder einladen. Ich habe euch zusammen gesehen.«

Gavin stöhnte. »Mum! Halt dich aus meinem Leben raus.«

»Ich sag ja nur … Bis nachher.« Charlotte verließ das Büro, und Brian folgte ihr mit einem breiten Grinsen.

12

Shona packte ihr Fernglas in den Rucksack und nahm zwei Sandwiches heraus. Eines gab sie Erin.

»Danke, Shona. Das war richtig schön«, sagte ihre Nichte.

Sie saßen in den Dünen bei Ardnave und schauten auf den Strand von Loch Gruinart. Das Wasser schimmerte dunkelblau und grün, und kleine Wellen rollten auf den weißen Sand. Auf der gegenüberliegenden Seite erhoben sich die Hügel von Killinallan. Shona liebte das Farbspiel der Hügel von Braun, Grün, Violett und Gelb, das nie gleich war.

»Das freut mich, Erin. Hey, wir haben sogar eine Kornweihe und einen Seeadler gesehen.« Shona biss in ihr Sandwich. Seit sie das B&B ihrer Schwester führte, hatte sie ungeahnte häusliche Fähigkeiten entwickelt. Sie konnte jetzt die weltbesten Waffeln backen, Rührei mit Schnittlauch zubereiten und Betten glatt beziehen. Notgedrungen hatte sie auch das lernen müssen, denn Molly hatte nicht immer Zeit, wenn ein Bettenwechsel anstand.

»Ja, das war beeindruckend. Wow, ich wusste nicht, wie toll die fliegen können. Und wie schön sie sind. Meiner Mutter würde das auch gefallen«, fügte Erin leiser hinzu und schnüffelte an ihrem Sandwich.

Schließlich biss Erin hinein, und Shona sagte: »Wenn Freya wieder gesund ist, kommt ihr auch hierher, oder wir machen das gemeinsam.«

»Willst du denn auf Islay bleiben?« Erin sah sie neugierig an.

»Nein, das geht nicht. Ich habe meinen Job und meine Wohnung in Edinburgh. Aber ich würde bestimmt öfter zu Besuch kommen.« Sie schob sich den letzten Bissen in den Mund und wischte sich die Hände in einem Taschentuch ab.

»Ist dir zu langweilig hier. Verstehe.« Das Mädchen legte das Sandwich auf das Butterbrotpapier.

»Warum sagst du das? Natürlich ist es mir hier nicht zu langweilig. Immerhin bin ich hier aufgewachsen.«

»Und du bist weggegangen, oder?« Erin sah hinaus auf die Bucht, wo sich in der Ferne ein Segelschiff näherte.

»Jeder sollte mal raus und seinen Horizont erweitern. Vielleicht willst du nach der Schule auch woanders hin. Hast du schon eine Vorstellung, was du mal machen willst, Erin? Vielleicht Kunst studieren?«

»Keine Ahnung.« Erin pulte an ihrem Sandwich.

»Du hast Talent.«

»Ich weiß nicht. Auf jeden Fall lasse ich Mum nicht allein. Sie braucht mich hier.« Der verschlossene Gesichtsausdruck, der für ein paar Stunden verschwunden gewesen war, kehrte zurück.

Shona sah davon ab, Erin zu erklären, dass jeder seinen eigenen Weg finden müsse und Freya sicher nicht wolle, dass ihre Tochter ihretwegen auf der Insel blieb.

»Na, komm, wir sollten uns auf den Weg machen. Ich muss noch einkaufen.«

Sie waren noch nicht am Parkplatz des Naturparks angelangt, als ihr Telefon klingelte.

»Hi, Shona, wie sieht es aus? Du wolltest doch den Unfallort sehen. Ich könnte morgen am frühen Nachmittag mit dir hinfahren«, meldete sich Gavin Ramsey.

»Warte mal kurz, Gavin.« Shona sah zu Erin. »Steht deine Verabredung mit deinen Freunden für morgen Nachmittag, Erin?«

»Ja, wieso?«, erwiderte das Mädchen.

»Weil ich auch kurz weg bin, aber ich kann dich abholen.«

»Schon in Ordnung. Ich kann auch mit dem Rad fahren.«

Shona biss sich auf die Lippe. »Wenn das Wetter es zulässt, sonst fahre ich dich. Hey, Gavin, ja, das passt.«

Sie hörte ihn leise lachen. »Nicht so einfach mit einem Teenager, was? Gut, wir treffen uns um zwei bei uns, ja? Ich hätte dich abgeholt, aber Mary fällt aus, und ich muss die Tour übernehmen.«

»Gut, bis morgen dann.«

Sie steckte das Handy ein, und Erin sagte: »Gavin ist nett. Magst du ihn?«

»Äh, ja, aber nur als Freund. Wir wollen was wegen der Gäste besprechen.«

»Aha.« Erin ging zum Jeep und öffnete die Tür. »Dr. Lewis mag meine Mum. Er war auch im Krankenhaus, als ich da war.«

Sie stiegen in den Wagen, und Erin fuhr fort: »Er ist

öfter auf Islay. Wegen der Wikinger, sagte er, aber ich bin ja nicht blöd. Er mag meine Mum.«

Shona steuerte den Wagen über den sandigen Parkplatz. Heute waren einige Touristen unterwegs, und sie wartete, bis ein Wohnwagen vor ihnen auf die Straße bog.

»Und deine Mum?«

Erin hob die Schultern. »Keine Ahnung. Ich habe sie noch nie knutschen sehen oder so. Sie sagt immer, dass sie niemanden braucht, nur mich.«

»Hm, tja. Vielleicht ist Dr. Lewis ja wirklich nur an der Geschichte der Wikinger auf der Insel interessiert. Du und deine Mum, ihr habt doch schon interessante Sachen gefunden.«

Erin schaute sie skeptisch an. »Hast du in meinen Sachen geschnüffelt?«

»Nein, nicht absichtlich, beim Wischen ist ein Bücherstapel umgefallen …«, versuchte Shona, sich herauszureden.

»Und da hast du die Fibel gefunden. Ganz zufällig. Die gehört mir und meiner Mum. Lass die Finger von meinen Sachen!« Verärgert wandte Erin den Blick den Rest der Fahrt über nur noch aus dem Seitenfenster und ignorierte Shona auch im Haus.

Erschöpft ging Shona an diesem Abend schlafen. Ein Tag, der so vielversprechend angefangen hatte, musste so enttäuschend enden. Sie hatte das Gefühl, wieder ganz am Anfang mit Erin zu stehen.

Am nächsten Tag brachte sie das Mädchen mit dem Wagen zum Haus ihrer Freundin Vicki, die in Port Ellen wohnte.

»Bye, Erin, hab eine schöne Zeit!«, rief sie ihrer Nichte zu, doch die warf einfach die Wagentür zu und zog wortlos davon.

Von Port Ellen musste sie nun wieder Richtung Norden durch Bowmore an Loch Indaal vorbei und westlich auf die Halbinsel Rhinn fahren, um zur Destillerie der Ramseys zu gelangen. Shona drückte auf ihrem Handy die Kurzwahltaste ihrer Eltern und war froh, als ihre Mutter sich meldete.

»Hi, Mum. Wie geht es Freya?«

»Unverändert, aber stabil. Die Ärzte sind deutlich zuversichtlicher als noch vor zwei Tagen«, sagte ihre Mutter.

»Das ist schön. Wenigstens eine gute Nachricht. Mum, ich komme mit Erin langsam an meine Grenzen.« Sie berichtete vom gestrigen Tag. »Jetzt spricht sie nicht mehr mit mir!«

»Oh, Shona, hab Geduld mit ihr. Sie ist ein verängstigtes Mädchen, ein Kind. Du machst alles richtig. Der Ausflug war eine wunderbare Idee. Glaub mir, sie wird sich dir wieder öffnen. Sie hat dich gern. Als sie hier war, hat sie nur gut von dir gesprochen.«

»Danke, Mum. Ich treffe mich gleich mit Gavin Ramsey. Er will mir den Unfallort zeigen.« Sie kam an Bridgend vorbei und fuhr nun auf der Küstenstraße um die Bucht herum. Die See war ruhig, und das Wasser glitzerte karibisch klar. Touristen spazierten durch die Dünen zum Strand. Oberhalb lag Islay House, ein Herrenhaus aus dem siebzehnten Jahrhundert, das unter Denkmalschutz stand und heute ein luxuriöses Hotel war.

»Ist das eine gute Idee, Shona?«

»Ich muss Klarheit haben, Mum. Es lässt mich nicht los, dass der Unfallverursacher einfach so davonkommt.« Sie ließ das weiße Herrenhaus zu ihrer Rechten liegen und kam durch Blackrock, einen kleinen Ort an der Bucht, der seinen Namen einem schwarzen Felsen im Meer verdankte.

»Aber das reißt doch nur die Wunde wieder auf. Ich will nur, dass Freya gesund wird.«

»Ich auch, Mum, aber wenn ich Freya Gerechtigkeit verschaffen kann, würde ich besser schlafen können.«

Nach weiteren fünfzehn Minuten erreichte Shona die Destillerie. Die einspurige Straße war besonders auf dem letzten Stück mit Schlaglöchern übersät und forderte ihre volle Aufmerksamkeit. In der Ferne erhob sich das graue Felsmassiv von Cnoc Mòr, das an verregneten Tagen unerwartet düster wirkte. Sie hatte sich um zehn Minuten verspätet, und Gavin sprach mit einem Mann, der auf einem riesigen Traktor vor dem Hauptgebäude saß. Gavin winkte ihr zu, verabschiedete sich von dem Mann und deutete auf einen Parkplatz. Kurz darauf saß sie neben Gavin in seinem Geländewagen, und sie fuhren über unbefestigte Feldwege in Richtung Kilchiaran. Rechter Hand lag die malerische Machir Bay mit den hohen Dünen und dem Friedhof für Opfer eines im Ersten Weltkrieg gesunkenen Schiffes. Gavin musste Schlaglöcher umfahren und hatte keinen Blick für die schroffen Felsen, die sich mit brauner Heide und Weideland abwechselten.

»Dort vorn, das müsste Dún Chroisprig sein. Freya und ich sind da als Kinder herumgetobt. Ich habe mich oben auf den Hügel gestellt und Ausschau nach Drachenschiffen gehalten«, erzählte Shona, während sich der Wagen über Geröll und matschige Untiefen quälte.

Gavin lächelte. »Und, hast du welche entdeckt?«

»Nur langweilige Jachten und Frachtschiffe. Aber Freya hat immer behauptet, sie könne spüren, dass dort einmal Wikinger gelebt haben. Nordmänner, wie sie betonte. Sie hätte Archäologie oder etwas in der Richtung studieren sollen. Die Spürnase hat sie.« Shona dachte an den Dozenten, der sich für ihre Schwester interessierte.

»Eure Mutter ist doch Norwegerin, nicht wahr? Es fließt also nordisches Blut in euren Adern«, meinte Gavin, fuhr langsamer und ließ den Wagen über ein Viehgitter rattern. Die Gitter waren an vielen Stellen in die Wege eingelassen, um Schafe und Rinder daran zu hindern, auf fremdes Land zu wandern.

»Ja, unsere Mutter Bente stammt aus Bergen. Sie hat sich immer beschwert, dass das Wetter auf Islay nicht besser ist als in ihrer Heimat.« Shona lachte.

»Ich kann sie verstehen. Fahrt ihr oft nach Norwegen?«

»Nein, gar nicht. Als meine Großeltern noch lebten, waren wir manchmal in den Ferien dort. Meine Tante hat das Haus an einem Fjord geerbt. Das war sehr hübsch, rot, mit weißen Fensterrahmen.« Es war lange her, dass sie daran gedacht hatte. »Wir nehmen uns viel zu wenig Zeit, Kontakte zu pflegen«, überlegte sie laut.

»Das denke ich auch oft. Und warum hetzen wir eigentlich immer durchs Leben? Deshalb bin ich auf die

Insel zurück«, sagte Gavin. »Ich habe gemerkt, dass mir das Großstadtleben nicht guttut. So, jetzt schau dich um. Auf dieser Straße ist deine Schwester mit dem Rad gefahren.«

Sie waren an der Kreuzung bei Kilchiaran nach Gearach abgebogen. Die schmale Straße führte bergauf und bergab durch einen dichten Wald, quer über die Landzunge Rhinn bis nach Port Charlotte. An der östlichen Seite des Waldes befand sich eine Forststation, danach waren sie auf mehreren Kilometern von Bäumen umfangen. Der Duft von modrigem Waldboden und Nadelgehölzen war vorherrschend. An einer schmalen Ausbuchtung parkte Gavin den Wagen.

»Hier war es?«, fragte Shona, und ihre Stimme zitterte ein wenig.

Gavin nickte. »Komm.«

Sie stiegen aus und befanden sich am Anfang einer Kurve, die nicht allzu scharf nach rechts verlief. Wenn man nicht mit überhöhter Geschwindigkeit fuhr, gab es keinen Grund, einen Radfahrer nicht zu sehen. Allerdings war die Piste schmal, der Asphalt stellenweise aufgerissen und die Kanten gebrochen. Überall lagen kleine Steine und Felsbrocken.

»Wo genau hat man sie gefunden?« Zwischen den Bäumen war es kühler, aber vielleicht fröstelte Shona auch aus einem anderen Grund. Sie schlang sich die Arme um den Körper und folgte Gavin bis zu einem Felsbrocken, der aus Heidekraut und Sträuchern hervorsah. Dahinter verlor sich ein Waldweg in den Tannen.

»Ist sie auf den Felsen gefallen?« Shona ging zu dem grauen Stein, fürchtend, sie würde vielleicht das Blut ihrer Schwester finden, was natürlich Unsinn war. Der Regen hätte es längst fortgewaschen.

»Das weiß ich nicht, Shona. Wahrscheinlich nicht, das hätte böse ausgehen können. Noch schlimmer, meine ich. Sie soll hier bei der kleinen Kiefer gefunden worden sein.«

Sie folgte ihm zu einer verkrüppelten Kiefer, vor der das Gras niedergetreten war.

»Und ihr Rad?«

»Das hat gleich neben der Straße gelegen.« Gavin deutete auf zertrampeltes Gras am Straßenrand. Der Rest eines rot-weißen Bandes lag noch im Heidekraut.

Shona schaute in beide Richtungen. »Hier kommt doch kaum ein Auto durch. Wem gehört der Wald?«

»Der gehört zur Kellsay Lodge, aber die Straße ist nicht privat.«

»Da vorn geht es in den Wald. Vielleicht ist ein Holztransport dort herausgefahren und hat sie übersehen.« Nachdenklich betrachtete Shona den zweispurigen Waldweg und den Verlauf der schmalen Straße.

Gavin stieß mit dem Fuß gegen einen Stein. »Du meinst einen Wagen von der Lodge? Das kann jeder gewesen sein.«

»Wurden die denn überprüft?« Shona suchte nach Reifenspuren im Waldboden.

»Hey, jetzt weißt du, wo es passiert ist. Shona.« Gavin nahm ihre Hand und drückte sie sanft. »Lass uns fahren.«

13

Der Juni zeigte sich von seiner schönsten Seite. Die Sonne verabschiedete sich langsam, und das sanfte Dämmerlicht tauchte Hügel und Wald in mystisches Zwielicht. Mit der Wärme kamen allerdings auch die Midges. Die kleinen Plagegeister schwirrten am liebsten nach Einbruch der Dunkelheit um ihre Opfer. Im Haus behalfen sie sich mit Antimückensteckern, draußen half nur Mückenspray. Shona liebte diese Zeit, wenn der hektische Tag sich neigte und Stille und Dunkelheit einsetzten. In der Stadt machte es kaum einen Unterschied, doch hier draußen in der Natur spürte Shona ihrem inneren Rhythmus nach und fühlte sich ausgeruhter. Gavin hatte sie in der Destillerie noch kurz herumgeführt und sie zu einem Kaffee eingeladen.

Der Wagen hinter ihr hupte, weil sie zu langsam fuhr. Shona winkte und bog nach Port Charlotte ab. Eigentlich hätte sie weiter geradeaus fahren müssen, doch sie wollte sich die Unfallstelle noch einmal in Ruhe ansehen. Gavin hatte deutlich gemacht, dass er nichts davon hielt, sich über den Unfallhergang Gedanken zu machen. Es konnte schmerzlich sein, und wahrscheinlich führte es zu nichts. Im Grunde hatte er recht, doch sie konnte nicht anders. Zudem hatte Erin angerufen und sie gefragt, ob sie über Nacht bei ihrer Freundin bleiben könne.

Von der A847 bog sie in die School Street, die sie entlang eines zerklüfteten Wasserlaufs zu jenem Wald brachte, in dem Freya angefahren worden war. Auf der abgelegenen Straße kam ihr nur ein Tanklastwagen entgegen, der ihr freundlich Platz machte. Shona dankte und fuhr weiter. Hätte der Unfallverursacher wenigstens den Notruf gewählt, hätte man Freya womöglich vor dem künstlichen Koma bewahren können. Hätte, dachte Shona und malte sich aus, was sie mit dem Menschen machen würde, der so verantwortungs- und mitleidlos gehandelt hatte. Im Radio spielte die schottische Band Skippinish und sang »Last of the Hunters«, als ganz in der Nähe ein lauter Knall ertönte und Shona vor Schreck auf die Bremse trat. Ein Reh brach aus dem dichten Gehölz und sprang panisch über die Straße. Mit wenigen Sätzen war das Tier zwischen den Bäumen verschwunden.

»Das kann doch wohl nicht wahr sein!«, fluchte Shona, fuhr an die Seite und stellte den Motor ab.

Kaum war sie ausgestiegen, kam ein Mann in Jagdkleidung mit einem Gewehr auf dem Rücken aus dem Wald gerannt. Als er sie sah, blieb er stehen. Er war außer Atem, der Schweiß stand ihm auf der Stirn, und er griff nach einem Taschentuch, um sich abzutupfen. Dabei fiel ihr ein Siegelring an seinem kleinen Finger auf. Der Mann mochte Mitte fünfzig sein, war leicht untersetzt und musterte sie und den rostigen Jeep.

»Haben Sie ein Reh gesehen?«, fragte er und steckte das Taschentuch wieder ein.

Shona verschränkte die Arme vor der Brust. »Und wenn, würde ich es Ihnen nicht sagen. Dürfen Sie überhaupt schon auf Tiere schießen? Es ist doch noch Schonzeit!«

»Ach, Sie sind eine von diesen Tieraktivistinnen, die alles besser wissen. Ich habe gebucht und bezahlt. Fragen Sie den Jagdaufseher. Es hat alles seine Richtigkeit«, erwiderte der Mann, schulterte sein Gewehr und ging über die Straße.

»Soll Sie doch der Teufel holen!«, rief Shona und ging weiter bis zu der Stelle, an der ihre Schwester gefunden worden war.

»He, was treiben Sie denn da? Haben Sie das Schild nicht gesehen? Hier wird gejagt!«

Die Stimme gehörte unverkennbar MacRae Shona wandte sich um und stand dem Wildhüter von Kellsay Lodge gegenüber. Ein brauner Jagdhund lief an kurzer Leine neben ihm.

»Da stand kein Schild, außerdem ist das hier eine öffentliche Straße.«

MacRae blinzelte. »Irgendwoher kenne ich Sie. Aber ja, Sie waren bei Ramsey. Was wollen Sie hier? Fahren Sie weiter! Oder wollen Sie sich eine Kugel einfangen?«

»Sie drohen mir? Dann sollte ich wohl besser den Constable informieren!« Shona zückte ihr Mobiltelefon.

»Jetzt machen Sie mal halblang, und drehen Sie mir nicht das Wort im Mund um. Kümmern Sie sich um Ihren Kram, und lassen Sie uns auf der Insel zufrieden. Immer diese Touristen, wissen alles besser!«, blaffte er sie an und zog seine Tweedmütze tiefer in die Stirn.

Shona behielt das Handy in der Hand. »Ich gehöre genauso auf diese Insel wie Sie. Vielmehr wurde ich hier geboren. Sie auch?«

Er runzelte die Stirn. »Äh, nein. Und wo leben Sie, wenn ich fragen darf?«

»In Portnahaven. Ich dachte, dass jetzt Schonzeit ist. Und anscheinend ist der Kerl, der fürs Töten bezahlt, kein guter Schütze. Das sollte überhaupt verboten sein!«

MacRae war etwas vorsichtiger geworden und antwortete weniger aggressiv: »Der Mann ist Gast der Lodge, und ich begleite ihn bei seinem Abschuss. Da haben Sie recht. Es hätte nicht passieren dürfen, dass er den Rehbock nur streift. Das ist unprofessionell. Aber wir leben von den Gästen, wie die meisten auf Islay. Rehböcke und Schmalrehe dürfen ab Mai geschossen werden. Der Bestand ist so groß, dass das notwendig ist.«

Auf der anderen Seite knackte es im Unterholz, und der Jagdgast rief: »MacRae!«

»Also, kein Grund, die Polizei zu holen. Schönen Tag noch, Madam!« Er tippte sich an die Mütze und eilte mit seinem Hund in den Wald.

Bevor sie ihr Telefon einsteckte, sah sie nach, was Schmalrehe waren. Zweijährige weibliche Rehe, die noch nicht geworfen hatten. »Meine Güte«, stöhnte sie und ging um den Stein herum, an dem ihre Schwester gelegen hatte. »Ach Freya, wenn du doch nur aufwachen würdest!«

Im Zazzles warteten noch Buchungsanfragen auf sie, und den Auftrag ihrer Agentur musste sie auch noch fertig bearbeiten.

Erin kam am nächsten Abend zurück, als Shona gerade die Terrasse fegte und die Außenstühle wischte.

»Bin wieder da«, sagte Erin und machte Anstalten, ins Haus zu gehen.

»Warte! Willst du mir nicht erzählen, was ihr gemacht habt? Hattet ihr eine schöne Zeit?« Shona stellte den Besen zur Seite.

»Ja. War nett.«

»Ich habe viel Verständnis für dich, Erin, aber ich bin auch nur ein Mensch. Warum bist du noch sauer auf mich?«

Mit verschlossener Miene sagte Erin: »Du hast in meinen Sachen rumgeschnüffelt!«

»Nicht absichtlich. Ich mache mir Sorgen um dich. Ich möchte dich besser verstehen. Du bist das Kind meiner Schwester. Ich liebe dich, Erin!«

Das Mädchen sah sie mit großen, feucht schimmernden Augen an und biss sich auf die zitternden Lippen.

»Komm her!« Shona öffnete die Arme und ging einen Schritt auf ihre Nichte zu.

Mehr brauchte es nicht, und Erin warf sich in ihre Arme und drückte sie an sich.

»Hey, meine Kleine. Das ist für uns alle eine fürchterliche Zeit. Aber ich habe mit deiner Großmutter gesprochen. Deine Mum ist stabil. Das wird wieder. Es dauert nur länger, als wir es uns wünschen.«

Erin schluchzte. »Ich vermisse Mum so sehr. Und dann bei Vicki. Die ganze Familie war da, alle haben zusammen gelacht und gekocht und … Da war ich noch trauriger.«

»Dann bleib doch lieber bei deiner Tante. Erzählst du mir jetzt, was es mit dieser Brosche auf sich hat? Das finde ich nämlich sehr spannend!« Shona legte den Arm um Erin und ging mit ihr ins Haus. In der Küche setzte sie Hafermilch auf und kochte einen Kakao.

Erin leckte die Sprühsahne vom Becher. »Das ist keine Brosche, sondern eine Fibel. Eine Gewandfibel. Damit haben die Wikingerfrauen ihre Kleider befestigt. Weißt du, die haben ja Umhänge getragen, und die haben sie mit diesen Fibeln festgesteckt.«

»Eine Fibel aus der Wikingerzeit. Da sprechen wir über wann? 400 nach Christus?«, überlegte Shona.

Erin grinste. »Du hast echt keine Ahnung. Um 400 waren noch keine Wikinger hier. Die kamen erst später. Dr. Lewis hat gesagt, dass die Fibel so um 1050 hergestellt worden sein könnte. Das kann man an dem Muster sehen.«

»Oh, ihr habt also schon mit einem Fachmann darüber gesprochen?« Shona holte eine Packung Kekse aus einem Schrank, und Erin griff nach einem Schokoladenkeks.

»Mum sagt, dass so eine Fibel was ganz Besonderes ist. Aber wir wollen nicht, dass sich das rumspricht. Dann kommen Leute und graben. Kennst du Zachary? Der hat eine Autowerkstatt. Und sein Hobby ist es, mit einem Metalldetektor zu suchen. Der hat schon mal eine Münze gefunden.«

»Wow, wirklich! Was für eine Münze und wo?«

»Bei dem Kreuz von Kilchoman. Seitdem sucht er überall. Ich mag ihn nicht. Er hat uns mal weggejagt und gemeint, er hätte eine Lizenz und wir nicht, und wir sollten ihm nicht in die Quere kommen.« Erin sah Shona unglücklich an. »Aber wir haben doch nichts falsch gemacht. Dr. Lewis hat gesagt, dass wir die Fibel erst mal behalten dürfen, wenn wir sie ihm später zur Untersuchung geben.«

»Zachary und weiter?«

»Weiß nicht, Barnham oder so.«

»Den knöpfe ich mir mal vor«, versprach Shona. »Und wo genau habt ihr die Fibel gefunden, Erin?«

»In der Nähe der Stehenden Steine, südlich von Darragh. Gavin hat uns erlaubt, da zu suchen.«

Shona strich Erin nachdenklich über die Haare. »Ihr habt alles richtig gemacht.«

14

Das gemeinsame Mittagessen am Sonntag hatte Tradition bei den Ramseys. Brian und seine Frau Claire waren mit den Zwillingen Jemma und Piper gekommen. Seit einigen Wochen gehörte auch ein Dackel zur Familie. Gavin beobachtete lächelnd seine Nichten, die sich darum stritten, wer mit dem Hund nach draußen gehen durfte.

»Sie machen das toll, Claire«, sagte Gavin zu seiner Schwägerin, die aus Inverness stammte.

Claire winkte ab und strich sich das halblange dunkelblonde Haar hinter die Ohren. »Noch ist alles neu, und sie haben sich den Hund lange gewünscht. Aber wir sprechen uns in ein paar Wochen. Weißt du, das klingt vielleicht schrecklich, aber ich freue mich auf den Tag, an dem sie eingeschult werden.«

»Ich auch!«, meinte Brian grinsend und stellte seinen Dessertteller ab. »Das war wieder hervorragend, Mum!«

Sie saßen auf der Terrasse an einem langen Holztisch, den Brian und sein Vater gebaut hatten. Der Garten war eingezäunt und von einer hohen Hecke umgeben, so dass sie unbehelligt von den Blicken neugieriger Touristen blieben.

Charlotte Ramsey begann, das Geschirr abzuräumen, doch Claire schüttelte den Kopf. »Lass nur, Charlotte, das mache ich. Die Jungs können mir helfen.«

Gavin und Brian standen gehorsam auf und trugen das Geschirr ins Haus.

»Ich kann euch verstehen. Zwillinge sind eine Herausforderung«, sagte Gavin. »Ich frage mich nur, wie Mum und Dad das früher mit uns ausgehalten haben!«

Die Brüder lachten. »Wann kommt Mary zurück? Hast du sie angerufen?«, fragte Brian.

Gavin stellte einen Stapel Teller auf die Kücheninsel. »Sie hat mich weggedrückt. Ich spreche mit ihr, sobald sie wieder hier ist.« Er sah Brian ernst an. »Sag mal, hast du die neuesten Nachrichten gesehen? McGillivor hat eine kleine Destillerie in Speyside aufgekauft.«

Brian stutzte und schob ein Holzbrett mit Käsestücken neben die Teller. »Nein! Verdammt, noch eine Übernahme. Ich habe aber erfahren, dass immer weniger Destillerien Fässer an die unabhängigen Abfüller verkaufen. Glenfiddich und Balvenie geben nichts mehr ab.«

»Gut so. Das beweist doch, dass wir auf dem richtigen Weg sind. Wir machen alles selbst, von der Gerste bis zum Abfüllen. Und unsere Whiskys sind limitiert. Unsere hohe Qualität rechtfertigt auch den Preis«, sagte Gavin.

Claire spülte das Geschirr grob ab und stellte es in die Geschirrspülmaschine. »Ich verstehe auch nicht, wer überhaupt diese hellen Whiskys mit dubioser Herkunft kauft! Wenn so was über zwölf Jahre alt sein soll, kann doch was nicht stimmen!«

Sie spielte auf die blassgelben Whiskys von weniger bekannten Abfüllern an, die aus Fässern stammten, die wieder und wieder befüllt worden waren. Schließlich wurde der Whisky dann verblendet, weil er keinen Fasscharakter hatte. Immerhin bedeutete ein verschnittener Blended Malt Whisky, dass er sich ausschließlich aus verschiedenen Single Malts zusammensetzte. Ein Blended Scotch konnte aus Single Malt Scotch Whisky und Grain Whisky bestehen. Und die Grains konnten aus Weizen, Roggen und Mais sein.

Gavins Telefon klingelte. »Ja?«

»Hallo, Gavin, ich hoffe, ich störe euch nicht beim Sonntagslunch«, erklang die schmeichelnde Stimme seiner Ex-Frau.

Sofort fuhr ein stechendes Unwohlsein durch seinen Magen. Diese Frau hatte ihn zutiefst verletzt, und das Gefühl würde bleiben, wann immer er ihre Stimme hörte.

»Veronica. Was willst du?«

Sein Bruder hörte den Namen und machte eine beruhigende Geste, woraufhin Gavin tief Luft holte.

»Musst du immer so aggressiv sein? Lass uns doch bitte miteinander umgehen wie erwachsene Menschen.«

»Wenn du dich anders verhalten hättest, wäre das sicher möglich. So wäre ich dir verbunden, wenn wir unseren Kontakt auf ein Minimum beschränken oder, besser noch, alles weiterhin unsere Anwälte regeln lassen«, erwiderte Gavin kühl.

»Ich bin die Schuldige, aber es gehören immer zwei zu einer Ehe. Vergiss das nicht«, antwortete Veronica schnippisch.

»Oder drei«, sagte Gavin lakonisch und verdrängte das Bild, das sich ihm eingebrannt hatte.

»Man muss verzeihen können, Gavin. Wir alle machen Fehler. Ich wollte mich bei dir bedanken. Ganz ehrlich. Ich habe nicht damit gerechnet, dass du mich ausbezahlst. Zumindest nicht die ganze Summe. Es läuft also gut?«

Er zählte kurz bis drei, bevor er antwortete: »Man muss gar nichts, Veronica. Es gibt Dinge, die sind unverzeihlich. Du wolltest das Geld, obwohl du genau wusstest, dass wir nicht über diese Menge an Barvermögen verfügen. Was erwartest du? Ruf mich nicht wieder an.« Er beendete das Gespräch.

»Alles in Ordnung? Was wollte sie von dir?«, fragte Brian ihn.

»Sich bedanken.« Er fluchte leise. »Ich gehe noch mal rüber in die Brennerei.«

Er wusste, dass seine Familie ihn verstand, und verließ das Haus, um über den Hof zur Destillerie zu gehen. Die Gebäude aus grauem Stein machten ihn stolz. Es steckten die Arbeit und das Herzblut seiner Familie darin. Und nur weil seine Ex-Frau ihn mit seinem vorherigen Brennmeister betrogen hatte, hätten sie beinahe alles verloren. Er ballte die Hände zu Fäusten und stapfte wütend über den steinigen Boden. Als er die Hand auf den Türgriff der Brennerei legte, war sein Zorn beinahe verraucht. Er wollte nicht, dass sie weiterhin Macht über ihn hatte.

Tom Machraff kam ihm auf der Treppe entgegen. »Hi, was machst du denn hier? Heute ist doch euer Familientag.«

»Hm«, brummte Gavin. »Wie weit ist unser Achtjähriger? Komm, lass uns eine Probe nehmen, und dann entscheiden wir, ob wir umfüllen.«

»Ich habe heute früh eine Probe gezogen und fand, dass er noch ein paar Monate lagern sollte. Ist mir noch nicht weich genug.« Tom ging mit Gavin durch die Brennerei und hinüber zur großen Lagerhalle.

Das schlichte Gebäude hatte dicke Mauern und ein Schieferdach. Beim Bau hatten sie sich für die traditionelle Lagerung entschieden. Die dicken Mauern hielten die Temperaturen im Innern der Halle relativ konstant, und die Belüftung war gut. Ein Wagen fuhr auf den Besucherparkplatz, und Gavin blieb stehen, denn es war der alte Jeep von Freya.

»Geh vor, Tom. Bin gleich bei dir.« Schlagartig war seine schlechte Laune verflogen.

Shona MacLean kam mit energisch federndem Schritt auf ihn zu. Das Sonnenlicht ließ ihr Haar kupferfarben glänzen. Shona schien keinen Wert auf den perfekten Auftritt zu legen, sondern kam in ausgewaschener Jeans, T-Shirt und Leinenschuhen daher.

»Hallo, Gavin! Ich will nicht stören, aber Erin hat mir etwas erzählt, das mir keine Ruhe lässt«, sagte sie, als sie vor ihm stand.

»Du störst nicht, Shona.« Er gab ihr einen Kuss auf die Wange. Sie duftete frisch, und wenn er seinem Impuls gefolgt wäre, hätte er sie in die Arme genommen und richtig geküsst.

Shona sah ihn mit einem verschmitzten Lächeln an. »Danke, das ist nett. Wirklich, nur ganz kurz. Aber ich finde, du solltest wissen, dass Erin und Freya diese silberne Fibel aus der Wikingerzeit auf deinem Land gefunden haben. Diese Brosche, von der ich dir erzählt hatte.«

Er hob die Augenbrauen. »Wirklich? Okay, ich hatte ihnen erlaubt, nach Spuren von Siedlungen zu suchen. Das scheint ja das Hobby deiner Schwester zu sein.«

»Sie hätten es dir noch gesagt«, sagte Shona schnell. »Freya hatte schon Dr. Lewis von der Uni in Edinburgh informiert. Dann hatte sie den Unfall ...« Sie machte eine entschuldigende Geste.

»Hey, alles gut. Freya wäre die Letzte, die etwas Unrechtmäßiges tun würde. Ich kenne niemanden, der so offen und direkt ist wie sie.«

Shona nickte. »Ja, das stimmt. Dann bin ich erleichtert. Ich wollte auf keinen Fall, dass du denkst, sie wollte euch bestehlen. Aber Erin bedeutet diese Fibel so viel, weißt du. Das ist ihr Ding, dieses Suchen nach archäologischen Artefakten, die mit den Wikingern zu tun haben. Sie hat das Stück gezeichnet, unglaublich gut.« Sie machte eine Pause. »Das war es schon. Nein, eins noch, ist es dir recht, wenn ich mit Erin zu der Stelle gehe, wo sie die Fibel gefunden hat? Im Moment ist das der einzige Weg, wie ich an sie herankomme.«

Er konnte die Sorge um die Nichte in ihren Augen sehen und berührte ihre Schulter. »Jederzeit. Vielleicht findet ihr ja einen Silberschatz, und ich kann unseren Kredit ablösen. Ihr bekommt natürlich eine Belohnung.« Er grinste.

Shona lachte. »Das wäre was! Danke, du bist der Beste!«

Sie gab ihm einen Kuss auf die Wange. »Grüß Mary von mir!«

Er nickte und sah ihr nach. Dort, wo ihre Lippen ihn gestreift hatten, spürte er ein leichtes Prickeln.

X

Er det verdt det? Hodet spør.
Nei, men det gjør det så bra!
Hjertet svarer.

[Es fragt der Kopf, ob es sich lohnt,
das Herz verneint,
sagt aber, dass es gut ist.]

Norwegische Weisheit

Den ganzen Morgen über hatten sie Fische ausgenommen, einen Teil zum Trocknen auf Holzgestelle gehängt und den Rest zerteilt und in den Topf für das Nattmal gegeben. Hulda wollte den tranigen Fischgestank loswerden und im Meer baden. Die Götter meinten es heute gut mit ihnen, denn der Himmel war beinahe wolkenlos, und die Sonne wärmte Mensch und Tier.

Mit einem Tuch über der Schulter verließ sie das Haus und kam an dem Stall vorüber, in dem Isla noch immer eingesperrt auf die Vollstreckung ihrer Strafe wartete. Benkt hatte sich von der Verletzung erholt und würde bald wieder kämpfen können. Wäre es anders gewesen, hätte Isla den nächsten Sonnenaufgang nicht erlebt.

Hulda stieß die Tür zum Stall auf und ging auf die Gittertür zu, hinter der das Mädchen im Stroh hockte. Die Haare hingen ihr strähnig ins Gesicht. Sie hatte den

Stall seit Tagen nicht verlassen, und es stank nach Urin und Exkrementen.

»Isla, komm her!«, befahl Hulda.

Widerwillig erhob sich das Mädchen und starrte sie aus matten Augen an, in denen jedoch noch immer ein trotziges Feuer glomm. Hulda entdeckte blaue Flecken an Islas Beinen und Armen und befürchtete, dass einige Männer sich mit Gewalt genommen hatten, wonach ihnen gelüstete.

»Es stinkt hier erbärmlich. Wenn du mir versprichst, nicht wegzulaufen, nehme ich dich mit zum Strand, und du kannst dich waschen«, bot Hulda ihr an.

Islas Blick veränderte sich, und ihre Schultern strafften sich. Leise, aber mit fester Stimme sagte sie: »Danke, Herrin. Ich werde nicht weglaufen. Das schwöre ich bei der Heiligen Jungfrau.«

Hulda verzog den Mund. »Na dann, komm mit.« Sie nahm den Schlüssel von einem Haken an der Wand und schloss das Gefängnis auf.

Als Isla heraustrat, schlug Hulda eine Welle unangenehmer Gerüche entgegen, und sie empfand Mitleid. Es kam nicht oft vor, dass sie das Leben einer Sklavin berührte, doch dieses Mädchen erinnerte sie an sie selbst. Sie würde sich niemals in ihr Schicksal fügen.

Die Krieger waren mit Fjell nach Naustvík geritten. Hulda war froh, dass Sverrir fort war. So musste sie sich nicht dauernd umsehen und fürchten, von dem Widerling in eine dunkle Ecke gezerrt zu werden. Sie traten aus dem Stall und gingen hinter den Häusern bis zum Rand der eingefriedeten Häuser.

»Warte hier«, befahl Hulda und lief zu ihrem Haus, um ein weiteres Tuch zu holen.

Als sie zurückkam, stand Isla genauso regungslos an ihrem Platz wie zuvor. »Hier.« Sie drückte Isla das Tuch in die Hand, das die Sklavin überrascht ergriff.

»Danke, Herrin.«

Gemeinsam gingen sie durch die hohen Dünen. Der Sand war trocken und roch frisch. Das hohe Dünengras wogte sanft im Wind, und sie konnten die Wellen hören, bevor sie die Anhöhe erreichten. Außer ihnen war niemand zu sehen. Nur eine Kuh lief weiter vorn zwischen den Felsen umher.

»Woher kommst du, Isla?«

Erstaunt sah die Sklavin sie an. »Was interessiert es Euch, Herrin?«

»Ich würde nicht fragen. Also?«

»Der Weiler, in dem meine Familie lebte, heißt Errislanan. Eine Landzunge im Westen von Munster. Wir sind Gälen.« Isla warf Hulda einen prüfenden Blick zu, als erwarte sie eine Bestrafung.

»Wolltest du dorthin zurück?« Hulda zog ihre Schuhe aus und grub die Zehen beim Gehen in den Sand. Man musste aufpassen, dass man sich die Füße nicht an scharfkantigen Felsen oder Muscheln aufschnitt.

Ein Boot lag auf dem Sand. Die Gezeiten gaben den Meeresgrund immer wieder frei, so dass die Boote manchmal auf dem Trockenen lagen. Man musste jedoch nur eine gewisse Zeit warten, und die Wellen spülten wieder bis auf den Strand und trugen die Boote hinaus aufs Meer. Zwei Fischer saßen auf den Booten und flickten ihre Netze.

»Wohin denn zurück? Sie haben uns ja nichts gelassen. Mein Dorf wurde niedergebrannt, meine Eltern abgeschlachtet wie Vieh und meine Schwestern und Brüder verkauft, genau wie ich.« Isla schwieg.

»Das tut mir leid, Isla. Aber jeder hat sein Schicksal. Dagegen sind wir machtlos. Lass uns schwimmen.« Hulda ließ ihr Tuch in den Sand gleiten, öffnete ihre Haare und legte ihren Gürtel ab.

Sie trug nur ihr dünnes Unterkleid, als sie in die kleinen Wellen watete. Die Gischt schäumte weiß und bildete tausend winzige Schaumkronen auf dem Wasser. Hulda war eine gute Schwimmerin, ließ sich ins Wasser fallen, tauchte unter und spürte, wie das Tuch und ihre Haare sich mit dem salzigen Meerwasser vollsogen. Als sie wieder auftauchte, warf sie die langen Haare zurück und suchte nach Isla.

Das Mädchen stand bis zu den Knien im Wasser und sah zu den Fischern hinüber, die jedoch keine Notiz von ihnen nahmen. Langsam ging sie weiter und tauchte schließlich ebenfalls unter. Hulda hatte schon Angst, die Sklavin wäre ertrunken, so lange blieb sie unter Wasser, doch tauchte sie plötzlich in einiger Entfernung mitten in der Bucht wieder auf. Isla war eine hervorragende Schwimmerin, dachte Hulda und verstand, warum sie keine Angst gehabt hatte, mit Aodh übers Meer zu fliehen.

Hulda warf sich in die Fluten und schwamm mit kräftigen Stößen schnell bis zu Isla. »Willst du bis nach Skotland schwimmen?«

»Ich würde es, wenn es möglich wäre«, erwiderte Isla.

Hulda glaubte ihr. »Und dann? Wer beschützt dich dort? Wir müssen zurück, bevor sie dich suchen.«

Auf dem Rückweg verließen Isla die Kräfte. Sie wurde langsamer und kam außer Atem am Ufer an. Doch als sie sich das Tuch um den zitternden Körper wickelte, lächelte sie und sagte leise: »Danke.«

Die beiden Frauen hatten sich gerade getrocknet und die nassen Haare ausgeschüttelt, als ihre Schwester Netja aus den Dünen gelaufen kam.

»Wo steckst du denn, Hulda? Die Männer sind zurück, und Fjell ist bei Vater!«

»Was? Bei den Göttern!«, rief Hulda und sagte zu Isla: »Wenn du mir versprichst, dass du nicht wieder zu fliehen versuchst, bitte ich den Jarl, dich weiter bei uns zu lassen.«

Islas Haut war gerötet vom kalten Wasser und ihre Lippen bläulich, doch sie zitterte kaum noch. »Aodh hat versucht, deinen Bruder zu töten, Herrin.«

»Aber du nicht. Willst du mich töten?«, erwiderte Hulda.

Die Gälin schüttelte den Kopf. »Mein Glaube verbietet mir das Töten, Herrin.« Sie berührte das Kreuz, das an einer Lederkette um ihren Hals hing.

Fjell war zurück! Hulda konnte ihr Glück nicht fassen. Sie hatte befürchtet, ihn erst im Herbst wiederzusehen, sollte Gormr tatsächlich die Stämme in Skotland angreifen wollen.

Netja sah sie missbilligend an. »Tropfnass bist du! So kannst du doch deinem Gemahl nicht entgegentreten, Hulda! Und was macht sie hier?«

Hulda ignorierte die Frage. »Netja, hilf mir, ja? Ich schenke dir den weißen Kamm, den du so gern magst.«

Ihre Schwester grinste. »Was soll ich machen?«

Innerhalb kurzer Zeit war Hulda umgekleidet, hatte sich die Haare gekämmt, auf dem Oberkopf zu Zöpfen geflochten und Isla vorerst zurück in den Stall gebracht. Bei passender Gelegenheit würde sie Fjell um Gnade für die Sklavin bitten. Sie hatte das Gefühl, dass er ihr diesen Wunsch nicht abschlagen würde.

An Netjas Seite, die noch an ihrem Kleid zupfte und ihr zuflüsterte: »Du bist wunderschön, Hulda«, betrat sie den großen Wohnraum des Hauses.

Ihr Herz klopfte ihr im Hals, als sie Fjells hohe Gestalt neben der ihres Vaters und der Brüder erblickte. Die Männer standen an dem langen Tisch, an dem gegessen und gefeiert wurde. Heute lag dort ein Beutel mit Silberstücken. Der Brautpreis. Ihr Vater sagte etwas zu Fjell, doch der hatte nur Augen für sie, und ihr Vater trat zur Seite.

In diesem Augenblick gab es nur sie beide. Fjell machte einen Schritt auf sie zu und nahm ihre Hände in seine. »Meine wunderschöne Hulda.« Seine Stimme klang rau, und ein Schauer glitt über ihren Körper, als ihre Blicke sich trafen.

»Fjell«, war alles, was sie herausbrachte.

»Ich glaube, wir brauchen unsere Schwester nicht zu fragen, ob sie dich zum Mann nehmen will, Fjell. Dann lasst uns heute feiern!«, rief Rian, und alle im Haus klatschten und jubelten.

XI

»Ihr hohen Götter, wir erbitten euren Segen für diese beiden Menschen, für Haus und Hof und für unsere Gäste! Nehmt auch dieses Opfer!« Róki goss Wein aus einem vergoldeten Becher auf die Erde und hob die Arme zum Himmel.

Der Wein war das letzte Opfer an diesem Abend, und zwei Musiker begannen, Flöte und Leier zu spielen. Róki hieß alle, sich von der reichen Festtafel zu bedienen, die sie im Freien aufgebaut hatten. Die Türen des Hauses standen offen, und auf dem Hofplatz brannte ein Feuer, um das die Bewohner des Dorfes versammelt waren. Kinder spielten, Hunde holten sich Knochen und Fleischreste, die ihnen zugeworfen wurden, und das Bier floss in Strömen.

Fjell hätte sich gewünscht, Sverrir wäre bei Gormr in Naustvík geblieben, doch der Hüne folgte ihm wie ein übermächtiger Schatten. Seit Beginn der Feierlichkeiten schüttete Sverrir einen Becher Bier nach dem anderen in sich hinein. Sein Gesicht war feuerrot, und er stierte Hulda mit einem Blick an, der nichts Gutes verhieß. Genau aus diesem Grund hatte Fjell sich dazu entschlossen, Hulda noch vor seiner Abreise zu heiraten. Jeder sollte wissen, dass dieses Abbild einer Göttin ihm gehörte.

Es war bereits dunkel, und rings um den Platz hatten sie Fackeln entzündet. Im flackernden Feuerschein tanzten Goldreflexe auf Huldas Haaren, die mit kostbaren Kämmen am Oberkopf aufgesteckt waren. Fjell konnte sich nicht sattsehen an seiner Frau und stellte seinen Becher ab. Er brauchte keinen Met, denn er war trunken vor Liebe.

Hulda stand neben ihren Schwestern und lachte, schien seinen Blick aber zu spüren, denn sie drehte sich um und winkte ihn zu sich.

»Darf ich euch meinen Mann vorstellen?«, sagte sie voller Stolz und streckte eine Hand nach Fjell aus.

Er ergriff sie und zog sie an seine Seite. »Die Götter haben es gut mit mir gemeint.«

Sie murmelte: »Freya hat meine Gebete erhört und meine Opfer angenommen.«

Er legte den Arm um ihre schmale Taille und strich über die Rundung ihres Gesäßes. »Ich werde uns ein Haus bauen, in dem wir unsere Kinder großziehen.«

Netja und Eir kicherten. »Wie viele Kinder wollt ihr denn haben, Hulda?«, fragte Netja.

»Na, los, geht tanzen!«, scheuchte Hulda die Schwestern freundlich fort.

Fjell warf einen Blick in die Runde, sah seinen Vater neben seinem Onkel und seiner Mutter sitzen. Seine Schwester scherzte mit Fionn, Ulfarr stand mit seiner Frau im Arm am Türpfosten, und die übrigen Männer sprachen dem Bier zu. Sverrir war nicht mehr zu sehen, vielleicht lag er bereits trunken in einem Bett.

»Komm mit mir, Hulda«, sagte er und führte sie aus dem Lichtkreis des Festplatzes zu den Pferden.

»Wohin bringst du mich, Fjell? Unser Haus ist noch nicht gebaut!«

»Ich möchte dich ganz für mich allein haben. Vertraust du mir?« Er blieb stehen und legte ihr die Hände auf die Schultern.

In ihren Augen spiegelte sich der Mond, und sie hob ihm das Gesicht entgegen. Er zog sie an sich und küsste sie. Der Lärm der Feiernden verklang in der Ferne, als er sie auf sein Pferd hob und sich hinter ihr in den Sattel schwang. Die Nacht war sternenklar, und der volle Mond wies ihnen den Weg. Nicht weit vom Dorf gab es einen Weiher mit einem Birkenhain, zu dem er sie führte. Er stieg ab, half ihr vom Pferd und rieb ihre Arme. »Ist dir kalt?«

Hulda schüttelte den Kopf und zog die Kämme aus ihren Haaren. Eine Flut goldener Locken ergoss sich über ihren Rücken. Rasch nahm Fjell die Felle, die er mitgenommen hatte, von seinem Pferd und breitete sie unter einer Birke aus. Hier draußen hörten sie nur die Vögel der Nacht und das Meer. Der Wind raschelte leise in den Blättern der Bäume, eine friedliche Musik, die im Gegensatz zu dem wild durch seine Adern rauschenden Blut stand. Er würde sich Zeit nehmen, um sie kennenzulernen, ihr zu zeigen, was es bedeutete, die Freuden der Liebe zu kosten. Nachdem er seinen Gürtel und das Schwert, von dem er sich so gut wie nie trennte, abgelegt hatte, hob er sie auf. Sie war so leicht wie ein junges Reh. Als sie die Arme um seinen Hals schlang und ihr Gesicht an seinem Hals barg, entrang sich ihm ein leises Stöhnen.

Sacht bettete er sie auf die Felle und legte sich zu ihr. Es bedurfte keiner Worte, weil Liebende sich wortlos verstanden. Wenn er gedacht hatte, dass seine Leidenschaft sie verschrecken würde, hatte er sich getäuscht. Sie gab sich ihm mit unverhohlener Lust hin, und noch lange lagen sie eng umschlungen unter dem Sternenhimmel von Íl.

Erst als der Schweiß auf ihrer erhitzten Haut abkühlte und ein fröstelnder Schauer über ihren Körper glitt, deckte er sie mit einem Fell zu und zog sie in seine Umarmung. So konnte er ihren Nacken küssen, etwas, das er in Zukunft oft zu tun gedachte. Seine Hand glitt über ihre Hüfte und blieb auf ihrem Oberschenkel liegen.

»Wann musst du fort, Fjell?«, fragte sie und zog seine Hand auf ihren Bauch.

»Morgen, meine Liebste.« Es tat ihm weh, ihr das sagen zu müssen, doch er hatte keine Wahl. Gormr hatte ihn nur ziehen lassen, weil Fjell darauf bestanden hatte, seine eigenen Schiffe mit nach Dy Oer zu bringen. Nur so blieb Fjell sein eigener Herr und konnte das Geschick seiner Männer bestimmen. Er traute Gormr nicht, genauso wenig wie Sverrir, und selbst bei Godred Croven war er sich nie sicher, was der Mann wirklich vorhatte.

»Nein! Nur eine Nacht soll uns vergönnt sein?« Hulda drehte sich zu ihm um und küsste ihn. »Du musst zu mir zurückkommen, Fjell! Dir darf nichts geschehen! Wenn dir etwas zustößt, werde ich dich in Walhall wiedersehen und …« Tränen liefen ihr über die Wangen

»Nicht, Hulda.« Er wischte ihr die nassen Wangen. »Nicht weinen, nicht meinetwegen. Ich bin ein Krieger, aber bei den Göttern, ich schwöre, dass wir uns wiedersehen, bevor der Mond zum dritten Mal voll ist.« Niemals hätte er geglaubt, dass die Liebe einer Frau ihn derart berühren könnte. Sein Herz gehörte ihr. »Ich habe noch ein Geschenk für dich, Hulda.«

Neben dem Brautsilber hatte er ihr Armreifen aus Silber und Gold und eine goldene Ringnadel geschenkt. Er griff zur Seite, wo seine Kleidung lag, und fischte ein Ledersäckchen aus seiner Hosentasche. »Das wird dich beschützen, wenn ich nicht bei dir bin.«

Hulda stützte sich auf ihren Ellbogen, öffnete das Säckchen und zog ein Lederband heraus, an dem ein in Silber und Gold gefasster Stein im Mondlicht glitzerte.

»Bei Freya! Der ist wundervoll! Was ist das für ein Stein, Fjell?« Mit leuchtenden Augen küsste sie ihn und hielt das Schmuckstück in die Höhe.

Fjell konnte sich eher an ihren runden Brüsten erfreuen, doch er wusste, dass Frauen Schmuck liebten, und dieser Stein war etwas Besonderes. »Ein Bergkristall. Er wurde mit einem Schutzzauber belegt, der seinen Träger vor Unglück schützt.«

Er half ihr, das Lederband um den Hals zu legen und zuzuknoten. Der Kristall schimmerte silbrig zwischen ihren Brüsten. Hulda legte ihre Hand auf den Schmuckstein.

»Danke, Fjell. Er ist außergewöhnlich!«, flüsterte sie und berührte seine Brust.

»Nicht so außergewöhnlich wie du, Hulda.«

Und für die restlichen Stunden der viel zu kurzen Nacht vergaßen sie die Götter und die Unbilden des Lebens.

Als die Sonne ihre ersten warmen Strahlen auf die Insel warf, weckte Fjell seine Frau auf. Langsam ritten sie zurück ins Dorf. Jeder Schritt seines Pferdes schien ihm zu schnell.

»Ich habe eine Bitte, Fjell«, sagte sie plötzlich. »Es geht nicht um mich.«

Leicht beunruhigt antwortete er: »Ja?«

»Ich möchte, dass Isla freigelassen wird. Sie kann nichts für Aodhs Handeln. Sie wird mir eine gute Sklavin sein.«

Er runzelte die Stirn. »Sie wollte fliehen. Wie kannst du ihr vertrauen, und wie soll ich dich mit ihr allein lassen? Nein, Hulda, das ist ein Risiko, das ich nicht eingehen werde.«

»Ich hätte dich nicht darum gebeten, wenn es mir nicht wirklich wichtig wäre. Bitte, Fjell. Ich habe mit ihr gesprochen. Sie ist ein intelligentes Mädchen und wird nicht wieder fortlaufen.«

»Hulda, es gibt da etwas, das du nicht weißt. Deine Sicherheit geht mir über alles. Nicht nur weil du meine Frau, mein Leben bist. Du …« Er biss sich auf die Lippen. War es richtig, es ihr zu sagen? Andererseits hatte sie ein Recht darauf, zu erfahren, wer sie wirklich war.

»Ja? Was willst du mir sagen?«

»Deine Eltern, nun, sie sind nicht deine leiblichen Eltern.« Er hielt das Pferd an, als sie die Dünen des Dorfes sahen.

»Was? Wie meinst du das?« Hulda wandte den Kopf. »Ich kenne sie mein ganzes Leben. Natürlich sind sie meine Eltern!«

»Nein. Róki hat es mir gesagt. Niemand darf wissen, dass du von königlichem Blut bist.« Er drückte sie an sich. »Und es darf auch weiterhin niemand wissen.«

»Ich, ich bin eine Königstochter? Aber wer sind denn dann meine Eltern? Ich verstehe das nicht!«

»Róki wird es dir erklären, Hulda. Er wollte es uns gemeinsam sagen, bevor ich gehe.« Fjell suchte im Morgennebel nach einer vertrauten Gestalt. Und tatsächlich tauchte Róki auf dem Pfad auf, der aus den Dünen herausführte.

»Da kommt Róki. Gleich wirst du erfahren, wer du bist, Hulda.« Fjell sog den Duft ihrer Haare ein, küsste ihre Wange und flüsterte: »Für mich wirst du immer nur meine wunderschöne Hulda sein. Meine Göttin.«

Da brach die Morgensonne durch die Nebelbank, und mit dem anbrechenden Tag verlor sich die Magie der Nacht.

XII

1085, Íl, Julfest

Seit Tagen schneite es, und ein eisiger Wind trieb die Kälte aus dem Norden zu ihnen. Fröstelnd zog Hulda das Fell enger um sich und strich über ihren stark gewölbten Leib. In ihr wuchs ein Kind heran, das so stark wie sein Vater zu sein schien, denn es boxte sie schon wieder.

»Au!«, rief Hulda, und Fjell kam zu ihr. Sie lag auf dem Bett, das mit Decken und Fellen ausgekleidet war.

Er war ein fürsorglicher Mann, zärtlich und immer um ihr Wohlergehen besorgt. Sie war überglücklich gewesen, als die Drachenschiffe Anfang des Julmonats endlich am Horizont erschienen waren. Viel zu lange waren sie fort gewesen, und Hulda hatte schon das Schlimmste befürchtet.

Fjell strich über ihren Bauch und legte sein Ohr darauf. »Es wird ein kräftiger Junge. Mein Sohn«, sagte er voller Stolz und hob den Kopf, um sie zu küssen. »Unser Sohn«, verbesserte er sich und küsste sie.

»Ich bin froh, wenn ich ihn endlich im Arm halten kann«, seufzte Hulda.

Sie bewohnten ein Haus am Ende des Dorfes, das Huldas Vater und Fjells Familie über den Sommer ausgebaut hatten. Der Hof oberhalb von Loch Gorm sollte im Frühjahr fertig werden. Mit dem Fällen der Bäume hatten sie bereits begonnen. Hulda war glücklich, dass sie jetzt dieses Haus hatten, auch wenn es klein war. Hier war sie die Herrin und wurde nicht dauernd von ihrer Mutter beobachtet und gemaßregelt. Ihre Mutter oder die Frau, von der sie ihr Leben lang gedacht hatte, dass sie ihre leibliche Mutter wäre. Seit Róki ihr gesagt hatte, dass sie die Tochter von Olav Kyrre, dem König von Norvegr, war, konnte sie sich besser mit der oft ablehnenden Haltung ihrer Ziehmutter abfinden. Olav Kyrre hatte sie mit seiner Geliebten Sólveig gezeugt. Sólveig war die Tochter eines Adligen gewesen und kurz nach ihrer Geburt gestorben.

»Nicht mehr lange, und die Muttergöttin Frigg wird dir beistehen müssen, Hulda.« Sorgenvoll nahm er ihre Hand und drückte sie an sich.

»Ich werde es schaffen, Fjell. Ich bin jung und stark, und das Kind ist so kräftig, dass es ganz von selbst auf die Welt kommen wird«, versicherte sie ihm, denn sie sah ihm seine Angst an. Viele Frauen starben, wenn sie einem Kind das Leben schenkten, und oft starb auch das Kind.

»Die Nornen haben mich nicht von Norvegr nach Islay geschickt, um mich hier sterben zu lassen.« Sie lehnte sich an seine breite Brust und lauschte dem gleichmäßigen Schlag seines Herzens.

Fjell legte die Arme um sie. »Nein, das haben sie nicht, meine Königin.«

Sie lachte leise. »Vorsicht, Fjell, niemand darf es wissen.«

»Du bist meine Königin, das darf jeder wissen.«

Das Julfest begann mit dem ersten großen Opferfest und dauerte zwölf Tage an. Nicht einmal dem Anzünden des Julrads konnte Hulda beiwohnen. Dabei war das Herunterrollen des brennenden Julrads von einem Hügel einer ihrer liebsten Festakte. In diesem Jahr bekam Hulda von allem nicht viel mit, weil ihr Leib so schwer geworden war und ihr Rücken so sehr schmerzte, dass sie die meiste Zeit im Bett lag. Sváfa, Fjells Schwester, kam oft zu ihr und brachte ihr kleine Geschenke, ein neues Tuch, ein Fell für die Wiege, einen Kamm und Trockenfrüchte, die Hulda liebte.

Isla war dauernd um sie herum, half ihr zum Abort und brachte ihr Essen und warmen Honigwein, den sie verdünnte und mit Gewürzen anreicherte.

»Wie geht es Euch, Herrin?«, fragte die Sklavin und legte ihre kühle Hand auf Huldas Stirn. Dann tastete sie ihren Bauch ab. »Es ist bald so weit.«

Hulda verzerrte das Gesicht, denn ein starker Schmerz durchfuhr sie. »Oh, was ist das?«, stöhnte sie und sackte zurück.

»Wir sollten die Frauen holen, Herrin«, sagte die Sklavin und eilte davon.

Die Geburt zog sich über zwei Tage hin, und Hulda wusste manchmal vor Schmerzen nicht, ob sie weinen oder schreien sollte. Sie verfluchte den Tag ihrer eigenen Geburt, schimpfte auf Fjell, der schuld an ihrem Elend war, um ihn im nächsten Moment zu sich zu rufen, weil sie seine Hand halten wollte. Und schließlich war es so weit, und all die Schmerzen waren vergessen, als Brigida ihr lächelnd ein kleines, schmatzendes Bündel in die Arme legte und sagte: »Das ist dein Sohn, Hulda.«

Sváfa, Huldas Schwestern und die erfahrenen Frauen des Dorfes waren ebenfalls dabei gewesen und zogen sich zurück, nachdem sie die Nachgeburt aufgefangen hatten. Später erinnerte sich Hulda kaum noch an die rituellen Handlungen und die beschwörenden Worte, welche die Frauen gesprochen hatten, wie sie es seit Generationen bei allen Geburten taten. Nachdem man sie gewaschen und ihre Haare gerichtet hatte, holten sie Fjell herein.

Der Krieger hatte Tränen in den Augen, als er sich zu ihr setzte und sie küsste. Vorsichtig betrachtete er das winzige Bündel Mensch, das sich in den Tüchern neben ihr regte.

»Bei Thor, was für ein schönes Kind du mir geschenkt hast, Hulda.« Mit einem Finger strich er zart über die kleine Nase, berührte die winzigen Fäuste und sagte: »Er soll Iarlí heißen. Iarlí Fjellsson, du wirst einmal ein großer Krieger.«

Hulda lächelte. »Mir reicht es schon, wenn er ein gesunder Junge wird.«

Unbeschwerte Tage voller Freude über das Kind folgten und ließen den kalten Mörsugur, den dritten Wintermonat, schnell vorübergehen. Fjell verkündete bei einem Fest in der Großen Halle den Namen seines Sohnes, und die Männer und Frauen jubelten und priesen die Götter für diesen prachtvollen Jungen.

Hulda hatte sich von der Geburt erholt und liebte es, ihren Sohn zu stillen, hatte jedoch nicht genug Milch, weshalb sie eine Amme zu Hilfe holten. Die Milch der fremden Frau, die ebenfalls gerade ein Kind geboren hatte, ließ das schmächtige Kind rasch kräftiger werden. An diesem Tag hatte Hulda sich zum ersten Mal seit der Geburt in ein Festkleid gewandet, ihren Schmuck angelegt und die Haare vorn geflochten und aufgesteckt. Fjell hatte sie reich mit Gold- und Silberschmuck und feinsten Tüchern beschenkt. Gormr hatte die Männer an die Küsten Skotlands geführt. Dagegen hatte Fjell nichts tun können, doch er hatte dafür gesorgt, dass sie kein Dorf des dort herrschenden Königs Malcom, genannt Cranmore, angegriffen hatten.

Ein Flötenspieler stimmte eine verträumte Melodie an, und Hulda nahm den Teller mit Brot und Fisch von Isla entgegen, die mit den anderen Sklavinnen das Essen unter den Anwesenden verteilte. In der Mitte der Halle brannte ein großes Feuer, und die Männer und Frauen tranken und aßen, Kinder liefen umher, und Fjell stand neben ihrem Stuhl und unterhielt sich mit Fionn und Ulfarr. Fjells Vater war in Begleitung seines Bruders Sebbi und wirkte kräftiger als noch vor dem Julfest.

Plötzlich flog die Tür auf, und ein kalter Wind fegte durch die Halle und brachte eine Fuhre Schnee mit herein. Eine große Gestalt füllte den Türrahmen aus, und Hulda stockte der Atem. Kein Geringerer als der Jarl Godred Crovan, der Herrscher von Man und den Inseln, stand dort, stemmte die Hände in die Hüften und brüllte: »Bei den Göttern, Fjell Halvorson, hier versteckst du dich also!«

Augenblicklich wurde es still in der Halle, und alle starrten erschrocken zu dem Eindringling. Hulda griff nach Fjells Arm, der ihr beruhigend zunickte, die Arme ausbreitete und auf seinen Anführer zuging.

»Sei willkommen, Godred Crovan von Man, wir feiern die Geburt meines Sohnes! Sei mein Gast!« Fjell umarmte den Kriegsherrn, der ein schwarzes Schulterfell über dem Brustpanzer trug.

Crovan hatte langes grauschwarzes Haar, einen Bart, dessen Spitzen in zwei Zöpfe geflochten waren, und an den Unterarmen prangten breite goldene Reifen. Um den Hals hingen verschiedene Amulette, ein Kreuz und der Thorshammer.

Nun betraten Godreds Männer die Halle, Krieger mit verfrorenen Gesichtern und Schneeklumpen in ihren Fellumhängen. Sverrir war bei ihnen. Hulda hatte sich schon gefragt, wo sich der verhasste Mann herumgetrieben hatte. Hatte er gewusst, dass Crovan kommen wollte? Fjell als Crovans bester Mann hätte es doch zuerst erfahren müssen. Oder hatte er sie nur nicht beunruhigen wollen?

Ängstlich beobachtete Hulda, wie die fremden Krieger hereinströmten und sich auf Bänken und Stühlen niederließen. Rian und Fionn begrüßten einige von ihnen, und die Stimmung entspannte sich.

»Und nun zeig mir deine Frau, Fjell!«, verlangte Crovan und ging neben Fjell auf sie zu.

Erst jetzt bemerkte Hulda, dass Crovan die linke Hand seltsam hielt, so als könne er sie nicht richtig bewegen. Die Finger lagen leicht gekrümmt an seinem Gürtel. Doch die Verletzung tat der beeindruckenden Erscheinung keinen Abbruch. Godred Crovan hatte die Aura eines Herrschers, seine grünen Augen schienen jeden in der Halle zu erfassen und auf seinen Platz zu verweisen.

Fjell ging zu Hulda, die aufgestanden war, und führte sie zu Crovan. »Hulda, meine Frau, mein Licht, die Mutter meines Sohnes, Godred«, sagte Fjell und legte den Arm um Huldas Hüfte.

Die grünen Augen musterten sie besitzergreifend, und Hulda schmiegte sich an ihren Mann. Spontan zog Crovan einen seiner goldenen Armreife ab und reichte ihn Hulda.

»Mögen die Götter dich und deine Familie beschützen, Fjell Halvorson. Eine schöne Frau hast du.« Crovan machte keine Anstalten, sie zu berühren, so dass Hulda den Armreif mit zitternden Fingern nahm.

»Danke, Herr«, flüsterte sie.

»Ich habe Durst!«, rief Crovan. »Wir sind gerade erst angekommen. Eigentlich wollten wir in Lagan landen, aber die Strömungen waren gegen uns. Nun sind wir hier. Und wie ich finde, war das nicht die schlechteste Entscheidung, mein Freund.«

Hulda spürte, wie die Spannung aus Fjells Körper wich.

»Seid unsere Gäste. Mein Haus ist euer Haus!«

XIII

Crovan blieb zwei Tage, und Hulda lernte einen Herrscher kennen, der zu feiern verstand, aber darüber nie seine Ziele aus den Augen verlor. Wann immer einer seiner Männer zu ihm kam, hörte er zu. Die Krieger respektierten ihren Anführer, weil er sein Schwert zu führen wusste, und mehr noch, weil er ein kluger Stratege war.

Am Mittag des zweiten Tages saßen Fjell und Crovan in ihrem Haus am Tisch, vor sich ein Stück Leder, auf dem sie mit Kohle Markierungen machten. Hulda stellte einen Krug mit warmem Honigwein vor sie hin und legte ein Stück Käse auf den Teller mit dem Brot. Dabei fiel ihr Blick auf die Zeichnung.

»Das ist unsere Insel, nicht wahr?«, entfuhr es ihr, und sie schwieg sofort, doch Fjell zog sie lächelnd neben sich.

»Ja, meine Sonne, das sind Suðreyar, die Inseln bis hinunter nach Man. Und dort gegenüber liegt das Land der Galen«, erklärte Fjell.

Finster stach Crovan seinen Dolch in einen Punkt an der Küste der Galen. »Dyflin. Eines Tages werde ich der Hochkönig von Dyflin sein, wie es mir zusteht! Und du wirst mein erster Kriegsherr sein, Fjell.«

Hulda, die immer genau zuhörte, wenn über das gesprochen wurde, was an den Höfen vorging, sagte: »Ich habe gehört, Toirdelbach Ua Briain soll von einer Krankheit befallen worden sein. Seine Tage sind gezählt, Herr. Wer wird denn der nächste Hochkönig von Munster? Und hat das einen Einfluss auf den Königsthron von Dyflin?«

Die buschigen dunklen Brauen von Crovan hoben sich. »Sie ist nicht nur schön, deine Frau, sie ist auch klug.« Er zog den Dolch aus dem Tisch. »Das ist mir auch zu Ohren gekommen. Wir haben unsere Spione überall. Toirdelbach ist schon lange krank. Alle Haare sind ihm ausgefallen. Er soll nur ein blasses Abbild seiner selbst sein. Drei Söhne hocken an seinem Bett und zerren an seiner Krone«, meinte Crovan und verzog den Mund. »Muirchertach und Diarmait sind die beiden stärksten. Sie werden das unter sich ausmachen.«

Fjell legte unter dem Tisch die Hand auf ihren Oberschenkel. »Sie gehören zu den Ua Bríain, Godred. Wenn sie sich einig sind, bringen die ein großes Heer auf. Munster allein stellt zweitausend Mann«, gab Fjell zu bedenken.

Crovan goss sich Honigwein in seinen Becher, trank einen Schluck und schnitt sich ein Stück Käse ab. »Der richtige Zeitpunkt wird kommen, mein Freund. Wenn ein König zu seinen Ahnen geht und zu viele Geier um seinen Thron kreisen, gibt es Unruhe in den Provinzen. Und wenn sich die Anführer nicht einig sind – und das werden sie nicht sein …«, Crovan machte eine bedeutsame Pause und riss sich etwas Brot ab, »… dann werden wir zur Stelle sein.«

Hulda wollte etwas einwenden, wurde jedoch von Fjells Hand, die sanft ihren Oberschenkel drückte, daran gehindert. Stattdessen sagte sie: »Schmeckt Euch unser Käse, Herr? Wir haben Kräuter dazugegeben, die ihm den würzigen Geschmack verleihen.«

Godred Crovan sah von ihr zu Fjell. Der Thorshammer und das Kreuz auf seiner Brust schimmerten im Licht, das durch das Loch im Dach hereinfiel. Es gab keine Fensteröffnungen in den Wänden, um die Wärme drinnen zu halten. An seinem muskulösen Hals schlängelten sich dunkle Linien in seinen Bart. Tintenbilder, die er auch an den Schläfen hatte. Hulda wollte den Herrscher nicht anstarren und hielt den Blick gesenkt.

»Ich würde gern einen Laib Käse mit in meine Festung nehmen«, sagte Crovan, und Hulda erhob sich.

»Ich werde das veranlassen, Herr.« Sie überließ die Männer ihrem Gespräch und suchte nach Isla.

Sie fand sie in ihrem Schlafraum, wo sie Iarlí gesäubert hatte. Der Kleine ließ es sich gern gefallen, dass Isla ihm den Bauch küsste und dabei in einer Sprache redete, die Hulda nicht verstand. Solange ihr Kind glücklich war, interessierte es sie nicht, was Isla zu ihm sagte.

»Ah, hier seid ihr. Hat er getrunken?« Hulda streckte die Arme nach ihrem Kind aus, und Isla gab es ihr, nachdem sie den Jungen in ein warmes Wolltuch gewickelt hatte.

»Er ist so ein ruhiges Kind, Herrin. Immer lacht er. Oh, seht doch, wie er Euch ansieht!« Isla stand mit vor dem Bauch gefalteten Händen vor ihr und schaute sie mit einem Ausdruck liebevoller Fürsorge an.

Ihr Kind hatte vieles verändert, die Sklavin schien ihren Sohn wahrhaftig zu lieben und sich um ihn zu sorgen.

Hulda betrachtete das winzige Kindergesicht mit den großen, runden Augen, die unschuldig in die Welt blickten. Sie strich ihrem Sohn über den weichen Flaum, der seinen Kopf bedeckte, und ihr Herz floss über vor Liebe. Diese Liebe war so groß und bedingungslos, wie sich Hulda es niemals hätte vorstellen können. Sie liebte Fjell, aber was sie für ihr Kind empfand, war etwas anderes, Tieferes, das sie nicht in Worte fassen konnte. Sie wusste, dass sie für dieses Kind ihr Leben geben würde. Aber würden das nicht alle Mütter, dachte Hulda und drückte die Nase an den warmen Kinderkörper, der nach Honig und Milch duftete.

»Ich bin sehr froh, dass du dich so gut um ihn kümmerst, Isla.« Hulda setzte sich auf ihr Bett. »Ich werde einen Moment hierbleiben. Geh in die Küche und lass einen Laib Käse für den Herrn Crovan holen. Und lass auch Brote und Trockenfleisch dazulegen. Wir wollen nicht kleinlich sein.«

Isla nickte. »Sehr wohl, Herrin.«

Hulda kuschelte sich mit ihrem Kind in die Felle auf dem Bett und war kurz darauf eingeschlafen. Sie erwachte, weil etwas an ihrer Nase kitzelte. Verschlafen fuhr sie mit der Hand durch die Luft, doch es war keine Fliege, sondern ihr Mann, der neben ihr saß und sie mit einer Feder kitzelte.

»Ich hätte dich nicht geweckt, Hulda, ich könnte euch stundenlang zuschauen, aber Crovan will nach Lagan aufbrechen, und er will, dass ich ihn begleite.« Fjell beugte sich vor und küsste seinen schlafenden Sohn.

»Nein! Warum denn? Er war doch hier, was will er denn noch von dir?«, rief Hulda bestürzt und hockte sich auf die Knie, um Fjell an sich ziehen zu können. »Ich lasse dich nicht gehen, Fjell. Der Winter ist noch nicht zu Ende. Die Schiffe laufen doch erst in zwei Monaten aus, und unser Haus ist noch nicht fertig!«

»Hulda, nicht, nicht weinen, ich bleibe doch noch«, versuchte er, sie zu beruhigen, und drückte sie an sich. »Ich soll nur mit ihm nach Lagan, weil er dort seine Seherin Glyrna befragen will. Und du kannst mitkommen, Hulda. Das hat er ausdrücklich gesagt. Er war beeindruckt von dir. Und ich bin sehr stolz auf dich.«

Hulda schniefte, wischte sich die Augen und strich ihrem Mann über die dichte Mähne. »Küss mich!«, flüsterte sie.

Fjell umfasste ihr Gesicht und küsste sie ausgiebig. »Wenn unser Sohn nicht hier schlafen würde …«, murmelte er.

Hulda legte den Finger auf ihre Lippen, erhob sich und zog Fjell mit sich auf die andere Seite des Bettes. »Wir müssen nur leise sein.«

Fjell grinste, wobei er sich bereits seiner Hosen entledigte. »Das sagt meine Frau, die im Bett zu einer Tigerin wird.«

Hulda schob ihre Röcke hoch und hieß ihren Mann willkommen. Es war ein kurzer, inniger Akt, vertraut und voller Zärtlichkeit. Als Fjell sie küsste und sie mit sich vom Bett zog, flüsterte er: »Ich liebe dich, Hulda. Wenn wir zurückkommen, baue ich unser Haus zu einer Festung aus, in der du sicher bist, wenn ich fort bin. Aber jetzt müssen wir gehen. Wir werden nur drei Tage in Lagan bleiben. Nimm nicht viel mit, wir reiten.«

Hastig suchte sie mit Islas Hilfe Kleider, Schmuck und Kämme zusammen. Ihren Sohn ließ sie in der Obhut von Fjells Schwester Sváfa, die ganz vernarrt in Iarlí war.

Es war lange her, dass sie einen so weiten Ausritt gemacht hatte. Hulda ritt eine sanfte braune Stute, ließ sich von dem warmen Pferdekörper wiegen und hing ihren Gedanken nach, während sie an einem steinernen christlichen Kreuz vorüberritten, das am Eingang des großen Waldes stand. Der würzige Geruch von Nadelhölzern und feuchtem Waldboden stieg unter den Hufen der Tiere auf. Der Wald erstreckte sich bis zur Küste an der Bucht von Indalr, einem wichtigen Ankerplatz und Versammlungsort. Fjell ritt neben ihr, und einige Meter vor ihnen führten Crovan und seine Männer den Zug an.

»Was, denkst du, hat er vor, Fjell? Will er sich mit Muirchertach verbünden?«, fragte sie leise ihren Mann.

Dieser beugte sich dichter zu ihr und antwortete: »Oh nein, niemals. Crovan will alleiniger Herrscher von Dyflin werden, davon spricht er, seit ich ihn kenne. Seine gälischen Vorfahren hatten einst die Krone inne, und darauf beruft er sich. Nein, er ist nicht dumm und wird den richtigen Zeitpunkt abwarten. Es muss etwas anderes sein, und die Seherin wird uns verraten, was uns erwartet.«

»Und was ist mit den Dänen?« Hulda fürchtete, dass es einen neuen Eroberungsfeldzug gegen die Engländer geben könnte. Die Schmach von 1066 war in vielen Nordmännern tief verwurzelt.

»Möglich wäre es. Knut hat eine große Flotte versammelt, aber er hat auch viele Gegner in den eigenen Reihen. Hulda, lass uns nicht mutmaßen. Ich bin hier mit dir, und das ist alles, was wichtig ist, meine Liebste.« Er griff nach ihrer Hand und drückte sie an seine Lippen.

Hulda lächelte, doch die Furcht vor der ungewissen Zukunft blieb.

15

Die Terrasse glänzte nass vom Regen, doch die Wolken rissen gerade auf, und Shona betrat den Frühstücksraum mit einem Lächeln. »Darf es noch etwas Kaffee oder Tee sein? Oder soll es gleich rausgehen? Es hat gerade aufgehört zu regnen.«

Das Paar mittleren Alters klappte seinen Reiseführer zu, und die Frau sagte: »Für mich noch einen Kaffee, danke. Mein Mann hat eine Startzeit gebucht und will gleich zum Golfen.«

Der Golfer erhob sich. »Bestes Wetter, sage ich doch.« Er wandte sich an zwei Frauen aus Birmingham, die Porridge mit Früchten aßen. »Nur Mut. Buchen Sie den Bootstrip. Die Küste und die Tierwelt vom Boot aus zu erleben, ist unvergleichlich. Elly, vielleicht willst du ja da mitfahren?«

Seine Frau schüttelte den Kopf. »Ich sehe mir das Museum in Port Charlotte an. In aller Ruhe. Geh du nur golfen.«

Shona ging wieder in die Küche und freute sich, dass die Gäste so guter Stimmung waren. Auf ihrem Telefon sah sie einen verpassten Anruf. Misaki! Sie wählte den Rückruf, denn Misaki war eine gute Freundin. Es war eine Freundschaft, die Bestand hatte, auch wenn sie manchmal lange nichts voneinander hörten. Wenn es darauf ankam, waren sie füreinander da. Shona hatte Misaki von Freyas Unfall erzählt.

»Shona, wie schön, dass du gleich zurückrufst«, meldete sich die Japanerin, die seit zehn Jahren in Edinburgh lebte.

»Ich wollte mich auch schon längst wieder gemeldet haben, doch du weißt ja, Freya …«

»Aber ja, das tut mir so leid. Ich denke so oft an euch. Gestern bin ich aus Osaka zurückgekommen. Wie geht es deiner Schwester?«

Shona gab ihr eine kurze Zusammenfassung, und Misaki seufzte mitfühlend. »Wie furchtbar muss das für euch alle sein. Ach Shona, wenn ich dir irgendwie helfen kann?«

»Danke dir, mittlerweile habe ich das hier ganz gut im Griff. Zu Anfang ist einiges schiefgegangen, aber langsam bin ich Profi im Frühstückmachen.« Sie senkte die Stimme. »Nichts ist wichtiger als ein ordentliches Frühstück, sonst ist die schlechte Laune vorprogrammiert. Am Wetter kann ich nichts drehen.« Sie lachte, und Misaki kicherte.

»Ja, das schottische Wetter ist eine Herausforderung. In Osaka hatten wie fünfundzwanzig Grad! Mir war das schon fast zu warm, weil die Luftfeuchtigkeit so hoch ist. Irgendwann musst du mal mitkommen, Shona. Du hast es versprochen!«

»Das will ich auch, ganz sicher. Aber derzeit sitze ich hier auf Islay fest. Komm du doch mal rüber. Vielleicht übers Wochenende mit Reid«, schlug Shona vor, die auch Misakis Freund mochte. Reid arbeitete im Büro einer Reederei von Leith, dem Hafen vor Edinburgh, und Misaki war in einem Logistikunternehmen tätig.

»Tja, weißt du, das hätte ich gern gemacht, aber wir sind gerade mitten in den Planungen für, jetzt halt dich fest, für unsere Hochzeit!«, quietschte Misaki glücklich.

»Nein, wirklich? Ich dachte, ihr wolltet nicht heiraten?«

»Eigentlich nicht, aber irgendwie schon, und meine Eltern sitzen mir ja schon seit Jahren mit ihrem Kandidaten im Nacken. Jetzt schon wieder. Die wollten mich am liebsten sofort mit diesem schrecklichen Kerl in Tokio verkuppeln. Uh, das habe ich Reid erzählt, und da hat er gesagt, jetzt reicht es ihm. Als er mich vom Flughafen abgeholt hat, hing an den Rosen eine Schleife mit dem Ring. Er meinte, dass er mich sonst nicht wieder nach Japan fliegen lassen kann, ohne Angst zu haben, dass ich mit einem japanischen Ehemann zurückkomme.« Misaki lachte herzlich.

»Das ist typisch Reid, wundervoll! Ich freue mich so für euch. Herzlichen Glückwunsch!« Shona winkte dem Golfer zu, der das Haus verließ.

»Und ich wollte dich fragen, ob du meine Trauzeugin sein möchtest? Wir wollen im September heiraten. Aber natürlich nur, wenn es Freya besser geht.« Unglücklich brach Misaki ab.

»Ja, sehr gern, weil Freya dann nämlich wieder munter und auf den Beinen und hier auf Islay sein wird.« Shona zuckte zusammen, als die Haustür laut ins Schloss fiel. Das konnte nur Molly sein.

Und tatsächlich streckte die junge Frau den Kopf in

die Küche. »Wo ist die Liste?«, rief sie laut, denn sie trug noch ihre Kopfhörer. Die dröhnende Musik konnte Shona mithören.

»Mache ich dir gleich. Du kannst mit den Bleibern anfangen. Drei und fünf.«

Molly warf ihren Rucksack auf einen Stuhl, griff sich ein Croissant und ging hinaus.

»Das war meine Hilfe. Okay, also ich freue mich auf eure Feier. Wo wollt ihr denn heiraten? Schon eine Idee?« Shona packte die Croissants weg.

»In Leith, auf einem Schiff. Oh, das wird traumhaft! Ich schick dir Fotos. So, genug davon. Kann ich Freya besuchen? Wie geht es ihrer Tochter?«

»Ich bin froh, dass Erin zur Schule geht. Es ist nicht einfach für sie. Und ja, die Ärzte sagen, dass es gut ist, wenn Freya Besuch hat. Ich muss Schluss machen, Misaki.« Shona nickte einer der Frauen aus Birmingham zu, die in der Tür stand.

»Bis bald!«

»Entschuldigen Sie, Shona, aber wäre es möglich, dass wir noch einen Tag dranhängen?«

»Wenn Sie kurz warten, schaue ich oben im Belegungsplan nach«, bot Shona an, denn sie hatte vergessen, den Laptop mit nach unten zu bringen.

Zwei Stunden später saß Shona in der Küche und arbeitete an der Kampagne für ihre Agentur, während der Geschirrspüler lief. Molly war noch auf den Zimmern, als das Telefon klingelte.

»Sind Sie Erins Tante Shona?«

»Äh, ja, und mit wem spreche ich?«

»Ich bin Erins Lehrerin, Mrs Parks. So kann das nicht weitergehen. Erin hat schon wieder keine Hausaufgaben gemacht. Ich habe ja viel Verständnis für Ihre Situation, aber es ist Ihre Aufgabe, sich um das Mädchen zu kümmern«, kam es scharf von der Lehrerin.

»Meine liebe Mrs Parks, das tue ich auch. Und viel Verständnis scheinen Sie nicht zu haben, sonst würden Sie nicht wegen so einer lächerlichen Geschichte bei mir anrufen. Hausaufgaben? Das ist alles? Hat Erin jemanden verprügelt, geraucht, die Schule geschwänzt oder Drogen verkauft?«

»Also, ich muss doch sehr bitten …«, stotterte die Lehrerin.

»Als Pädagogin sollten Sie wirklich etwas mehr Feingefühl aufbringen. Erin ist ein Kind, dessen Mutter im Krankenhaus um ihr Leben kämpft, und Sie schwätzen hier von Hausaufgaben! Das kriegen wir schon hin!« Shona wurde immer lauter und wäre am liebsten durchs Telefon gesprungen.

»Und außerdem sitzt Erin hier im Büro der Schulsekretärin und hat angeblich Bauchschmerzen!«, fauchte die Lehrerin. »Ich werde einen Arzt rufen.«

»Sie werden nichts dergleichen tun, weil ich jetzt losfahre und Erin abhole. Und wenn es notwendig ist, fahre ich mit ihr zum Arzt.« Shona beendete das Gespräch und warf das Telefon auf den Küchentisch.

»Ui, was war denn das eben?« Molly kam mit dem Arm voller Wäsche herein.

Shona schnaufte, noch immer wütend. »Das war Erins Lehrerin, Mrs Parks. Unglaublich!«

Molly grinste. »Eine echte Zicke ist das, konnte sie auch nie leiden. Ihr Mann ist im letzten Sommer mit einer Touristin abgehauen.«

»Der mag seine Gründe gehabt haben«, meinte Shona und konnte wieder lachen. »Ich muss kurz weg. Geht das in Ordnung?«

»Ja, na klar«, versicherte Molly.

Während Shona die Küstenstraße am Loch Indaal entlangfuhr, machte sie sich große Sorgen um Erin. Sie musste einen Weg finden, mehr mit ihrer Nichte zu sprechen, sonst mussten sie vielleicht doch einen Psychologen zurate ziehen. Der Nachmittagsunterricht war noch im Gange, als Shona vor der Schule parkte. Mit grimmiger Miene betrat sie das Gebäude und suchte das Sekretariat auf, wo Erin in ihrer Schuluniform verloren auf einem Stuhl hockte und auf ihr Telefon starrte.

»Hallo, meine Kleine, was machst du denn für Sachen? Na komm, wir fahren nach Hause.«

Die Schulsekretärin schaute von ihrem Schreibtisch auf. »Guten Tag, Miss MacLean. Sie holen Erin ab?«

Shona hatte bei ihrer Ankunft mit der Sekretärin gesprochen. »Mrs Parks hat mich angerufen. Ähm, es klang etwas überdramatisch.«

Die Sekretärin war Ende fünfzig, trug eine graue Kurzhaarfrisur und hatte ein freundliches spitzes Gesicht. Leise erwiderte sie: »Das habe ich auch gesagt. Es ist doch normal, dass Mädchen mal Bauchschmerzen haben, und Erin hat wirklich viel durchzustehen.«

»Der Zustand meiner Schwester ist stabil«, betonte

Shona. »Es kann sich täglich etwas tun, und man holt sie aus dem Koma.«

»Oh, das freut mich. Wir alle hier beten für Erin und ihre Mutter.«

Shona sah auf das Namensschild. »Danke, Mrs Anderson.« Dann stutzte sie. »Sheriff Anderson ist …«

»Mein Bruder.« Die Sekretärin lächelte. »Wir sehen uns nicht ähnlich. Ich wünschte wirklich, dass die Spuren zu dem Unfallfahrer geführt hätten. So was darf man einfach nicht tun!«

Hellhörig trat Shona näher. Erin saß am anderen Ende des Raumes und schien sie nicht zu hören.

»Es gab also Spuren? Was denn für welche?«

»Na ja, da waren Lacksplitter auf der Straße und eine Reifenspur. Aber Dougal meinte, die wären nicht verwertbar.«

»Tatsächlich? Danke, Mrs Anderson. Bis morgen. Ich bin mir sicher, dass es Erin morgen wieder gut geht.«

»Das hoffen wir auch. Auf Wiedersehen!«

Es hatte also doch Spuren gegeben, dachte Shona. Das würde sie nicht auf sich beruhen lassen.

16

Er hatte nicht gut geschlafen und war um vier Uhr aufgestanden. Das hatte er früher oft getan, wenn er seine Gedanken nicht zur Ruhe bringen konnte. Sich im Bett hin und her zu wälzen, war keine Lösung. Nicht nur in solchen Momenten vermisste er einen Hund, mit dem er lange Spaziergänge machen konnte. Vielleicht war es an der Zeit, dachte Gavin und schlüpfte in seine Laufsachen. Er lief in gemächlichem Trab hinauf zum Wald und machte seine erste Pause zwischen den Stehenden Steinen, diesen uralten Zeugen fremder Kultur, die noch immer niemand wirklich erklären konnte.

Das rote Licht der Morgensonne tauchte die Lichtung mit den scharfkantigen Steinen in blutroten Schein. Gavin dehnte sich und sah ein Reh zwischen den Bäumen stehen. Das schöne Tier beobachtete ihn, und er verhielt sich still, um es nicht zu verschrecken. Große dunkle Augen musterten ihn, und als er sich nicht bewegte, trat das Reh zaghaft auf die Lichtung. Anscheinend gab es dort am Rand besonders schmackhafte Gräser. Das Reh hielt die Nase in die Luft und gab einen leisen Laut von sich, worauf ein Kitz unsicher aus dem Unterholz kam.

Gavin konnte sein Glück kaum fassen und hätte beinahe das Atmen vergessen, so fasziniert war er von der

Begegnung mit den Wildtieren. Doch plötzlich zerriss ein Schuss die Idylle, und die Rehe stoben in Panik davon.

»Verfluchte Jäger!«, schimpfte Gavin und lief weiter.

Nördlich von ihm befanden sich die Gerstenfelder der Destillerie, die sich gut entwickelten. Es würde reichliche Ernte geben. Gavin lief nach Süden, durch die zerklüftete Hügellandschaft, in der sich sattes Grün und dunkle Heideflächen abwechselten. In der Ferne erhob sich das Felsmassiv, das hier an der kaum besiedelten Westküste von Islay dunkel und abweisend in den Himmel ragte. Schließlich erreichte er den Dünengürtel in der Bucht von Machir. Das Meer brandete auf den hellen Sandstrand, an dem noch kein Mensch zu sehen war. Gavin breitete die Arme aus und sog die würzige Meeresluft ein. Gab es einen schöneren Ort? Für ihn nicht. Er war endlich angekommen.

Gavin lief hinunter zum Strand, zog die Schuhe aus und ließ das kalte Seewasser seine Beine umspülen. Auf den Wogen bewegte sich etwas, und Gavin erkannte den neugierigen Kopf eines Seehunds. Er sollte öfter frühmorgens laufen, um die Tiere zu sehen. Nur die Geschichte mit Veronica schmerzte noch immer. Wenn seine Ehe anders verlaufen wäre, hätte er vielleicht schon Kinder, wie Brian. Nun, man konnte nichts erzwingen. Er zog seine Schuhe wieder an und musste unwillkürlich an rote Haare und ein strahlendes Lächeln denken. Es war lange her, dass er so oft an eine Frau dachte. Shona MacLean hatte sich auf eine unaufgeregte Art in seine Gedanken geschlichen. Was sie für ihre Schwester tat, war nicht selbstverständlich und sicher nicht leicht. Etwas Aufmunterung würde ihr guttun.

Als er geduscht und mit einem Becher Kaffee in der Hand in sein Büro trat, saß seine Schwester bereits vor ihrem Computer.

»Guten Morgen, Mary. Wie war dein Wochenende?«

Ein düsterer Blick traf ihn. »Meinst du das ernst?«

»Sonst hätte ich nicht gefragt. Komm schon, Mary, wir wollen uns nicht streiten. Schon gar nicht wegen diesem …« Er biss sich auf die Zunge. »Wegen Peter.«

Mary lehnte sich in ihrem Stuhl zurück und verschränkte die Arme vor der Brust. »Du machst das dauernd. Peter ist mein Freund, akzeptier es einfach. Er arbeitet in einer Abfüllerei, daran ist nichts verkehrt. Das ist ein Job wie jeder andere.«

»Okay, ich sag ja gar nichts. Was steht heute an?«

»Du nimmst also zurück, dass er uns ausspionieren will, wie du das nennst?« Sie spielte mit ihrem Kugelschreiber und sah ihren Bruder an.

Gavin zog eine Grimasse und machte eine entschuldigende Geste. »Ohne Beweise gilt die Unschuldsvermutung. Dein Peter ist ein Lämmchen.«

Mary grinste, weil sie beide wussten, wie es gemeint war und dass in Gavins Verdächtigungen ein winziges Körnchen Wahrheit stecken könnte.

»Es sei dir verziehen. Heute kommt eine Gruppe von Kellsay Lodge. Die übernehme ich, nur falls MacRae mit denen aufkreuzt.«

Gavin fuhr sich durch die noch feuchten Haare. »Danke, ja, das scheint mir eine gute Idee. Ich war heute früh laufen, und da haben sie schon wieder geballert. Gibt es denn überhaupt keine Schonzeiten mehr?«

Mary hob die Schultern. »Irgendwelche armen Viecher dürfen immer abgeschossen werden. Ganzjahres-Jagdtourismus.« Sie konzentrierte sich wieder auf den Bildschirm. »Ist das ein Wort? Klingt auf jeden Fall schrecklich.«

Als Mary später mit der Gruppe unterwegs war, griff Gavin zum Telefon und rief Shona an. Sie meldete sich mit leiser Stimme: »Hallo, Gavin, kannst du mich hören? Bin gerade mit Erin zurück.«

Er hörte ihr zu, wie sie von ihrer Nichte und deren Problemen in der Schule berichtete. »Und wie geht es Erin jetzt? Muss sie zum Arzt?«

»Nein. Sie hat Kummer, das ist es. Ich wollte heute noch etwas mit ihr unternehmen, wenn sie möchte.«

»Ablenkung ist eine gute Idee. Ich hatte dir doch von Bernard und seinem Boot erzählt. Soll ich ihn fragen, ob er euch mit rausnimmt?«

»Das wäre wundervoll, danke, aber ich muss wissen, wie teuer das wird, Gavin.«

»Ihr seid meine Freunde und meine Gäste. Mach dir deswegen keinen Kopf. Ich ruf dich gleich zurück, ja?«

Gavin hatte Glück, denn Bernard war gerade an der Marina von Port Ellen und bestückte sein Boot mit Proviant für einen Sommertörn.

»In zwei Tagen bin ich weg. Ich segle mit Libby zur Isle of Man und dann weiter nach Wales«, sagte sein Freund. »Das wollten wir schon im letzten Jahr machen.«

Bernard erklärte sich bereit, einen kleinen Törn mit ihnen zu unternehmen, und Gavin teilte Shona die positive Antwort mit.

»Das ist ja großartig, warte. Erin!«, rief Shona. »Wir sind auf einen Segeltörn eingeladen. Willst du mit?«

Er konnte die Antwort nicht hören, doch Shona sagte: »Ja, liebend gern. Wo treffen wir uns?«

»Port Ellen in einer Stunde.«

Bernards Segelschiff trug den klangvollen Namen *North Star*, war siebzehn Meter lang, verfügte über zwei Kabinen und zwei Schlafkojen und eine Toilette. Erin war begeistert und ließ sich von Bernard, der selbst zwei Kinder in ihrem Alter hatte, alles zeigen. Die See war relativ ruhig, und der Wind reichte aus, um mit gesetztem Segel einen Törn um die Westseite von Islay zu machen.

Shona saß neben Gavin und beobachtete, wie Erin mit Bernard das Steuerrad hielt.

»Sieh dir an, wie glücklich sie ist. So habe ich sie nicht gesehen, seit ich hier bin«, sagte Shona mit Tränen in den Augen. »Danke, Gavin, wie kann ich dir nur danken?«

»Dafür sind Freunde da, oder nicht?« Ihre Hände berührten sich, als er sich ihr zuwandte, und er hätte sie gern in den Arm genommen, doch er beließ es bei einem Lächeln.

Eine Zeit lang sahen sie schweigend zu, wie das Segelschiff die Wogen durchschnitt, lauschten dem Geräusch des Segels, das sich im Wind blähte, und ließen die Felsenküste von Islay an sich vorüberziehen.

»Die Schulsekretärin ist die Schwester von Special Constable Anderson«, brach Shona das einvernehmliche Schweigen. »Sie hat davon gesprochen, dass Lacksplitter und Reifenspuren an der Unfallstelle gefunden worden sind. Was bedeutet das, Gavin? Warum hat man nicht weiter ermittelt?«

»Ich weiß es nicht. Aber das sollte herauszufinden sein.«

»Ich möchte nicht, dass Erin davon etwas mitbekommt. Das bleibt unter uns, ja?« Sie sah ihn an, und Gavin nickte.

»Mein Vater kennt den Constable von früher. Möglicherweise kommen wir so weiter. Dad freut sich, wenn er helfen kann.«

»Hey, Shona, willst du auch mal ans Ruder?«, rief Bernard, und Shona sprang auf.

Später am Abend ging Gavin zu seinen Eltern und erzählte seinem Vater, was Shona erfahren hatte. Sie saßen auf der Terrasse und beobachteten den Dampf, der aus der Destillerie in den Nachthimmel aufstieg.

Henry Ramsey strich sich über das Kinn, wie er es immer tat, wenn er nachdachte. »Das ist eine heikle Geschichte, mein Junge«, sagte er schließlich. »Dougal ist ein alter Fuchs und wird triftige Gründe haben, warum er die Spuren nicht weiterverfolgt hat.«

»Welche Gründe kann es geben, Dad? Lacksplitter sind doch etwas, mit dem man arbeiten kann. Man kann sie untersuchen lassen und den Autotyp herausfinden. Ich bin kein Polizist, aber das müsste doch möglich sein, selbst hier auf der Insel. Und wenn sie das nicht können, gibt es ein Labor auf dem Festland. Was, wenn er jemanden deckt?«

Henry sah ihn ernst an. »Eine schwere Anschuldigung, aber ich werde mit ihm reden. Versprechen kann ich nichts.«

»Danke, Dad.«

Sie griffen beide nach ihrem Whiskyglas und schnupperten an dem, was sie mit ihrem Herzblut der Gerste entrungen hatten. »Der Fünfzehnjährige wird ein Großer«, meinte Gavin.

Henry nickte. »Sie muss dir viel bedeuten, Junge.«

Vor dem Tisch stand nur ein Windlicht auf dem Boden, und Gavin konnte die Miene seines Vaters nicht deutlich erkennen.

»Wir sind Freunde.«

»Ah.«

17

Es war nach Mitternacht, als Shona die letzte Rechnung von Freyas Stapel abgeheftet und bezahlt hatte. Die Buchungen liefen gut, und sie konnte die Raten von Freyas Kredit bedienen. Shonas Ziel war es jedoch, den Betrieb noch effektiver zu machen, damit ihre Schwester bald schuldenfrei war, denn die Zinsen waren einfach zu hoch. Müde strich sie sich über die Augen. Sie würde noch einmal mit der Bank sprechen, um eine bessere Lösung zu finden.

Es klopfte leise an der Tür, und Erin sah in ihrem Pyjama herein. »Tante Shona, du bist ja noch auf!« Ihre Nichte kam zu ihr und legte ihr die Arme um die Schultern. »Was machst du denn noch?«

Shona drückte das Mädchen an sich und seufzte: »Bürokram. Das mag niemand gern, aber wenn man sich nicht darum kümmert, kann das böse Folgen haben. Das ist so ähnlich wie mit den Hausaufgaben.«

»Ich weiß, und ich wollte mich bei dir bedanken. Das war richtig schön heute auf dem Boot. Bernard war so nett. Ich durfte das Schiff ganz allein steuern! Hier.« Erin griff in die Tasche ihrer Pyjamahose, holte die Wikingerfibel hervor und legte sie vor Shona auf den Tisch.

Ehrfürchtig berührte Shona das silberne Kleinod.

»Wunderschön. Sie ist so filigran und dennoch haltbar. Immerhin hat sie Hunderte von Jahren in der Erde gelegen.« Sie drehte die Gewandfibel zwischen den Fingern. »Wem sie wohl gehört hat?«

Erins lange Haare fielen ihr ins Gesicht, als sie sich vorbeugte, und für eine Sekunde dachte Shona, dass ihre Schwester dort neben ihr stände.

»Eine junge Frau, ein Mädchen wie ich, vielleicht. Wikingermädchen haben früh geheiratet, weißt du«, sagte Erin. »Dr. Lewis hat mir ein Buch geschenkt, in dem viel über das Leben von damals steht. Also, was man so weiß. Richtig viel ist das nicht.«

»Du bist ein kluges Mädchen, Erin. Ja, das stimmt. Wir wissen nur wenig über das Leben der Wikinger. Sie kamen aus Skandinavien, so wie Großmutter.«

»Und deshalb heißt Mum Freya, wie die Göttin«, sagte Erin leise.

»Genau. Und deine Mum ist genauso stark wie die Göttin Freya. Deshalb wird sie wieder gesund, hörst du?« Shona sah, wie Erins Augen flatterten und dicke Tränen herausquollen. »Komm her.«

Sie umarmte ihre Nichte und hielt sie lange fest an sich gedrückt. Als sie sicher war, dass sie ihre eigenen Tränen zurückhalten konnte, ließ sie Erin los. »Willst du mir zeigen, wo ihr die Fibel gefunden habt? Ich würde gern mit dir dorthin gehen.«

Das Mädchen nickte.

»Gut«, sagte Shona. »Aber jetzt gehen wir schlafen. Diese verdammten Zahlen machen mich schrecklich müde.«

»So geht's mir mit den Hausaufgaben«, meinte Erin.

»Das habe ich überhört«, antwortete Shona und lachte.

In den folgenden Tagen war Shona vollauf mit dem Gästebetrieb beschäftigt, und Erin gab sich wieder mehr Mühe in der Schule. Shonas Agenturchef meldete sich, um ihr zu sagen, dass der Kunde zufrieden gewesen war, und fragte, wann sie nach Edinburgh zurückkehren könne. Shona musste Fraser erneut vertrösten, versprach jedoch, so bald wie möglich zurück ins Büro zu kommen.

An diesem Tag kam Erin schon um die Mittagszeit aus der Schule, und Shona hatte Sandwiches vorbereitet, die sie auf ihrem Ausflug mitnehmen wollten.

Es klopfte an der Tür, und ihre Nachbarin schaute herein.

»Hallo, Thea, danke, dass Sie Zeit haben. Kommen Sie herein. Sie kennen sich ja aus.« Shona umarmte die ältere Dame und deutete auf die Unterlagen und Schlüssel, die für die anreisenden Gäste bestimmt waren.

»Ich mache das gern, das wissen Sie doch. Wie geht es Freya?« Thea las sich kurz die Namen der Gäste durch.

»Unverändert. Und das macht mir Sorgen. Aber ich verheimliche das vor Erin. Je länger so ein künstliches Koma dauert …« Seufzend ließ sie den Satz unbeendet.

»Die Medizin kann so viel heutzutage«, versuchte Thea sie zu trösten. »Geben Sie die Hoffnung nicht auf. Sie haben das alles hier so großartig gemeistert, Shona.

Ihre Schwester wäre stolz auf Sie. Und Erin scheint auch wieder etwas zuversichtlicher. Das ist Ihnen zu verdanken.«

»Sie haben ja recht. Ich muss weiterhin geduldig sein, auch wenn es nicht leicht ist.«

Vor dem Haus fuhr ein Wagen vor, und sie hörten Stimmen. Erin war von den Eltern ihrer Freundin mitgenommen worden. Das Mädchen kam die Treppen heraufgesprungen und rief: »Shona! Wir können los!«

Als sie um die Ecke kam und Thea entdeckte, verfinsterte sich ihre Miene. »Hallo, Thea«, sagte Erin knapp. »Musst du fort, Shona?«

Shona schüttelte den Kopf. »Wie kommst du denn darauf? Ach so, weil Thea hier ist? Nein, nein, sie ist so lieb und nimmt die Gäste in Empfang, die heute anreisen.«

»Ah.« Erin warf ihren Rucksack in eine Ecke. »Dann ist es ja gut.«

Thea lächelte. »Ich bin froh, dass es nicht an mir liegt, ich mag dich nämlich sehr gern, Erin.«

»Hey, tut mir leid, Thea.« Spontan umarmte Erin die Nachbarin, die sie gerührt an sich drückte.

»Na, dann mal los mit euch beiden!«, sagte Thea.

Sie fuhren mit dem Auto bis Kilchiaran, wobei Shona die westliche Nebenstrecke an der Küste entlang wählte. Sie wollte nicht schon wieder am Unfallort vorbeifahren. Die Nebenstrecke bestand zum Teil aus unbefestigten Schotterpisten, doch das waren sie auf der Insel gewohnt. Wild und unberührt wirkte die hügelige Moorlandschaft, die sich zwischen Felsmassive und

Meeresarme erstreckte, die tief in das Land schnitten. Blaugrün lag das Meer vor den Klippen, und sie hörten das ewige Rauschen durch die offenen Fenster. Die würzige Seeluft mischte sich mit dem Geruch von Torf und Ginster. Schafe grasten selbst auf den kargen Hügeln, während die zotteligen Highlandrinder auf den saftigen Weiden standen. Bei Kilchiaran fanden sie einen Parkplatz und gingen in Richtung Norden. An den Überresten von Dún Chroisprig, einer der zahlreichen prähistorischen Festungen mit Siedlungscharakter, blieben sie kurz stehen. Dieser Festungshügel musste an die sechzig Meter hoch sein, und man hatte einen guten Blick über das Landesinnere und die Küste.

»Ob die Wikinger hier gelebt haben?«, fragte Shona und machte einer Gruppe Touristen Platz, die fotografieren wollten.

»Kann sein. In Dr. Lewis' Buch steht, dass diese runden Türme wie eine Burg waren und dass die Leute hier auch gewohnt haben, aber lange vor den Wikingern.« Erin zeigte nach Nordosten. »Da ist auch ein Hügel. Die Leute konnten einander sehen und sich Zeichen geben.«

»Das ist sehr interessant, Erin. Wahrscheinlich haben sie sich so gewarnt, falls Feinde über das Meer kamen. Und wohin müssen wir jetzt?« Vorsichtig gingen sie zwischen losen Steinen und Felsbrocken hinunter. Der Boden war feucht und teils moosig. Weiter nördlich gab es weite Moorflächen, doch hier in der Nähe der Machir Bay war der Boden sandiger, es duftete nach würziger Heide und dem nahen Wald.

»Da entlang«, wies Erin den Weg und ging voran.

Je weiter sie in das hügelige Gelände vordrangen, desto seltener sahen sie Wanderer, bis sie ganz allein inmitten der braunen Hügellandschaft standen. Vor ihnen erhob sich der Turnaichadh, der beinahe zweihundert Meter hoch war, wie Shonas Handy ihr verriet.

»Schau, da hinten liegt die Destillerie der Ramseys!«, sagte Shona.

In der Ferne waren die Gebäude mit den charakteristischen Dächern zu sehen. Von hier aus führte jedoch keine Straße auf das Land der Ramseys, es gab nur ein paar Feldwege, auf denen die landwirtschaftlichen Fahrzeuge unterwegs waren.

»Gavin ist echt nett«, meinte Erin und warf Shona einen bedeutungsvollen Blick zu.

»Ja«, meinte Shona gedehnt. »Und?«

»Ich mein ja nur. Wenn ich du wäre, fände ich ihn, glaube ich, ziemlich nett.« Erin ging auf eine Baumgruppe zu. »Komm, hier ungefähr muss es gewesen sein.«

Alte Nadelbäume mit knorrigen Stämmen und Eiben bildeten einen Ausläufer des Waldes, der sich früher einmal weit bis hinunter an die Küste erstreckt hatte. Es raschelte im Unterholz, und die beiden Frauen hielten inne. Ein Hase sprang hervor, sah sie, drehte wieder um und war verschwunden.

»Der ist genauso erschrocken wie wir!«, sagte Shona. Ein beklemmendes Gefühl beschlich Shona, sie waren allein hier draußen, aber sie trug die Verantwortung für Erin.

»Wie niedlich der war! Früher wollte ich mal einen Hasen haben, aber Mum fand das nicht gut. Weil Hasen ja meistens nur im Käfig sind«, sagte Erin und bückte sich, um einen Stein vom Boden aufzuheben.

»Ihr könntet doch wieder eine Katze oder einen Hund haben«, schlug Shona vor.

»Vielleicht, irgendwann. Aber Zazzles war ein besonderer Kater. Oh, sieh mal, da war es. Da haben wir die Fibel gefunden. Die Steine lagen noch mehr aufeinander. Und darunter war eine Mulde. So als ob da irgendwann noch mehr gelegen hätte.« Erin ging in die Hocke und zeigte auf einen Steinhaufen, der Shona nicht aufgefallen wäre.

»Was bist du für ein cleveres Mädchen!«, lobte sie ihre Nichte.

Jetzt sah sie es auch. Die Steine waren in einer Art Oval aufgetürmt worden. Gras wuchs zwischen den Steinen, die nicht bearbeitet waren. Aber man hatte sich Mühe gegeben, unten flache Steine zu legen und kantigere, die ineinandergriffen, weiter oben.

»Wir haben das extra so belassen, damit niemand sonst es findet«, sagte Erin.

Ein Geräusch schreckte sie auf, und als Shona ein digitales Piepen vernahm, fuhr sie augenblicklich herum. Ein Mann kam zwischen den Bäumen hervor. Er hielt einen Metalldetektor in den Händen und musste sie belauscht haben.

»Hey, was machen Sie hier?«, rief Shona.

Erin war aufgestanden und stellte sich neben Shona. »Das ist Zachary Barkham, Tante Shona«, flüsterte ihre Nichte.

»Ich habe eine Lizenz. Kann mir keiner verbieten,

hier zu suchen!«, erwiderte der Mann, der Baseballcap, Jeans und ein verwaschenes T-Shirt trug.

»Das Land hier gehört den Ramseys, wenn Sie etwas finden, müssen Sie es melden.« Shona hatte sich informiert. Wenn man etwas auf dem Land eines anderen entdeckte, musste man es dem Landbesitzer übergeben. Man konnte allerdings auf einen Finderlohn hoffen, und bei wertvollen Funden war das sogar gesetzlich geregelt.

Zachary stellte den Detektor ab, der an einem Schultergurt über seiner Schulter hing. In seinem Gürtel steckte eine Schaufel. »Ich kenne Sie von irgendwoher. Und das Mädchen, ja natürlich. Du bist doch die Tochter von der MacLean.«

»Sie haben uns mal gedroht!«, schimpfte Erin. »Dabei gehen wir nur spazieren und haben nicht so ein Ding da!«

Der Mann verzog den Mund und ließ lange Vorderzähne sehen. »Das kann mir niemand verbieten!«

Shona nahm ihr Telefon aus der Tasche. »Das wollen wir doch mal sehen. Ich rufe jetzt Gavin an.«

Barkham machte einen Schritt auf sie zu, blieb dann aber stehen und sagte: »Stecken Sie das Handy ein. Ich verziehe mich, aber wir sprechen uns noch. So was lasse ich mir nicht gefallen!«

Als er sich umdrehte und wieder im Wald verschwand, sah Shona ihre Nichte an, die kreidebleich geworden war.

»Der ist nur laut und dreist. Keine Angst, Erin.«

Sie nahm Erins Hand, die kalt war und zitterte.

18

Henry Ramsey kam in die große Lagerhalle von Darragh und blieb einen Moment stehen. Der Anblick der bis unter die Decke gestapelten Holzfässer war überwältigend, jedes Mal aufs Neue.

»Da steckt unser Vermögen drin«, sagte Gavin, der gerade die Raumtemperatur und die Feuchtigkeit geprüft hatte.

»Zwanzig Jahre meines Lebens, aber ich bereue es nicht, mein Junge.« Henry klopfte seinem Sohn auf die Schulter. »Du bist ein hervorragender Destillateur, und mit Tom haben wir Glück. Er hat ein gutes Gespür für den richtigen Zeitpunkt im Brennprozess.«

»Danke, Dad. Ich bin auch sehr zufrieden mit Tom.« Er wusste genau, warum sein Vater gern betonte, wie gut sie es mit dem neuen Brennmeister getroffen hatten. Aber die Wunde, die seine Ex-Frau und sein Freund ihm zugefügt hatten, würde wohl niemals heilen. Keine Aussprache würde daran etwas ändern können.

Henry klopfte gegen eines der Fässer aus amerikanischer Weißeiche. »Ich habe Dougal in der Post getroffen und ihn zum Lunch eingeladen.«

Gavin grinste. »Ich schulde dir ein Essen, Dad!«

»Es war nicht ganz leicht, ihn zum Reden zu bewegen. Und nach diesem Gespräch habe ich tatsächlich das Gefühl, dass er etwas unter den Teppich kehren will«, meinte Henry mit ernster Miene.

»Was genau hat er gesagt?«

Sie standen im großen Mittelgang der Lagerhalle. Zu beiden Seiten lagerten Fässer, auf denen jeweils der genaue Brennzeitpunkt verzeichnet war. Während der Reifung dehnten sich die Fässer in den warmen Sommermonaten aus. In den kühleren Monaten zog sich das Holz zusammen und atmetet die umgebende Luft. Auf Islay beeinflusste die Seeluft den Charakter des Whiskys. Während der Reifezeit verlor der Whisky zwischen einem halben und zwei Prozent Alkoholgehalt, den sogenannten Angel's Share. Dieser verdunstende Alkohol wurde also den Engeln geschenkt, wie es hieß.

»Du kennst ja den alten Dougal. Er macht sich gern wichtig, und wenn er so gar nicht über einen Fall spricht, der auf der Insel in aller Munde ist, ist das an sich schon merkwürdig. Lacksplitter seien aufgesammelt worden. Weiß oder grün oder weiß mit grünem Aufdruck, von einem Firmenlogo vielleicht. Da blieb er vage.«

»Wurde der Lack untersucht?«, wollte Gavin wissen.

»Hat er nicht gesagt.«

»Kann man ihn dazu zwingen?«

»Geht es dir um Freya oder um ihre Schwester?« Henry musterte seinen Sohn und steckte die Hände in die Hosentaschen.

»Um beide. Spielt doch keine Rolle. Wenn jemand, der Fahrerflucht begangen hat, einfach so davonkommt, ist das nicht richtig. Ich werde Brian fragen. Der kennt sich in Rechtsdingen besser aus«, meinte Gavin.

»Du könntest dir eine Menge Ärger einhandeln, wenn du Dougal auf die Füße trittst«, gab Henry Ramsey zu bedenken.

Gavin schnaufte. »Was soll er mir können?«

»Tja, er ist hier das Gesetz. Ich sage nur, dass du vorsichtig sein solltest. Es geht nicht nur um dich, Gavin.« Sein Vater warf einen bedeutungsvollen Blick in die Runde.

»Mach dir keine Sorgen, Dad. Ich tue nichts Unüberlegtes.«

Henry holte tief Luft. »In Ordnung. Übrigens habe ich gerade erfahren, dass Port Ellen Malting seine gemälzte Gerste bald nicht mehr an fremde Betriebe verkauft.«

»Was? Das wird eine Katastrophe für viele Destillerien sein!«, rief Gavin. »Umso besser stehen wir mit unserer eigenen Gerste da.«

Die Mälzerei in Port Ellen belieferte nicht nur die meisten Destillerien auf Islay, sondern auch Betriebe auf dem Festland. Allerdings gehörte die Mälzerei dem Global Player Diageo, und der sorgte zuerst für seine Tochterfirmen.

»Uns betrifft es nicht, aber Laphroaig benötigt schon sechs oder mehr Ladungen Mälze pro Woche, das sind achtundzwanzig Tonnen. Wenn das vom Festland mit der Fähre herübergebracht werden soll, wird's eng.« Henry fuhr sich über seinen Bart.

»Die CalMac-Fähre schafft das nicht. Jedenfalls nicht

so, wie sie jetzt aufgestellt ist«, sagte Gavin. Es kamen harte Zeiten auf die Whisky-Industrie zu.

Als er im Verlauf des Tages etwas Ruhe fand, rief Gavin Shona an. Es dauerte etwas, bis sie abnahm, und die Verbindung war nicht gut.

»Hey, Gavin?«

»Ja, du bist kaum zu verstehen. Bist du auf einem Boot?«

Sie lachte. »Nein, Erin und ich sind gar nicht weit von euch hier in den Hügeln. Ist es jetzt besser?«

Das Knistern in der Verbindung hatte aufgehört. »Besser, ja.«

»Ich bin auf den Festungsturm gestiegen. Hier ist Nebel aufgekommen. So richtig fetter Seenebel. Erin, geh nicht weiter!«, hörte er Shona rufen.

»Ist alles in Ordnung bei euch?«

»Ja, ja, obwohl, wir hatten eine unangenehme Begegnung mit Zachary. Der Kerl mit dem Metalldetektor. Unverschämter Kerl, ehrlich. Der hat Erin richtig Angst gemacht!«

»Was fällt dem ein? Ich werde mit ihm sprechen. Das kann nicht sein, dass er euch bedroht. Es ging natürlich um die Wikinger, nehme ich an?«, erkundigte er sich.

»Ja, genau. Erin hat mir gezeigt, wo sie die Fibel gefunden hat«, sagte Shona. »Oh Mann, das ist eine dicke Suppe hier! Ist denn Flut? Solchen Nebel haben wir ja selten im Sommer.«

»Ich kann euch abholen, Shona. Nicht dass ihr euch verirrt und an die Klippen lauft.« Seenebel kam unerwartet und hatte schon manchen Wanderer in Gefahr gebracht.

»Nein, keine Sorge, wir haben es bald geschafft. Mein Wagen steht bei Kilchiaran. Aber du wolltest etwas erzählen?«

»Mein Vater hat mit Dougal gesprochen.« Er wiederholte das wenige, was Henry ihm gesagt hatte.

»Ah, verstehe. Trotzdem vielen Dank, Gavin.«

Die Verbindung wurde wieder schwächer.

»Wenn du mich nicht mehr hörst, ist …«, sagte Shona, und das Gespräch brach ab.

Jetzt machte sich Gavin ernsthaft Sorgen. Plötzlich auftretender Seenebel im Frühjahr oder Sommer wurde auf Islay *Harr* genannt. Das Phänomen trat an warmen Tagen auf, wenn ein Hochdruckgebiet über der Küste hing. Traf die warme Luft dann auf das kalte Meerwasser, bildete sich schnell dichter Nebel, der bei entsprechender Windrichtung über die Küste rollte. Der Handyempfang war in der Gegend ohnehin gering und bei Nebel noch schwächer.

Gavin ging ins Büro und griff nach seinen Autoschlüsseln. »Mary, ich muss kurz weg!«

Seine Schwester hob den Blick vom Bildschirm. »Ist etwas passiert?«

»Noch nicht, deshalb muss ich los. Ich melde mich!«

»Gavin!«, hörte er sie hinter sich rufen, sprintete jedoch schon durch die Halle nach draußen.

Wenn er den offiziellen Weg über die Landstraße vorbei an der Sunderland Farm, weiter nach Bruichladdich und dann von Port Charlotte landeinwärts nahm, brauchte er viel zu lange. Also quälte er seinen Geländewagen über die Schotterpiste hinter der Brennerei an den Gerstenfeldern vorbei. Er hatte eine ungefähre Vorstellung, wo Shona und Erin sein konnten, und lenkte den Wagen an tiefen Löchern vorbei durch die karge Moorlandschaft Richtung Küste, wo er die Nebelwand bereits sehen konnte.

»Verdammt, was für eine Suppe!«, fluchte er, stellte den Motor ab, denn die Autoscheinwerfer durchdrangen den dichten Nebel nicht. Er stieg aus und wurde sofort von der undurchdringlichen Feuchtigkeit umfangen. Man konnte die sprichwörtliche Hand vor Augen nicht mehr sehen.

Er schaltete den Kompass auf seinem Handy ein und ging weiter Richtung Klippen. Die Brandung wies ihm den Weg.

»Shona! Erin!«, rief er in regelmäßigen Abständen, und nach wenigen Minuten erhielt er eine Antwort.

»Wir sind direkt an der Klippe, Gavin!«, rief Shona.

»Bleibt, wo ihr seid, und ruft weiter.« Gavin ging langsam vorwärts.

Die Stimmen klangen plötzlich sehr nah, und auf einmal tauchten neben einem Felsen die Umrisse von Shona und Erin auf. Das Mädchen klammerte sich an ihre Tante. Hinter den beiden ging es steil die Küste hinab. Ein Fehltritt konnte tödlich enden.

»Hey, ihr Abenteurerinnen«, sagte er scherzhaft, doch Shonas Miene war angespannt, und als er auf sie zutrat, ergriff sie seine Hand.

»Danke, Gavin«, flüsterte sie und sagte laut: »Siehst

du, Erin, alles in Ordnung. Jetzt haben wir einen ortskundigen Führer, der uns sicher zum Wagen bringt.«

»Zu meinem. Euren könnt ihr später holen. Diese Suppe ist nicht ohne«, meinte Gavin. »Das ist so ein Nebel, in dem früher die Schiffe vor den Klippen auf Grund gelaufen sind.«

Erin hielt sich immer noch an Shona fest. »Und gab es auch Piraten auf Islay?«

»Tja, Schmuggler auf jeden Fall und Leute, die Schiffsunglücke ausgenutzt haben, sicher auch. Na kommt, ihr könnt eine Stärkung vertragen, oder?«

Shona folgte ihm mit Erin und berührte seine Schulter. »Wir laden dich jetzt zum Essen ein. Das ist das Mindeste, was, Erin?«

»Tante Shona, hast du das auch gehört? Da war so ein Piepsen, ganz nah bei uns«, sagte Erin.

»Nein, habe ich nicht gehört. Der Nebel verschluckt Geräusche und lässt vieles seltsam klingen«, erklärte Shona.

Doch Gavin fand ihren Ton wenig überzeugend.

19

Gavin war mit ihnen nach Port Charlotte gefahren. Sie hatten Glück und bekamen einen Tisch im Restaurant des Port Charlotte Hotel. Das Essen war auch dieses Mal vorzüglich, und Erin legte zufrieden den Dessertlöffel auf ihren Teller.

»Meine Freundin ist mit ihren Eltern da. Ich gehe mal eben Hallo sagen, ja?«, bat Erin.

»Na klar, geh nur, Erin«, antwortete Shona. Nachdem Erin zu einem Tisch am Ende des langgestreckten Raumes gegangen war, sagte Shona zu Gavin: »Ich weiß gar nicht, was ich sagen soll, Gavin. Wärst du nicht gekommen … Es war unverantwortlich von mir, mit Erin allein da draußen herumzulaufen. Ich hätte doch mit Nebel rechnen müssen!«

»Mach dir keine Vorwürfe, Shona. Der *Harr* kommt immer überraschend. Das macht ihn ja so tückisch. Aber was ich viel beunruhigender finde, ist Zacharys Verhalten, und dann das Geräusch, das Erin gehört hat. Das war doch sicher sein Metalldetektor.« Gavin beugte sich vor und sah ihr in die Augen. »Sei in Zukunft vorsichtiger, Shona. Irgendetwas ist mit Zachary …« Er brach ab, weil die Bedienung an ihren Tisch trat.

Shona erkannte dieselbe Frau, die sie bei ihrem ersten

Besuch bedient hatte. »Ruby« stand auf ihrem Namensschild.

»Waren Sie zufrieden?«, fragte Ruby und räumte die Dessertteller ab.

»Sehr, danke. Möchtest du noch einen Kaffee, Gavin?«

Er nickte, und Shona sagte: »Zwei Tassen Kaffee, bitte.«

»Ich will dir keine Angst machen, Shona, aber sei einfach vorsichtig, okay?« Er lächelte schief. »Es reicht, dass eine MacLean-Schwester im Krankenhaus liegt. Gibt es Neuigkeiten von Freya?«

Es tat gut, mit ihm zu reden. Zwischen ihnen hatte sich eine Vertrautheit eingestellt, als kannten sie sich seit Jahren. Dabei hatten sie sich als Teenager bei den wenigen Gelegenheiten, die sie miteinander gesprochen hatten, nicht besonders gut verstanden. »Nein, leider nicht. Ich werde nächstes Wochenende zusammen mit Erin nach Edinburgh fliegen. Es wäre einfach gut, wenn ich herausfinden würde, wer ihr das angetan hat.« Sie spielte mit der Serviette.

»Du musst auch damit rechnen, dass es niemals aufgeklärt wird. Dann müsst ihr damit klarkommen, Shona.« Er legte seine Hand auf ihre, die den Stoff zerknitterte.

Augenblicklich sah sie auf, und sie beide schienen gleichermaßen verunsichert über die unausgesprochenen Emotionen, die zwischen ihnen standen.

»Ich weiß. Aber ich will es nicht. Vielleicht könnte ich es, wenn es Freya besser geht. Wenn nicht, dann,

dann …« Ihr Blick wurde hart. »Dann sollte mir der Unfallverursacher besser nicht begegnen.«

»Zwei Kaffee, bitte.« Ruby stellte die Tassen vor sie hin, warf Shona, die ihre Hand zurückzog, einen seltsamen Blick zu und ging davon.

»Sag mal, kommt mir das nur so vor, oder hat diese Ruby etwas gegen mich? Die starrt mich immer so feindselig an.«

Gavin gab Zucker in seinen Kaffee. »Ich habe gar nicht auf sie geachtet. Seid ihr euch denn sonst schon begegnet?«

»Nein. Ach, ich bin einfach etwas durch den Wind.« Gedankenverloren rührte sie in ihrer Tasse. »Ich hätte nicht gedacht, dass das mit Freya so lange dauert. Wir alle haben gehofft …«, fügte sie leise hinzu und spürte, wie sich Tränen in ihren Augen sammelten. »Tut mir leid. Ich bin sonst nicht so nah am Wasser gebaut.«

Sie wischte sich die Augen, räusperte sich und blinzelte die Tränen weg.

»Hey, man kann nicht immer stark sein. Und du bist es zurzeit für zwei«, sagte er sanft. »Ich habe früher schon gedacht, dass du eine ziemlich toughe Person bist.«

Überrascht erwiderte sie: »Wenn wir uns mal begegnet sind, haben wir uns gleich gezofft. Ich hatte nicht den Eindruck, dass du mich mochtest.«

»Ich habe dazugelernt …« Es funkelte amüsiert in seinen Augen.

Erin kam mit ihrer Freundin zurück an den Tisch. »Tante Shona, kann ich bei Vicki übernachten? Morgen haben wir doch keine Schule, und Vickis Eltern nehmen uns mit nach Ballivicar Farm zum Ponyreiten!«

Vicki fügte hinzu: »Meine Mutter reitet selbst und passt auf. Sie müssen sich keine Sorgen machen. Und wir bringen Erin abends zurück. Bitte!«

Das wäre eine schöne Abwechslung für Erin, dachte Shona und nickte. »In Ordnung. Aber Erin hat keine Kleidung zum Wechseln dabei.«

»Kann sie von mir bekommen. Oh, klasse, vielen Dank, Ms MacLean!«, sagte Vicki, die in etwa Erins Statur hatte.

»Danke, Tante Shona«, sagte Erin und umarmte sie. »Und das heute war auch schön.«

Erin nahm ihren Rucksack und ging mit ihrer Freundin zu deren Eltern, die bereits am Ausgang standen und Shona zulächelten.

»Du wirkst nicht glücklich, Shona«, meinte Gavin.

»Doch, doch, ich freue mich für Erin, aber sie wird mir fehlen. Ich hätte nie gedacht, dass ich mich mal so über die Gesellschaft eines Teenagers freuen würde«, sagte Shona und sah auf ihre Uhr. »Um Himmels willen, die arme Thea! Ich muss sie kurz anrufen und ihr sagen, dass es später wird.«

Doch Thea hatte Verständnis, und die Gäste waren bereits angereist. Shona zahlte und verließ mit Gavin das Restaurant. Auf dem Parkplatz blieb sie vor Gavins Wagen stehen.

»Du hast wirklich genug für uns getan, Gavin. Ich rufe mir jetzt ein Taxi. Danke für alles!«, sagte sie.

Segler und Motorboote schaukelten in der Abendsonne auf der ruhigen See im Hafen von Port Charlotte. Am gegenüberliegenden Ufer schimmerten vereinzelte Lichter, und Seevögel kreisten über der Bucht.

»Warum tust du das?«, fragte Gavin, lehnte sich gegen seinen Wagen und sah sie mit einem Ausdruck an, den sie nicht zu deuten wusste.

»Was denn? Ich kann nicht von dir verlangen, dass du mich auch noch nach Kilchiaran fährst! Das alles heute ist mir schon unangenehm genug«, versuchte sie sich zu rechtfertigen, obwohl es lahm klang. Sie waren erwachsen und sollten einen Flirt nicht überbewerten.

»Was genau ist dir unangenehm, Shona? Dass ich euch geholfen habe oder dass du mit Erin im Nebel fast von den Klippen gestürzt wärst?«

Sie fuhr sich durch die Haare und stieß mit dem Schuh gegen einen Stein. »Okay, macht es dir Spaß, mich in Verlegenheit zu bringen?«

»Ganz und gar nicht. Oder doch, vielleicht ein wenig.« Er grinste. »Na, komm, steig ein. Wenn du nämlich nicht einsteigst, beleidigst du mich.« Er klopfte auf das Autodach.

»Oh, das wäre natürlich unverzeihlich, Mr Ramsey.« Die Leichtigkeit kehrte in ihren Wortwechsel zurück.

Er öffnete ihr die Tür. »Mrs MacLean.«

Ein Auto kam auf den Parkplatz gefahren, und Leute stiegen aus. Gavin winkte ihnen zu und stieg ebenfalls ein. Die Straße führte sie durch den Wald an der Unfallstelle vorbei, und Shona schaute schweigend aus dem Fenster.

»Was ist heute noch passiert, Shona? Du bist so bedrückt. Anders als sonst«, brach er das Schweigen. »Gibt es doch schlechte Neuigkeiten von deiner Schwester?«

Sie wollte ihm nicht sagen, dass seine selbstlose Hilfsbereitschaft sie berührte, sie verlegen machte und sie nicht wusste, wie sie das einordnen sollte. Vielleicht interpretierte sie auch schlicht zu viel in seine Freundlichkeit hinein, er flirtete einfach gern, und es lag an der Gesamtsituation.

»Nein, das nicht. Heute ist nicht mein Tag. Das kennst du doch sicher auch. Manchmal fällt einem alles etwas schwerer. Gleich da vorn hinter der Farm parke ich.« Sie deutete nach rechts, und Gavin fuhr auf den Parkplatz, der jetzt verwaist im Dämmerlicht lag.

Er fuhr neben ihren Wagen und stellte den Motor ab. Dann beugte er sich zu ihr, legte eine Hand an ihre Wange und sah ihr in die Augen. »Und manchmal braucht man jemanden, der einen in den Arm nimmt und tröstet. Das ist ganz normal, Shona.«

Sie schloss die Augen und lehnte sich ein wenig in die Wärme seiner Berührung. »Danke, Gavin.«

Sie neigte den Kopf, um ihn auf die Wange zu küssen, doch er drehte das Gesicht, so dass ihre Lippen sich berührten. Und dann vertiefte er die flüchtige Berührung zu einem ausgedehnten Kuss, der ein flattriges Gefühl in ihrem Magen verursachte und sie nach seinem Nacken greifen ließ. Ihre Finger glitten durch sein Haar, wissend, dass es falsch war.

Als er sie losließ, saßen sie einander gegenüber und

sahen sich ratlos an. »Sag bitte nicht, dass es dir leidtut«, meinte Shona.

»Warum sollte ich? Das war ein Kuss, den ich nicht missen möchte. Um ganz ehrlich zu sein, hat dieser Kuss großes Potenzial. Wir sollten das bei Gelegenheit vertiefen.« Er strich ihr eine Haarsträhne aus dem Gesicht. »Ich mag deine Locken, und ich mag überhaupt eine Menge Dinge an dir, Shona MacLean.«

Sie fuhr sich mit der Zungenspitze über die Lippen. »Und ich mag, wie du küsst, Gavin Ramsey. Aber ich weiß noch nicht, ob das eine gute Sache ist.«

»Wie kann ein Kuss nichts Gutes sein? Aber wir sollten es nicht kompliziert machen. Das ist es doch, was du meinst?«

Sie nickte. »Mein Leben ist kompliziert genug.«

Er griff nach ihren Haaren und spielte mit einer Strähne. »Ist es das nicht immer? Weißt du, wenn man denkt, jetzt läuft alles rund, passiert irgendetwas.«

»Es ist ja nichts passiert. Nur ein Kuss.« Sie öffnete die Wagentür und ging zur Fahrerseite.

Durch das offene Fenster sagte Gavin: »Mit dem Küssen ist das wie mit einem Whisky. Wenn er gut ist, will man mehr.«

Sie zog ihre Autoschlüssel aus der Tasche und antwortete: »Und das führt nicht zu Komplikationen?«

Er startete den Wagen. »Bis bald, Shona.«

20

Am Montagmorgen fuhr Shona als Erstes nach Bowmore. Erin war in der Schule, und im Zazzles gab es keine Anreisen. Es war nicht mehr so warm wie am Samstag, und die üblichen grauen Wolken zogen über den Junihimmel. Obwohl sie die Küstenstraße inzwischen beinahe täglich fuhr, genoss sie den atemberaubenden Blick auf die Bucht auch heute. Eine Segeljacht lief gerade aus, und an einem Felsen tummelten sich Seehunde. Shona wich einem Radfahrer aus, fuhr an der großen Destillerie von Bruichladdich vorbei und umrundete Loch Indaal, bis sie ihr Ziel erreicht hatte.

Vor der Polizeistation stand ein Motorrad, jedoch kein Dienstwagen. Shona öffnete die Tür und rief: »Guten Morgen!«

Es dauerte eine Weile, bis aus dem hinteren Raum das Klappern von Geschirr zu hören war. Das vordere Büro war leer.

»Moment!«, kam es gedehnt, und schließlich trat ein junger Mann in Uniform mit einem Kaffeebecher in den Flur. »Ja, wie kann ich helfen?«

Sie kannte den Hilfssheriff nur vom Telefon. Umgangssprachlich nannten sie die Polizisten Sheriffs, und sie fragte sich, welchen Rang er eigentlich bekleidete.

Etwas vage fragte sie daher: »Officer McDonald? Wir haben telefoniert. Es ging um den Unfall meiner Schwester, Freya MacLean?«

Der junge Polizist straffte die Schultern und sagte stolz: »Constable. Seit einer Woche. Ja, ich erinnere mich.«

»Herzlichen Glückwunsch, Constable McDonald«, sagte Shona zu dem dunkelhaarigen Polizisten, der nun in das Büro trat.

»Bitte. Special Constable Anderson ist heute nicht da. Kann ich Ihnen helfen?« Er setzte sich mit seinem Becher hinter den Schreibtisch. Anders als sein Vorgesetzter machte der Constable einen freundlichen Eindruck, und seine Augen musterten sie interessiert. Wenn er gerade die Prüfung zum Constable bestanden hatte, wollte er vielleicht noch etwas erreichen, hoffte Shona.

»Gibt es neue Erkenntnisse im Fall meiner Schwester?« Shona setzte sich auf den angebotenen Stuhl.

Der Constable schob angelegentlich Papiere hin und her. »Ich habe nichts gehört. Tut mir leid. Wie geht es Ihrer Schwester, Ms MacLean?«

»Sie liegt noch immer im künstlichen Koma. Verstehen Sie, warum ich wissen möchte, wer für dieses Unglück verantwortlich ist?« Sie presste die Hände zusammen und sah ihn direkt an. »Es gibt doch Lacksplitter vom Unfallort. Wurden die untersucht?«

Tommy McDonald fuhr sich durchs Haar. Er wirkte ein wenig unsicher. »Das ist eine laufende Untersuchung. Ich darf dazu nichts sagen.«

»Dann gibt es eine Untersuchung?«, hakte Shona nach. »Anderson hat mir gesagt, dass die Beweislage aussichtslos wäre. Aber so ist es nicht?«

Der Constable sah zum Fenster, stand auf und zog eine Schublade an einem der Schränke auf. Rasch nahm er einen Plastikbeutel heraus und legte ihn auf den Schreibtisch.

»Das sind die Splitter, die wir gefunden haben. Ganz unter uns, ich frage mich, warum er die nicht ins Labor geschickt hat.« Tommy wartete, bis sie sich die Tüte genauer angesehen hatte.

Es war so, wie Gavin es erzählt hatte. Weißer Lack mit den Resten grüner Farbe. Sie schüttelte die Splitter sacht und erkannte die Umrisse eines Buchstabens oder eines Firmenzeichens.

»Danke, Constable. Und wenn Sie das tun?«

Sofort nahm der Constable die Tüte an sich und legte sie wieder in die Schublade. »Ich bin gerade erst fest eingestellt worden. Und mit Anderson legt man sich nicht an.«

»Warum eigentlich nicht? Auch Vorgesetzte machen Fehler«, warf Shona ein.

Der vorher so freundliche Constable erwiderte mit abweisender Miene: »Ich habe schon viel zu viel gesagt. Kann ich sonst noch etwas für Sie tun?«

»Die Reifenspur. Es gab doch auch einen Reifenabdruck. Was ist damit?«

McDonald zog die Augenbrauen zusammen. »Es gab eine Bremsspur, nicht zu verwerten. Aber im feuchten Untergrund neben der Fahrbahn konnten wir den Abdruck von einem Reifenprofil nehmen.« Nervös sah McDonald zum Fenster, zog sein Telefon hervor und suchte ein Foto hervor. »Das habe ich am Tatort gemacht!«

Er hielt ihr das Telefon hin. Der Abdruck war unvollständig. »Könnte man damit etwas anfangen?«

»Kaum. Jedenfalls nicht mit unseren begrenzten Mitteln. Ich … also, es tut mir leid. Aber mehr kann ich nicht für Sie tun. So ein Unfall ist furchtbar, aber nicht selten, leider.«

»Vielleicht würden Sie anders darüber denken, wenn es um Ihre Schwester ginge. Auf Wiedersehen, Constable.« Enttäuscht verließ Shona die Polizeistation. Für einen Moment hatte sie geglaubt, dass der junge Mann ihr weiterhelfen würde, doch die Angst vor dem Vorgesetzten saß anscheinend tief.

Sie erledigte ein paar Einkäufe und trank einen Kaffee im Labels. Der kleine Laden bot nicht nur besten Kaffee und hausgemachte Kuchen, sondern die Inhaberin verkaufte auch handgefertigte Taschen, Seifen und Karten. Eine echte Fundgrube, in die sie ihre Gäste schicken konnte. Auf dem Weg zu ihrem Wagen erreichte sie ein Anruf von Misaki. Ihre Freundin hatte Freya im Krankenhaus besucht.

»Deine Schwester sieht besser aus, als ich es nach allem, was du erzählt hast, erwartet hätte«, sagte Misaki. »Deine Eltern waren dort, und die Ärztin meinte, es bestünde eine gute Chance, dass sie Freya vielleicht in vier bis fünf Tagen zurückholen könnten!«

»Oh, das ist ja fantastisch! Misaki, das ist die schönste

Nachricht heute!« Tags zuvor hatte sie mit ihren Eltern gesprochen, die ihr diese Neuigkeiten noch nicht mitgeteilt hatten. Sie würde nachher mit ihnen sprechen.

»Nicht wahr, ich dachte, da muss ich dich sofort anrufen.« Misaki erzählte noch von ihren Hochzeitsplänen, und Shona freute sich mit ihr, als ein Lieferwagen an der Straße hielt. Die Aufschrift an der Seite des Wagens erregte Shonas Aufmerksamkeit: *Zach's Auto Repair – Kilmeny*. Grüne Schrift auf weißem Untergrund.

»Das gibt es doch nicht«, murmelte Shona und hörte ihre Freundin fragen: »Was ist denn los?«

»Tut mir leid, bis später, mach's gut!« Shona steckte das Telefon ein und lief zu Zachary Barkhams Lieferwagen. Vorsichtig hielt sie nach dem Automechaniker Ausschau und ging, als er nicht zu entdecken war, um den Wagen herum. Dafür, dass der Besitzer Autos reparierte, war der Wagen in keinem guten Zustand. Der Lack war an vielen Stellen beschädigt, und Dellen gab es viele. Die vordere Stoßstange war eingebeult, und auch die Kühlerhaube wies Dellen auf. Sie strich mit den Fingern über den Schriftzug. Vom Zachs Namen fehlten Teile, und mit weißer Farbe war grob ausgebessert worden.

»Verdammt, wenn das nicht…«, sprach sie zu sich selbst und zuckte zusammen, als sie Schritte und eine laute Stimme hörte.

»Hey, was machen Sie da? Suchen Sie eine Werkstatt?« Barkham stutzte, als er sie erkannte. »Sie sind das! Nehmen Sie gefälligst die Hände von meinem Wagen.«

Er trug einen ölverschmierten Arbeitsanzug und ließ lautstark seinen Werkzeugkoffer auf den Gehweg fallen.

Es war mit Sicherheit ein Fehler, aber sie konnte nicht anders. »Haben Sie meine Schwester angefahren? Da vorn auf der Kühlerhaube ist eine Delle, und genau solcher Lack wurde am Tatort gefunden.«

Wenn sie gehofft hatte, ihn kalt zu erwischen, hatte sie sich getäuscht. Wütend riss Zachary die Seitentür auf und warf den Werkzeugkoffer hinein. »Wovon reden Sie überhaupt? Welcher Unfall, welche Schwester? Was haben Sie eigentlich für ein Problem mit mir?«

Zachary Barkham war größer als sie und trat bedrohlich dicht an sie heran.

Shona hielt nach Passanten Ausschau, doch sie waren allein. Allerdings näherte sich ein Fahrzeug, und ein Radfahrer kam über den Parkplatz gefahren.

»Tun Sie doch nicht so scheinheilig. Meine Schwester Freya MacLean wurde vor Kurzem bei Gearach angefahren und schwer verletzt. In der Nähe schleichen Sie doch mit Ihrem Metalldetektor herum«, sagte sie anklagend.

Die grimmige Miene des Mechanikers spiegelte eine Mischung aus Wut und Irritation wider. »Sind Sie mit Ramsey befreundet, oder was? Ja, klar, jetzt verstehe ich. Sie wollen mir was anhängen, weil ich auf seinem Land suche. Aber das ist nicht verboten! Ich kenne meine Rechte.«

»Dann haben Sie wohl nichts dagegen, wenn ich den Reifen Ihres Wagens fotografiere?« Shona zückte ihr Telefon, doch Zach machte eine drohende Geste.

»Das lassen Sie mal schön bleiben. Ich lasse mir nichts unterstellen. Sagen Sie das auch den Ramseys! Und wenn ich Sie noch einmal an meinem Wagen erwische, zeige ich Sie an, und dann werden wir ja sehen, wer die besseren Karten hat!«, schimpfte er und packte seinen Werkzeugkoffer.

Seine Wut wirkte echt, und Shona wich vor ihm zurück. Und wenn sie sich in ihm täuschte? Sie stieg in ihren Wagen und fuhr nach Portnahaven, wo sie zwei aufgebrachte Gäste erwarteten. Seufzend stellte Shona ihre Einkäufe in die Küche und nahm eine Flasche Wein aus einem Schrank.

»So, meine Damen, jetzt trinken Sie erst einmal einen Schluck, und dann erzählen Sie mir, was passiert ist.«

Tina und Sady waren Freundinnen aus Norwich, die mit dem Rucksack die Hebriden erkundeten. Die blonde Tina begann: »Wir sind von Bruichladdich quer rüber an die Küste gewandert. Dabei sind wir durch einen Wald gekommen und wurden von einem Kerl bedroht, weil wir angeblich ein Warnschild übersehen hätten.«

»Jagd«, ergänzte Sady. »Aber das stimmt nicht! Wir sind nur auf dem Pfad gegangen und hätten das niemals übersehen. Der Kerl hatte ein Gewehr, und an seiner Kleidung klebte Blut! Das war wie in einem Horrorfilm!«

»Lassen Sie mich raten.« Shona beschrieb MacRae, und die Frauen nickten.

»Ja, genau, der muss es gewesen sein. Der ist doch verrückt. So was haben wir noch nie erlebt, und wir sind viel unterwegs!« Tina nahm ihr Weinglas.

»Sláinte! Machen Sie sich keine Gedanken deswegen. Der ist nicht für seine Freundlichkeit bekannt«, meinte Shona grinsend, und ihre Gäste lachten wieder.

XIV

Die Drachenschiffe schaukelten auf der kabbeligen See. Zehn Schiffe zählte Fjell, der mit Jón und Fionn zum Anleger gegangen war. Es war früh am Morgen, und die Sonne brach nur langsam durch die dichte Wolkendecke und die Nebelbänke, die vom Meer herüberzogen. Fionn schlug sich die Arme um den Körper und starrte hinaus in das undurchdringliche Grau.

»Nebel bringt Unheil«, knurrte er.

»Man hört und sieht nichts. Welche Kreaturen sich wohl dort draußen verbergen mögen?«, kam es düster von Jón.

»Die Götter schicken uns Nebel, weil sie uns beschützen oder prüfen wollen.« Fjell lauschte angestrengt in das graue Nichts. »Kein Mensch, der bei Verstand ist, wird bei solchem Nebel sein Schiff an eine Küste steuern.«

Jón stemmte die Fäuste in die Hüften und stellte einen Fuß auf einen Baumstumpf. »Horgar der Blutige hat sich den Nebel zum Freund gemacht und seine Feinde überrascht. Mein Vater hat mir Geschichten erzählt, die ich kaum glauben mochte, doch Horgar war einer der besten dänischen Seemänner.«

»Gut, dass du zu uns gehörst, Jón, in deinen Adern

fließt Seefahrerblut!« Fjell streckte sich und sog die nasskalte Luft ein.

Hulda schlief noch. Nur ungern hatte Fjell das warme Lager verlassen, doch er fand hier im Lager von Crovan keine Ruhe, wollte endlich wissen, was der Heerführer vorhatte.

»Und? Konntet ihr etwas in Erfahrung bringen?«, fragte er leise seine Männer, die sich abends zuvor noch lange bei reichlich fließendem Bier unter die Krieger gemischt hatten.

Fionn sah sich um. An den Schiffen stand ein Wachposten, und im Lager regte sich langsam morgendliche Aktivität, doch niemand schien nahe genug, um sie zu belauschen.

»Crovan hat große Pläne, Fjell. Nachdem das Bier seine Zunge gelockert hatte,war einer der Krieger ziemlich redselig. Den Thron von Dyflin will er sich holen und die Handelsrouten in der gesamten Region kontrollieren.«

Fjell verzog den Mund. »Das wussten wir schon vorher.«

»Aber das nicht!«, meinte Fionn. »Du sollst mit deinen Schiffen eigenständig die nördliche Route kontrollieren.«

Jón pfiff leise durch die Zähne. »Ein eigenes Kommando, Fjell!«

»Wenn das wahr ist«, überlegte Fjell, »sind wir endlich Sverrir los.«

»Freu dich nicht zu früh …«, unkte Fionn.

Sie machten einen Rundgang durch das Lager, das gut befestigt hinter den Dünen lag, und Fjell ging zurück in die Hütte, die man ihm und Hulda zugewiesen hatte. Ulfarr löste sich aus dem Schatten eines Gestells, auf dem Wolle getrocknet wurde.

»Es war niemand hier, Fjell.«

Fjell legte ihm die Hand auf die Schulter. »Danke, mein Freund. Wir sehen uns zum Essen in der Großen Halle.«

Mit einem knappen Kopfnicken ging Ulfarr davon. Hulda war bereits angekleidet und kämmte sich die Haare. Als er zu ihr trat, legte sie den Kamm fort und küsste ihn. Ihre klugen Augen musterten ihn besorgt. »Gibt es Neuigkeiten?«

Er strich ihr über die Schultern und umfasste ihre Hüfte. Weich und rund und verlockend. »Fionn hat gehört, dass ich vielleicht die nördlichen Handelswege mit meinen Schiffen kontrollieren soll. Das wäre nicht das Schlechteste.«

Ihr Blick verdunkelte sich. »Ich weiß, dass du das Meer liebst, aber wie weit müsstest du fahren?« Sie lehnte sich an ihn. »Ich vermisse dich jetzt schon, Fjell.«

Er drückte sie fest an sich. »Hulda, ich bin ein Krieger. Mein Leben gehört meinem Schwert. Ich bin kein Bauer, der bei dir auf dem Gut leben kann.«

»Kommen Bauern nicht nach Walhall?«, sagte seine Frau und wurde zur Strafe von ihm in den Hintern gekniffen. »Au!«

»Wir werden zwischen den Inseln bis rauf nach Orkneyjar unterwegs sein. Und wer könnte mir verbieten, in Íl anzulegen, um mein Schiff zu reparieren?«

Hulda seufzte erleichtert. »Ich kann nur hoffen, dass

die Planken und Taue oft erneuert werden müssen oder ihr ein neues Segel benötigt.«

Eng umschlungen standen sie eine Weile, und Fjell vergrub die Nase in den goldenen Haaren seiner Frau. »Ich werde dir Kämme und Spangen aus feinstem Silber mitbringen, Hulda.«

»Komm nur wieder, Fjell, komm nur immer wieder zu mir zurück«, murmelte sie.

Die Mittagssonne stand hoch, als sie zum Versammlungshaus gingen. Das gesamte Lager schien in Bewegung, überall waren Männer und Frauen beschäftigt, säuberten Waffen, wuschen Wäsche, kochten oder trieben Vieh zwischen den Häusern hindurch.

Der Eingang der Halle wurde von massigen beschnitzten Säulen flankiert. An dem Balken, den sie trugen, prangten Schmuckplatten. Zwei Hünen bewachten den Eingang und warfen Hulda lüsterne Blicke zu. Sie war die einzige Frau, die mit den Kriegern in die Versammlungshalle trat. Gormr stand mit Crovan in der Mitte der Halle am Feuer. Die Männer trugen Schulterfelle, denn es war kalt und feucht. Der Rauch zog schlecht ab, weil er vom Nebel heruntergedrückt wurde.

Crovan hüstelte, rieb sich die Hände am Feuer und drehte sich zu Fjell um. Er trug lederne Hosen, sein Schwertgürtel war mit Goldplättchen besetzt, und die Arme strotzten von goldenen und silbernen Reifen. »Ah, Fjell und seine schöne Frau. So viel Glanz wird uns hier selten zuteil.«

Hulda ging, in einen Umhang gewandet, dicht neben ihm, und Fjell legte ihr beruhigend die Hand auf den

Rücken. Er konnte ihre Nervosität spüren und erinnerte sich selbst gut an seine erste Begegnung mit Crovan. Der Krieger hatte eine einschüchternde Wirkung, doch wenn er jemanden mochte und schätzte, hatte man nichts zu fürchten. Ganz anders hingegen verhielt es sich mit Gormr, dessen dunkle Tintenbilder ihm ein finsteres Aussehen verliehen, das durchaus seinem Charakter entsprach. Gormr war unberechenbar, genau wie Sverrir, nur gefährlicher, weil er schlauer und intrigant war.

»Mögen die Götter dich und die Deinen beschützen, Crovan von Man!«, begrüßte Fjell den Jarl von Lagan und den Inseln.

Gormr verschränkte die Arme vor der Brust und musterte Fjells Leute. Im Hintergrund wurde gekocht, und die Frauen und Sklaven trugen Holzbretter mit Fleisch und Gemüse auf eine lange Tafel. Der Duft von Gebratenem und Geräuchertem zog durch die Halle.

Crovan streckte den Arm aus und ließ die Hand, an der kostbare Ringe blitzten, schwer auf Fjells Schulter fallen. »Du bist mein bester Mann hier auf Islay, Fjell. Aber du bist auch einer meiner besten Seemänner. Ich will, dass du mit fünf Schiffen die See zwischen den Inseln bis in den Norden für uns sicherst. Wir leben vom Handel. Allein von unseren Beutezügen können wir nicht mehr existieren.«

Fjell schluckte. Fionn hatte richtig gehört.

»Die Küsten von Skotland sind reich. Wenn ich …«, begann Gormr mit lauter Stimme.

»Nein! Du hast mich gehört, Gormr. Ich will keinen Krieg mit den Skoten! Ich weiß, dass du Cranmore angreifen wolltest und wir den andauernden Frieden nur Fjells überlegtem Handeln zu verdanken haben«, fuhr Crovan den düster blickenden Gormr an.

»Wir sind Krieger, keine Feiglinge!«, brüllte Gormr. »Es ist unsere Bestimmung, Beute zu machen und die Schädel unserer Feinde für Walhall zu sammeln!«

Um sie herum hatten sich zahlreiche Krieger versammelt, und viele murrten zustimmend.

Crovan wurde dunkelrot vor Zorn und drehte sich mit ausgebreiteten Armen zu seinen Männern um. »Wir sind Krieger! Die tapfersten, die dieses Inselreich jemals gesehen hat! Aber die Zeiten haben sich geändert!«

»Wir sind es, die bestimmen, was sich ändert!«, brüllte einer von hinten.

»Habt ihr denn nichts gelernt?«, rief Crovan mit dröhnender Stimme, und es wurde still in der Halle. »Allein können wir unsere Herrschaft über Man und die Inseln nicht behaupten. Wir müssen zusammenhalten! Unsere Feinde sind mächtiger geworden und warten nur darauf, dass wir uns streiten und ihnen eine Schwachstelle zeigen. Wenn wir Cranmore angreifen, wird er uns bekämpfen, wird unsere Familien auf Íl und Dy Oer töten, weil wir nicht überall gleichzeitig sein können.«

Fjell kam Crovan zu Hilfe. »Wer von euch hat nicht reichlich Silber und Gold in den warmen Monaten erbeuten und durch Handel vermehren können? Seid ehrlich! Wir alle sind mit Schiffsladungen voller Schätze heimgekehrt.«

Zustimmendes Nicken und Knurren waren zu vernehmen.

»Ich verspreche euch mehr Silber, mehr Macht, aber dafür müssen wir uns vereinen und unsere Flotte ausbauen. Unser Ziel ist Dyflin! Sind wir erst die Herrscher von Dyflin, wird uns niemand mehr besiegen können! Auch der normannische Hundesohn nicht!«, rief Crovan, und die Männer brüllten zustimmend.

Er ist schlau, dachte Fjell. Crovan sprach nicht davon, dass er König von Dyflin werden wollte, und erinnerte an die schmähliche Niederlage gegen den normannischen Usurpator Wilhelm.

Crovan ließ das Mahl beginnen und Bier ausschenken.

Fjell wartete, bis Gormr mit anderen sprach, und setzte sich zu Crovan. »Ich habe nur drei Schiffe, vielleicht vier, wenn ich ein altes repariere. Du sprachst von fünf Schiffen.«

Crovan strich sich Fett aus dem langen dunklen Bart und wischte sich die Hand an seiner Hose ab. »Du bekommst zwei Schiffe von mir. Sverrir wird sie führen.«

Fjell zuckte zusammen, als hätte man einen Kübel Eiswasser über ihm ausgegossen. »Sverrir? Warum ausgerechnet er? Wir kommen nicht miteinander aus, Crovan. Jón ist ein viel besserer Seemann als Sverrir, und er ist loyal.«

Der Jarl kniff die Augen zu kleinen Schlitzen zusammen. Er stützte einen seiner goldgeschmückten muskulösen Arme auf seinen Oberschenkel. Seine Stimme war ein lauerndes Grollen. »Sverrir ist mir gegenüber loyal, Fjell.«

Mehr sagte er nicht, sondern sah ihn abwartend an.

»Was habe ich getan, dass du mir nicht vertraust, Crovan? Habe ich nicht gerade erst in Skotland bewiesen, dass ich zu dir stehe?«, entrüstete sich Fjell, ohne seine Stimme zu heben. Niemand sollte hören, was sie einander zu sagen hatten.

Die Gesichtszüge des Älteren wurden freundlicher. »Ich habe dir keinen Vorwurf gemacht, Fjell. Du bist mein bester Krieger und ein kluger Kopf. Aber gerade deshalb möchte ich Sverrir an deiner Seite wissen.« Crovan packte Fjells Schulter und drückte sie kurz. »Gormr sehe ich an seiner breiten Stirn an, was er vorhat, dir nicht. Wir verstehen uns doch, mein Freund!«

Fjell lächelte schmal und sah aus den Augenwinkeln, dass Hulda seine Unterhaltung beobachtet hatte.

XV

Die Nebelinseln, 1090

Der Bug der *Ormagur* stürzte sich in das dunkle Wellental, tauchte tief in das tosende Wasser ein, um sich gleich wieder herauszukämpfen und die nächste Woge zu überwinden.

»Runter mit dem Segel!«, brüllte Fjell, der das Steuer hielt und sein Schiff durch die tückischen Felsen steuerte.

Der Sturm peitschte die Schaumkronen der Wellenkämme über die tobende See. Sie hatten dem Unwetter ausweichen wollen, dann aber doch mitten hindurch fahren müssen. Andernfalls wären sie an den Klippen von Skuy zerschellt.

Fionn riss mit den Männern an den Tauen, bis die Rah mitsamt dem Segel herunterfiel. Der Mast ragte nun nackt in den dunklen Sturmhimmel auf, gehalten von Tauen, die längst hätten erneuert werden müssen. Es hatte ihre letzte Fahrt in diesem Herbst sein sollen. Die letzte Fahrt, bevor es in den Heimathafen auf Íl ging. Sie waren alle müde und sehnten sich nach Frau und Kindern.

»Vorsicht!«, schrie Jón und konnte sich gerade noch ducken, bevor eine Sturmböe die Rah von Bord wehte und der Mast krachend nach vorn brach. Fjell hörte das Bersten des Holzes und die Schreie seiner Männer. Er musste das Schiff durch die Wogen steuern, wenn sie nicht alle hier den Tod finden wollten.

Hatte er nicht genügend Tiere geopfert, bevor sie von Harris nach Süden gefahren waren? Fjell sah sich nach Ulfarr um, der sich auf eine der Ruderbänke gesetzt hatte und die anderen anfeuerte: »Zieht! Zieht!«

»Ulfarr! Komm her, du musst das Steuer übernehmen!«, befahl Fjell und wartete, bis sein Getreuer sich über das schwankende Schiff zu ihm gekämpft hatte.

»Ich muss die Götter besänftigen!« Fjell übergab das Steuer und zog sein Messer heraus.

Ulfarr verstand und hielt mit grimmiger Miene den Kurs durch die Wellenmitte. »Komm schon, du Schöne!«, rief er und meinte das schnittige Drachenschiff, das sie seit Jahren sicher durch alle Untiefen gebracht hatte.

Fjell trat an die Reling und öffnete die Ader seines Schwertarms. Als das Blut in die tosende See tropfte, rief er: »Ran, du Herrscherin der See, du Göttin aller Meere, nimm mein Blut und verschone meine Männer!«

Es war unmöglich, sich weiter zu halten. Die nächste Woge hätte ihn über Bord gespült, und so steckte Fjell das Messer wieder ein und stolperte zurück zu Ulfarr.

»Da vorn sind Klippen, Fjell!«, rief sein Freund, und Fjell strengte sich an, die Umrisse zu erkennen, die sich aus dem Meer erhoben.

»Das muss die Insel der Nonnen sein. Wenn wir es um die Klippen schaffen, können wir dort anlegen!«

Sie waren morgens bei schönstem Wetter und ruhiger See losgefahren und von dem Sturm überrascht worden. Doch genauso schnell, wie das Unwetter aufgezogen war, verschwand es auch wieder. Kaum hatten sie die Felseninsel umschifft, ließ der Sturm nach.

Fjell stieß ein stummes Dankgebet aus, wickelte sich ein Lederband um den Arm und rief: »Wir legen in der Bucht an, macht euch bereit, an Land zu gehen!«

Es dauerte nicht lange, und die anderen beiden Schiffe folgten. Sie hatten ihren Mast rechtzeitig umgelegt, so dass er nicht geborsten war. Fionn kam zu ihm, als sie sich den Felsen näherten, die in die Bucht hinausragten.

»Wir können bis auf den Strand fahren. Ich kenne diese Bucht von früher, Fjell.« Leise sagte Fionn: »Zwei Männer haben schwere Verletzungen durch Holzsplitter davongetragen. Tiarvi wird es nicht schaffen.«

Fjells Diener war damit beschäftigt, seine Waffen und den Sack mit seinen Kleidern zu schnüren. »Arlan, ist noch Met da?«

Der Junge wühlte in den Tiefen des Sackes und nahm einen Metschlauch heraus. »Hier, Herr!«

Das Schiff schaukelte noch stark auf der unruhigen See, doch waren die Wellen klein geworden. Plötzlich rissen die dunklen Wolken auf, und ein Sonnenstrahl traf ihr Schiff. Ein Aufatmen ging durch die Männer. Fjell nahm den Metschlauch und ging mit Fionn zu den Verletzten, die zwischen den Ruderbänken lagen.

Als er das große Stück abgesplitterten Holzes sah, das aus Tiarvis Bauch ragte, packte er den Schlauch fester und ging neben dem Sterbenden in die Knie. »Hier, trink das, Tiarvi. Du hast dich tapfer geschlagen heute.«

Der Krieger keuchte, und das Blut pulste aus der Bauchwunde. Er streckte die Hand aus, und Fjell sah zu Fionn. »Gib mir sein Schwert.«

Nur mit dem Schwert in der Hand durfte ein Krieger sterben. Andernfalls würde er keinen Platz an Odins Tafel finden, und das war die größte Strafe, die einem Krieger widerfahren konnte.

Fjell legte dem Verletzten dessen Waffe in die Hände. Dankbar umklammerte Tiarvi den Schwertknauf und suchte Fjells Blick. »Gib mein Silber meiner Frau, Fjell. Und sag ihr …«

Er krampfte, spuckte Blut, und seine Beine zuckten. Das Wasser stand mehr als knöcheltief im Schiffsrumpf. Die Männer schöpften nach Kräften, doch während des Sturms waren einige Brecher über sie hinweggerollt. Tiarvis Kopf lag halb im Wasser, doch das spürte er wohl nicht mehr.

»Deine Frau wird keine Not leiden müssen, sei dessen gewiss. Odin und unsere Freunde erwarten dich, Tiarvi. Halte uns einen Platz frei.« Fjell hielt Tiarvis Hände um den Schwertknauf zusammen, damit dieser ihm nicht entgleiten konnte.

Das Blut hörte auf, aus dem Bauch zu fließen, und Tiarvis Kopf sackte zur Seite. Seine langen braunen Haare breiteten sich im Wasser aus, das sich rot färbte. Arlan stand mit dem Metschlauch in den Armen neben ihnen und bekreuzigte sich. Fjell hatte sich daran gewöhnt, dass der Junge Kreuz und Hammer trug und oft heimlich christliche Gebete murmelte. Es störte Fjell nicht, solange der Junge seine Arbeit tat und ihm gegenüber loyal war.

Ein Ruck ging durch das Schiff, dessen Bug auf den Sand gestoßen war und sich langsam festfraß. Die Männer sprangen ins Wasser, um das Schiff weiter auf den Strand zu ziehen.

»Habt ihr Sverrir und seine Schiffe gesehen?« Grimmig sah sich Fjell um.

Dunkle Klippen erhoben sich hinter dem Sandstrand. Die Insel war klein, karg und kaum bewohnt. Auf einer Erhebung im Süden hatten sich in den Überresten einer Festungsanlage christliche Frauen niedergelassen, die ihr Leben ihrem Gott geweiht hatten.

»Noch nicht«, rief Jón, der bereits von Bord gegangen war.

»Lauf nach oben und sieh dich um!«, befahl Fjell, warf einen letzten Blick auf den toten Tiarvi und half Fionn, den weniger schwer Verletzten von Bord zu hieven.

Als sie den Strand betraten und ihre Füße in dem weichen Sand einsanken, war es beinahe windstill. Die Götter spielten mit ihnen. Wahrscheinlich würfelten sie um die Leben der Menschen und lachten, wenn sie ihnen Stürme und Fluten schickten.

Fjell blieb einen Augenblick stehen, sah zu den Klippen hinauf und lauschte. Möwen, das Meer und ein fürchterliches Geräusch, das er hier nicht zu hören erwartet hatte – die verzweifelten Schreie von Frauen!

»Fjell! Komm, schnell! Sverrir und seine Männer plündern das Kloster!«, rief Jón von oben.

»Dieser verfluchte Mistkerl! Möge Thor ihn niederstrecken!«, schrie Fjell, packte sein Schwert und winkte seinen Männern. »Mir nach!«

Der Kampf mit den Elementen war vergessen, als sie über die feuchten Felsen, fettes Grasland in den Senken und die schwarzen Felsbänke, welche die Insel strukturierten, liefen. Die Wut über Sverrirs Missachtung seiner Befehle ließ Fjells Blut durch die Adern rauschen und verlieh ihm neue Kräfte. Wer mit ihm kämpfte, verpflichtete sich, Frauen und Kinder nicht zu töten oder zu vergewaltigen. Nur wenn es keine Zeugen geben durfte, töteten sie alle ihre Feinde.

Die Insel war weniger als zweitausend Fuß breit und dreimal so lang. Doch heute erschien Fjell die Insel viel zu groß. Das Kloster lag unterhalb eines Hügels an den Klippen und war von Land aus schwer zugänglich. Die Schreie wurden mit jedem Schritt lauter, und Fjell brüllte: »Sverrir, du verdammter Hurensohn!«

Fionn lief neben ihm. »Warum tut er das? Wir haben genug Silber erbeutet.«

Fjell spuckte aus, Schweiß lief ihm über Stirn und Nacken. Seine Stiefel waren noch nass, und seine Hosen klebten an den Beinen, doch er preschte mit unverminderter Schnelligkeit vor. »Darum geht es ihm nicht!«, keuchte er. »Er will mir zeigen, dass er mir nicht untersteht.«

Jón kam ihnen von der anderen Seite entgegen. Seine Miene spiegelte das Grauen wider, dessen Zeuge er gerade geworden war. »Sverrir und seine Leute machen sich über die Nonnen her. Sie werden keine am Leben lassen.«

»Das werden wir ja sehen! Männer, folgt mir!« Auf der Hügelkuppe hob Fjell sein Schwert und schwenkte es in Richtung der unten liegenden Festung.

Im Töten wehrloser Frauen lag keine Ehre. Und der Christenglaube hatte an allen Königshöfen Einzug gehalten, im Daneland genauso wie bei den Norwegern. Christen wurden nicht mehr abgeschlachtet. Fjell stürmte den felsigen Abhang hinunter. Zahlenmäßig waren sie Sverrir und seinen Männern überlegen. Doch Sverrir kämpfte für drei, hatte die Kraft eines Ochsengespanns und eine hinterhältige Schläue. Im Zweikampf war er noch nie besiegt worden.

Ein kleineres Haus, ein runder Wohnturm und ein Stall standen auf dem grünen Flecken direkt an den Klippen. Ringsherum gab es nur die schwarzen Felsen und das Meer, auf dem Sverrirs Drachenschiffe schaukelten. Was eine friedliche Wohnstatt frommer Frauen gewesen war, hatte sich in ein blutiges Schlachtfeld verwandelt. Drei Frauen lagen mit aufgeschlitzten Leibern und entblößten Unterkörpern neben dem Turm, vor dem Sverrirs Männer bereits lagerten und ein Feuer entzündet hatten.

Eine Nonne wurde gerade von einem Krieger an den Haaren aus dem Turm geschleppt, als Fjell und seine Männer dazukamen.

»Lass sie los! Sofort!«, brüllte Fjell und stürzte sich auf den Krieger, der überrascht von seinem Opfer abließ. Die Frau lief an Fjell vorbei und schluchzte: »Die Mutter Oberin. Sie ist noch drinnen!«

Bevor der Mann sein Schwert ergreifen konnte, hatte

Fjell ihm seine Klinge durch den Leib gestoßen und wieder herausgezogen. Hatten Sverrirs Männer bis dahin noch gedacht, dass sie mit ihrem Frevel davonkommen würden, so begriffen sie nun, dass es Fjell ernst war. Sie sprangen auf, ergriffen ihre Schwerter und stellten sich den Angreifern.

Fionn kämpfte mit Ralla, einem jungen Dänen, und rief: »Warum habt ihr das getan, Ralla?«

Ralla bleckte die Zähne und wehrte einen Schlag ab. »Es ist unser Recht!«

Stahl prallte auf Stahl, und ein metallisches Klirren erfüllte die Luft. »Es ist ehrlos, wehrlose Frauen zu schänden!«, schrie Fionn und führte nach einer Drehung einen Schlag aus, der Rallas Oberschenkel traf.

Der kräftige Krieger schrie auf, sackte zusammen und ging zu Boden. Als seine Kameraden das sahen, legten sie die Waffen nieder, und Fjell betrat den Turm. In der Halle lagen vier weitere Nonnen tot auf dem Boden, ihre graue Tracht beschmutzt und zerrissen, die Kopfbedeckung heruntergezogen. Sverrir stand vor einer älteren Nonne, deren Oberkörper entblößt worden war.

Ihre kurzen grauen Haare waren blutverschmiert, und eine Wunde klaffte über ihren Brüsten, die sie mit den Händen zu bedecken versuchte. Dabei blieb sie stehen und murmelte Gebete. »Herr Jesus, beschütze uns vor diesen gottlosen Teufeln, gib uns die Kraft, das Übel und die Schmerzen zu ertragen …«

»Hör auf zu brabbeln, Weib!«, schrie Sverrir, der mit dem Rücken zu Fjell stand und sein Schwert erhob.

Bevor er zuschlagen konnte, fuhr Fjells Klinge auf seine Schulter nieder und zerteilte sie. Fjell spürte, wie Sehnen und Muskeln durchtrennt wurden, und hörte das grässliche Geräusch splitternder Knochen.

»Arrrggh!« Sverrir knurrte wie ein angestochenes Tier und drehte sich trotz seiner schweren Verletzung blitzschnell zu Fjell um. Doch sein Schwertarm gehorchte ihm nicht mehr, war kraftlos nach unten gesackt, und sein Schwert glitt klirrend auf den Steinboden. Blut lief aus der klaffenden Wunde, und Sverrir taumelte ungläubig starrend zur Seite. Einer seiner Männer kam durch die Tür, erfasste dic Lage und wollte sich auf Fjell stürzen, der ihn mit einem Schlag zu Boden gehen ließ.

»Ruf deine Leute zurück!«, befahl Fjell. »Sie müssen nicht deinetwegen sterben. Es sind gute Männer, die von einem schlechten Anführer verleitet wurden.«

Sverrirs Miene war vor Schmerzen grotesk verzogen, doch er spuckte aus und lehnte sich gegen die Wand hinter ihm. Ein anderer seiner Männer kam von oben und blieb auf der Leiter stehen.

»Sverrir, was ist?«, rief er verwirrt und sah zu Fjell, der das Kommando über alle Schiffe führte.

»Ergebt euch, Gunnarr, dann passiert euch nichts. Ich weiß, wen die Schuld an diesem Massaker trifft«, sagte Fjell und warf der Nonne einen Umhang zu, der auf einem der Stühle gelegen hatte.

Die arme Frau bedeckte sich zitternd und sah sich um. »Wie viele haben überlebt, Herr?« Ihre Stimme war brüchig, doch sie gab sich Mühe, ihre Würde zu bewahren.

»Geht raus und seht selbst. Ich weiß es nicht.«

Als Gunnarr langsam die Leiter herunterstieg und sein Schwert ablegte, sagte Fjell: »Du hast nicht nur gegen meinen Befehl, sondern auch gegen den von Lord Crovan gehandelt, Sverrir. Die Christen werden nicht getötet. Sie sind an allen Königshöfen, und wenn wir sie schlachten, werden sie sich rächen.«

Sverrirs Augen waren blutunterlaufen. Weiße Sehnen schimmerten in der Schulterwunde, und ein Knochen stach heraus. »Bring es zu Ende, Fjell. Lass mich nicht hier verrecken!«

»Kümmere dich um ihn«, sagte Fjell zu Gunnarr und verließ den Turm.

Die Mutter Oberin war bereits nach draußen gewankt und umarmte eine ihrer Schwestern.

»Hier könnt ihr nicht bleiben, Schwester«, sagte Fjell.

Die junge Ordensschwester hielt die Klostervorsteherin im Arm und betrachtete entsetzt deren Wunde. »Lasst mich eure Wunde versorgen, Mutter Oberin.«

»Tut das«, sagte Fjell und sah sich um. Sverrirs Krieger hatten das Kloster verwüstet, und die Frauen brauchten jetzt Schutz und Nahrung. »Ihr kommt mit nach Íl. In meinem Dorf ist Platz für euch, bis ihr einen neuen Orden gefunden habt.«

Fionn kam zu ihm und nahm ihn beiseite. »Christen in unserem Dorf? Das wird Ärger geben. Und was machen wir mit Sverrir?«

»Vorerst ist er keine Bedrohung«, antwortete Fjell. »Sollte er seine Verletzung überleben, bringe ich ihn nach Man zu Croven, damit er über ihn richtet. Schlagen wir ein Lager für diese Nacht auf. Und morgen segeln wir weiter.«

Fjell wischte sein blutiges Schwert im Gras ab und sah sich nach seinem Diener um. Arlan hockte neben einer Nonne, die auf dem Boden lag und röchelnd nach Luft rang, hielt ihre Hand und redete beruhigend auf sie ein. Arlan trug ein Kreuz und einen Thorshammer um seinen Hals. Was wussten die Menschen schon über die Götter, dachte Fjell. Eines war gewiss, man musste sich gut mit ihnen stellen.

»Bereitet ein Opfer für die Götter vor«, entschied Fjell. »Nach diesem Frevel müssen wir sie gnädig stimmen.«

Jón wischte sich das Blut eines Gegners aus dem Gesicht. »Warum opfern wir nicht Sverrir?«

Der Hüne saß an die Turmmauer gelehnt in der Abendsonne und starrte grimmig zu ihnen hinüber.

»Das wäre eine Beleidigung für die Götter!«, höhnte Fjell, und seine Männer lachten.

XVI

Nach dem Sturm war die Luft klar und sauber. Es roch nach dem, was das Meer auf den Strand warf, und nach frisch geschlagenem Holz. Hulda hatte sich einen Wollschal um die Schultern gelegt und ging den Pfad von ihrem Gut hinunter zum Meer. Der Wind fuhr durch ihre langen Haare, und die Sonne stand hoch an einem blauen Heyannir-Himmel. Der achte Monat beschenkte sie mit mehr Wärme und hellen Tagen als die anderen Monate. Die Natur blühte und wuchs, und die Tiere freuten sich über saftiges Gras. Nur die verfluchten Stechbiester plagten jeden, der sich in den Dämmerstunden hinauswagte.

Kleine Plagegeister sirrten überall herum, stiegen in Schwärmen aus dem Moor auf, machten sich über jedes Tier und jeden Menschen her. Der Sand unter Huldas Füßen war warm. Im Sonnenlicht wagten sich die Plagegeister nicht heraus. Huldas Beine und Arme waren zerstochen, doch sie rieb sich mit Kräutersalbe ein und versuchte, nicht zu kratzen, denn das machte es noch schlimmer.

Ob sie tatsächlich kamen? Die alte Gullveig hatte eine Ahnung gehabt, und meist lag sie richtig. Hulda hatte die Alte aus dem Haus ihrer Eltern mitgenommen, denn sie mochte Gullveig. Keiner sonst konnte die seltsame Frau leiden, doch Hulda hatte die Alte schon als Kind fasziniert beobachtet, wenn sie Kräuter pflückte und ihre Tinkturen braute oder einen Heilsud kochte.

Zwei Männer zogen Netze voller Fische an Land und winkten Hulda zu. »Die Götter waren mit uns, Herrin!«

Hulda trat zu ihnen und betrachtete die reiche Ausbeute an zappelnden Fischen. »Bringt auch welche ins Dorf zu meinen Eltern.«

»Ja, Herrin.« Die beiden Sklaven lebten schon viele Jahre auf Íl. Sie hatten dunkles Haar und olivfarbene Haut, und ihre Sprache war von einem weichen Akzent gefärbt.

»Habt ihr Drachenschiffe gesehen?«, fragte sie.

»Nein, Herrin. Wir waren sogar ziemlich weit draußen, aber da war kein Schiff zu sehen.«

Hulda nickte, raffte ihren Rock und ging langsam den Weg zurück, den sie gekommen war. Was sehnte sie sich auch wie ein junges Mädchen nach ihrem Geliebten. Wenn Fjell fortging, nahm er jedes Mal ein Stück ihres Herzens mit sich. Daran würde sich nie etwas ändern, dachte sie und ließ die Sonne ihre Haut liebkosen.

»Herrin, kommt schnell!«, rief Isla und kam den Hügel auf sie heruntergelaufen.

Aus der jungen, verzweifelten Sklavin war eine treue Dienerin geworden, der Hulda ohne Zögern das Leben ihrer Kinder anvertraute. Isla rang die Hände. »Eure Tochter ist ganz heiß, Herrin. Gullveig sagt, es ist das Sumpffieber.«

»Was?« Panisch beschleunigte Hulda ihre Schritte.

Das gefürchtete Sumpffieber trat in manchen Sommern auf und hatte schon viele ihrer Leute dahingerafft. In diesem Sommer waren die Stechmücken besonders schlimm, und Hulda rannte den Hügel hinauf, ohne zu spüren, wie sich spitze Steine in ihre Fußsohlen bohrten. Sie lief durch das Tor, das tagsüber offen stand. Das Gehöft war von einem Palisadenzaun umgeben, und sie waren dabei, einen Graben ringsherum auszuheben. Fjell sprach zwar nicht darüber, doch er war um ihre Sicherheit besorgt, auch wenn niemand vom Geheimnis ihrer Herkunft wusste.

»Eydis ist so ein liebes Mädchen. Sie klagt nicht und liegt einfach still in ihrem Bettchen«, sagte Isla sorgenvoll.

Huldas Magen krampfte sich zusammen. Eydis war gerade zwei Jahre alt geworden, ein blondgelocktes, fröhliches Kind. Iarlí entwickelte sich zu einem kräftigen kleinen Burschen, der schon mit seinem Holzschwert kämpfte. Vor einem Jahr hatte Hulda eine Fehlgeburt erlitten, und Gullveig hatte ihr prophezeit, dass die Götter ihr keine weiteren Kinder gewähren würden.

Das Dach des Langhauses war mit Grassoden gedeckt, vorn am Giebel kreuzten sich die Balken. Adlerköpfe waren in die Säulen des Portals geschnitzt, und ornamentaler Schmuck fand sich in der gesamten Halle, die von massiven Holzstämmen getragen wurde. In der Mitte brannte ein Feuer, über dem ein Topf hing. Zwei Sklavinnen machten sofort Platz, als Hulda hereingestürmt kam.

Gullveig saß neben dem Lager von Huldas Kindern und legte einen Lappen auf die fiebrige Stirn des kranken Kindes. Die Alte hatte ihr graues Haar in dünne Zöpfe geflochten, die sich mit Knochen und Silberdraht hielten. Ihr Mund war eine dunkle Höhle, in der nur noch wenige Zähne zu sehen waren. Das faltige Gesicht hatte viele Winter und Sommer gesehen, doch die Götter schienen ihre schützenden Hände über dem knochigen Körper zu halten.

»Wie geht es ihr, Gullveig?« Hulda kniete sich neben der Bettstatt hin und streichelte die zarten Arme ihrer Tochter.

»Eydis, mein Sonnenschein, meine Blume. Deine Mama ist hier. Kannst du mich hören?« Sie berührte mit den Fingerspitzen die gerötete Wange und küsste die heiße Stirn.

Die Augenlider des Mädchens flatterten, öffneten sich jedoch nicht.

»Sie hört mich nicht! Oh Gullveig, was bedeutet das? Die Götter dürfen sie mir nicht nehmen. Was habe ich getan, dass sie mich so strafen müssen?!«, schluchzte Hulda.

»Wir müssen die Stechgeister von ihr fernhalten. Isla!«, sagte die Alte mit rauer Stimme. »Geh noch mehr von den Kräutern pflücken, die ich dir gezeigt habe. Viel, wir brauchen viel! Wir müssen Rauch erzeugen und die bösen Geister vertreiben.«

Hulda winkte einen Sklavenjungen heran. »Osric, lauf ins Dorf zu Báfurr. Er soll mit Sebbi kommen und mir helfen, den Göttern ein Opfer zu bringen.«

»Ja, Herrin.« Der zehnjährige Junge, den Fjell vor drei Jahren von einer Fahrt mitgebracht hatte, war aufmerksam und lernte schnell. Er hatte dunkle Augen und schwarzes Haar, weshalb er Rabenkopf genannt wurde. Wie Isla trug er ein Kreuz, und die beiden beteten heimlich zusammen.

»Ich vermisse meine Schwester«, seufzte Hulda und streichelte den Arm ihrer Tochter. Netja hatte einen christlichen Händler von Orkneyjar geheiratet und war mit ihm fortgegangen. Ihre jüngste Schwester Eir war zwar noch zu Hause, doch es war oft schwierig, mit ihr zu sprechen, weil ihr Geist unstet war.

Zum Leidwesen ihrer Eltern würde niemand ein Mädchen heiraten, das mit Bäumen und Steinen sprach oder wochenlang keine Silbe von sich gab. Dabei war Eir eine sanfte Seele, und Hulda dachte oft, dass sie den Göttern näher war als allem Irdischen.

Gullveig drückte ihr den feuchten Lappen in die Hand. »Kühlen.«

Sie selbst wickelte Stofflappen, die sie in kaltes Wasser getaucht hatte, um Eydis' Waden.

Das kranke Kind regte sich und drehte den Kopf hin und her. »Ist ja gut. Bei Freya, deine Stirn ist glühend heiß!«, flüsterte Hulda und tauchte den Lappen erneut in die Wasserschüssel.

Am frühen Abend kamen Báfurr und Sebbi mit drei Männern aus dem Dorf herauf und opferten eine Kuh und eine Ziege. Das größte Opferfest fand alle neun Jahre statt. Entsprechend der heiligen Zahl neun wurden jeweils neun männliche Lebewesen geopfert. Hulda würde nie vergessen, wie ihr Vater heimlich geweint hatte, nachdem er sein Lieblingspferd geopfert hatte.

Während draußen gesungen und gefeiert wurde, saß Hulda am Bett ihrer Tochter und flehte die Totengöttin an, ihr Kind zu verschonen. Die alte Gullveig zündete Kräuter an und fächelte den Rauch über das kranke Kind, um die Stechmücken abzuhalten. Dabei verbreitete sich ein herber, nicht unangenehmer Duft.

»Hulda, du musst dich ausruhen«, erklang eine sanfte Stimme, und ihre Schwester Eir stand plötzlich neben ihr.

Eir hatte ein ovales Gesicht und lange glatte Haare, die im Feuerschein rötlich schimmerten. Ihre hellblauen Augen waren unergründlich wie Loch Gorm und schienen andere Welten zu sehen.

»Eir!« Überrascht stand Hulda auf und streckte die steifen Glieder. Die Schwestern umarmten sich. »Hat Mutter dich so einfach gehen lassen?«

»Du brauchst mich, deshalb bin ich hier.« Sie sagte das mit leiser Stimme, und dennoch klangen ihre Worte bestimmt. »Geh etwas essen, Hulda. Ich bin bei Eydis.«

Ihre Schwester legte sich zu Eydis auf die Bettstatt, nahm das kranke Kind in die Arme und wiegte es sanft. Dabei summte sie leise vor sich hin.

Hulda verließ das Haus, um sich zu erleichtern, blieb ein paar Minuten am großen Feuer stehen und konnte noch das Blut der geopferten Tiere riechen.

»Wie geht es deiner Tochter, Hulda?« Ein großer Mann war aufgestanden und zu ihr getreten. Báfurr war der ältere Bruder von Fjell und im vergangenen Winter von Man mit seiner Frau hierhergezogen. Ein Axthieb hatte sein rechtes Knie zertrümmert, und seine Gelenke schmerzten.

Nach dem Tod des Vaters und in Fjells Abwesenheit war Báfurr nun das Oberhaupt der Familie und des Dorfes. Seine Autorität war unangefochten, und er schlichtete mit Umsicht Streitigkeiten. Hulda lehnte sich an ihren Schwager, der ihr den Arm um die Schultern legte.

»Unverändert. Das Fieber will nicht sinken.«

»Eydis ist ein starkes Kind. Sie wird es schaffen. Die Götter sind euch gewogen, Hulda. Dessen bin ich sicher.« Im Schein des Feuers konnte sie seine große gebogene Nase sehen, unter der sich ein struppiger Bart bis auf sein Hemd legte. Seine ergrauten Haare waren an den Schläfen geflochten, und er trug ein Tintenbild auf der Stirn.

»Was soll ich denn Fjell sagen, wenn er …«

Doch Báfurr schüttelte sie kurz. »Nicht, Hulda! Sie wird gesund!«

Dabei wussten sie beide, wie viele Opfer das Fieber immer wieder forderte.

Es dauerte eine Woche, bis das Fieber endlich nachließ. Eydis war nur noch ein Schatten ihrer selbst, aber sie lebte. Huldas Erleichterung wurde jedoch schwer getrübt. Eir hatte sich angesteckt, und das Fieber ließ sie nicht aus seinen todbringenden Fängen. Hulda war mit einem Korb Gemüse und Käse ins Dorf gegangen, um ihre Eltern und die kranke Schwester zu besuchen. Kaum hatte sie das Haus betreten, kam Brigida auf sie zu und packte sie am Arm. »Sie wird sterben! Meine Tochter wird sterben, und deine wird leben!«, zischte sie.

Hulda sah Verzweiflung und Zorn in den Augen ihrer Ziehmutter, machte sich los und stellte ihren Korb ab. »Willst du mir dafür die Schuld geben? Ich liebe Eir, und es bricht mir das Herz, sie leiden zu sehen.«

Es war sehr ruhig im Langhaus der Eltern. Die Sklaven bewegten sich beinahe lautlos, niemand lachte, und es roch nach Kräutern. Nur halfen die Heilmittel diesmal nicht. Hulda ging zum Lager der Schwester und strich ihr über die glühende Stirn. Schweißperlen liefen Eir über die Wangen, und ihr Haar klebte am Kopf.

»Meine Schwester, was kann ich nur tun?«, murmelte Hulda.

Eir öffnete die Augen und flüsterte heiser: »Es ist der Wille der Götter. Ich bin das Opfer, Hulda, und es ist gut so. Ich habe gewusst, dass sie mich holen würden, als ich mich zu Eydis legte. So war es vorherbestimmt.«

Hulda schluchzte, ergriff Eirs Hand und presste sie an ihre Lippen.

»Gott mag dir vergeben, aber ich werde es nie, Hulda«, erklang die verbitterte Stimme ihrer Ziehmutter, die neben das Bett getreten war.

21

Gavin war heute der Letzte im Büro. Sie hatten viel besprochen und eine neue Werbekampagne entwickelt. Mary hatte angeregt, eine exklusive Verkaufstour zu organisieren mit ihrer neuen Sorte, die sie Cnoc Mòr nennen wollten. Die Abfüllung wäre limitiert und die Flaschen nur auf dieser Tour in vorher angekündigten Städten und exklusiven Locations zu erwerben. Brian war nur schwer von der ungewöhnlichen Werbekampagne zu überzeugen gewesen, doch schließlich hatten sich die Geschwister auf das innovative Konzept geeinigt, das der Philosophie ihres jungen Unternehmens entsprach. Wer von ihnen mit dem Truck durch Europa touren sollte, musste allerdings noch geklärt werden.

Gavin schaltete den Computer aus und streckte die Arme. Es war nach Mitternacht, und er war müde. Er griff nach seiner Jacke, verließ das Büro und schaltete das Licht aus. Draußen war es dunkel. Den ganzen Tag über hatte es geregnet, und der Vollmond schimmerte nur hin und wieder zwischen den dunklen Wolken hervor. Für die kommenden Tage war besseres Wetter angesagt, tröstete sich Gavin, der immer wieder an Shona dachte und sie auf eine Wanderung einladen wollte.

Er ging in den großen Verkaufsraum, den sie zu einem Showroom ausgebaut hatten. Gavins Mutter hatte angeregt, auch Kerzen und Kinderspielzeug mit in das Angebot aufzunehmen, und die Stofftiere mit dem Firmenlogo hatten sich zum Verkaufsschlager entwickelt. Stolz sah sich Gavin um. Das Gestühl des gastronomischen Bereichs war tags zuvor geliefert worden und bot mit den bunten Bezügen einen schönen Kontrast zu den dunklen Böden und Holzelementen.

Der Regen hatte aufgehört, und nur das gleichmäßige Wummern der Maschinen klang vom Hof herüber. Gavin stutzte und lauschte. Etwas stimmte nicht. Um diese Zeit liefen die Dampfkessel auf halber Leistung, hielten die Wärme, doch ein unregelmäßiges Stampfen gehörte nicht zu den erwarteten Geräuschen. Zwei Dampfkessel gehörten zur Destillerie. Der ältere sollte in absehbarer Zeit ausgetauscht werden, doch beide Kessel waren erst kürzlich gewartet worden, und es gab keinen Grund für diese untypischen Geräusche. Beunruhigt ging Gavin durch das Halbdunkel des Showrooms und schloss die Seitentür zum Hof auf.

Er hörte den sanften Flügelschlag einer Fledermaus, spürte einen Luftzug ganz nah an seinem Kopf und ging ins Stillhouse. Das Herzstück jeder Brennerei waren die kupferfarbenen Destillationskessel, die Brennblasen, deren Bäuche und lange Hälse so charakteristisch waren. Malt Whisky war nicht nur für Gavin die Quintessenz der Insel. In einem Tropfen Islay Whisky fanden sich die Gerüche und Geschmäcker Islays. Dazu gehörten die Traditionen, die Pflanzen, Obstgärten, der blühende

Ginster, der Duft von frisch gemähtem Gras, von alten Lederbezügen, von Zigarren, die vor dem Kamin geraucht wurden, und die aromatischen Nadelwälder. Aus Liebe zu ihrer Heimat und wegen ihrer Faszination für Malt Whisky hatten die Ramseys sich für den Aufbau einer eigenen Brennerei entschieden.

Das schoss Gavin durch den Kopf, während er sich dem Kernstück der familieneigenen Destillerie näherte. Eine Vorahnung kommenden Unheils beschlich ihn, wie er sie noch nie verspürt hatte. Vielleicht bildete er sich das ein, doch alle seine Sinne waren plötzlich geschärft, und er hörte nur noch die seltsamen Geräusche aus dem Stillhouse. Das Stampfen war von einem Zischen abgelöst worden, und Gavin rannte zur Eingangstür.

Im ersten Teil des Stillhouses befanden sich die Dampfkessel, daneben standen die vier großen Brennblasen, an deren Entwurf Gavin mitgearbeitet hatte. Hastig gab er den Code in die Tastatur neben der Tür ein. Als er die Tür aufriss, schlug ihm ein Schwall heißen Dampfes entgegen. Warum war der Alarm nicht angesprungen, wenn die Temperatur doch eindeutig viel zu hoch war?

Gavin wollte zum Kontrollpanel gehen, doch ein lautes Zischen am ersten Dampfkessel erregte seine Aufmerksamkeit. Er drückte auf den Lichtschalter, doch es blieb dunkel. Als er bei seinem nächsten Schritt in Glasscherben trat, schaute er nach oben, wo die Deckenleuchte gehangen hatte.

»Verdammt! Hier hat doch jemand Sabotage betrieben!«, murmelte Gavin. Weil das Zischen lauter wurde und er den Zeiger auf dem Druckventil des ersten Kessels in bedenkliche Höhen schnellen sah, griff er nach einem der manuellen Notschalter, mit denen sich die Anlage abschalten ließ. Der Hebel befand sich an einem der Zulaufrohre, die miteinander verschraubt waren. Diese sensiblen Schnittstellen wurden ständig überprüft, und Gavin starrte entsetzt auf das Leck über ihm, aus dem heißer Dampf entwich. Es gelang ihm gerade noch, den Hebel umzulegen, als ein lauter Knall wie von einer Explosion ertönte, die Hitze ihn traf und ein brennender Schmerz folgte. Er stürzte und konnte sich gerade noch abfangen, bevor er das Bewusstsein verlor.

Als er erwachte, blinzelte er in die grellen Lichter eines Operationssaals. Blaue Hauben und Masken beugten sich über ihn, jemand nahm seine Hand, und dann umfing ihn gnädige Dunkelheit.

»Gavin, mein Junge, wach auf! Du hast es überstanden!« Die besorgte Stimme seiner Mutter weckte ihn aus einem tiefen, traumlosen Schlaf.

Seine Augenlider waren schwer, doch er spürte nur noch einen dumpfen, pochenden Schmerz, der erträglich war.

»Mum, was ist passiert?« Er tastete zuerst nach seinem Gesicht, fühlte aber nur einen Verband am Hals.

»Du hattest großes Glück, Gavin«, sagte Charlotte Ramsey. Sie saß auf einem Stuhl neben seinem Bett. »Im Stillhouse hat es eine Explosion gegeben. Aber du musst gestürzt sein, bevor dich die ganze Wucht des Dampfes treffen konnte. Die Ärzte haben die Wunde an deinem Hals versorgt. Es wird eine Narbe bleiben, doch es sind keine tieferen Gewebeteile verletzt worden. Allerdings bist du in die Glasscherben gefallen, und sie mussten ziemlich lange an deinem Unterarm arbeiten, bis sie alle Splitter entfernt hatten.«

Gavin hob die Arme und fand seinen linken Unterarm bandagiert. An der rechten Hand waren Spuren von Jodtinktur und ein großes Pflaster zu sehen. »Das war Sabotage, Mum! Verflucht noch eins! Jemand hat den Alarm deaktiviert und die Anlage manipuliert. War die Versicherung schon da?«

Seine Mutter strich beruhigend über seinen unverletzten Arm. »Special Constable Anderson war sofort da und hat sich große Mühe gegeben. Der Gutachter von der Versicherung kommt im Laufe des Tages. Anderson berichtete, dass es wohl einige Vorfälle von Sabotage in den vergangenen Monaten gegeben habe. Nicht hier auf Islay, aber in kleineren Destillerien auf Skye und in Speyside.«

»Was? Das höre ich zum ersten Mal!« Gavin setzte sich auf und holte tief Luft. »Will jemand die kleinen Destillerien unter Druck setzten?«

»Mein Junge, ich weiß es nicht, und das ist jetzt auch nicht wichtig. Der Gutachter soll nur grünes Licht für die Reparaturen geben, und dann läuft bald alles wieder.«

»Mussten wir denn ganz abschalten? Das wäre eine Katastrophe!« In Gavins Kopf überschlugen sich die Sorgen.

»Nein, nein, der zweite Kessel läuft noch, und Machraff ist ein Teufelskerl. Er ist sofort gekommen und hat mit Niall und Patrick alles überprüft und so weit stabilisiert, dass wir weiter produzieren können.«

Es klopfte zaghaft an der Tür.

»Herein!«, rief Gavin und war überrascht, dass Shona hereinschaute.

»Hallo, ich will nicht stören, habe nur gehört, was passiert ist, und ich war gerade in Bowmore und …«, sagte sie und sah verlegen von Charlotte zu Gavin.

Seine Mutter erhob sich und ging zu ihr. »Kommen Sie nur, Shona. Er kann Aufmunterung gebrauchen. Ich sehe später noch einmal nach dir, Gavin.«

»Danke, Mum!«, sagte er.

Als seine Mutter die Tür hinter sich geschlossen hatte, trat Shona mit einem Blumenstrauß zu ihm. Ihre Augen waren tränennass. »Tut mir leid, ich hätte nicht kommen sollen. Aber erst das mit meiner Schwester, und jetzt liegst du hier. Das ist einfach zu viel.« Sie schniefte und versuchte gleichzeitig zu lächeln.

Gavin streckte den gesunden Arm aus. »Komm her, Shona.«

Sie setzte sich zu ihm auf die Bettkante, die Blumen in den Händen, und sah ihn unglücklich an. »Das wird aber wieder, ja?«

Er grinste breit, wobei es an seinem Hals schmerzhaft zog. »Ja, mich haut so leicht nichts um. Nicht einmal ein Dampfkessel.«

Shona lachte erleichtert. »Gut. Dann bin ich beruhigt.«

Er griff nach den Blumen und legte sie zur Seite. »Danke, dass du hier bist, Shona.«

Vorsichtig strich sie mit den Fingerspitzen über seine Wange. Als ihre Blicke sich trafen, spürte er ein warmes Gefühl in seinem Innersten.

»Deine Lippen sind unverletzt, hm?« Shona beugte sich vor und gab ihm einen sanften Kuss. Ein Ruck ging durch ihren Körper, und sie stand auf. »Ich will auch gar nicht weiter stören. Deine Familie ist da, und ich muss viele Dinge erledigen und … Aber als mir Molly erzählt hat, was geschehen ist, habe ich mir solche Sorgen gemacht.« Sie stockte und fügte hinzu: »Werd einfach schnell wieder gesund!«

Er lächelte. »Ich gebe mir Mühe. Zurzeit scheint Islay ein gefährliches Pflaster zu sein.«

Shonas Miene verdüsterte sich. »Irgendetwas geht hier vor, Gavin, und das macht mir zunehmend Angst.«

»Hey, nein, lass das nicht zu, Shona. Special Constable Anderson hängt sich diesmal richtig in die Ermittlungen rein.« Er hatte sie beruhigen wollen, doch sie war schon an der Tür und schüttelte den Kopf.

»Ob ausgerechnet auf ihn Verlass ist … Bis bald, Gavin!«

Ihre Worte stimmten ihn nachdenklich.

22

Als Shona das Krankenhaus verließ, war sie so aufgewühlt, dass sie beinahe mit Gavins Schwester zusammengestoßen wäre. Mary trug einen Rucksack, und eine Zeitung klemmte unter ihrem Arm.

»Tut mir leid«, sagte Shona und blieb bei Mary stehen.

»Shona! Warst du schon bei Gavin?«

»Äh, ja, ich hab's von Molly gehört. Es hat mich umgehauen, wegen Freya. Noch ein Unfall, weißt du?« Unglücklich suchte Shona nach einer Entschuldigung für ihren Besuch.

»Hey, das verstehe ich. Wir konnten es auch nicht fassen. Das war brutale Sabotage, der Hammer! Wer macht denn so was? Und vor allem, warum?« Mary stieß die Luft aus. »Wie sieht er denn aus? Sind nur Schnittwunden, oder?«

»Na ja, hat ihn schon heftig erwischt, würde ich sagen. Aber nichts, was nicht heilen kann, denke ich. Hat es die Destillerie schwer getroffen, Mary?«

»Nein, Glück im Unglück. Wir haben zwei Dampfkessel, und der andere läuft. Ist aber ein seltsames Gefühl, zu wissen, dass da jemand bei uns war, den Alarm ausgetrickst und an den Ventilen gefummelt hat.« Mary knetete ihre Unterlippe.

»Irgendein Verdacht?«, wollte Shona wissen.

»Vor vier Monaten haben wir einen Mitarbeiter entlassen, Seth Fletcher. Er hat von Anfang an Ärger gemacht, kam dauernd zu spät, hat sich mit jedem angelegt, und als wir ihn beim Stehlen erwischt haben, war das der Tropfen, der das Fass zum Überlaufen gebracht hat. Wir sind wirklich großzügig, aber der hat eine ganze Kiste Zehnjährigen mitgehen lassen. Er war auch noch frech, meinte, wir zahlen zu wenig, und ihm stünde es zu. Wir haben Anzeige erstattet.« Mary und Shona machten einem Pfleger Platz, der ein Bett durch den Gang schob.

Das kleine Inselkrankenhaus war vor allem im Sommer gut frequentiert.

»Er verbreitet nur Schlechtigkeiten über uns und hilft jetzt am Hafen in Port Ellen aus.« Mary seufzte. »Ich wollte das gar nicht alles erzählen, aber der Kerl ist wirklich unerträglich, erzählt den Touristen, die nach den Destillerien fragen, Schauermärchen über uns.«

»Das ist Rufmord! Könnt ihr das nicht verbieten lassen?«

»Noch eine Anzeige, dann müssen wir Beweise sammeln, ach, wir hoffen, dass er es irgendwann leid ist und aufgibt.« Mary rückte ihren Rucksack gerade. »So, dann will ich mal meinen Bruder besuchen. Manchmal ist er schon eine Nervensäge, aber wir Ramseys haben alle so unseren Dickkopf.«

»Ist bei uns auch nicht anders«, antwortete Shona und grinste.

»Hey, und übrigens freue ich mich für Gavin und dich!«, sagte Mary mit einem Augenzwinkern.

»Was? Nein, wir, ich, also wir sind nur Freunde, Mary«, stotterte Shona.

Mary winkte lachend ab und schlenderte davon.

Wenn sie doch nur selbst wüsste, was sie eigentlich wollte, dachte Shona und griff nach ihrem klingelnden Handy, während sie nach draußen ging. Thea, ihre Nachbarin, rief an. »Hallo, Shona, geht es Gavin gut?«

Sie hatte die ältere Dame gebeten, nach den Gästen zu sehen, und Molly hatte ohnehin allen erzählt, was bei den Ramseys passiert war.

»Ja, ist halb so schlimm, dem Himmel sei Dank!«

»Der arme Mann, aber das ist gut zu hören. Shona, eben rief Jimmy Todd an. Er fragt, was mit Freyas Rad geschehen soll?«

Freyas Fahrrad! Das hatte sie völlig vergessen. »Das steht bei ihm?«

»So hat er sich ausgedrückt und auch, dass er es loswerden will.«

Shona ließ sich die Adresse des Farmers geben. Das Gehöft lag ganz in der Nähe der Unfallstelle. Seit heute früh nieselte es immer mal wieder. Sie stellte die Scheibenwischer an, die quietschend über die Windschutzscheibe zogen. Der Jeep war ein robuster Wagen, brauchte aber dringend eine Generalüberholung. Shona fuhr die schmale Küstenstraße entlang und schaute auf die dunkle Wasserfläche hinaus. Loch Indaal sah heute nicht karibisch, sondern sehr schottisch aus. Shona winkte einem VW-Bus zu, der ihr Platz machte, und erreichte nach zwanzig Minuten die Abzweigung in Port Charlotte, die sie mitten in das Hügelland führte.

Nach einer steilen Kurve begann der Wald, und sie fuhr langsamer. Ein großes neues Schild mit der Aufschrift »Kellsay Lodge – Achtung Jagd« stand an der Straße, und nicht weit davon parkte am Waldrand ein dunkler SUV mit dem Logo der Lodge: grün auf weißem Grund. Shona hielt kurz an und machte ein Foto.

Etliche Kurven und zehn Minuten später holperte der Jeep über den Hof von Todd's Farm. Alte Gebäude, aus dem grauen Stein der Hügel erbaut, waren um einen Hof mit einem Misthaufen versammelt. Die Fensterrahmen wirkten morsch, Stapel alter Autoreifen lagerten neben einer Scheune, die Tür eines großen Stalls stand offen und gab den Blick auf leere Stellplätze frei. Shona parkte auf einem Teil des Hofes, dessen Betondecke noch halbwegs intakt war, und stieg aus. Ein stechender Geruch von Ammoniak entströmte dem Misthaufen.

»Die gute Landluft«, murmelte Shona und sah sich suchend um.

Bellend stob ein brauner Hund um die Ecke und blieb mit gefletschten Zähnen knurrend vor ihr stehen.

»Ist dein Herrchen auch so freundlich?« Shona hob den Blick, und da kam auch schon eine Person in einem Blaumann und Gummistiefeln aus dem Stall.

»He, Ross, aus!«, rief eine Frauenstimme.

Der braune Hund hörte auf zu knurren, zog den Schwanz ein und trollte sich. Irgendwo muhten Kühe, und ein Hahn krähte. Die Wirtschaftsgebäude waren so grau wie die felsigen Hügel der Umgebung, über der sich die Regenwolken hielten.

»Hallo, ich suche Jimmy Todd!«, rief Shona.

Eine sehnige junge Frau kam zu ihr, steckte die Hände in die Hosentaschen und musterte sie. »Das ist mein Mann. Ich bin Lucy.«

Lucy hatte den typischen langgezogenen Akzent von Leuten aus Birmingham.

»Shona MacLean. Es geht um das Fahrrad meiner Schwester Freya …«

Ein Aufleuchten ging über Lucys Gesicht. »Oh nein, Freya ist deine Schwester? Wie geht es ihr? Komm rein, willst du einen Kaffee? Ich habe gerade Scones gebacken. Die Kinder sind noch in der Schule.«

Es stellte sich heraus, dass Freya auf ihren Wanderungen öfters hier vorbeigekommen war und sich mit Lucy unterhalten hatte. Ihre Kinder waren gerade erst eingeschult worden, weshalb sie nicht mit Erin befreundet waren. Als Shona in der gemütlichen Wohnküche des Hofes saß und Ross seine Nase auf ihre Füße legte, fragte sie: »Hat Freya mal was gesagt, von wegen, sie fühlte sich bedroht? Und warum ist ihr Fahrrad hier bei euch und nicht bei der Polizei?«

Ein buntes Bandana hielt blonde Locken aus Lucys Gesicht. Sie stellte Butter, Scones und selbst gemachte Marmelade auf den Tisch. Nachdem sie Kaffee in zwei Becher gegossen hatte, setzte sie sich zu Shona. »Freya ist mehr als einmal mit den Typen von Kellsay Lodge aneinandergeraten. Wir können die auch nicht ausstehen. Überheblich und rücksichtslos sind die. Aber die haben das Geld, wir nicht. Es ging immer um die Jagd. Ross ist einmal angeschossen worden.«

»Nein, der arme Kerl!«, sagte Shona und kraulte ein weiches Hundeohr.

»Zum Kotzen, wenn du entschuldigst. Das war so ein vollgefressener Sonntagsjäger, der ein Reh nicht von einem Elefanten unterscheiden konnte. Aber das nur nebenbei. Freya hat nie von Drohungen erzählt. Wäre auch seltsam. Sie hat sich halt gestritten, das war alles. Und das machen wir auch, vor allem Jimmy!« Lucy grinste und gab sich einen Klacks Marmelade auf ihren Scone. »Probier die mal. Ich überlege, ob ich mehr einkoche und dann verkaufe.«

Shona kostete die Orangenmarmelade. »Hm, sehr lecker! Das wäre was fürs Zazzles.«

»Und dann kam der furchtbare Unfall. Mann, ich habe das Geräusch der quietschenden Reifen und den Knall noch im Ohr! Das Fahrrad ist hin. Ich glaube, Jimmy wollte es verschrotten, deshalb hat er sich gemeldet.«

Die Wohnküche war rot gestrichen, die Ablagen aus recyceltem Holz, und überall hingen Kinderbilder. Durch das Küchenfenster sah man die Hügel, über denen der Himmel aufriss.

»Endlich zeigt sich die Sonne«, sagte Shona. »Kann ich das Rad sehen? Wurden Spuren daran gesichert?«

»Es hat ja geregnet, als der Unfall passiert ist. Die Polizei kam zwar, aber die haben kaum etwas gemacht. Jimmy war dabei, weil er kurz davor zwei Schafe auf dem Hänger transportiert hat. Da hat ihn der Constable gebeten, das Rad mitzunehmen. Tja, wir haben immer gedacht, da kümmert sich noch jemand drum, aber das war's.«

Kurz darauf gingen sie in die Scheune, wo Freyas Rad zwischen zwei Heuballen stand. Die Reifen waren verbogen, der Rahmen verzogen, ein Pedal gebrochen und der Lack an vielen Stellen abgesplittert.

»Ich nehme es mit, Lucy.« Sie bedankte sich bei der gastfreundlichen Farmersfrau und lud Freyas Rad ein.

Zu Hause würde sie es in aller Ruhe untersuchen.

23

Die Sonne schickte ihre letzten Strahlen über das Meer und ließ den Leuchtturm und die Klippen am Ende der Bucht in flammenden Orangetönen erstrahlen. Orsay, das winzige Eiland, auf dem der Leuchtturm stand, bremste die Wucht der Wellen, die sich nur noch vereinzelt an den dunklen Felsen brachen, die vielen Schiffen zum Verhängnis geworden waren. Shona drehte die silberne Spange in der Hand.

»Die Wikinger wussten sicher, wie man unbeschadet zwischen den Felsen hindurchsegelte. Vielleicht haben sie hier oben ein Lager gehabt«, sprach sie ihre Gedanken laut aus.

Sie saß neben Erin auf der Terrasse. Die Augen ihrer Nichte schimmerten feucht im Licht der Abendsonne, während sie ihren Teebecher auf einem Knie balancierte.

»Ich habe gelesen, dass die Wikinger viel bessere Seefahrer waren, als wir bisher wussten.« Erins Stimme war brüchig, doch sie räusperte sich und fuhr fort. »Sie hatten Sonnensteine.«

»Was sind Sonnensteine?«, wollte Shona wissen. »Ich dachte, sie sind meist nur tagsüber gesegelt, haben sich an Sternen, Küsten und den Vögeln orientiert.«

Shona und Erin warteten auf einen Anruf aus dem Krankenhaus, denn Bente MacLean hatte ihnen vorhin mitgeteilt, dass Freya heute aus dem Koma zurückgeholt werde. Das Telefon lag auf dem Tisch, und Shona zuckte bei jedem unbekannten Geräusch zusammen.

»Das waren Kristalle, die das Licht in zwei Strahlen aufgespalten haben«, erklärte Erin. »Wenn die Seeleute den Kristall in die Sonne gehalten haben, mussten beide Strahlen gleich hell sein, um den Kurs zu halten. Man musste natürlich wissen, wo man gerade war.«

»Klingt einfach und genial zugleich«, antwortete Shona und legte die Gewandfibel auf den Tisch. »Wahrscheinlich haben wir ein vollkommen falsches Bild von den Nordmännern.«

Erin grinste. »Auf jeden Fall haben sie keine Hörner an den Helmen getragen, und sie waren schlau. Sie waren die Ersten, die nach Grönland und Amerika gesegelt sind.«

»Und das auf diesen offenen Booten«, meinte Shona. »War bestimmt kalt und nass und …«

Das Mobiltelefon summte, und Erins Hand zuckte, doch Shona war schneller.

»Ja?«, sagte sie atemlos, und ihre Finger zitterten.

Erin war plötzlich sehr blass und hing an ihren Lippen.

»Mum, sag doch was!«, bat Shona.

»Freya ist wach«, brachte ihre Mutter schluchzend hervor. »Noch nicht ganz. Es dauert länger als geplant. Sie hatte einen Krampfanfall.«

»Oh nein …«, entfuhr es Shona, doch als sie Erins entsetzte Miene sah, sagte sie: »Sie ist wach, Erin!«

»Endlich!«, flüsterte Erin und weinte vor Erleichterung.

»Das kann wohl passieren, wenn das Narkosemittel zu schnell abgesetzt wird. Die Ärzte haben sie sofort stabilisiert. Der kritische Moment war, als sie den Beatmungsschlauch herausgezogen haben. Für einen Moment dachte ich, sie kann nicht allein atmen, aber dann holte sie plötzlich allein Luft …« Bente unterbrach sich.

»Das ist so schön, Mum. Die beste Nachricht überhaupt. Gott, sind wir glücklich, was, Erin?«

Ihre Nichte nickte, wischte sich die Augen und fragte: »Kann ich mit Mum sprechen, Granny?«

Shona stellte das Telefon auf Lautsprecher, und Bente sagte: »Ansprechbar ist deine Mutter noch nicht, Süße. Aber die Ärzte haben Besuch empfohlen. Wir sollen mit Freya reden, sie berühren, das wird ihr helfen, sich schneller wieder zu orientieren und ihre Erinnerungen wiederzufinden.«

»Warum? Sie weiß nicht, wer sie ist?«, kam es angstvoll von Erin.

»Ja, weißt du, Erin, solche Wahrnehmungsstörungen können nach einem Koma auftreten. Aber mach dir keine Sorgen, Freya wird wieder gesund!«, versicherte Bente ihrer Enkelin. »Shona, wann könnt ihr kommen?«

Shona sah Erin an. »Morgen, wenn Thea einspringt.«

Erin nickte eifrig. »Ja, morgen. Gib Mum einen Kuss von mir, ja?«

Nachdem das Gespräch beendet war, fielen sich Shona und Erin weinend in die Arme.

Ihre Nachbarin erklärte sich bereit, nach dem Gästehaus zu sehen. Molly versprach, pünktlich zu sein. Ihr Flug war ausgefallen, doch sie hatten Glück und konnten einen Platz auf der ersten Fähre buchen. Shona hatte mit ihren Eltern besprochen, dass Erin beurlaubt werden sollte, um bei ihrer Mutter sein zu können. Die Ferien begannen Ende Juli, und sie konnten Erin nicht ganze sieben Wochen beurlauben lassen, doch eine Woche sollte möglich sein. Von Kennacraig fuhren sie über Inveraray bis kurz vor Glasgow. Auf dem Rastplatz rief Shona die Schulsekretärin an und erklärte die Situation. Mrs Anderson war verständnisvoll und wollte mit Mrs Parks sprechen.

Shona hatte ihre Schwester seit deren Einlieferung ins Krankenhaus nicht gesehen und schluckte schwer, als sie die abgemagerte Gestalt mit den eingefallenen Wangen und den dunklen Augenschatten im Bett sah. Der Weg bis hin zur vollständigen Genesung würde lang werden. Doch heute zählte allein die Freude über das Wiedersehen.

Freya war ansprechbar und erkannte sie, doch das Sprechen fiel ihr schwer. Ihre Schwester wirkte verwirrt und ängstlich, lächelte jedoch, als sie Erin sah und in die Arme schließen konnte. Erin bestürmte ihre Mutter mit Fragen, doch Freya schüttelte nur lächelnd den Kopf.

»Später, mein Schatz, später«, flüsterte sie mit heiserer Stimme.

Shona streichelte ihrer Schwester über die Wange und küsste sie auf die Stirn. »Wenn du hier raus bist, schenke ich dir einen Beautytag mit allem Drum und Dran.«

Freya verzog den Mund mit den trockenen, kaputten Lippen. »So schlimm?«

»Ach was, du musst nur ordentlich essen, dann bist du bald wieder auf den Beinen«, meinte Shona.

Freya sah sie mit ihren tiefliegenden Augen an. »Du warst nie eine gute Lügnerin. Haben wir noch Gäste?«

»Ha! Und ob! Du bist ausgebucht bis zum Herbst. Ich habe den Laden voll im Griff, was, Erin?«, scherzte Shona.

Erin verdrehte die Augen. »Na ja, am Anfang sind Shona die Pfannkuchen angebrannt, und einmal standen Gäste vor der Tür und haben gewartet …«

Als Freyas Augen immer größer wurden, sagte Erin: »Aber jetzt macht Tante Shona das richtig gut!«

Nach einer Weile wurde Freya schläfrig, und nur Erin blieb bei ihrer Mutter, setzte sich in einen Stuhl und las ihr vor. Shona umarmte auf dem Gang ihre Eltern, und gemeinsam gingen sie nach vorn, um sich einen Kaffee zu holen. Als später eine Ärztin vorbeikam, fragte Shona: »Wann kann meine Schwester denn nach Hause?«

»Das wird noch dauern. Wir haben sie gestern zurückgeholt, und sie hat Angstzustände. Das kann sich noch verstärken, und ihr Kreislauf muss sich stabilisieren. Der nächste Schritt wird dann eine Rehabilitationskur sein.« Die Ärztin sah auf ihren Pager.

»Aber sie wird doch wieder vollständig genesen?« In ihrem derzeitigen Zustand war es undenkbar, dass Freya allein das Zazzles führte.

»Hören Sie, niemand kann sagen, wie schnell sich Ihre Schwester erholen wird. Ich muss weiter. Haben Sie Geduld, das ist das Wichtigste.« Die Ärztin nickte und eilte davon.

Coll MacLean knurrte: »Immer auf dem Sprung, so geht man nicht mit Angehörigen um.«

»Sie war doch sonst immer sehr freundlich, Coll«, sagte seine Frau. »Du hast es gehört, Shona. Es wird wohl Monate dauern, bis Freya wieder arbeiten kann. Und du kannst ja auch nicht auf Dauer auf Islay bleiben.«

Noch vor wenigen Wochen hätte Shona sich nicht einmal im Traum vorstellen können, länger auf Islay zu leben, und jetzt wünschte sie sich genau das.

»Ach, wisst ihr, heutzutage lässt es sich ja aus dem Homeoffice arbeiten. Ich werde mit meinem Chef sprechen und meine Wohnung vielleicht untervermieten. Solange Erin und Freya mich brauchen, werde ich bleiben. Wozu hat man denn eine Familie?«

Ihr Vater tätschelte ihr liebevoll die Wange. »Meine Mädchen.«

Shona saß mit ihren Eltern neben dem Kaffeeautomaten im Eingangsbereich, als ein Mann in Jeans und Cordjacke hereinkam. Sein braunes Haar war an den Schläfen ergraut, leicht zerzaust, und er trug eine dunkle Hornbrille. In einer Hand hielt er einen Blumenstrauß. Als er Shona und deren Eltern entdeckte, erhellte sich seine Miene, und er winkte.

»Dr. Lewis!«, begrüßte Bente den Dozenten, und jetzt erkannte auch Shona den Archäologen.

Er begrüßte zuerst ihre Eltern, bevor er ihre Hand schüttelte, ein überraschend kräftiger Händedruck, und sein Blick war neugierig und freundlich.

»Shona? Es ist lange her, dass wir uns gesehen haben. Jahre.«

»Was zählen schon ein paar Jahre in der Archäologie?«, antwortete Shona.

Quinton Lewis fuhr sich über seinen Dreitagebart. »Man darf nicht allzu kleinlich sein.«

Er hatte Humor, dachte Shona. »Und du kommst extra wegen der Fibel?«

Erin hatte mit ihm E-Mails ausgetauscht, und er hatte darum gebeten, die Fibel noch einmal in Augenschein nehmen zu dürfen.

»Äh, nein«, sagte Quinton. »Ich bin wegen Freya hier. Sie kann Aufmunterung gebrauchen, und wir teilen eine Passion für die Zeit der Nordmänner. Ist Erin auch hier? Sie ist ein aufgewecktes Mädchen. Wie verkraftet sie alles?«

»Jetzt besser. Es war nicht einfach für sie. Ist ja auch verständlich. Sie hat ein Talent zum Zeichnen.« Shona hielt inne, als sie die nachdenkliche Miene des Archäologen sah.

»Ja, ja, das ist richtig«, meinte Quinton, »und über eine ihrer Zeichnungen will ich mit ihr sprechen. Sie hat einen Steinkreis gezeichnet, der auf ein Grab hindeuten könnte.«

»Davon gibt es ja einige auf Islay.«

»Hm, schon richtig, aber das sieht mir ungewöhnlich aus. Wir sprechen uns später noch?« Quinton Lewis ging mit seinem Blumenstrauß weiter, ohne auf eine Antwort zu warten.

»Eigentlich ist er ein netter Mann«, sagte Bente MacLean. »Wenn er nicht dauernd mit seinen Gedanken bei alten Steinen und Drachenschiffen wäre.«

»Ich mag ihn«, sagte Shona leise und hoffte, dass Freya in ihm mehr als nur einen Freund sehen konnte.

24

Gavin stand auf dem Hof und betrachtete die zerstörte Tür des Stillhouses. Es war ein Wunder, dass er mit den vergleichsweise harmlosen Verletzungen da herausgekommen war.

»Gavin, wie geht es dir heute?« Patrick Morgan setzte eine Schubkarre mit Torfbriketts ab.

Es ging auf die Mittagszeit zu, und die Sonne hatte die grauen Regenwolken vertrieben. Es war einer dieser Tage, an denen er Islay für das Paradies auf Erden hielt. Wenn da nicht die Sorge um die Destillerie wäre.

»Danke, Patrick, wird immer besser.« Automatisch berührte Gavin das Pflaster am Hals, das schon etwas kleiner geworden war. Brandwunden heilten nicht so schnell wie Schnittverletzungen, doch es hatte keine Komplikationen gegeben.

»Hat sich der Gutachter schon gemeldet?«, fragte Patrick. Er hatte die Ärmel seines Hemdes aufgekrempelt und trug die dunkelblaue Fleeceweste mit dem Darragh-Logo zu Shorts.

»Noch nicht. Ich verstehe das nicht. Die Sachlage ist doch eindeutig.« Gavin nahm eins der Torfbriketts und prüfte den Feuchtigkeitsgrad. »Die könnt ihr noch mehr befeuchten. Das Torfaroma kann ruhig noch kräftiger werden.«

»Ist gut.« Patrick nahm die Schubkarre auf. »Da kommen Besucher. Ich hätte die Tür gleich reparieren sollen. Was macht das für einen Eindruck?«

Ein Pkw rollte über den Hof und parkte auf einem der Besucherstellplätze, die bereits zur Hälfte belegt waren. Immerhin wurden die Touren und Verkostungen von dem Unglück nicht beeinträchtigt.

»Verdammte Geschichte. Wie hieß der Kerl von der Versicherung noch gleich? Prescott?«

Patrick verzog den Mund. »Richard Prescott. Brian fand ihn auch ziemlich anmaßend. Wie er da in den kaputten Teilen herumgestochert und uns dabei angesehen hat. Als ob wir das Rohr manipuliert hätten!«

»Gavin!«, rief Brian durch sein geöffnetes Bürofenster. »Komm doch bitte mal rein.«

Patrick tippte sich an sein Baseballcap und schob die Fuhre Torf weiter.

Gavin musste nur in die betretenen Gesichter seiner Geschwister schauen, um zu wissen, dass ihn keine guten Nachrichten erwarteten.

»Möchtest du einen Espresso?«, fragte Mary, doch Gavin winkte ab.

»Was ist los? Ihr seht aus, als wäre jemand gestorben«, unkte er.

Brian hielt einen Notizblock in der Hand und spielte mit seinem Kugelschreiber. »Keine schlechten Witze, Gavin. Wir haben uns genug Sorgen um dich gemacht. Prescott von der Versicherung hat uns eben geschrieben.«

»Ich hab's befürchtet. Die wollen nicht zahlen?« Gavin wollte eine Hand zur Faust ballen, wurde jedoch durch einen stechenden Schmerz an die Schnittwunden erinnert.

Mary schob ihm einen Stuhl zu. »Setz dich doch, Gavin. Du sollst dich noch nicht anstrengen oder aufregen.«

Gavin schnaufte. »Das ist wohl kaum möglich, oder? Na los, Brian, mach es nicht so spannend.«

»Tja, es ist tatsächlich so, dass die Versicherung die polizeiliche Untersuchung abwarten möchte. Und das kann dauern. Sie werfen uns vor, dass wir das Stillhouse nicht ordentlich gesichert hätten. Weil es ja keine Einbruchspuren gab. Und gleichzeitig unterstellen sie uns indirekt, dass wir ja auch selbst hinter der Sabotage stecken können.«

»Und warum? Das macht doch keinen Sinn!«, entrüstete sich Gavin.

»Der Dampfkessel ist alt«, meinte Mary vielsagend.

»So eine Unverschämtheit! Habt ihr Prescott den Auftrag für den neuen Kessel gezeigt? Den haben wir doch schon lange bestellt!« Wütend lief Gavin im Büro auf und ab. »Wenn wir die Produktion nicht bald wieder voll hochfahren können, kommen wir in Schwierigkeiten, weil wir unsere Liefertermine nicht einhalten können. Und dann fehlt uns das Geld für den Kredit.«

»Ich weiß. Das habe ich dem Idioten auch erklärt. Wir schaden uns ja nur, wenn wir einen Kessel lahmlegen«, schimpfte Brian.

»Und wenn wir dazukaufen?«, schlug Mary vor.

»Niemals! Wir verschneiden nicht«, sagte Gavin scharf. »Eher verpfände ich unser Land.«

»Haben wir schon«, kam es trocken von Brian.

»Lasst uns nachdenken«, sagte Gavin. »Wir haben den Kessel bestellt. Wann kann die Firma liefern? Dann lassen wir den Dampfkessel jetzt sofort einbauen und verlieren vielleicht ein bis zwei Wochen. Das wäre zu verkraften.«

»Special Constable Anderson hat sich zwar engagiert gezeigt, aber wir wissen ja alle, wie langsam der arbeitet«, meinte Mary. »Bevor der zu irgendeinem Ergebnis kommt, wenn er überhaupt etwas herausfindet, können Monate vergehen.«

»Okay, ich rufe gleich die Firma an«, entschied Brian, hielt dann aber inne. »Ich muss nur nachfragen, ob wir den Tatort verändern dürfen und ob die auch genau diesen Kessel übernehmen, falls wir den Schaden ersetzt bekommen.«

»Brian, Mary, unter uns, wer kann das nur getan haben?« Gavin fuhr sich durch die Haare und rieb sich die Stirn. »Wer hasst uns derart? Ich komme einfach nicht dahinter.«

»Streitereien gibt es ja überall, deshalb lässt man nicht gleich eine Destillerie in die Luft fliegen und nimmt Verletzte oder sogar Tote in Kauf«, sagte Mary und schnipste mit den Fingern, was sie gern tat, wenn sie nachdachte.

»Von Andersons Theorie mit den großen Konkurrenten halte ich übrigens nichts.« Brian schwenkte den Block. »Ich kümmere mich.«

Gavins Schwester rutschte dichter an ihren Arbeitsplatz. »Und was wird aus unserer Europatour?«

»Wir ziehen das durch, Mary. Jetzt erst recht!«, kam es entschieden von Gavin.

Am frühen Abend trat Gavin aus dem Stillhouse, in dem er gemeinsam mit Niall aufgeräumt hatte. Immerhin hatte Brian erwirken können, dass sie die Trümmer beseitigen und die Tür reparieren durften. Fünf Tage waren seit dem Unfall vergangen, und er hatte sich noch nicht bei Shona für ihren Besuch im Krankenhaus bedankt.

Er ging zum Ende des Parkplatzes, von wo aus er die Hügel sehen konnte, die sich bis zur Machir Bay hinunter erstreckten. Ein leichter Wind wehte vom Meer herüber und vertrieb die Mücken. Gavin zog sein Telefon heraus.

»Hallo, Gavin!«, meldete sich Shona. »Wie geht es dir?«

»Gut, danke. Die Pflaster bin ich bald los. Und wie sieht es bei dir aus?« Sie klang reservierter, dachte er.

»Freya ist aufgewacht! Ist das nicht großartig? Ich bin mit Erin rübergefahren, und Erin ist auch noch bei ihrer Mutter.«

»Das freut mich für euch, Shona. So eine tolle Nachricht sollte gefeiert werden. Wie wäre es, darf ich dich zum Essen einladen? Ganz spontan.« Er lehnte an einem steinernen Pfosten und betrachtete die Silhouetten der friedlich grasenden Schafe in der Abendsonne.

»Heute passt es nicht, tut mir leid. Quinton, Dr. Lewis, ist hier. Wir haben uns bei Freya im Krankenhaus getroffen. Er arbeitet an einem Forschungsprojekt, das sich mit den Wikingern auf den Hebriden befasst, und Erin hat da vielleicht etwas entdeckt …«

»Ah.« Gavin konnte seine Enttäuschung nur schwer verbergen. »Dann will ich nicht stören. Auf bald, Shona.«

Bevor sie antworten konnte, hatte er das Gespräch beendet und ärgerte sich gleich darauf über sich selbst. Sie war nicht Veronica, auch wenn er anscheinend noch immer gern alle Frauen in einen Topf warf.

25

Perplex starrte Shona auf ihr Telefon. Was dachte Gavin denn, wer Dr. Lewis war? Hatte sie ihm nicht sogar von diesem Verehrer ihrer Schwester erzählt? Andererseits war ein wenig Eifersucht ja nicht verkehrt.

»Alles in Ordnung, Shona?«, erkundigte sich Quinton Lewis.

Sie befanden sich in der Nähe des Ortes, den Erin in ihrem Bild dargestellt hatte. Der Archäologe hatte in der Zeichnung ihrer Nichte sofort mehr als nur die Wikingerfrau und die Fibel gesehen. Auf dem Waldboden der Lichtung waren flache Steine und Erhebungen im moosigen Untergrund zu erkennen, denen Dr. Lewis eine Bedeutung zumaß. Und nun standen sie auf einem Hügel, von dem aus sie auf die weite Heide- und Moorlandschaft bis hinüber zu den Klippen von Saligo Bay im Nordwesten und zu den Dünen von Machir Bay im Süden sehen konnten.

»Ja.« Sie lächelte und sah sich um. »Felsen und Moos würde ich eher im Wald vermuten.«

Quinton Lewis trug helle Cargohosen, in deren Taschen ein Maßband, eine Schaufel und eine kleine Hacke steckten. Sein Notizbuch und einen Bleistift hielt er in der Hand und drehte sich um. »Hinter uns liegt Loch Gorm. Das größte Süßwasserreservoir der Insel. Das war schon damals wichtig. Auch ein Wikinger konnte nicht von Salzwasser leben, auch wenn er wahrscheinlich am liebsten auf seinem Schiff war.«

»Ist das wahr? Und die Familien?« Shona schirmte mit der Hand die Augen gegen die Abendsonne ab und sah zum dunkel schimmernden See hinüber.

»Die haben hier in Siedlungen gelebt. Unten an der Machir Bay gab es ganz sicher eine größere Siedlung. Wenn wir eine Grabungserlaubnis bekämen, könnte ich das beweisen, aber das ist eine komplizierte Angelegenheit. Deshalb ist Erins Zeichnung zusammen mit der Fibel so faszinierend. Wenn wir diesen Ort finden würden …« Er machte drei Schritte nach Norden. »Lass uns zu dem kleinen Wäldchen gehen.«

Die Mücken stiegen bei jedem ihrer Schritte auf, doch sie hatten sich vorsorglich eingesprüht. Außerdem trug Shona ein langärmeliges T-Shirt und eine stichfeste Hose und Quinton ein kariertes Hemd, dessen Muster ausreichen dürfte, um die Plagegeister zu verscheuchen.

Der Boden unter ihren Schuhen war trocken, die Grasnarbe stellenweise aufgebrochen. Sie mussten aufpassen, um nicht über die Felsen zu stolpern, die sich unter der dünnen Erdschicht verbargen oder grau und verwittert dem Wetter trotzten. Ein großer Blackface-Widder stand in einiger Entfernung auf einem Felsen und beobachtete sie. Seine Herde graste auf den saftigen Wiesen unterhalb der Hügelkuppe. Sie waren mit Freyas Jeep gefahren, denn Quinton war von Glasgow aus geflogen. Ihr Weg hier heraus hatte sie an der Destillerie der Ramseys vorbeigeführt, die Feldwege hier waren noch weniger befestigt. Außer seltenen Touristen wurden die Wege nur von den Farmern genutzt.

Groß, dunkel und mystisch lag Loch Gorm in der glühenden Abendsonne. Der Wind kräuselte die Wasseroberfläche, und eine Schar Seevögel stieg kreischend auf.

»Es ist so friedlich hier draußen«, sagte Quinton. »Der perfekte Ort für die Lebensweise der Wikinger. Schau, da unten konnten sie ihre Schiffe in der Bucht verbergen und hier oben einen Aussichtsturm bauen, um Feinde rechtzeitig auszuspähen. Es gibt unglaublich viele Türme und kleine Festungsanlagen auf Islay. Alles Belege für frühe Siedler. Nicht zu vergessen die frühen Christen.«

Während sie sich den Tannen näherten, die düster im Dämmerlicht aufragten, erzählte Quinton von Mönchen und Nonnen, die mit kleinen Booten von Irland über die gefährliche See zu den Inseln gereist waren, um ihren Glauben zu verkünden.

»Ich schaue mir sonst keine Kirchen an, aber das Kildalton Kreuz ist wundervoll«, meinte Shona. Das keltische Kreuz befand sich auf der Ostseite der Insel. Außer den großen Destillerien am Wasser gab es dort nur ursprüngliche Natur und Wildtiere.

»Der missionarische Eifer der ersten Christen hat seine Spuren hinterlassen, und es gab eine Zeit, in der Wikinger und Christen nebeneinanderlebten. Das funktionierte mal besser und mal schlechter.« Quinton drehte sich zu ihr um. »Wir dürfen nicht vergessen, dass die Wikinger – wobei das unsere Bezeichnung für die aus den skandinavischen Ländern kommenden Krieger ist – raubten und plünderten. Je mehr Silber und Gold sie erbeuteten, desto mehr Krieger und Schiffe konnten sie bezahlen. Land zu besitzen, war nicht ihr vorrangiges Ziel. Dazu waren sie auch viel zu uneinig untereinander. Sie verbreiteten Angst und Schrecken, und das war Berechnung, denn so eilte ihnen ein Ruf voraus, der die Leute vor Angst erstarren ließ, wenn die Drachenschiffe am Horizont erschienen.«

»Ich glaube, ich möchte damals keine Frau gewesen sein«, sagte Shona und stellte sich vor, wie unten in der Bucht, in der die Wellen auf den Sand liefen, Langschiffe bärtige Männer mit Schwertern ausspuckten.

Quinton lachte. »Als Krieger musste man hart trainieren, um sich über Jahre behaupten zu können. Da wäre ich auch durchgefallen. Aber wir dürfen die Wikinger nicht unterschätzen. Sie waren weit gereist, trieben Handel mit Orient und Okzident, und wenn sich die Kriegerfürsten nicht gegenseitig umgebracht hätten, wäre England von den Wikingern beherrscht worden.«

Der Archäologe blieb stehen und warf einen kritischen Blick zum Himmel. »In eineinhalb Stunden haben wir kein Licht mehr.«

Unter dunklen Wolken hatte sich ein heller Streifen aufgetan, aus dem orange-violettes Licht auf die See und das Hügelland fiel. »Sieh dir das an! Und so muss es damals auch gewesen sein.«

Für die Schönheit der Natur hatte Quinton keinen Blick, sondern lief schneller, erreichte als Erster den

Waldrand und stieß kurz darauf einen triumphierenden Ruf aus.

»Wo steckst du?«, rief Shona, die noch rasch ein Foto des spektakulären Abendhimmels gemacht hatte.

»Halte dich rechts, an einem umgestürzten Stamm vorbei …«, rief Quinton.

Das dichte Nadelwerk der Tannen ließ wenig Licht hindurch, und so mussten sich Shonas Augen an das schummrige Zwielicht gewöhnen, bevor sie sich orientieren konnte. Anscheinend waren sie nicht allein, denn sie hörte trockene Zweige brechen, und da Quinton vor ihr auf einer winzigen Lichtung stand und mit einem beseligten Ausdruck den Boden betrachtete, konnte er es nicht sein.

»Das ist was?«, fragte Shona.

»Sieh nur, oh du meine Güte, das ist wundervoll!« Der Archäologe nahm sie zur Seite, so dass sie die Erhebungen unter dem Moos und dazwischen die flachen Steinplatten sehen konnte.

»Ein Kreis! Siehst du? Hier unter dem Moos und dann dort die Steine. Das ist ein Grundriss.«

»Für einen Turm?«

»Schon möglich.«

»Mitten im Wald?«, meinte Shona skeptisch.

»Vielleicht war hier früher eine Schneise, und es gibt noch weitere Überreste von einer Festung.« Quinton ging in die Hocke und kratzte das Moos von einem der Steine.

Es knackte erneut im Gehölz, und dann hörte Shona jemanden laufen.

»Wer schleicht denn hier noch rum?« Sie lief zwischen den Bäumen hindurch ins Freie und sah gerade noch, wie eine Gestalt den Hügel hinunterrannte.

»Shona, das müssen wir Erin und Freya erzählen. Wenn ich hier etwas Bedeutsames finde, werde ich sie als Entdeckerinnen in meiner Arbeit erwähnen.« Der Archäologe sah sie mit leuchtenden Augen an.

Ihre gute Stimmung verflog augenblicklich, als sie eine halbe Stunde später bei ihrem Jeep ankamen und feststellen mussten, dass jemand zwei Reifen zerstochen hatte.

26

Shona ging um den Jeep herum und schimpfte: »Das kann doch nicht wahr sein! Verdammt noch mal, so ein Mist!«

»Da wollte dir jemand richtig übel mitspielen. Einen Reifen hätten wir auswechseln können – aber zwei?« Quinton nahm seine Brille ab und wischte die Brillengläser sauber.

Es wurde zunehmend dunkler, und ihr Wagen stand einsam am Fuße des bewaldeten Hügels. Nur ein paar Schafe grasten zwischen den Felsen und beäugten sie skeptisch. Das Meer rauschte unterhalb der Klippen, und ein Bussard kreiste über der Heide.

»Die Straße ist so schlecht, dass die Felge schnell hin wäre. Sonst hätte ich es vielleicht riskiert. Und welche Werkstatt hat jetzt noch offen?«, überlegte Shona und stellte sich vor, wie Zachary Barkham feixend auf ihren Anruf wartete. Er war der Erste, der ihr als Täter in den Sinn kam.

»Sollen wir ein Taxi rufen und uns abholen lassen?«, schlug Quinton vor. »Der Wagen stört ja niemanden, und wir könnten morgen wiederkommen.«

Shona überlegte. »Ist wohl das Einfachste. Ich kenne hier keinen der Farmer, und zu Fuß sind wir Stunden bis Portnahaven und auch bis Bruichladdich unterwegs. Außerdem möchte ich mich nicht im Moor verirren.«

»Also, das wäre nicht das Problem. Ich habe einen Kompass dabei, aber die Zivilisation hat ja auch ihre Vorteile.« Er schwenkte sein Telefon, doch sein Grinsen verschwand, als er auf das Display starrte. »Kein Empfang! Und bei dir?«

»Ein Balken, ich versuch's.« Shona wählte die Nummer des einzigen Taxiunternehmens, doch eine Bandansage teilte ihr mit, dass alle Wagen unterwegs seien und sie es morgen wieder versuchen solle.

»Na großartig!«, stöhnte sie.

»Wir könnten den Notruf wählen?« Quinton schlug um sich, weil die Mücken ihn zu umschwirren begannen.

»Ich habe noch Spray.« Sie nahm die Dose aus ihrem Rucksack und reichte sie Quinton. »Ich muss zurück ins Zazzles, Quinton. Die Gäste warten. Aber die Polizei rufe ich nicht an. Mit diesem Anderson habe ich noch ein Hühnchen zu rupfen. Und wahrscheinlich ist die Station eh schon geschlossen.«

Sie nahm das Antimückenspray entgegen und steckte es wieder ein. Eine Möglichkeit gab es noch, auch wenn ihr die nach Gavins Anruf nicht mehr so recht war. »Das nächste Gebäude, in dem ich Leute kenne, ist die Destillerie der Ramseys, Darragh. Die müssten wir in eineinhalb Stunden oder weniger erreichen.«

»Darragh? Ist das nicht so ein Start-up-Unternehmen? Es gab mal einen großen Bericht über die. Na gut, dann los!«, meinte Quinton und lauschte in die anbrechende Nacht. »Welche Richtung?«

»Du nimmst das sehr gelassen. Ich ärgere mich schwarz! Irgendein Dreckskerl hat uns das hier eingebrockt, und ich habe da auch einen Verdacht, den ich aber wohl wieder nicht beweisen kann! Arrrggh!« Sie rang die Hände.

»Wieder? Erzähl mir, was du denkst, während wir gehen. Hast du alles, was du aus dem Wagen brauchst?« Der Archäologe wartete, bis sie ihre Jacke herausgeholt und den Wagen verschlossen hatte.

Sobald die Sonne unterging, wurde es empfindlich kalt auf der Insel. Vor Kurzem noch hätte sie Gavin angerufen und um Hilfe gebeten, doch nachdem er so kurz angebunden gewesen war, kam das für sie nicht infrage. Sie hatte auch ihren Stolz.

»Wir gehen nach Süden«, sagte sie, schulterte den Rucksack, warf einen letzten wütenden Blick auf die platten Reifen des Jeeps und ging los.

Sie war nur froh, dass Erin nicht dabei war. In zügigem Tempo marschierten Quinton und Shona den Feldweg entlang, der sie von der Saligo Bay um Loch Gorm herumführte. Hier gab es keine Straßenbeleuchtung, nur den Sternenhimmel und den Mond.

Shona erzählte dem Archäologen, was sie von Freyas Unfall hielt, von ihren Begegnungen mit MacRae und Zach und warum sie so wütend auf den Constable war. Quinton fragte gelegentlich nach und meinte, als sie geendet hatte: »Das ist eine vertrackte Geschichte, Shona, und ich fürchte, ihr werdet schlimmstenfalls damit leben müssen, dass der Unfallfahrer davonkommt. Und was die Reifensache heute angeht, tja, ich weiß nicht. Das können auch Teenager sein oder sonst wer, dem es stinkt, dass wir hier geparkt haben. Ich habe auf meinen Ausgrabungen schon so einiges an menschlichen Ein- und Ausfällen gesehen.« Er sah nach oben, als ein Regentropfen auf seine Brille klatschte.

»Auch das noch!« Shona zog die Kapuze über ihre Haare.

Eine Weile stapften sie schweigend nebeneinanderher. »Freya ist aufgewacht und auf dem Weg der Besserung. Das allein zählt«, sagte er plötzlich und fügte hinzu: »Wenn sie von unserer Entdeckung erfährt …!«

»Sicher, das wird sie freuen.« Shona warf einen Blick auf ihr Telefon, doch der Balken, der die Stärke des Empfangssignals anzeigte, war gänzlich verschwunden.

Müde und durchnässt erreichten sie gegen elf Uhr die Destillerie. Mittlerweile war es stockdunkel, und die Lichter der Brennerei schienen verheißungsvoll durch die Nacht. Als sie in den Hof traten, wurde die Tür des Stillhouses geöffnet, und Gavin trat mit seinem Bruder heraus.

»Guten Abend, wir wollen euch nicht stören, aber ihr glaubt nicht, was uns passiert ist«, begann Shona und fuhr sich über das feuchte Gesicht.

Es nieselte noch immer, und Shonas Hose klebte an ihren Beinen. Auch ihre Jacke war durchweicht, und Quinton sah nicht besser aus.

»So wie ihr ausseht, glaube ich das sofort. Kommt rein!«, bot Brian an und ging auf das Hauptgebäude zu, in dem sich der Showroom und das Restaurant befanden.

Shona ignorierte Gavins missmutigen Gesichtsausdruck und folgte Brians Einladung. Drinnen nahm Brian vier Gläser aus dem Regal hinter der Bar und öffnete eine Whiskyflasche.

»Unser Bestseller. Im Sherryfass gereift. Sláinte!« Brian hob sein Glas.

Shona stand zwischen Gavin und Quinton und griff nach ihrem Glas. »Sláinte!«

Nach dem ersten Schluck berichtete Quinton, was sie erlebt hatten. »Und Shona meint, sie weiß, wer uns die Reifen zerstochen hat«, gab er das Wort an sie weiter.

Shona nickte. »Eigentlich kann es nur Zachary Barkham gewesen sein. Der war richtig wütend, als er mich am Supermarkt in Bowmore an seinem Wagen erwischt hat.«

Dabei sah sie Gavin an, der Pflaster an Hals und Händen trug. Seine anfängliche Reserviertheit war verschwunden, und sie hätte ihn am liebsten berührt, ihn in die Arme genommen.

»Shona MacLean, wie schaffst du es nur, dauernd in irgendwelche Schwierigkeiten zu geraten?«, sagte Gavin. »Und warum hast du nicht mich angerufen?«

Sie errötete und trank einen größeren Schluck Whisky. »Der ist ausgezeichnet, Brian!« Sie räusperte sich. »Du klangst irgendwie verschnupft bei unserem letzten Gespräch, da …«

Brian kam um die Bar herum. »Sieh meinem Bruder nach, wenn er sich benimmt wie ein Holzklotz. Er kann manchmal nicht aus seiner Haut.«

Dann nahm er Quinton mit sich. »Haben Sie schon einmal eine Destillerie besucht? Wir machen alles selbst.«

»Alles? Das ist faszinierend!«, erwiderte der Archäologe und folgte Brian begeistert.

Im Showroom war nur die Notbeleuchtung eingeschaltet. Sie sahen einander an, und Shona berührte sanft eine seiner verpflasterten Hände. »Wie geht es dir? Verheilen die Wunden gut? Brandwunden sollen ja …«

Weiter kam sie nicht, denn Gavin zog sie zu sich und drückte sie an sich. »Ich weiß nicht, was das mit uns ist, Shona, aber ich mach mir Sorgen um dich, ich denke dauernd an dich, und, zum Teufel, ich war eifersüchtig, als du mir gesagt hast, dass du mit diesem Archäologen unterwegs bist.«

Ein tiefes Lachen stieg in ihrer Kehle auf, und sie lehnte den Kopf zurück, so dass sie ihm in die Augen sehen konnte. »Ich schätze, du magst mich. Und vielleicht mag ich dich auch. Ein klein wenig«, fügte sie kokett hinzu.

»Nur ein klein wenig?« Seine Arme schlossen sich enger um sie, und ihre Lippen berührten sich.

Shona wollte vorsichtig sein, um die Wunde an seinem Hals nicht zu reizen, doch Gavin vertiefte den Kuss und strich ihr schließlich die feuchten Haare aus dem Gesicht.

Shona lächelte. »Und wie geht es dir wirklich? Was sagt die Versicherung?«

Er sah mitgenommen aus, sorgenvoll. Gavin hockte sich auf einen Barhocker und zog sie zwischen seine Beine, so dass er über ihren Rücken streichen konnte, was sie mit einem leisen Seufzer quittierte.

»Die Versicherung stellt sich quer, will nicht zahlen, bevor nicht geklärt ist, wer hinter der Sabotage steckt. Dass jemand die Zuleitung zum Dampfkessel manipuliert hat, steht außer Frage. Wir wollten ohnehin einen neuen Kessel, aber die Explosion hat große Schäden im Stillhouse angerichtet. Das sind alles Zusatzkosten.« Gavin schüttelte den Kopf. »Wir haben beide momentan kein Glück, fürchte ich.«

»Hey, so würde ich das nicht sagen! Freya ist auf dem Weg der Besserung, und du hättest viel schlimmer verletzt sein können. Und Quinton, der übrigens schon lange heimlich in Freya verliebt ist, was sie aber nie wahrhaben wollte, hat eine heiße Spur. Wem gehört eigentlich das Land oben zwischen Saligo Bay und Loch Gorm?«

»Uns jedenfalls nicht. Einem der Farmer, denke ich.«

»Na ja, noch haben wir nichts gefunden.«

»Ich möchte dich sehen, Shona«, sagte er unvermittelt. »Gehst du mit mir essen?«

Sie machte sich von ihm los, denn Brian und Quinton kehrten zurück.

»Ich bin beeindruckt von dieser Destillerie!«, sagte der Archäologe.

Shona lächelte. »Ja, die Ramseys sind eine bemerkenswerte Familie.«

XVII

Irische See vor Dyflin 1091

Die See war dunkel und aufgewühlt. Auf den kabbeligen Wellen tanzte weißer Schaum. Gleichmäßig tauchten die Ruder ins Wasser und hielten *Sturmpfeil* auf Kurs. Sie hatten das Segel eingeholt und den Adlerkopf, der sonst mit seinem blutrot bemalten Schnabel den Vordersteven zierte, abgebaut. Seit Tagen lauerten sie vor der Küste Irlands und beobachteten die ein- und ausfahrenden Schiffe.

Fjell stand am Ruder und feuerte seine Männer immer wieder mit aufmunternden Rufen an. Das ständige Warten und Rudern machte sie müde und verdrossen. Es kostete Kraft, dauernd kampfbereit und im Kettenhemd auf den Ruderbänken zu verharren, Schwert und Schild griffbereit. Knarrend drehten sich die Ruderschäfte in den Löchern, das Wasser spritzte auf, und klatschend fielen die Ruder ins Wasser.

»Wie lange sollen wir denn noch warten?«, beschwerte sich Fionn, der neben ihn getreten war.

»Rudern einstellen!«, rief Fjell, und seine Männer nahmen die Ruder aus dem Wasser.

Die anderen Schiffe folgten sofort seinem Beispiel.

Sie fuhren in einem Flottenverband von zehn Schiffen. Lagman, Crovans ältester Sohn, befehligte fünf davon. Nur widerwillig hatte dieser Fjell als seinen Heerführer anerkannt, und bei jeder Gelegenheit kam es zu heftigen Disputen zwischen den beiden unterschiedlichen Kriegern. Fjell war bei seinen Kriegszügen erfolgreich, weil er sorgfältig plante, vorausdachte und im Zweifelsfall durchsetzungsstark zuschlagen konnte, denn seine Männer respektierten und folgten ihm. Lagman hingegen war für seine Launen, seinen übersteigerten Ehrgeiz und seine Zögerlichkeit bekannt. Seine Männer hielten nur zu ihm, weil er Crovans Sohn und Nachfolger war.

Sverrir trug jetzt den Beinamen der Einarmige, denn sein verletzter Schwertarm hing nutzlos an seinem Körper. Fjell hätte den Hünen, den er sich auf Canna zum Feind gemacht hatte, am liebsten nach Dy Oer verbannt, doch Crovan hatte darauf bestanden, ihn auf einem der Schiffe mitfahren zu lassen. Der König von Man vertraute ihm offenbar noch immer nicht vollständig, musste Fjell zu seinem Leidwesen feststellen. Dabei hegte er keinerlei Ambitionen auf die Herrschaft über das Inselreich. Im Gegenteil, er hoffte, sich irgendwann mit Hulda und seinen Kindern auf Íl zur Ruhe setzen zu können. Noch lag dieser Traum in weiter Ferne, denn um sich genügend Männer zu seinem Schutz sichern zu können, benötigte er viel Silber.

Die Wolkendecke riss auf, und der Wind flaute ein wenig ab. Damit das metallische Glitzern ihrer Kettenhemden sie nicht verriet, trugen sie wollene Umhänge, derer sie sich im Angriffsfall sofort entledigen konnten.

»Eh, Fjell!«, rief Lagman von seinem Schiff, der *Linhildr*, herüber.

Das Langschiff hatte zu ihnen aufgeschlossen und lag nur eine Ruderlänge entfernt neben ihnen. Crovans Sohn hatte das gleiche dunkle Haar wie sein Vater. Nur waren seine Gesichtszüge weicher, der Bart verdeckte einen breiten Mund, der sich gern missbilligend verzog, und seine Augen standen eng. Es war nicht das Gesicht eines großen Anführers, sondern das eines Zauderers.

»Was willst du?«, rief Fjell, um den Wind und die See zu übertönen.

»Wir sollten angreifen. Die Sonne weist uns den Weg den Liffey hinauf. So können wir direkt in den schwarzen Pool segeln und sie in ihren Hütten überraschen.«

»Was redest du da! Die wissen längst, dass wir hier sind. Wir müssen auf die Schiffe deines Vaters warten. So ist es abgesprochen.« Fjell hielt sich an der Reling fest und konnte das angespannte Gesicht seines Gegenübers sehen. Lagman wollte sich beweisen, wollte seinem Vater zeigen, dass er das Zeug zum Herrscher hatte.

»Wir sind zu wenige, um es mit ganz Dyflin und deren Flotte aufzunehmen, Lagman!«

Fionn stand hinter ihm und sagte leise: »Der Idiot bringt es fertig und prescht vor, und wir können ihn dann heraushauen.«

»Genau das befürchte ich«, knurrte Fjell. »Wo bei den Göttern bleibt Crovan?«

»Bist du zu feige, um es mit den Ua Briain aufzunehmen?«, brüllte Lagman und fletschte die Zähne.

»Ich bin nicht so dumm, in eine Falle zu laufen!«

»Drachenschiffe von Osten!«, rief Arlan, der den Mast hinaufgeklettert war, um Ausschau zu halten.

»Wie viele?«, fragte Fjell und strengte sich an, die dunklen Punkte am Horizont zu erkennen.

Arlan hatte die besten Augen und wurde als Späher eingesetzt. »Mindestens sechs Hände voll!«

Lagman war ebenfalls zur anderen Seite seines Schiffes gelaufen und starrte in die Ferne, wo am Horizont ein dunkles Band aufzog. »Das sind sie! Das ist mein Vater. Und dort kommt Domnall mit seinen Schiffen!«

Domnall Mac Lochlainn, der König von Cenél nEógain, im Norden von Irland, hatte zusammen mit Conchobar Ua Conchobair Failgn eine Allianz gegen die Könige von Munster und Leinster geschlossen. Letztere lagen seit Jahren im Streit, und vor allem König Muirchertach Ua Briain, Crovans stärkster Widersacher im Kampf um Dyflin, war gerade mit seinem Heer in Leinster. Die Gelegenheit war also günstig, um Dyflin anzugreifen.

»Da sind sie doch!« Lagman kam wieder herüber und packte die Reling mit den Händen. »Sie werden uns den Rücken decken, und wir bereiten den Weg!«

»Wir warten! Sie sind noch zu weit entfernt! Willst du in deinem Blut ertrinken?« Fjell hatte sich insgeheim schon manches Mal gewünscht, dass Lagman für seine Großmäuligkeit bestraft würde.

»Noch mehr Schiffe!«, schrie Arlan von oben. »Aus Dyflin!«

»Bei Thor, jetzt müssen wir uns verteidigen!«, fluchte Fjell und versuchte abzuschätzen, wie viele Schiffe sich aus der Mündung des Liffey näherten.

»Wenn das Muirchertachs Männer sind, können es nicht allzu viele sein. Sein Heer steht in Leinster«, sagte Fionn und schnallte sein Kettenhemd fest.

»Sie werden in der Übermacht sein, sonst würden sie es nicht wagen. Wahrscheinlich haben sie Crovans Flotte erkannt und setzen darauf, uns zu zermalmen, bevor er hier ist.« Fjell warf den Wollmantel ab. »Macht euch bereit, Männer! Wir warten, bis sie hier sind, und kreisen sie ein.«

Lagman schien einverstanden, denn er sprang auf eine Ruderbank und rief seine Männer zum Gefecht auf. Nun wurden die Schilder an die Bordwand gehoben, der Adler aufgesetzt und das Segel gehisst.

»Wenn Muirchertach dabei ist, gehört er mir!«, rief Lagman, der seinen glänzenden Helm mit Nasenschutz überstülpte. Er hielt eine Axt hoch und feuerte seine Männer an, schneller zu rudern.

Fjell und seine Krieger machten sich ebenfalls bereit. Das Blut begann, schneller durch seine Adern zu fließen, seine Nasenflügel zitterten, er ließ sich von Arlan den Helm aufsetzen und klopfte mit dem Schwertknauf gegen sein Schild.

»Machen wir Gefangene?«, fragte Fionn, und Fjell schüttelte den Kopf.

Fionn stieß einen Schlachtruf aus, und die Hälfte der Männer legte sich in die Ruder, während die andere Hälfte hinter ihren Schilden und der Bordwand auf den

Feind wartete. *Sturmpfeil* glitt wie ein Pfeil durch die schäumenden Wellenkämme der grünen See, die an den Planken entlangzischte, während die Riemen der Ruderer sich hoben und senkten. Ein berauschendes Gefühl, die Vorfreude auf die Schlacht erfasste die Krieger, die Aussicht auf Ruhm und Ehre, auf einen Platz an Thors Tafel.

Es schien eine Ewigkeit zu dauern, bis die feindlichen Langschiffe so dicht waren, dass sie die verzerrten Gesichter ihrer Gegner sehen konnten. Man begann, sich zu beschimpfen, sich aufzustacheln mit wüsten Beleidigungen, bis die Schiffe längsseits gingen, die Enterhaken geworfen wurden und das blutige Hacken und Stechen begann.

Lagman hatte mit seinem Schiff das erste gegnerische Drachenschiff gerammt, und Fjell überraschte die Ua Briain, indem er längsseits ging und die feindlichen Ruderer so aus dem Takt brachte. Holz splitterte, Schreie ertönten, und Fjell sah den ersten Vestman mit seinem Kettenhemd im Meer versinken. Die schwere Kettenrüstung zog den Mann sofort auf den Grund. Schwertklingen und glänzende Helme blitzten im Sonnenlicht, und die Planken seines Schiffes färbten sich rot von Blut. Fjell stand neben Arlan auf der Steuerplattform, doch als Anführer konnte er sich nicht aus dem Kampf heraushalten und sprang Jón zur Seite, der von einem riesigen Dänen angegriffen wurde.

Fjell hielt den Axthieb des Dänen mit seinem Schild auf, während Jón, der mit seinem Schwert auf einen anderen Krieger einhieb, sich duckte. Sehnen wurden zerschnitten, Knochen krachten, und ein gurgelndes Röcheln kündete vom Tod eines Feindes. Jón sprang auf, warf Fjell einen dankbaren Blick zu und hieb nun seinerseits mit seinem blutigen Schwert auf den Dänen ein.

Als Fjell sah, wie Sverrir sich auf einem der Schiffe brüllend mit seiner Axt auf die Angreifer stürzte, tat es ihm leid, dass er ihn hatte bestrafen müssen. Aber wer sich nicht an die Regeln hielt, musste dafür büßen, so lautete das Gesetz. Plötzlich sprang ein großer dunkelhaariger Krieger auf sein Schiff und kam gezielt auf ihn zu.

»Fjell Halvorson! Mach dich bereit für die Hölle!«, rief der Angreifer.

Fjell sah noch, wie Arlan mit seinem Schwert einem Mann in die Kniekehle hub, einem Axthieb, der seinem Bein galt, jedoch nicht ausweichen konnte. Der Schrei des Jungen ging Fjell durch und durch, doch er hatte keine Zeit, sich um seinen ehemaligen Diener, der zum Kämpfer geworden war, zu kümmern.

»Ardgal! Deine Hölle wird heute nur einen von uns sehen. Und wir wissen beide, wer das sein wird!« Fjell sah, wie die anderen Angreifer im Heck seines Schiffes auf seine Leute einhackten, musste sich jedoch ganz auf seinen Gegner konzentrieren.

Ardgal war kein Geringerer als der Neffe König Muirchertachs. Sie waren schon mehrfach in den Gewässern vor Munster aneinandergeraten und hatten einander bittere Kämpfe geliefert. Heute, das spürte Fjell, würde nur einer lebend das Schiff verlassen.

»Ha! Ich werde dich von unten aufschlitzen und dir deine Gedärme an die Ohren hängen«, tönte Ardgal, der zu Muirchertachs Vertrauten gehörte.

Was dann folgte, war ein erbitterter Schwertkampf, bei dem Fjell stürzte, Ardgal mit erhobenem Schwert über sich sah und nur noch darauf warten konnte, den einen Moment abzupassen, um ihm das Schwert unter das Kettenhemd zu stoßen. Fjell stach in den Unterbauch seines Gegners und fühlte dessen warmes Blut auf sich, als Ardgal fiel und ihn mit aufgerissenen Augen ansah.

Fjell legte Ardgal das Schwert in die Hand, denn der Kämpfer der Vestmen hatte neben dem Kreuz auch einen Thorshammer um den Hals hängen. Der Mann hatte einen ehrenvollen Tod verdient.

»Fjell!«, kam ein kläglicher Ruf aus dem Schiffsbauch.

Fjell sprang hinunter zu Arlan und zog ihn an die Bordwand. Sein Oberschenkel war beinahe durchtrennt, und das Blut pulste aus ihm heraus. Rasch wickelte Fjell den Gürtel des Jungen um die Wunde und sandte ein Stoßgebet an Freya, sie möge den Jungen beschützen. »Halte durch, Arlan!«

»Crovan kommt!«, gellte ein Ruf über die Schiffe.

Es dauerte nicht lange, und die Angreifer gaben angesichts der erdrückenden Übermacht auf. Doch die Verluste waren auf beiden Seiten hoch. Fjell nahm den sterbenden Jungen in die Arme. »Wir sehen uns wieder, Arlan, mein Freund.«

Der Geruch von verkohltem Holz, Blut, Schweiß und See hüllte sie ein, und dem Rausch des Schlachtens folgte die Ernüchterung. Zeit zum Trauern über gefallene Freunde blieb nicht, denn Godred Crovan, der Herr der Inseln, stand mit erhobener Axt auf der Steuerplattform seines Schiffes und rief: »Wir sehen uns in Dyflin, Männer! Gold und Silber für alle!«

XVIII

Alles stirbt irgendwann,
die Freunde, die Familie, das Vieh,
man selbst stirbt,
aber der Ruf stirbt niemals dem,
der sich Ruhm und Ehre verdient hat.

Edda, Die Sprüche des Hohen

In den Tagen von Harpe, dem fünften Monat des Jahres, hatten sie Dyflin erobert. Muirchertach hatte sich nicht blicken lassen und verkroch sich seither in Munster. Die Kunde von Fjells Sieg über den ruhmreichen Ardgal hatte sich verbreitet, und die Vestmen begegneten dem Krieger mit Respekt.

Fjell und seine Männer hatten Häuser neben dem Palast von Crovan in Dyflin bezogen. Der neue Hochkönig herrschte von dort aus über die reiche Hafenstadt und sein Inselreich.

Die Große Halle des Palasts war erfüllt von wüsten Gesängen, dem Grölen und Lachen der vom Met berauschten Krieger, in das sich der Klang fallender Würfel und das Kichern der Sklavinnen mischte.

»Fionn!«, rief Fjell und warf schlecht gelaunt einen Blick auf die Spieler in einer Ecke der Halle.

Sein Freund reagierte nicht, und bevor Fjell aufspringen konnte, wurde er von Jón am Arm gepackt. »Nicht. Wenn er heute auch noch verliert, hat er nichts mehr.

Dann sieht er wohl ein, dass er die Würfel nicht bezwingen kann.«

Sein gesamtes Silber hatte Fionn bereits verspielt, und nun hoffte er mit jedem neuen Würfelspiel, den Verlust ausgleichen zu können.

»Fünf lange Monate hocken wir nun schon hier. Ich habe genug. Spätestens zu Ylir will ich wieder nach Íl«, murrte Fjell, der Frau und Kinder vermisste.

Der zehnte Monat, Hanstmánuður, war vorüber, und die kalten, regenreichen Tage des kommenden Winters hatten Einzug gehalten. Es mangelte nicht an gutem Essen und Sklavinnen, ihre Truhen waren mit den Schätzen Dyflins gefüllt, und die Handelsschiffe brachten exotische Waren aus Byzantinum, von der Rus, von Svartahaf, dem Schwarzen Meer und sogar von Serkland.

»Wir wollen alle nach Hause. Sieh dir Lagman an, wie er seinen Vater umschwänzelt. Der will Macht, und ich sage dir, Crovan wird ihm die Inseln geben«, sagte Jón leise.

Man wusste nie, wer in Hörweite stand und wem ihre Worte zugetragen wurden. An einem Hof dieser Größe gab es zu viele neugierige Augen und Ohren und böse Zungen, die nur darauf warteten, Intrigen anzuzetteln.

»Wenn Crovan das tut, wird Lagman mir die Führung der nördlichen Flotte entziehen«, meinte Fjell und stürzte einen Becher Bier hinunter. »Er kann niemanden neben sich haben, der schlauer ist als er und besser kämpft.«

Jón lachte. »Dann wäre er sehr allein. Nein, ich denke, inzwischen hat er begriffen, dass er fähige Anführer wie dich und Gormr braucht. Zumindest das hat er von seinem Vater gelernt.«

Crovan hatte Gormr nach Man gesandt, um dort die Herrschaft zu sichern. Doch die Uí Ímair, mit denen Crovan verwandt war und die auch den Umsturz in Dyflin befürwortet hatten, standen hinter dem neuen Hochkönig. Wer die Macht in Dyflin hatte, dem gebührte auch die Krone von Man und den Inseln.

»Sie sollten sich nicht zu sicher wähnen. Es ist nur eine Frage der Zeit, bis Muirchertach ein neues Heer aufgestellt, weitere Verbündete gefunden und seine Flotte ausgebaut hat. Dann wird er angreifen«, prophezeite Fjell düster.

Crovans Thron stand auf einem Podest. Sein Sohn und einige Getreue hatten sich um ihn geschart. Fjell missfiel das intrigante Buhlen um die Gunst des Herrschers. Speichellecker und Lügner vergifteten die Atmosphäre im Palast.

Der Hochkönig hob seinen silbernen Becher und sah zu Fjell.

»Geh schon, Fjell. Er will was von dir«, sagte Jón und beugte sich vor.

Fjell grinste. »Ich schulde ihm noch eine Partie Hnefatafl.«

Seit ein Schiff das hell und dunkel karierte Spielbrett mit den Elfenbeinfiguren aus Byzantinum mitgebracht hatte, war Crovan besessen von dem strategischen Brettspiel, in dem es darum ging, mit einer Armee die Figur des Königs zu gewinnen. Die Regeln waren in ihrer Einfachheit komplex, und es bedurfte eines klaren Geistes und der Fähigkeit, vorauszudenken, um zu gewinnen.

Langsam erhob sich Fjell und ging zum Podest des Hochkönigs. Der Herrscher war grauer geworden in den vergangenen Monaten, und eine Rastlosigkeit wohnte ihm noch immer inne. Einen Thron zu erobern, war eine Sache, ihn zu behalten, die andere.

»Fjell, mein bester Schiffsführer, komm her, setz dich!«

Lagman verzog den Mund. »Er ist lieber mit seinen Männern zusammen. Ihm ist unsere Gesellschaft nicht gut genug, nicht wahr, Fjell?«

»Du hast zu viel getrunken, Lagman«, entgegnete Fjell und ließ sich auf dem Stuhl nieder, der ihm von Toke, Crovans Leibwächter, zugewiesen wurde.

Der Kopf von Crovans Ältestem lief rot an, und er griff nach seinem Dolch, doch Crovan herrschte ihn an: »Eifersucht steht keinem zu Gesicht. Ein großer Herrscher erkennt die Qualitäten seiner Gefolgsleute an. Wenn das Blut dein Hirn vernebelt, stoß dir die Hörner ab.«

Mit einer Handbewegung scheuchte er seinen Sohn vom Podium. Lagman bedachte Fjell mit einem hasserfüllten Blick, bevor er mit seinen Leuten das Podium verließ.

»Muss ich mich nach Meuchelmördern umsehen, wenn ich in der Dunkelheit durch die Straßen Dyflins gehe?«, fragte Fjell halb im Scherz.

Crovan gestikulierte gern mit seinen beringten Händen, wischte Fjells Bemerkung fort und deutete auf den Tisch zwischen ihnen, auf dem das Spielbrett stand. »Der fängt sich wieder. Er will Macht, und morgen werde ich den hungrigen jungen Löwen mit einem großen Bissen sättigen.«

Der Herrscher heftete seine dunklen Augen auf Fjell. »Andernfalls verbeißt er sich in der Beute des alten Löwen. Fang an, Fjell.«

Es war also entschieden. Lagman würde von Man aus die Inseln beherrschen. Fjells Lippen wurden schmal, als er eine der Figuren in die Hand nahm. »Lass uns um etwas spielen, Crovan.«

Es blitzte erfreut in den Augen des Älteren auf. »Was willst du, Fjell? Du hast doch etwas im Sinn? Silber? Land? Ah, die schöne Sklavin aus Konstantinopel?«

»Weniger und doch so viel mehr für mich. Ich möchte zum Julfest bei meiner Familie sein.« Er machte seinen ersten Zug.

Crovan nahm eine seine Figuren auf. »Du und deine Männer, ihr habt gut gekämpft. Ihr verdient es, eure Weiber wiederzusehen. Aber wenn du verlierst, mein Freund, begleitest du Harald nach Jórvík.«

Harald, Crovans zweitältester Sohn, war vor wenigen Wochen aus Northumberland gekommen und tat nichts, außer sich zu betrinken, zu prügeln und auf Lagman zu schimpfen. Der rothaarige Heißsporn war an diesem Abend nicht in der Halle. Wäre er hier gewesen, hätten er und Lagman sich nach wenigen Bieren geprügelt.

»So sei es«, sagte Fjell, wohl wissend, dass Crovan einen einmal gefassten Plan durchführen würde.

Konzentriert zogen sie ihre Figuren, darauf bedacht, dem anderen keinen Vorteil zu verschaffen. Fjell kannte Hnefatafl aus seinem Elternhaus. Sein Vater war ein guter Spieler gewesen. Schnell hatte er die Strategie des Königs durchschaut und baute seine Verteidigung und eine Falle auf. Noch zwei Züge, und er konnte Crovan Matt setzen. Der König sah die Falle nicht und tat den von Fjell erwarteten Zug, der ihn den Sieg kosten würde.

Beide hatten nicht bemerkt, wie sich Lagman und seine Kumpane auf der einen und Jón, Fionn und Ulfarr auf der anderen Seite um sie geschart hatten. Gebannt verfolgten die beiden Lager die Partie.

»Keiner spielt so gut wie mein Vater!«, prahlte Lagman und fixierte Fjell.

Crovan knurrte: »Sei still. Kümmer dich lieber um deinen verhurten Bruder. Ich habe ihn den ganzen Abend über nicht gesehen.«

»Sten, bring Harald her!«, befahl Lagman und stellte sich mit vor der Brust verschränkten Armen breitbeinig neben seinen Vater.

Sten, ein breitschultriger Däne, trank den Rest seines Bieres und ging davon. Fjell zog seinen Turm und wartete auf Crovans Reaktion.

Der König ließ sich mit seinem nächsten Zug Zeit. Er schien begriffen zu haben, in welch misslicher Lage er sich befand, doch er ließ sich nichts anmerken, strich über seinen Bart und drehte an einem Silberring mit grünem Stein. »Ihr Götter, zeigt mir, welchen Zug ich machen soll …«, murmelte er, ohne den Blick vom Spielbrett zu nehmen.

Die Figuren waren aus geschnitztem Elfenbein, das Brett und die schwarzen Felder aus Ebenholz. Für die weißen Felder hatte ein geschickter Handwerker Perlmutt verwendet, und rings um die Felder waren goldene Ornamente eingelegt. Ein prunkvolles Spiel, das einem König entsprach.

Die Umstehenden blieben still, doch Fjell fing einen warnenden Blick seines Freundes Jón auf. Als Crovan endlich seinen Springer setzte, hätte Fjell seinen Turm nur noch zwei Felder nach rechts bewegen müssen, und er hätte gewonnen. Stattdessen zog er einen seiner Bauern und gab damit seinen König preis.

Als Crovan das sah, schlug er sich auf die Schenkel, brachte seinen Springer in Stellung und verkündete laut: »Mein Freund. Du hast deinen König im Stich gelassen und verloren!«

Fjell gab sich zerknirscht. »Am Ende hat sich der größere Geist durchgesetzt. Glückwunsch, mein König.«

Bei diesen Worten sah Crovan ihn direkt an, schaute kurz zu den Umstehenden und erhob sich. »Genug gegafft!« Dann schlug er Fjell auf die Schulter. »Wer verliert, muss seine Schulden zahlen. Du bringst Harald nach Jórvík, aber es verbietet dir niemand, in Íl haltzumachen.«

Die beiden Männer sahen einander an, maßen sich und nickten in gegenseitigem Einvernehmen.

Als Fjell später mit Jón und Fionn zu seinem Haus ging, sagte Jón grinsend: »Kluger Zug, Fjell.«

»Manchmal ist eine Niederlage ein Sieg. Morgen segeln wir nach Hause!« Innerlich verärgert, dass er sich nun mit Harald herumplagen musste, zersprang sein Herz vor Freude über die Aussicht auf das Wiedersehen mit Hulda.

XIX

Hulda drückte den Weidenkorb enger an sich. Der eisige Wind fegte seit Tagen über die Insel, aber heute brachte er keinen Schnee mehr mit sich. Sie blieb auf der Düne stehen und sah zu den Hügeln hinauf, die weiß in der Sonne glitzerten. Dann drehte sie sich wieder zu den Klippen und starrte sehnsuchtsvoll auf das dunkel wogende Meer. Der Mond würde in dieser Nacht zum elften Mal voll werden, und noch immer war keine Kunde aus Dyflin gekommen.

»Hulda! Komm, du holst dir ja den Tod!« Kára wartete unten am Weg auf sie.

Jóns rothaarige Frau war ihr eine Freundin geworden, und ihre Söhne spielten oft miteinander. Jarlí war ganz vernarrt in Svend, der ein Jahr älter war und mit seinem Holzschwert umzugehen verstand.

Hulda spürte die Kälte kaum, die unter ihrem Wollkleid die Beine hinaufkroch. Sie war lieber draußen als in den stickigen Häusern, in denen der Rauch der Torffeuer einem die Lunge zuschnürte. Bei Nebel oder Schnee war es noch schlimmer, dann gelangte kaum etwas vom Rauch nach oben und drang in jeden Winkel des Hauses.

»Hast du etwas gehört, Kára?« Hulda lief über die Schneedecke, die unter ihren Schritten aufbrach.

»Ach Hulda, wir waren doch gemeinsam am Strand, und ich habe eben nur kurz mit meiner Mutter gesprochen. Wir müssen uns gedulden. Die Götter haben uns das Warten auferlegt.« Kára trug ihr Haar zu einem Zopf geflochten und hatte sich die Kapuze ihres Mantels über den Kopf gezogen. »Brrr, komm, gehen wir zu uns und essen gemeinsam, bevor du wieder nach oben gehst. Du solltest wirklich nicht immer allein den weiten Weg machen.«

Vom Dorf hinauf zu ihrem Hof ging sie bei gutem Wetter eine Stunde.

»Da gibt es weit und breit nichts außer den Schafen und Rindern. Ich kann auf mich aufpassen«, versicherte Hulda ihr und klopfte an ihren Dolch, den sie am Gürtel trug.

Sie hatten das Tor zum Dorf erreicht. Auch auf dem Palisadenzaun, der das Dorf umgab, lag Schnee. Sie hörten Kinderlachen und das Klirren von Stahl auf Stahl. Die Halbwüchsigen trainierten täglich den Umgang mit Schwert und Axt.

»Das ist leichtsinnig, Hulda. Erst gestern ist ein Schiff in Lagan angekommen, und wir wissen auch nicht, wer oben von Dy Oer auf die Insel kommt. Fremde können überall auf Beutezug sein«, warnte Kára sie.

»Seit Fjell die Seewege kontrolliert, ist kaum noch etwas vorgefallen. Und jetzt ist Crovan Hochkönig. Wer sollte ihn angreifen wollen? Die Dänen oder der Normannenkönig?« Hulda lachte trocken.

Der Weg führte zwischen zwei Häusern hindurch, deren tiefhängende Dächer voller Schnee waren, bis sie auf den Platz vor der Großen Halle kamen. Jarlí und Svend standen mit ihren Holzschwertern in den Händen an der Seite und feuerten die älteren Kämpfer an.

»Wir brechen gleich nach dem Essen auf, Jarlí. Verabschiede dich von deinen Freunden«, wies Hulda ihren Sohn an.

Er war Fjells Ebenbild und ihr ganzer Stolz.

»Hulda!« Ihr Vater trat aus der Großen Halle und kam, auf einen Stock gestützt, auf sie zu. Unter seinem Schulterfell wirkte er zerbrechlich.

Hulda umarmte ihn. Die kalten Monate setzten ihm jetzt mehr zu, und sie fürchtete um seine Gesundheit. »Wie geht es dir, Vater?«

Sein Bart war weiß und dünn geworden, doch seine Augen leuchteten noch immer, als er sie liebevoll ansah. »Du wirst immer schöner, Hulda, und dein Sohn wird einmal ein großer Krieger, genau wie sein Vater!«

Die letzten Worte sagte er lauter, denn Jarlí kam herbeigerannt, hielt sein Schwert in die Luft und rief: »Ich werde den Normannenkönig töten!«

Hulda runzelte die Stirn. »Wer hat dir denn diesen Unsinn erzählt?«

Kára und ihr Vater lachten. Róki fuhr Jarlí durch die Haare und sagte: »Erst mal musst du groß und stark werden, und dann kannst du mit deinem Vater auf einem Drachenschiff fahren.«

»Wollt ihr nicht mit zu uns kommen, Hulda? Mir ist kalt!«, beschwerte sich Kára.

Róki machte eine betrübte Miene. »Du besuchst mich kaum noch, Hulda.«

»Vater, du weißt, dass es nur Streit mit Mutter gibt. Seit Eirs Tod kann sie meinen Anblick nicht mehr ertragen.« Hulda strich ihrem Vater über die Wange. »Wir kommen bald wieder, versprochen.«

Der alte Róki nickte, streckte den Arm aus und zog sie an sich. »Du warst immer meine Tochter, Hulda, und wirst es immer sein«, flüsterte er.

Sie drückte sich an ihn. Er roch nach Schaffell und der Kräutersalbe, die er sich auf die schmerzenden Gelenke schmierte. »Ich habe nur einen Vater, und der bist du«, murmelte sie ebenso leise.

Liebevoll sah er sie an. »Ich werde nie den Tag vergessen, an dem sie dich zu uns gebracht haben. Olav Kyrre hat deine Mutter geliebt und gewusst, dass dein Leben am Hof in Gefahr ist, wenn es einmal um sein Erbe gehen würde. Du warst so zart und hast mit deinen großen blauen Augen alle verzaubert.«

»Nur Mutter nicht«, murmelte sie, doch Róki hielt sie sanft an den Schultern.

»Sie hat immer gefürchtet, dass du uns in Gefahr bringst. Nimm es ihr nicht übel, Hulda.«

Bald darauf gingen Hulda und Jarlí den Trampelpfad hinter dem Dorf entlang. Der Weg führte hinter den Dünen durch einsames felsiges Gelände. Selbst in den Sonnenmonaten waren die grauen Hügel hier düster, und niemand hielt sich gern lange dort auf. Vor vielen Generationen hatten sich Mönche dort eine Behausung neben einem steinernen Kreuz errichtet. Das Kreuz war noch intakt, die Hütte winzig. Doch seit einiger Zeit entstieg dem Grasdach Rauch.

»Können wir die heilige Frau sehen, Mutter, ja?«, bat Jarlí. »Großmutter sagt, dass sie Wunder vollbringen kann.«

»Es reicht!« Hulda nahm ihren Sohn am Arm. »Lass dir von Großmutter nicht solchen Unsinn erzählen. Die Götter lenken unser Schicksal. Bei Thor und Freya, so ist es, und so wird es sein. Ich werde heute Abend ein Opfer für deine Dummheit bringen.«

Der Junge sah sie mit feuchten Augen an. »Ich bin nicht dumm!«

»Natürlich nicht.« Sofort tat Hulda leid, dass sie ihren Ärger über Brigida an ihrem Sohn ausgelassen hatte. Sie drückte ihn an sich. »Wenn wir am Kreuz sind, sagen wir guten Tag und geben ihr einen Fisch.«

Die Nonne, die dort allein lebte, war nach Sverrirs Überfall auf das Kloster von Canna mit nach Íl gekommen, und Fjell hatte ihr Schutz zugesagt. Sie war auf die mildtätigen Gaben der Dorfbewohner angewiesen, und natürlich tat sich besonders Brigida darin hervor.

Das steinerne Kreuz stand verwittert und schief in einem Kreis aus Steinen, den die Nonne mühsam zusammengetragen hatte. Weiße Hauben bedeckten Steine und Kreuz, und nur ein paar Fußabdrücke, die zur Hütte führten, zeugten von deren Bewohnerin. Hulda nahm ihren Sohn an die Hand und klopfte gegen die Holztür, die schief in den Angeln hing.

Es dauerte nur einen Moment, und die Tür wurde aufgezogen. Eine blasse, verhärmte Frau stand zitternd vor ihnen. Die Lippen war blau von der Kälte, die roten Finger krallten sich um einen Wollschal, den sie sich um Kopf und Schultern geschlungen hatte. »Gott mit euch!«

»Thyra, du hast kein Feuer brennen! Willst du erfrieren? Da hilft auch dein Gott nicht. Lass mich eintreten«, entschied Hulda und schob sich mit Jarlí an der Nonne vorbei.

Das Innere der Hütte war noch erbärmlicher, als das Äußere befürchten ließ. Das Dach hatte mehrere Löcher, und es zog aus jedem Winkel. Ein Haufen Stroh auf einem Holzgestell diente als Bettstatt, ein Tisch und ein Schemel waren die restliche Ausstattung. Neben der Feuerstelle befanden sich einige Körbe und ein Holzeimer, aus dem es fürchterlich stank.

»Jarlí, bring den Eimer raus und such nach Holz!«, sagte Hulda, und ihr Sohn folgte ihr sofort.

Thyra sah sie mit ernsten tiefliegenden Augen an. »Du musst das nicht tun. Gott hat mir diese Buße auferlegt. Ich habe gesündigt.«

»Gesündigt? Hast du gefeiert und getrunken und mit einem Mann gelegen?«, fragte Hulda mit erhobenen Brauen, denn diese Vorstellung passte nicht zu der Nonne.

»Bei allen Heiligen, nein! Auf Canna habe ich gesündigt. Daraus ist eine faule Leibesfrucht entstanden.« Die Nonne hielt sich angewidert den Bauch, der jedoch nicht geschwollen wirkte.

»Du bist schwanger?« Hulda rechnete nach. Das konnte nicht sein, der Überfall auf das Nonnenkloster lag mehr als neun Monate zurück.

Große wasserblaue Augen sahen Hulda traurig an. »Als ich gespürt habe, dass die gottlose Saat eurer Krieger in mir aufgegangen war, habe ich gebetet, dass sie faulig sein möge.« Sie ballte die Hände zu Fäusten und streckte sie nach oben. »Und mein Herrgott hat mir diesen Wunsch erfüllt. Ich habe die Ausgeburt der Hölle unter Schmerzen geboren, und sie war tot!«

»Davon weiß ich ja gar nichts. Hast du das ganz allein gemacht? Eine Frau sollte nicht allein sein, wenn die Zeit der Niederkunft kommt. Was seid ihr nur für seltsame Menschen.« Hulda stellte ihren Korb, in dem getrocknete und frische Fische lagen, auf den Tisch.

Thyra ließ die Arme sinken und versteckte die Hände in den Ärmeln ihres Überkleids. »Ihr Gottlosen versteht das nicht. Ich bin hier, weil Gott mir diesen Platz zugewiesen hat. Mein Leid macht meinen Glauben nur noch stärker. Und es gibt einige von euch, die das verstehen. Brigida ist eine Fromme und wäre eine gute Christin, wenn sie nicht von Heiden umgeben wäre.«

»Sieh dich vor, Thyra. Auch unsere Geduld hat Grenzen.« Hulda nahm einen Stockfisch aus dem Korb und legte ihn auf das blanke Holz. »Iss. Das gibt dir Kraft, mehr als deine Heiligen.«

Dann trat sie so dicht an die Nonne heran, dass sie den unangenehm säuerlichen Gestank, den sie verströmte, riechen konnte. »Und wage es ja nicht, meine Kinder mit deinem Geschwätz zu belästigen. Wenn ich davon höre, komme ich wieder, und dann bringe ich keinen Fisch mit. Haben wir uns verstanden?«

Thyra trat von Hulda weg. »Du hast doch eine Schwester auf Orkneyjar. Ist die nicht mit einem Christen verheiratet? Und deine Mutter ist auch Christin!«

»Sprich nicht über meine Familie, Nonne!«, fauchte Hulda. Sie konnte ihr nicht sagen, dass Brigida nicht ihre leibliche Mutter war, und war es leid, sich das selbstgerechte Gerede der Frau anzuhören.

Hulda ging zur Tür und schaute draußen nach ihrem Sohn, der mit einem Arm voller Zweige herbeigelaufen kam. »Mehr konnte ich nicht finden, Mutter!«

»Bist ein guter Junge. Wirf es ihr an die Feuerstelle, und dann gehen wir.« Hulda wartete, bis Jarlí das Holz abgelegt hatte, und rief nach drinnen: »Der Eimer steht hier. Wo man lebt, sollte es nicht stinken.«

In den Häusern ihrer Leute stank es nicht nach Exkrementen, und jeder legte Wert darauf, sich zu waschen. Verärgert warf sie die Tür zu, nahm ihren Sohn an der Hand und machte sich auf den Weg nach oben. Dabei dachte sie an ihre Schwester Netja, die in Kirkjuvagr lebte, auf den Inseln, die von den Jarls Paul und Erlend Thorfinnsson beherrscht wurden. Dort gab es bereits einen Bischofssitz. Irgendwann, überlegte Hulda, würde die neue Religion sich noch weiter ausbreiten. Sie waren auf eine leidensfähige Art zäh.

Zwei Tage später war die unangenehme Begegnung mit Thyra vergessen, denn Drachenschiffe legten in der Bucht an, und Fjell und seine Männer kehrten heim. Fjell, ihr Mann, ihr Herz, ihre Liebe.

Es war dunkel im Langhaus ihres Hofes. Ihre Schlafkammer befand sich auf der ersten Etage, und große Schneeflocken schwebten lautlos vom Nachthimmel, umhüllten Gehöft, Stallungen und Tiere. Hulda hatte sich unter den Fellen dicht an ihren Mann geschmiegt. Sein Körper war ihr vertraut, auch wenn sie neue Narben ertastet hatte.

»Warum musstest du ausgerechnet Harald mitbringen? Der Kerl stiftet Streit und Unheil, wo er auftaucht! Und seinetwegen kannst du nicht den ganzen Winter bleiben. Ich hasse ihn!«, schimpfte Hulda leise und vergrub die Nase an Fjells Halsbeuge.

Fjell streichelte ihre Hüfte und küsste ihre Haare. »Geht mir genauso, Hulda. Aber ich hatte keine Wahl. Lagman hat von Crovan die Herrschaft über die Inseln erhalten, was Harald eifersüchtig macht. Wenn er nicht so viel saufen würde, hätte er längst mehr Leute hinter sich und könnte seinen Bruder beseitigen. Im Grunde ist Harald der bessere Krieger, aber er hat sich nicht unter Kontrolle.«

Hulda legte ihm die Hand auf die Brust und spürte seinen starken, gleichmäßigen Herzschlag. »Liebe mich, Fjell, ich habe dich so sehr vermisst.«

»Meine unersättliche, schöne Frau befiehlt, und ich folge willig«, murmelte er und drehte sie auf den Rücken.

Die Sonne war bereits aufgegangen, und im Haus waren die Sklaven bereits geschäftig, als Hulda erwachte. Ihr Körper war an Stellen wund, die sie erröten ließen, doch sie lächelte glücklich und bewegte sich nicht, um Fjell nicht zu wecken, dessen Arm über ihrem Bauch lag.

»Ihr Götter, bringt ihn mir lebendig zurück. Mehr verlange ich nicht«, flüsterte sie leise und strich durch sein dichtes Haar.

27

»Der Zweck heiligt die Mittel«, murmelte Shona, sah sich um und kniete sich hinter den Transporter von Zachary Barkham. Sie hatte zwei Feriengäste zur Fähre nach Port Ellen gebracht und Zachs Transporter vor dem COOP stehen sehen.

Mit einem Messer kratzte sie etwas Lack von dem grün-weißen Logo ab und ließ die Splitter in eine kleine Plastiktüte fallen. So hatte es ihr Quinton vorgeschlagen. Nachdem Shona an Freyas Fahrrad tatsächlich einen Lacksplitter gefunden hatte, der von der Kollision stammen konnte, hatte der Archäologe von sich aus angeboten, die Lackproben in seinem Labor untersuchen zu lassen. Rasch stand sie auf und stieg in ihren Wagen. Als sie losfuhr, sah sie Zach im Rückspiegel mit einer Plastiktüte aus dem Laden kommen.

»Puh, das war knapp«, schnaufte sie und fuhr Richtung Norden. Jetzt benötigte sie noch eine Probe von MacRaes Wagen, denn diese beiden waren ihre Hauptverdächtigen. Natürlich konnte auch ein Fremder den Unfall verschuldet haben, doch ihr Bauchgefühl sagte Shona, dass es um mehr ging.

Den Wagen des Jagdaufsehers von Kellsay Lodge zu finden, war deutlich schwieriger. Sie fuhr nach Bridgend und dort auf den Parkplatz von Islay House, denn dort hatte sie MacRae schon öfter dabei beobachtet, wie er das Restaurant des Luxushotels durch den Hintereingang betrat. Heute jedoch hatte sie kein Glück und fuhr weiter bis Port Charlotte. Sie musste es darauf ankommen lassen und nahm die einspurige Straße, die durch die Wälder und zur Lodge führte. Langsam fuhr sie die gefährlich kurvige und beschädigte Straße ab. Keine Spur von MacRae oder seinen Jagdgästen. Na schön, dachte Shona und bog auf die Privatstraße zur Lodge.

Seit die Lodge aufgekauft und umgestaltet worden war, war sie nicht mehr dort gewesen. Früher war das leicht verfallene Landhaus ein Ausflugsziel für Radfahrer und Wanderer gewesen. Zwei alte Damen hatten dort Tee und Kuchen angeboten. Doch die Damen waren verstorben, und die Erben hatten das Haus samt dem zugehörigen Land an ausländische Investoren verkauft. Ein dunkelgrünes Schild mit weißem Logo und goldenen Lettern wies ihr den Weg. Als Ausrede für ihren Besuch würde sie Gäste vorschieben, die an einem Jagdausflug interessiert waren.

Als sie auf ein riesiges viktorianisches Tor zufuhr, fürchtete sie schon, dass ihre Fahrt ein vorzeitiges Ende finden werde, doch wie von Zauberhand schwang das Tor lautlos auf. Shona stieß einen Pfiff aus. Hier hatte man an nichts gespart. Die Kiesauffahrt war frisch geharkt, der Rasen so akkurat gemäht, als wäre der Gärtner mit der Nagelschere darüber gekrochen. Aus dem ehemals charmant verkommenen Haus war ein glatt gebügelter Luxuskasten geworden. Auf dem Parkplatz standen Limousinen, die so viel wie ein Cottage kosteten, und auf der Terrasse saßen Gäste beim Tee in der Sonne. Shona parkte den alten Jeep neben einem Jaguar E-Pace und stieg schmunzelnd aus.

In ihrer abgewetzten Jeans, Turnschuhen und T-Shirt entsprach Shona nicht dem Prototyp des betuchten Feriengasts. Eine magere Blondine sprach lautstark auf Russisch in ihr Handy. Neben ihr stand eine Handtasche, deren Wert wahrscheinlich Shonas Monatsgehalt entsprach, was sie daran erinnerte, dass sie dringend mit Steve reden musste. Was auch immer geschah, ihren Job durfte sie nicht aufs Spiel setzen. Irgendwo mussten doch die Wagen der Lodge parken. Sie sah sich um.

»Hallo, Sie da! Der Lieferanteneingang ist hinter dem Haus!«, rief die Russin in gebrochenem Englisch und deutete hinter sich.

Shona nickte und ging über den Parkplatz. Der Kies knirschte dezent unter ihren Schuhen. Die Lage der Lodge war idyllisch, bis ein Schuss die Stille zerriss. Mit zusammengebissenen Zähnen lief Shona an einer schulterhohen Buchshecke entlang, hinter der jemand Golfschläge an einem Simulator übte. Endlich fand sie den Parkplatz für das Personal und den Kücheneingang, und dort stand auch ein Wagen der Lodge. Das grün-weiße Logo war unverkennbar. Ohne zu zögern, eilte sie auf den Geländewagen zu, hockte sich hin und kratzte ein Stück Lack ab. Kaum hatte sie Tüte und Messer eingesteckt, hörte sie eine männliche Stimme.

»Was machen Sie denn da? Hey!«

Sie fuhr sich durch die Haare und kam hinter dem Wagen hervor.

Saunders stand mit einem Golfschläger in der Hand vor ihr. Der Verwalter der Lodge musterte sie nicht unfreundlich.

»Shona MacLean. Ich dachte, ich hätte jemanden am Wagen gesehen. Eigentlich wollte ich fragen, ob sich auch externe Gäste bei Ihnen zur Jagd anmelden können.«

Der Verwalter stützte sich in rosafarbenem Polohemd und heller Hose lässig auf seinen Golfschläger. »MacLean, ja. Sie sind von der Insel?«

»Meine Schwester betreibt hier ein Gästehaus. Ich vertrete sie seit ihrem Unfall.«

»Ah, jetzt erinnere ich mich. Tragische Sache. Das tut mir sehr leid, bitte glauben Sie mir, zumal sich der Unfall auf der Straße ereignet hat, die unseren Wald durchquert. Ich hoffe, es geht Ihrer Schwester besser?« Er nahm den Golfschläger in eine Hand und schwang ihn leicht hin und her.

Wenn Arroganz einen Namen hätte, dachte Shona. »Danke, ja. Sie hatte Glück.«

»Sehr schön. Und Sie haben Gäste, die auf einen Abschuss aus sind?«

»Äh, ja, also erst einmal wollten die Herrschaften die Preise erfahren, und ich war gerade in der Gegend«, log Shona.

Saunders hob skeptisch eine Augenbraue. »In der Gegend. Wir liegen nicht direkt an der Hauptstraße.«

»Meine Freunde haben ein Stück weiter oben eine Farm.«

»Ach ja, richtig, die Todd Farm. Die haben eine Weide, die wir kaufen wollten, aber Farmer sind oft schrecklich stur.« Er lächelte, als hätte er einen Scherz gemacht. »Aber jeder hat seinen Preis. Man muss nur warten können.«

»Ist das so? Ich denke nicht. Es gibt Menschen, denen Geld nicht alles bedeutet.«

Mitleidig sah er Shona an. »Wenn sie genug haben. Fragen Sie mal jemanden, der in Geldnot ist. Dann sieht die Sache anders aus.«

»In dem Fall würde man Ihr Angebot dann wohl Erpressung nennen.« Diesmal lächelte Shona.

»Touché. Aber nichtsdestotrotz lässt sich mit Geld etwas bewegen. Sehen Sie sich die Lodge an. Wir haben sie aus ihrem Dornröschenschlaf erweckt.« Stolz drehte er sich zu dem restaurierten Gebäude um.

»Ich mochte die beiden alten Damen, die vorher hier gelebt haben.« Shonas Telefon klingelte. Dankbar für die Unterbrechung nahm sie es in die Hand. »Entschuldigung. Ja?«

»Shona, kommen Sie schnell zurück! Die Küche steht unter Wasser.«

»Was? Nein! Stellen Sie den Haupthahn ab! Ich bin gleich da! Verzeihung, ich muss los.«

Saunders nickte. »Ein Wasserrohrbruch, vermute ich? Viel Glück. Ich kann Ihnen unsere Preisliste zumailen.«

»Danke, das wäre nett. Ich melde mich.« Sie rannte über den Parkplatz zu ihrem Wagen und erreichte Portnahaven in Rekordgeschwindigkeit.

Die Haustür stand offen, und sie hörte Stimmen. Sie hatte eine mittlere Katastrophe erwartet und war überrascht, als sie Quinton und Thea mit einem Bier in der Hand vorfand.

»Oh Shona, ich wollte Sie nicht erschrecken. Aber ohne Dr. Lewis sähe es anders aus. Er hat das Wasser abgestellt und mir beim Aufwischen geholfen.« Die ältere Dame hatte sich die Ärmel ihrer Bluse aufgekrempelt, und zwei Eimer und Handtücher lagen auf dem Boden.

»Sie sind ein Engel, Thea. Mir tut es leid, dass wir Sie so in Anspruch nehmen. Quinton, tausend Dank!« Erleichtert sah Shona sich um. »Wo ist denn das Leck? Hoffentlich nicht in der Wand?«

Quinton nahm ein Bier aus dem Kühlschrank und reichte es ihr. »Nein. Der Abfluss der Spüle ist gebrochen. Materialermüdung, würde ich sagen. Nichts, was man nicht richten kann. Habt ihr einen Baumarkt hier auf der Insel? Dann erledige ich dir das schnell.«

»Ein Archäologe, der klempnern kann. Warum bist du nicht verheiratet?«, lachte Shona und hob ihre Bierflasche.

Gemeinsam mit Quinton fuhr sie zum einzigen Baumarkt der Insel, Huws & Gray, in der Nähe des Flughafens. Shona hatte diese handwerkliche Seite an Quinton nicht erwartet und war mehr denn je davon überzeugt, dass er der perfekte Partner für ihre Schwester war. Später an diesem Abend, die Küche war wieder trocken und die Spüle repariert, saßen sie auf der Terrasse und aßen Spaghetti, die Shona zubereitet hatte.

»Ich habe die Proben, Quinton. Und du denkst, damit können wir etwas beweisen?«

Er legte seine Gabel auf den Teller. »Wenn eine der Proben mit dem Lack an Freyas Rad übereinstimmt, weißt du zumindest, welcher Wagen infrage kommt. Dann musst du weitersehen. Wenn euer Special Constable sich so anstellt, kannst du seinen Vorgesetzten auf dem Festland anfragen. Verbieten kann dir das niemand. Ob was dabei herauskommt, muss man sehen. Einen Versuch ist es wert, meine Meinung.«

»Ich kann dir gar nicht genug danken, Quinton!« Sie riss sich ein Stück Brot ab.

In der Bucht tauchte die Abendsonne den Horizont in ein glühendes Farbenmeer, und der Leuchtturm begann seinen Dienst. Ein Delfin schwamm in die Bucht, tanzte im Wasser und schwamm wieder ins offene Meer hinaus.

»Du weißt, wie gern ich das für Freya tue. Und für dich natürlich auch.« Er lächelte. »Und außerdem bin ich davon überzeugt, dass wir kurz vor einer bedeutsamen Entdeckung stehen. Die Fundamente der Festungsanlage und die Fibel sind eindeutige Indizien auf mehr. Das sagt mir meine Erfahrung. Einen Sensationsfund wie den von Sutton Hoo werden wir kaum machen, aber wer weiß. Die Etymologie der Ortsnamen, die ich untersucht habe, weist auf eine viel dichtere Besiedlung durch die Nordmänner hin als bisher angenommen.«

Er erklärte ihr die altnordischen Endungen und deren Bedeutung.

»Nehmen wir zum Beispiel das altnordische *bólstaðr*«, sagte Quinton. »Das bedeutet Farm. Wir finden es abgewandelt in -bolls und -bus.«

»Scarrabus und Lyrabus!«, sagte Shona.

»Ganz genau. Das sind heute noch die Gegenden, wo gutes Farmland ist. Und so ist das auch mit *býr*. Das finden wir in Conisby und Ballinaby«, erklärte der Archäologe.

»Das sind kleine Weiler hier bei uns!« Shona hatte sich nie Gedanken über diese Zusammenhänge gemacht.

»Die Ära des großen Inselreichs von Man ist leider kaum durch Quellen belegt.«

Sie unterhielten sich noch eine Weile, bevor Quinton sich auf seine Abreise am nächsten Morgen vorbereitete. Erin war noch in Edinburgh, und Shona fand es richtig, dass sie in dieser wichtigen Phase bei Freya war. Schulstoff ließ sich aufholen. Eine Krankheit machte keine Kompromisse.

28

Wann immer Gavin in Bowmore etwas Zeit hatte, spazierte er zum Hafen hinunter. Der Blick auf die Destillerie und der dunkelgrün schimmernde Loch Indaal belohnte ihn jedes Mal. Seit er Shona kannte, hatte er sich mit der frühen Geschichte seiner Insel beschäftigt und versuchte, sich manchmal vorzustellen, wie die Wikinger hier gelebt hatten. Ein kräftiger Wind blies vom Atlantik herüber, und er sah genau in dem Augenblick nach Port Charlotte, als der Leuchtturm ansprang. Eine Segeljacht kam langsam in den Hafen, um an ihrem Liegeplatz für die Nacht festzumachen. Gavin schloss die Knöpfe seiner Jeansjacke und wandte sich um.

Kilarow Church thronte oben auf dem Hügel am Ende der Main Street. In der runden Kirche war er mit seinem Großvater gewesen, wenn dieser Blumen auf das Grab seines Vaters legte. Angus Ramsey war nur eine Woche vor Kriegsende 1945 als Marinesoldat gefallen. Die Insel und ihre Bewohner hatten Stürme der Geschichte durchlebt. Islay, seine Heimat. Gavin steckte die Hände in die Jackentaschen und ging langsam über die Kreuzung. Links befand sich die Apotheke und etwas weiter ein Supermarkt. Zwei Souvenirläden führten

Schmuck, Wollkleidung und Bücher. Dabei war Bowmore authentisch geblieben.

»Hey, Gavin!«, rief Niall von der anderen Straßenseite herüber.

»Hey! Grüß deine Mutter, Niall!«, antwortete Gavin, denn Nialls Mutter feierte heute ihren Geburtstag mit der Familie.

»Du bist eingeladen, das weißt du!«, sagte Niall.

»Danke, bin verabredet. Bis morgen!«

Das mochte Gavin an Islay. Es war überschaubar. Man kannte sich, unterstützte einander und hielt im Großen und Ganzen zusammen. Gavin hatte den Schritt, die Destillerie zu gründen, nie bereut, auch jetzt nach all den Schwierigkeiten nicht. Den einzigen kapitalen Fehler, den er in seinem Leben gemacht hatte, war die Heirat mit Veronica gewesen. Seine Miene verfinsterte sich.

Er bog in die Shore Street, sah rotbraunes Haar zwischen den parkenden Wagen aufwirbeln, und seine schlechte Laune war verflogen. Sie trat auf den Gehweg und sah sich um. Als sie ihn erkannte, winkte sie und blieb vor dem Eingang des Lochside Hotel stehen.

Sie trug einen hellen Leinenblazer, ein dunkles Shirt und eine Jeans zu Turnschuhen. Als ihre grünen Augen ihn anstrahlten und ein Lächeln ihre Mundwinkel umspielte, schlug sein Herz schneller.

»Hallo, Shona«, begrüßte er sie und gab ihr einen Wangenkuss. »Du siehst umwerfend aus.«

Ihr Lächeln wurde breiter. »Danke, und du siehst erholt aus. Wie geht es dir?«

»Jetzt sehr gut.« Er ging zur Tür und ließ sie eintreten.

Ein frischer sommerlicher Duft entströmte ihren Haaren, als sie an ihm vorbeiging. Kein aufdringliches Parfum, keine High Heels. Sie ruhte in sich selbst und strahlte eine innere Gelassenheit aus, die ihn beeindruckte.

»Ein schönes Hotel«, sagte Shona und sah sich in der Lounge um. »Moderne trifft auf Tradition.«

Edle Hölzer, dunkle Möbel, Natursteine um den Kamin, Schwarz-Weiß-Fotografien von Destillerien und Whiskyraritäten in vergitterten Nischen luden zum Schauen ein.

»Ja, die neuen Besitzer haben einen guten Job gemacht. Zum Restaurant geht es dort entlang.« Er geleitete sie durch einen gemauerten Durchgang in einen großen Gastraum mit einer Fensterfront zum Wasser und einer gut sortierten Bar im Hintergrund.

Ein junger Mann begrüßte Gavin mit Handschlag und gab ihnen einen Tisch am Fenster. »Heute sind die Meeresfrüchte und der Lachs zu empfehlen, und eine Salatbowl mit indisch gewürztem Tofu haben wir auch auf der Karte. Darf es schon etwas zu trinken sein?«

Gavin sah Shona fragend an. »Nimmst du Fisch?«

Als sie nickte, sagte er: »Habt ihr noch den Brolettino Lugana?«

»Ja. Der läuft so gut, dass wir nachbestellt haben.« Der junge Mann entfernte sich und begrüßte neue Gäste.

»Das ist Joshua, gelernter Sommelier und hier Mädchen für alles. Seine Freundin arbeitet an der Rezeption.« Gavin entschied sich ebenfalls für die Meeresfrüchte, und als man ihnen etwas Brot und den Wein serviert hatte, sagte er: »Danke, dass du gekommen bist, Shona. Ich weiß, wie viel du um die Ohren hast.«

»Du doch auch.« Sie nippte an ihrem Glas und schloss kurz die Augen. »Der ist ausgezeichnet. Wenn Freya wieder zu Hause ist, müssen wir sie unbedingt hierher einladen.« Sie stockte. »Ich meine, dass ich mit ihr …«

Doch Gavin nahm ihre Hand. »Ich mag es, dass ich in deiner Zukunft eine Rolle spielen könnte. Shona, das Beste, was mir bei all dem Ärger in letzter Zeit passiert ist, bist du.«

»Oh Gavin.« Sie drückte seine Hand und sah ihm in die Augen. »Mir geht es ganz genauso, aber ich weiß noch nicht, wie lange ich bleibe und …«

»Wir genießen den Moment. Wie schnell das Schicksal zuschlagen kann, haben wir erlebt, und mich hat diese verdammte Explosion aufgerüttelt. Ich habe so lange in meinem Selbstmitleid gebadet, dass ich gar nicht mehr fähig war, das Leben zu genießen, mich auf jemanden einzulassen.« Er holte Luft.

»Das ist nie einfach, Gavin. Wir beide haben unsere Erfahrungen gemacht, Narben davongetragen. Nur darf uns das nicht davon abhalten, zu leben und …«, sie machte eine kleine Pause, »… zu lieben.«

Als sie das sagte, hätte er sie gern geküsst, aber Joshua brachte eine Karaffe mit Wasser an ihren Tisch.

»Äh, habe ich dir von Dr. Lewis' Angebot mit dem Labor erzählt?«, sagte sie schnell.

»Nein. Ist er noch da?«

»Heute wieder los.« Sie erzählte, und er schüttelte ungläubig den Kopf.

»Das hätte schiefgehen können, Shona. Saunders hätte dich angezeigt, und Zach … Ich will's mir nicht vorstellen. Falls er deine Reifen zerstochen hat, ist es natürlich nur fair, aber ehrlich, selbst wenn der Doktor was beweist, lässt sich das wohl kaum vor Gericht verwenden.«

Ihre Augen verdunkelten sich, und ein kämpferischer Ausdruck glitt über ihr Gesicht. »Aber wir wissen dann, wer es war! Ich habe noch nicht richtig mit Freya sprechen können. Sie wird entscheiden, was weiter geschehen soll. Genug davon, Gavin. Erzähl mir lieber von eurer Promotiontour! Die wollt ihr doch machen, oder?«

»Unbedingt! Vielleicht muss Mary das übernehmen. Wir werden sehen.« Während er die Länder aufzählte, durch die die Tour führen sollte, wurde ihm bewusst, dass er selbst nicht so lange von Islay fort sein wollte. Das war neu, früher war er gern unterwegs gewesen.

In der Lounge hatten sich neue Gäste eingefunden, und Gavin erkannte die Redakteurin des *Íleach*, der Inselzeitung. Als Jenny Hardy mit ihrer Begleitung das Restaurant betrat, entdeckte sie Gavin und kam an seinen Tisch.

»Na, das ist ja nett, dich hier zu sehen, Gavin.« Jenny Hardy schaute zu Shona.

»Darf ich dir Shona MacLean vorstellen, Jenny?«, machte Gavin die beiden Frauen miteinander bekannt.

»Jenny gibt die Zeitung von Islay heraus. Man sollte sich gut mit ihr stellen.«

Shona lachte. »Freut mich, Jenny. Ich lese den *Íleach* gern. Sehr informativ.«

»Danke. Wir geben uns Mühe. Und ich freue mich über gute Geschichten. Werbeanzeigen setzen wir auch. Arbeitest du ebenfalls in der Destillerie?« Jenny war eher klein, von kräftiger Statur und hatte halblanges dunkles Haar. Ihr rundes Gesicht wurde von neugierigen Augen bestimmt, die ständig in Bewegung waren. Sie nickte jemandem zu.

Bevor Shona antworten konnte, sagte Gavin: »Shona ist zu Besuch hier. Wir melden uns noch wegen einer Anzeige. Vielleicht zum Jazz Festival. Eine Band soll auch bei uns spielen.«

Jenny nickte. »Okay, fein. Ich wünsche euch einen schönen Abend!«

Nachdem sie gegangen war, sagte Gavin leise zu Shona: »Jenny ist wirklich nett, aber sie ist das wandelnde Tageblatt von Islay – was auch sein Gutes hat. Wenn du möchtest, dass eine Sache die Runde macht, musst du es ihr erzählen.«

Shona grinste. »Gut zu wissen. Oh, da kommt unser Essen.«

Die Küche des Lochside Hotel war ausgezeichnet und passte zum romantischen Ausblick über die Bucht. Als die Nacht sich über die Insel gesenkt hatte, leuchteten nur noch die Positionslichter der Schiffe und das flackernde Blinken des Leuchtturms auf dem Loch. Gavin beglich die Rechnung, und Shona betrachtete die unzähligen Whiskysorten über der Bar, als er eine allzu bekannte Stimme vernahm. Das konnte doch nicht sein, dachte er und lugte um die Ecke in die Lounge. Doch da stand seine Ex-Frau neben einem gutaussehenden Mann mittleren Alters.

»Gavin, sieh dir das an. Der ist vierzig Jahre alt!« Shona deutete auf eine Flasche und hielt inne, als sie seine versteinerte Miene sah.

»Josh, habt ihr einen Hinterausgang?«, wandte er sich leise an den Mitarbeiter, der hinter der Bar Getränke abfüllte.

Joshua grinste. »Wen hast du denn gesehen?«

»Den Leibhaftigen«, murmelte Gavin, ergriff Shonas Hand und flüsterte ihr ins Ohr: »Tut mir leid, ich wusste nicht, dass sie auf der Insel ist.«

Shona hob die Augenbrauen und schaute in die Lounge, wo eine schlanke blonde Frau in einem sommerlichen Designeroutfit ihre Hand auf den Arm ihres Begleiters legte und erstarrte, als sie ins Restaurant sah. Sofort hatte sich Veronica, die über die Begegnung offenbar genauso überrascht war wie er, gefasst und setzte ihr strahlendes Lächeln auf.

Gavin ging mit Shona in die Lounge und blieb vor seiner Ex-Frau stehen. »Hallo, Veronica.«

»Gavin, was für eine reizende Überraschung!« Veronica schien ihn umarmen zu wollen, doch er wich kaum merklich zurück, und sie verzog den Mund. »Noch immer beleidigt? Ach Gavin, das ist doch albern. Du hast keine Manieren.«

Er spürte den sanften Druck von Shonas Fingern.

»Sagt die Frau, die mich mit meinem besten Freund betrogen hat. Aber das ist Schnee von gestern. Ich wünsche dir einen schönen Abend, Veronica.« Gavin hielt inne. »Ach ja, und bitte, komm nicht nach Darragh.«

Die dunkel geschminkten Katzenaugen wurden zu schmalen Schlitzen. »Kindisch, Gavin, wirklich.«

Er musste raus aus dem Raum, der plötzlich klein und erdrückend wirkte. Auf der Straße holte er tief Luft und drückte Shonas Hand an seine Lippen. »Wollen wir ein Stück gehen? Etwas frische Luft wäre jetzt genau richtig.«

Hand in Hand schlenderten sie die dunkle Straße zum Hafen hinunter. Aus einem Pub in der Nähe erklang Musik, und eine Gruppe junger Leute lief an ihnen vorbei. Als sie auf dem Holzsteg vor den Booten standen, die auf den Wellen schaukelten, nahm er Shona in die Arme.

»Das wollte ich schon den ganzen Abend über tun.«

Shona lehnte sich an ihn und sagte: »Sie ist sehr attraktiv und sehr zielstrebig, und sie hat ziemlich scharfe Krallen.«

»Sie bedeutet mir nichts mehr, Shona.«

»Oh, das glaube ich dir sofort. Aber du solltest ihr irgendwann verzeihen. Damit du da drin heilen kannst.« Shona legte ihm die Hand auf die Brust und sah ihn an.

Als er sie küsste, waren die negativen Gedanken, die Veronica bei ihm ausgelöst hatte, verschwunden. Gavin strich über Shonas Rücken, sog den Duft ihrer Haare und ihrer Haut ein und wusste, dass die Vergangenheit nun keine Macht mehr über ihn hatte.

29

War es das Summen oder die Sonnenstrahlen, die durch das Fenster auf ihr Kopfkissen fielen, die sie aufgeweckte hatten? Shona blinzelte müde und tastete mit der Hand nach ihrem Telefon, stieß beinahe ein Glas vom Nachtschrank und nahm das Gespräch an.

»Hallo? Wer stört so früh?«, krächzte sie und ließ sich in die Kissen zurückfallen. Es war spät geworden. Sie war mit Gavin am Strand von Bowmore entlangspaziert, und ein Kuss hatte zum nächsten geführt.

»Bist du noch nicht wach? Ich wäre um diese Zeit schon in der Küche, um das Frühstück zu machen.«

Schlagartig war Shona hellwach. »Freya! Oh, ist das schön! Freya, du bist wieder munter. Wie geht es dir? Wo bist du? Immer noch im Krankenhaus oder schon bei Mum und Dad?« Tränen liefen Shona über die Wangen. Es tat unendlich gut, die Stimme ihrer Schwester zu hören.

Freya lachte, doch es klang so, als ob auch ihre Schwester eine Träne verdrückte. »Ich bin noch im Krankenhaus. Sie machen noch eine Reihe von Tests, aber die Ärzte sind sehr zufrieden mit mir. Gott, Shona, ich bin so glücklich, dass ich das überstanden habe. Und ich danke dir so sehr, für alles!« Freyas Stimme wurde dünn, und sie schluckte ein paarmal, bevor sie weitersprach. »Du, Mum und Dad, ihr seid einfach unglaublich. Und Erin ist so tapfer. Es tut mir so leid, dass sie das durchmachen musste.«

»Erin ist ein tolles Mädchen, Freya. Du kannst stolz auf sie sein. Anfangs war es nicht einfach, aber irgendwie haben wir uns zusammengerauft, weißt du.« Shona wischte sich die Augen. »Und Thea, deine Nachbarin, ist ein Schatz. Sie hat mir schon oft geholfen, wenn ich wegmusste. Bei dem Wasserrohrbruch war sie zum Glück auch ...«

»Was? Wasserrohrbruch? Um Himmels willen! Ich weiß gar nicht, ob ich die Versicherungsraten gezahlt habe«, rief Freya.

»Mach dir keine Sorgen. Wir haben hier alles im Griff. Ich war schon auf der Bank und habe bessere Konditionen für deinen Kredit ausgehandelt. Darüber müssen wir auch noch sprechen. Ich hätte da einen Vorschlag. Aber jetzt erzähl mir, wie es weitergeht bei dir?«

Es klopfte an ihrer Zimmertür. Shona saß kerzengerade im Bett. »Ja?«

»Was ist denn los?«, fragte ihre Schwester.

»Shona, wir reisen heute ab. Können wir noch frühstücken?« Das war einer ihrer Gäste.

»Verflucht, Freya, ich habe verschlafen. Ich ruf dich nachher zurück.«

Shona sprang aus dem Bett und riss die Tür auf. Eine grinsende junge Frau stand vor ihr. »Ist wohl spät geworden, gestern, was? Wir sind unten.«

»Bin gleich da, macht euch ruhig schon einen Tee und nehmt euch Milch und Obst aus der Küche, okay?«

»Gut, machen wir.«

Minuten später stand Shona mit aufgesteckten Haaren in Jeans und Shirt in der Küche, briet Rührei und gab Mehl, Eier und Milch in eine Schüssel, denn ihre Gäste hatten sich Pfannkuchen gewünscht. Merle und Vince waren ein Paar aus den Niederlanden, die mit dem eigenen Wagen eine Schottlandrundreise machten. Die anderen Gäste hatten sich erst für neun Uhr eingetragen, und Shona hatte die beiden Frühaufsteher schlichtweg vergessen.

»So, jetzt geht es los. Danke, dass ihr so geduldig wart«, sagte Shona und stellte ein Tablett mit Pfannkuchen, frischem Obstsalat, Ahornsirup und eine Schale mit Rührei auf den Terrassentisch. »Die Kaffeemaschine ist jetzt warm. Wollt ihr noch einen Espresso?«

»Gerne«, sagte Merle. »Tut mir leid, dass ich dich aus den Federn geklopft habe.«

»Nein, nein, ich muss mich bei dir bedanken. Auch wenn ich nur die Vertretung bin, darf das nicht passieren. Ich kann doch meiner Schwester nicht das Business ruinieren«, meinte Shona.

Merle und ihr Mann winkten ab. »Wir haben uns sehr wohl gefühlt, und du bist eine tolle Gastgeberin.«

Shona seufzte. »Ihr seid die Besten!«

Als der Frühstücksansturm vorbei war, Molly bereits die Zimmer reinigte und Shona die erste Spülmaschine bestückt hatte, leerte sie ihren dritten Espresso und rief ihre Schwester an.

»Ich wollte dir nur sagen, dass keiner hungrig das Haus verlassen hat«, versicherte Shona.

Freya lachte. »Ich weiß, dass du das richtig gut machst. Hat man mir schon erzählt. Außerdem habe ich auch schon mal verschlafen. Einmal hat Erin mich geweckt. Die schicke ich dir in zwei Tagen wieder zurück. Es hat unendlich gutgetan, sie hier zu haben. Mein kleines Mädchen. Sie ist so erwachsen geworden.«

»Du hast alles richtig gemacht, Freya. Weißt du noch, wie du früher immer gezweifelt hast, ob du eine gute Mutter bist? Musst du nicht. Wann kommst du denn nun wieder her?«

»Shona, ich bin zwar wieder wach und kann auch gehen, einigermaßen, aber meine Motorik ist noch nicht perfekt.« Freya machte eine Pause, und Shona biss sich auf die Lippen. Das klang nicht so positiv, wie sie gehofft hatte.

»Ganz allein werde ich das Zazzles in den nächsten Wochen oder Monaten nicht führen können. Da muss ich mir Hilfe holen. Aber das können wir ja besprechen. Zunächst schicken sie mich zur Reha. Hier in der Nähe ist eine Klinik. Ich hoffe, dass mir das hilft.«

Shona hätte ihre Schwester gern in die Arme genommen, holte tief Luft und sagte: »Ich bleibe, Freya. So lange, wie du mich brauchst.«

»Das kann ich nicht von dir verlangen.« Freya schluchzte. »Dass ich mal in so eine Situation kommen würde. Ich fühle mich so hilflos, wie Ballast!«

»Freya, so ein Unsinn! Wir lieben dich und wollen nichts anderes, als dass du gesund wirst. Sogar Dr. Lewis war dauernd bei dir. Er ist ein sehr netter Mann, und wie er sich um dich sorgt …«

Molly kam in die Küche und goss sich ein Glas Wasser ein.

»Ich spreche gerade mit Freya«, sagte Shona.

»Was? Grüß sie von mir!«, rief Molly freudig.

»Hier, sag es ihr selbst.« Shona gab ihr das Telefon und ging kurz vor die Tür, um nach der Post zu sehen. Als sie mit einem Stapel Werbepost und zwei Rechnungen die Diele betrat, hörte sie Molly sagen: »Komm bloß schnell wieder her, Freya. Deine Schwester ist so streng!«

»Das habe ich gehört«, Shona nahm das Telefon entgegen und hörte Freya herzlich lachen.

»Ich konnte mich nie bei Molly durchsetzen, danke, Shona!«

»Freya, eine Sache noch.« Sie musste das einfach fragen. »Weißt du, wer dich angefahren hat?«

Freya seufzte. »Das haben Mum und Dad mich auch schon gefragt. Nein, ich kann mich an nichts erinnern. Ich weiß nur noch, dass ich aus dem Wald gekommen und schnell gefahren bin, weil ich Angst hatte. Ich glaube, da war irgendetwas im Wald. Ich muss etwas gesehen haben, aber ich weiß nicht mehr, was das war. Es hat mir Angst gemacht. Ich bin schnell gefahren, und dann hat mich wohl ein Wagen von hinten erwischt und mich von der Straße gedrängt. Shona, ich werde damit leben müssen, und ich hatte Glück im Unglück. Lassen wir es dabei bewenden.«

Shona war nicht ihrer Meinung, bohrte jedoch nicht nach.

Am nächsten Tag rief Gavin sie an, um sie zum Lunch in die Brennerei einzuladen. Sie erwartete keine neuen Gäste, und Molly war bereits gegangen, so dass Shona sich in den Jeep setzen und losfahren konnte. Sie hatte den Jeep abschleppen und zwei neue Reifen aufziehen lassen, die sie aus eigener Tasche bezahlt hatte. Schließlich konnte Freya nichts für ihre eigenmächtigen Nachforschungen, die wohl letztlich zu dem Schaden geführt hatten. Mit Zach war sie noch nicht fertig!

Ein paar Regenwolken zogen über den Sommerhimmel, trübten Shonas Laune jedoch keineswegs. In den gelb blühenden Ginsterbüschen zwitscherten Vögel, drei Schafe marschierten gemächlich vor ihr die Straße entlang, und Shona stellte das Radio lauter, um einem Lied der schottischen Band Skippinish zu lauschen. In »Ocean of the free« sangen die Schotten, die teils von den Hebriden stammten, von Fischern und Fährkapitänen, von Menschen, die dem Meer verbunden waren, weil sie die See im Blut hatten. Als Shona um eine Kurve bog und Machir Bay vor sich liegen sah, musste sie an die Seefahrer denken, die früher ihr Leben aufs Spiel gesetzt hatten, und an die Frauen, die bangend auf ihre Männer gewartet hatten. Auch die traditionellen Brennereien auf Islay lagen alle an der Küste, und ihr Name stand in großen schwarzen Lettern auf den weißen Hauswänden, die dem Meer zugewandt waren. So hatten die Schiffe die einzelnen Brennereien auch im Nebel anfahren können.

Shona fuhr in den Hof von Darragh und parkte am Rande des Besucherparkplatzes neben einem Traktor.

Vor dem Stillhouse stand eine Besuchergruppe, die aufmerksam Marys Erläuterungen lauschte.

Gavins Schwester hatte sie gesehen und rief: »Hey, Shona. Gavin ist im Büro. Kannst einfach durchgehen.«

Shona winkte und ging in das Haupthaus mit dem Showroom. Im Restaurant waren fast alle Tische besetzt, und zahlreiche Besucher sahen sich zwischen den Verkaufsregalen um.

Sie ging auf den Tresen zu, wo sie noch vor Kurzem durchnässt mit Quinton gestanden hatte, und fand den Weg in die Büros.

»Hallo!«, sagte sie und klopfte gegen die offene Tür.

Gavin und Brian standen zusammen und besprachen sich.

»Hallo, Shona. Komm rein!« Gavin trat auf sie zu und gab ihr einen flüchtigen Kuss auf die Lippen.

»Freut mich, dass wir dich nun öfter sehen, Shona«, sagte Brian und gab ihr einen Wangenkuss. »Das muss erlaubt sein.«

Gavin grinste. »Aber nur, weil Claire dich entmannen würde, falls du fremdgehst.«

Die Brüder lachten, und Shona hatte den Eindruck, dass beide aus einem bestimmten Grund erleichtert waren.

»Bevor ich dich zum Lunch mitnehme, wollen wir dir etwas erzählen, Shona, was auch für dich von Interesse sein könnte.«

»Oh?« Erwartungsvoll schaute sie von einem zum anderen.

Brian strich über seinen Bart und nickte. »Wir sind genauso wenig von Special Constable Andersons Arbeit begeistert wie du, Shona. Er scheint zu mauern. Seine Ermittlungen verlaufen im Sande. Wenn wir den Saboteur nicht ausfindig machen, zahlt unsere Versicherung nicht, und das würde uns momentan schwer treffen. Na ja, jedenfalls ist meine Frau mit Chief Superintendent Susan Gilchrist befreundet. Gilchrist ist Divisional Commander für Argyll und West Dunbartonshire.«

Gavin nahm wie nebenbei ihre Hand und zog sie ein wenig dichter zu sich. »Susan hat Anderson durchleuchten lassen und festgestellt, dass es mehrere Beschwerden gibt. Weil er aber schon so lange im Dienst ist, seine Pensionierung kurz bevorsteht und die Beweislage in allen Fällen schwammig ist, wollen sie ihn in den Frühruhestand schicken. Übermorgen kommt Susan mit seinem Ersatz nach Islay.«

»Sergeant Jessie Davies wird dann seine Arbeit übernehmen und die Polizeistation auf der Insel leiten«, fügte Brian hinzu.

»Das sind ja tolle Neuigkeiten! Vielleicht gibt es doch noch Hoffnung auf Gerechtigkeit!«, sagte Shona.

30

Shona legte den Telefonhörer zur Seite und sah Molly an. »Wir müssen eine Notiz auf unsere Webseite stellen, dass wir über die Festivaltage komplett ausgebucht sind.«

Molly hockte auf der Tischkante und pulte an einem Fingernagel. »Shit, der ist abgebrochen. Hatte ich mir gerade neu machen lassen. Extra fürs Festival in Neonfarben.«

Demonstrativ hielt sie Shona die grell lackierten künstlichen Nägel hin.

»Unpraktisch, wenn du mich fragst.« Shona warf wieder einen Blick in ihren Laptop und loggte sich in die Seite des Zazzles ein.

»Du gibst dir ja auch gar keine Mühe. Ein wenig Farbe täte dir auch gut«, meinte Molly, die seit Kurzem grüne und rosafarbenen Haarsträhnen hatte.

»Danke, lieb gemeint, aber du hast genug Farbe für zwei. So, habe ich eingestellt. Jetzt rufen die hoffentlich nicht mehr alle fünf Minuten an. Sogar heute Nacht hatte ich eine Anfrage!«

Molly grinste. »Das Festival ist halt echt beliebt geworden. Kommst du zum großen Konzert am Samstag in Ardbeg?«

»Würde ich, aber in Darragh haben sie auch eine Band, und ich kann ein wenig helfen.«

»Ah, ja klar. Du und Gavin. Bleibst du denn jetzt hier?« Molly hüpfte vom Tisch und nahm eine Handvoll Gästeseifen aus dem Schrank. »Die meisten benutzen die gar nicht, sondern stecken die ein. Schafft doch mal Flüssigseife an. Ist bestimmt nicht so teuer.«

»Gute Idee, Molly. Weißt du was, da vorn liegt ein Block. Da kannst du aufschreiben, was dir an Verbesserungen einfällt. Und ich schaue, was ich besorgen kann.«

»Echt? Cool! Ich hätte da noch ein paar Ideen«, sagte das Mädchen freudig überrascht. »Also, was ist nun, bleibst du?«

Hartnäckig, dachte Shona und lächelte. Molly hatte sich in den vergangenen Wochen verändert. Sie beide waren aneinander gewachsen und hatten sich respektieren gelernt.

»So lange, bis Freya allein klarkommt, bleibe ich auf jeden Fall. Das wird wohl noch ein paar Monate dauern, fürchte ich.«

Molly sah sie entgeistert an. »So lange? Oh verdammt, ich dachte, wenn sie kommt, ist sie wieder total fit.« Sie tippte sich an die Stirn. »Aber da ist doch nix kaputtgegangen, oder? Ich meine, versteh mich nicht falsch, das wäre so schrecklich.«

»Nein, Molly, meine Schwester hat keine Hirnschäden davongetragen. Aber ihre Motorik hat gelitten. Sie zittert oft, kann nicht lange stehen, und manchmal sackt ihr Bein weg.«

»Ah, okay, dann muss sie trainieren. Da kann ich ihr helfen. Eine Freundin von mir macht Physio, richtig gut«, bot Molly an.

Shona schluckte und nahm die junge Frau spontan in die Arme. »Du bist toll, Molly. Danke.«

Verlegen machte Molly sich los. »Äh, ja, ich geh dann mal die Zimmer sauber machen.«

Shona fuhr kurz darauf nach Bowmore, um neue Sitzkissen für die Terrassenstühle und Lebensmittel zu kaufen.

Später musste sie Erin abholen, die am Nachmittag mit dem Flugzeug aus Glasgow kam. Sie hatte gerade die karierten Sitzkissen in den Wagen geworfen, als ihr Telefon klingelte.

»Hallo, Quinton!«

»Shona, nur kurz, ich habe gleich eine Vorlesung, aber das solltest du sofort erfahren. Ich habe die Auswertungen aus dem Labor erhalten. Es gibt eine Übereinstimmung!«

»Wer?« Atemlos presste sich Shona das Telefon ans Ohr.

»Die Probe von dem Kellsay-Lodge-Wagen passt zu der von Freyas Rad. Hast du das erwartet?«, fragte der Archäologe.

»Nein. Ich hätte eher auf Zach getippt. Hm, das macht es nicht einfacher. Von der Lodge kann jeder den Wagen gefahren haben oder auch nicht.«

»Und wer ist dauernd im Wald unterwegs?«

»MacRae. Aber Saunders vielleicht auch, und ich weiß nicht, wer da sonst noch arbeitet. Danke, Quinton, das ist ein Schritt nach vorn. Und wir bekommen einen neuen Sergeant hier. Das könnte auch helfen.«

»Ich habe es Freya nicht erzählt«, meinte Quinton.

»Das ist gut so. Sie soll sich nicht aufregen. Schade, dass sie noch nicht zum Fèis Íle hier sein kann. Das hätte ihr Freude bereitet.«

»Fèis Íle?«, fragte Quinton.

»Na, das große Islay-Festival. Alle Brennereien öffnen ihre Türen und bieten Whisky-Tastings an, es gibt Kunsthandwerkermärkte, Folkbands und gutes Essen.« Shona lehnte am Jeep und sah MacRae vorbeifahren.

»Da fährt der Drecksack. Na warte, MacRae, dich kriege ich noch dran«, knurrte Shona.

»Sei vorsichtig. Sprich mit dem neuen Sergeant. Das ist der einzige Weg, Shona.« Quinton sprach gedämpft mit einem Studenten. »Bevor ich gehe, noch eine Sache. Das ist wirklich interessant. Ich hatte doch Sutton Hoo erwähnt, ja?«

»Äh, ja, also ...« So richtig wusste Shona nicht über den Fund von Sutton Hoo Bescheid.

»Die Eckdaten: 1939 hat Basil Brown in Suffolk im Auftrag von Edith Pretty ein Bootsgrab aus dem siebten Jahrhundert entdeckt. Das war eine Sensation! Ein komplettes Wikingerschiff mitsamt einem Goldschatz wurde damals gefunden. Mrs Pretty hat alles dem British Museum vermacht. Damit du das einordnen kannst – das war in etwa so wertvoll wie das Grab von Tutanchamun!«, schwärmte Quinton.

»Wow!« An die goldene Maske des ägyptischen Pharaos erinnerte sich Shona.

»Ja, genau, wow! Und ich vermute, dass bei euch da oben auch ein Grab sein könnte. Die Fibel und der Grundriss und ein paar Berechnungen, die ich angestellt habe. Das führt jetzt zu weit. Es gab im elften Jahrhundert einen Hochkönig namens Godred Crovan. Geheimnisumwittert, mysteriös, wenig Datenmaterial, aber es gab ihn.« Jemand rief nach Quinton, und dieser sagte: »Wir sprechen noch ausführlich darüber, Shona. Ich schicke dir später eine Mail mit meinen Überlegungen. Mach's gut!«

»Bis später!«

Da Shona ohnehin nach Glenegedale musste, um Erin abzuholen, machte sie einen Abstecher zum Baumarkt. Sie fand Seifenspender für die Dusche, die sie montieren musste, aber man wuchs ja schließlich mit seinen Aufgaben. Zum Befüllen würde sie einheimische Lavendelseife wählen. Das war zwar etwas teurer, aber Shona wollte die örtlichen Produzenten unterstützen. Außerdem hatte Molly die Idee gehabt, Produkte der Insel anzubieten, ihre Tante hat zum Beispiel eine Töpferwerkstatt, und das wäre ein Anfang.

Als sie im Flughafencafé bei einem Espresso auf Erin wartete, rief sie Gavin an und erzählte von dem Unfall und was sie von Quinton erfahren hatte.

Gavin war ähnlich besorgt wie der Archäologe und meinte als Erstes: »Fahr nur nicht wieder allein zur Lodge oder in den Wald. Wenn MacRae spitzkriegt, dass du hinter ihm her bist, könnte er unangenehm werden. Du hast ihn bei uns erlebt. Der Kerl ist jähzornig.«

»Ich werde das mit Sergeant Davies besprechen. Wie geht es mit euren Vorbereitungen für Fèis Íle voran?«

»Die Shimmerings haben ihr Kommen bestätigt. Uns fehlt nur noch ein Quartier für die Sängerin. Du hast nicht zufällig ein Zimmer frei?«

»Wir sind ausgebucht. Ich könnte höchstens Erin fragen, ob sie bei einer Freundin übernachtet. Das ließe sich vielleicht machen, mit einer entsprechenden Belohnung für Erin. Mein Schlafzimmer ist gleichzeitig Büro, das geht leider nicht.«

»Wenn sie zusagt, ist es gebucht! Ich würde Miranda dann am Samstag vorbeibringen. Ich weiß nicht, ob wir uns vorher noch sehen können, Shona. Es gibt so viel zu tun, und der Gutachter hat uns eine Frist gesetzt.« Gavin klang niedergeschlagen.

»Welche Optionen habt ihr?«

»Wenn er endgültig ablehnt, können wir klagen, aber dafür fehlt uns das Geld. Der Einbau des neuen Kessels ist problematischer als erwartet, weil alle Leitungen und Anschlüsse erneuert werden müssen, und ein Teil muss noch bestellt werden.«

»Ich würde mal sagen, dass alle Hoffnungen auf Sergeant Davies liegen.« Shona beobachtete das Flugzeug von Loganair, das zum Landeanflug ansetzte.

»Wird schon. Bis bald, Shona!«

Sie legte auf und hatte das Gefühl, dass ihn mehr beschäftigte als nur die Versicherung. Er hatte reserviert geklungen, anders als sonst. Shona schob den Gedanken beiseite und machte sich auf den Weg, um Erin zu begrüßen.

Es war kurz vor Mitternacht, als Shona in ihrem kleinen Zimmer am Schreibtisch saß, Rechnungen sortierte und die Buchungen für die kommenden Tage überprüfte. In der Festivalzeit wäre eine Doppelbuchung fatal, denn es gäbe kein Ersatzquartier. Erin war von der Idee, ihr Zimmer für zwei Nächte unterzuvermieten, begeistert, bedeutete es doch, dass sie bei ihrer Freundin sein konnte und eventuell einen Reitkurs auf dem Ponyhof geschenkt bekommen würde.

Shona wollte gerade den Computer ausschalten, als eine Mail von Quinton einging. Gespannt öffnete sie die Nachricht:

»Hallo Shona, ich beschränke mich in meinen Ausführungen nur auf Godred Crovan, denn den halte ich für äußerst interessant. Die Fibel, die Erin gefunden hat, stammt aus dem elften Jahrhundert. Ich habe die Ornamente mit ähnlichen Objekten verglichen, die in Irland und auf den Hebriden gefunden worden sind. Crovan war der letzte große Wikingerkönig, wenn wir ihn so nennen wollen. Er hat die Isle of Man und später Dublin erobert und sein Inselreich bis zu seinem Tod 1095 beherrscht. Danach brach alles auseinander, und Magnus von Norwegen überfiel die Inseln. Crovan wurde wahrscheinlich auf Islay bestattet, aber es gibt nur die Kreuztafel bei Doid Mhairi, nördlich von Port Ellen. Die befindet sich hier in Edinburgh im Museum. Diese deutet nicht auf ein Wikingergrab hin, und meine Kollegen und ich sind davon überzeugt, dass ein so mächtiger Herrscher wie Crovan mit allen Ehren eines Nordmanns bestattet worden sein muss. Möglicherweise war er aus politischen Gründen auch Christ, aber mit Sicherheit glaubte er an die alten Götter, das belegen verschiedene zeitgenössische Quellen. Nun könnte ich mir gut vorstellen, dass dort, wo die Fibel gefunden wurde, auch das Grab liegt. Wir suchen nach einem erhöhten Ort, einem Hügel von ovaler Form. Vielleicht kannst du noch einmal schauen? Ich plane eine Exkursion mit meinen Studenten, doch das wird erst in den Semesterferien möglich sein.

Ich habe Freya besucht und kann dir gar nicht sagen, wie glücklich ich bin, dass sie sich jetzt erholt.

Quinton«

Das war doch höchst spannend, fand Shona. Wenn die ganze Insel im Festivalfieber war, konnte sie in aller Ruhe nach Crovans Grab suchen.

XX

Íl, 1094

Der letzte große Sturm hatte viel Seetang und Treibgut in die Bucht gespült. Jeder holte sich, was er tragen konnte, denn das Holz war gut, musste nur getrocknet werden. Fjell und Hulda standen Arm in Arm in den Dünen und beobachteten, wie Jarlí und Eydis mit den anderen Kindern durch den aufgewühlten Spülsaum tobten.

»Ich werde Jarlí ein größeres Schwert machen lassen. Er ist ein kräftiger Bursche geworden«, sagte Fjell voller Stolz auf seinen achtjährigen Sohn, der aufpasste, dass seine kleine Schwester nicht stürzte.

Hulda schmiegte sich an ihren Mann. »Er ist noch ein kleiner Junge, Fjell. Ich hätte mir so sehr noch mehr Kinder gewünscht.«

Fjell drehte sie zu sich, umfasste ihr Gesicht mit den Händen und küsste sie. »Die Götter haben uns zwei starke, gesunde Kinder geschenkt. Dafür müssen wir dankbar sein.«

Sie schmiegte sich an ihn, spürte den rauen Wollstoff seines Umhangs an ihrer Wange und die Wärme, die sein starker Körper verströmte. Ein Gefühl tiefer Liebe durchflutete sie. »Freya hat mir den besten Mann gegeben, den ich mir hätte wünschen können.«

»Ich liebe dich, Hulda«, murmelte er, und seine Hände fuhren unter ihrem Wollmantel über ihren Rücken und ihre Hüften, die ihm noch näher sein wollten.

»Hm, mein Krieger. Ich würde dir meine Liebe zeigen, wenn es nur nicht so kalt wäre.« Sie lachte, und er gab ihr einen Klaps auf den Hintern.

Kleine Wellen rollten in die Bucht. Doch das Weißwasser blieb hinter den großen Felsen, die den Übergang zur offenen See markierten. Aus den grauen Wolken begannen Regentropfen zu fallen. Zuerst nur wenige, doch schnell verwandelte der kalte Winterregen den Sand in Matsch, und die Kinder schrien und liefen zu den Dünen.

Hulda schlug ihre Kapuze über die Haare. Nur Fjell schien der Regen nichts auszumachen. Er war es gewohnt, auf seinem Schiff bei jedem Wetter den Elementen zu widerstehen.

Jarlí schleppte ein kantiges Holzstück heran, und Eydis hatte Muscheln und Seetang gefunden.

»Seht doch, seht doch! Da wohnen Anderwesen drin!«, rief Eydis und zeigte eine große weiße Muschelschnecke mit rosafarbenem Inneren.

»Die ist wunderschön, meine Kleine. Halte sie dir ans Ohr, dann singen dir die Anderwesen das Lied des Meeres«, sagte Hulda und strich ihrer Tochter über die weichen blonden Locken.

Jarlí zeigte seinem Vater das Holzstück, das mit Schnitzereien versehen war. »Ist das von einem Schiff?«

Fjell nahm das gesplitterte Holzstück in die Hände und drehte es hin und her. »Von einem Segler aus Nórvegr.«

Seine Miene verdüsterte sich, als er seinem Sohn das Holz gab. »Lasst uns gehen.«

»Das muss ich Svend zeigen!« Jarlí stob davon, und Fjell legte den Arm um Huldas Schultern. Eydis lief neben ihnen her und hielt sich immer wieder die Muschelschnecke ans Ohr.

Der Regen hatte genauso schnell aufgehört, wie er begonnen hatte. »Etwas bedrückt dich, Fjell.« Hulda warf ihrem Mann einen Blick zu. Sein markantes Profil mit dem langen Haar und dem gestutzten Bart hob sich gegen den Winterhimmel ab. Vor zwei Tagen war Fjells Vertrauter Jón mit einem Schiff aus Dyflin gekommen.

»Wir haben gestern noch lange miteinander gesprochen, Hulda. Olav Kyrres Tod hat eine große Lücke hinterlassen, die sein Sohn nicht füllen kann. Olav hat Frieden gehalten. Seinen Sohn nennen sie schon Sryrjaldar-Magnus. Er ist nur auf Krieg aus.« Fjell blieb stehen und nahm seine Frau sanft bei den Schultern. »Und dieser Mann ist dein Halbbruder, Hulda. Ich habe Angst um dich. Was, wenn er dich an seinen Hof holen will?«

Magnus war genau wie Hulda ein illegitimer Spross des verstorbenen Herrschers von Nórvegr und nicht für sein einnehmendes Wesen bekannt. Mit gerade einmal zwanzig Jahren hatte er den Thron bestiegen, und er tötete jeden, der ihm im Weg stand oder sich weigerte, ihn als König anzuerkennen.

»Warum sollte er? Ich bin keine Gefahr für ihn, weil er nicht weiß, dass ich noch existiere. Nein, Fjell, ich mache mir wegen Magnus keine Sorgen.«

Doch ihr Mann schüttelte den Kopf. »Du hast Anspruch auf einen Teil des Erbes. Es gibt Feinde von Magnus, die dich instrumentalisieren könnten. Oder Magnus selbst könnte dich strategisch verheiraten wollen.«

»Du bist mein Mann, Fjell!«, widersprach Hulda.

Fjell sah sie beinahe mitleidig an. »Das hat noch nie einen machtgierigen Herrscher gestört. Einen Ehemann kann man ausschalten. Hulda, Magnus ist von illegitimer Herkunft, genau wie du, und er wird alles tun, um seine Position zu stärken. Alles! Er hat bereits bewiesen, wozu er fähig ist. Bevor wir nach Hause reiten, treffen wir uns mit Jón in der Halle, und er kann dir erzählen, was er weiß. Dann siehst du die Dinge anders.«

In der Versammlungshalle des Dorfes brannte ein Feuer, und es roch nach gebratenem Fisch und Eintopf. Hulda entdeckte ihre Mutter und auch Thyra, die Nonne, zwischen den älteren Frauen, welche die Sklavinnen beaufsichtigten und sich um das Essen kümmerten. Róki saß mit den Männern am Feuer und hielt ein Trinkhorn in der Hand. Ihr Vater war alt geworden, seine Gelenke geschwollen, doch sein Geist war noch immer scharf. Jón, Benkt und Fionn saßen mit Róki und Sebbi auf Stühlen, während die anderen Krieger, unter denen auch Sverrir war, auf Bänken hockten und Bier und Met tranken.

Hulda fürchtete sich vor Sverrir, der sie mit scheelen Blicken verfolgte. Wenn er in der Nähe war, ging sie nur in Begleitung eines Bewaffneten aus dem Haus. Auch Kára war heute Abend zugegen und versorgte die Kinder mit Eintopf.

»Jón, mein Freund, wir wollen alle hören, was du mir gestern berichtet hast«, lud Fjell Jón ein.

Der sehnige Däne nickte, leerte seinen Becher und hielt ihn einer Sklavin hin, die ihm nachschenkte. »Ihr wisst, dass Crovan mich geschickt hat. Gruffydd ap Cynan hat ihn um Hilfe im Kampf gegen die Normannen gebeten. Wir sollen mit unseren vier Schiffen nach Wales segeln und Gruffydd beistehen.«

Benkt murrte: »Warum sollen wir unser Blut für einen Waliser vergießen?« Huldas Bruder hatte kräftige Schultern entwickelt und war für seine todbringende Axt gefürchtet. Benkt hatte sich Tintenbilder in seinen Hals und auf seine Arme stechen lassen und das Kreuz, das ihm seine Mutter als Kind umgehängt hatte, abgelegt.

»Weil Crovan mit Gruffydd verwandt ist, Dummkopf«, erwiderte Fionn. »Crovan und Gruffydd sind beide in Dyflin geboren, und Gruffydds Mutter Ragnhild war die Tochter von König Olav von Dyflin.«

Benkt, der schon seit dem Nachmittag dem Bier zusprach, grunzte: »Ja, ja, und trotzdem ist es mir egal, weil ich nämlich nicht mit irgendeinem von denen da verwandt bin!«

Sverrir meldete sich von seiner Bank zu Wort: »Pass auf, was du sagst, Benkt, oder stehst du nicht hinter unserem Hochkönig?«

Benkts glasige Augen legten sich auf den Hünen, der seinen Schädel bis auf einen Haarschweif in der Kopfmitte geschoren hatte. »Ich habe vor einem wie dir keine Angst!« Er spuckte aus.

Hulda kannte ihren Bruder, und heute war er streitsüchtig und zu allem bereit. Aber vor den Männern durfte sie nichts sagen und sah ihren Bruder stattdessen nur warnend an, was dieser jedoch ignorierte. Er erhob sich.

»Genug!«, herrschte Fjell ihn und Sverrir an. »Bei Thor, in unserer Halle herrscht Frieden! Benkt, steck deinen Kopf in Eiswasser, und lass dich heute nicht mehr in der Halle blicken.«

Huldas Bruder wollte etwas sagen, kniff dann jedoch die Lippen zusammen und verließ schwankend die Versammlungshalle. Sverrir machte eine höhnische Geste und wandte sich wieder seinen Leuten zu.

»Wir werden uns also auf den Weg nach Gwynedd machen«, entschied Fjell. »Jón, was hat man dir über Magnus noch zugetragen?«

Róki warf seiner Tochter einen vielsagenden Blick zu.

Der blonde Jón, dessen Oberhaar in dünnen Zöpfen an seinem Schädel lag, räusperte sich. »Der Händler, den wir gesprochen haben, kam direkt aus Nórvegr und sagte, dass Tore Tordsson und Egil Aslaksson, zwei Adlige, und deren Leute einen Aufstand angezettelt hatten. Sie haben Magnus von Anfang an nicht als rechtmäßigen König anerkannt. Und sie hatten wohl eine Menge Leute hinter sich. Tore Tordsson hatte sogar einen Gegenkönig aufgestellt, Swey Haraldsson.

Magnus hat sie verfolgen lassen, bis sie entweder getötet oder gefangen waren. Und Tordsson und Aslaksson und einige weitere hat er auf der Insel Vambarholm hängen lassen. Die Körper mussten hängen bleiben, bis sie verrotten.«

Hulda griff nach dem Arm ihres Vaters, und Róki tätschelte ihre Hand.

»Magnus will, dass man ihn fürchtet. Ein großer Herrscher muss gefürchtet werden«, sagte Róki.

»Und respektiert«, warf Fjell ein. »Crovan ist ein Mann, dem seine Leute folgen, weil sie ihm vertrauen und wissen, dass er immer gerecht teilt. Aber Magnus ist ein brutaler, selbstherrlicher Kerl, der sich nimmt, was er will, und tötet, wenn er Lust dazu hat.«

»Leider muss ich dir recht geben, Fjell«, meinte Jón. »Der schmachvolle und ehrlose Tod von Egil Aslaksson, der einen Ruf als edler Kämpfer genoss, hat sich wie ein Lauffeuer verbreitet und Magnus mehr Feindschaft als Gefolgschaft eingebracht. Und schließlich hat er seinen Halbbruder Bívorr, der genauso illegitim gezeugt wurde wie er selbst, öffentlich blenden lassen, weil der ihm nicht die Treue schwören wollte.«

Fionn riss sich ein Stück Fladenbrot ab. »Und sein Hunger auf Land ist genauso groß wie sein Blutdurst. Es heißt, er will die Grenzen von Nórvegr erweitern und es so groß machen, wie es einst war. Norðreyar und Suðreyar stehen auf seinem Speiseplan.«

Hulda hörte gebannt zu, was die Männer noch über ihren Halbbruder zu berichten hatten, und begriff, dass Fjells Sorge berechtigt war. Sollte Magnus von ihrer

Existenz erfahren und sich durch sie bedroht fühlen, wäre ihr Schicksal besiegelt.

Spät in dieser Nacht lag sie neben Fjell im Bett ihres Hofes an Loch Gorm. Hier fühlte sie sich sicher, doch Fjell stützte sich auf seinen Ellbogen, streichelte ihre Brüste und sagte leise: »Ich nehme dich und die Kinder mit mir nach Gwynedd, Hulda. Ihr seid hier nicht sicher, wenn wir segeln.«

»Frau und Kinder auf einem Drachenschiff?« Hulda sah ihn zweifelnd an.

»Mit euch an Bord segeln wir unter dem Schutz der Götter. Ich werde dich nicht in die Hände dieses Schlächters fallen lassen, Hulda.«

In seinen dunklen Augen flammten Zorn, Furcht und Leidenschaft auf. Hulda strich ihm über die Wange und legte ihm die Hand um den Nacken. »Aber heute Nacht gehörst du mir, Fjell.«

XXI

Sturmpfeil machte seinem Namen alle Ehre und durchschnitt die Wellen mühelos. Das bunte Segel blähte sich im Wind und trieb das Schiff durch die Meerenge, die sie am meisten fürchteten. Crovan beherrschte zwar Dyflin und Teile der Ui Neill, doch die Galen in Ulaid waren ihre Feinde. Vor wenigen Jahren hatte ein Sohn des Königs der Ulaid zusammen mit Enkeln von Ragnall dem Gefürchteten Crovan auf Man angegriffen. Der Überfall war gescheitert, aber der Hass auf Crovan und seine Dynastie bestand weiter.

Die Gischt spritzte ihnen ins Gesicht, und Salz klebte auf Lippen und Kleidung. Fjell hoffte, dass sie noch am selben Tag die Küste von Man erreichen würden. Die Seereise war beschwerlich für Frauen und Kinder, die eng zusammengekauert im Heck unter einer gewachsten Wollplane hockten. Fionn trat neben Fjell, und gemeinsam suchten sie die See nach möglichen Feinden ab. Doch bisher waren nur die Felsen vor der Küste der Galen zu sehen. Sie fuhren im Verband mit fünf Schiffen.

»Ich weiß nicht, wen wir mehr fürchten sollten, die Galen oder die Skoten. Malcolms Tod im vergangenen Winter hat das Land geschwächt. Jeder kleine Jarl will nun seine Eigeninteressen durchsetzen. Es fehlt die verbindende Kraft«, sagte Fionn und schaute angestrengt in Richtung der Küste von Drummore.

»Sein Bruder Donald ist zu schwach. Er hat nicht genügend Anhänger, und Malcolms Sohn Duncan will ihn stürzen.« Fjell stand am Ruder und spürte das Vibrieren der Planken, hörte das Ächzen der Balken und das Flattern des gespannten Segels. Die Männer saßen auf den Ruderbänken, bereit, sofort zu Waffen und Schilden zu greifen, sollten sich feindliche Schiffe nähern.

»Duncan wird es allein auch nicht schaffen, sich gegen den Adel und seinen Halbbruder Edgar durchzusetzen. Dass sie das nicht begreifen. Wenn sie ihre Truppen nicht vereinen, spielen sie William Rufus von England in die Hände. Seine Armee ist schon auf dem Weg in den Norden«, knurrte Fjell düster.

»Solange Crovan Dyflin hält und wir die Inseln von Man bis hinauf nach Norðreyar kontrollieren, haben wir nichts zu fürchten. Selbst Magnus wird nicht so dumm sein, uns anzugreifen. Wir haben mehr Schiffe, als er jemals bauen kann.« Fionn stand breitbeinig neben Fjell und glich die Bewegungen des Schiffes aus.

Godred Crovan war ein charismatischer und kluger Herrscher. Er wurde gefürchtet und respektiert, doch seine Söhne waren nicht wie er. Fjell bedauerte, dass Lagman die Befehlsgewalt über die Inseln erhalten hatte. Nicht weil er selbst hätte herrschen wollen, sondern weil er sah, wie Lagman das, was sein Vater aufgebaut hatte, durch seine Intrigen und seinen fehlenden Weitblick zerstörte. Dazu kam sein dauernder Zwist mit seinem Bruder Harald, der aus Jórvík von erfolglosen

Kriegszügen mit Malcolm zurückgekehrt war und sich nun auf Man seine Wunden leckte.

»Magnus wird noch nicht angreifen, Fionn. Bei den Göttern, ich verwette mein Schwert, dass er nur darauf lauert, die Norðreyar und Suðreyar zu erobern.« Fjell sah zu seiner Familie, die sich während der teils stürmischen Überfahrt klaglos in ihr Schicksal gefügt hatte.

Am Abend desselben Tages erreichten sie bei aufkommendem Nebel die Küste der Insel Man. Fünf Drachenschiffe näherten sich dem Eiland und versetzten die Wachen am Ufer mit Sicherheit in Aufruhr. Die königliche Festung thronte auf einer Gezeiteninsel, zu der man bei Niedrigwasser vom Festland zu Fuß gelangen konnte. Fjell stand mit seinen Kindern an der Reling und zeigte auf die dunkle Silhouette, die sich aus dem Meer erhob.

»Das wird für die nächsten Wochen euer Zuhause sein. Dort seid ihr sicher, denn die Feste von Peel ist uneinnehmbar.« Er drückte Huldas Hand.

»Du wolltest uns doch mit nach Gwynedd nehmen, und jetzt sollen wir in dieser düsteren Burg eingesperrt sein?« Hulda lehnte sich an ihn. »Fjell, gibt es keinen anderen Ort, an dem wir auf dich warten können?«

»Keinen, der so sicher ist, mein Herz.« Er küsste ihre Haare. »Die Zeiten haben sich verändert, seit Magnus an der Macht ist. Du bist eine kluge Frau, Hulda, du weißt, worum es geht.«

Ihr entfuhr ein tiefer Seufzer, und sie nickte ergeben. »Ich hatte schon ganz vergessen, von wem ich abstamme. Es erscheint mir so unwichtig.«

»Königliches Blut lässt sich nicht auswaschen.«

»Der Fluch meiner Herkunft. Ich werde den Göttern opfern, sobald wir auf der Insel sind.« Gefasst hob Hulda das Kinn und beobachtete, wie die Burg aus dem Nebel vor ihnen aufragte. Massig, grau und abweisend lag das Felseiland in der See.

Nacheinander machten die Schiffe am Anleger fest. Der Empfang durch die Wachen war frostig. Lagman befand sich auf seiner Festung in Balley Cashtal, und die Wächter am Anleger sträubten sich gegen die Aufnahme von Frauen und Kindern.

»Wer hat das Sagen in der Burg?«, knurrte Fjell und winkte seinen Männern, das Schiff zu vertäuen und an Land zu kommen.

»Herr Lagman, aber der Herr ist nicht hier, und wir haben Anweisung, keine Fremden in die Festung zu lassen«, sagte der Krieger, ein junger Mann, der kampferfahren wirkte.

»Willst du mich vielleicht als einen Fremden bezeichnen? Ich bin Fjell Halvorson, und bei Thor, ich zeige dir, wer wir sind!«, brüllte Fjell und zog wütend sein Schwert. »Meine Männer und ich haben mit König Crovan um Dyflin gekämpft, unsere Drachenschiffe haben eure Ärsche mehr als einmal gerettet, und wir sind auf dem Weg nach Gwynedd, um König Gruffydd ap Cynan zum Sieg über die Normannen zu verhelfen. Und du Wicht willst uns kein Quartier geben?«

Ein erkennendes Aufleuchten glitt über das Gesicht des Mannes, und er rief einen Kumpan herbei. »Fjell von Íl und seine Männer sind hier. Mit Frauen und Kindern«, fügte er hinzu.

Sie standen noch immer unten auf den grauen Felsen, an denen Seetang klebte und in deren Vertiefungen schlammiger Meeresboden lagerte. Es war kalt und nass, und bald würde es dunkel sein.

Fjell nickte Fionn zu. »Los, wir gehen rauf, egal, was sie sagen.«

Fionn und die Besatzung von fünf Schiffen rückte nun an, große, muskulöse Kerle in Lederhosen und Kettenhemden, bewaffnet mit Schwertern, Äxten und Schilden, müde und hungrig von der langen Seereise.

Der Wortführer der Wachen warf noch einen Blick auf Sverrir, der ausspuckte und gegen sein Schild schlug, und sagte zu Fjell: »Verzeiht, edler Herr, aber der König fürchtet sich vor der Seuche, die die Götter geschickt haben. Sie rafft seit Wochen viele gute Männer dahin. Deshalb ist er auch nach Balley Cashtal.«

Fjell hob den Schwertarm. »Halt, Männer! Wartet! Und jetzt sag mir, geht die Seuche auf der Burg hier um? Ich will meine Familie in eure Obhut geben. Sprich und sag mir die Wahrheit!«

Der Mann war blass geworden und erwiderte mit zittriger Stimme: »Nein, nein, hier gab es noch keine Opfer.«

»Warum ist der König dann nach Cashtal Rosien?« So hieß die Burg in Balley Cashtal.

»Weil er Angst davor hat, dass Handelsschiffe die Seuche mitbringen. Er betet mit den Mönchen des Klosters«, sagte der Wächter etwas verhalten.

»Er betet! Der König betet zu dem jämmerlichen Christengott. Dann kann uns ja nichts passieren!«, höhnte Fjell, und seine Leute grölten zustimmend.

Die Mannschaften setzten sich in Bewegung, allerdings nicht, bevor Fjell die Wachen für die Schiffe eingeteilt hatte. Fjell nahm Huldas Hand und sorgte dafür, dass die Kinder und Isla von Fionn und seinen besten Männern umgeben waren, während sie zur Festung hinaufstiegen. Die Brücke wurde heruntergelassen, und man hieß sie durch das Tor eintreten. Meterhoch ragten die dicken Mauern in die neblige Nacht auf. Eydis brach in Tränen aus, und Jarlí drängte sich zwischen Hulda und Fjell.

Fackeln säumten den Hof, um den sich Stallungen, Schmiede, Küche und Wohnhäuser reihten. Aus der Großen Halle im Erdgeschoss drangen Gesang und Gelächter.

»Was für eine Seuche, Fjell? Davon haben wir noch nichts gehört!«, flüsterte Hulda.

»Das werden wir noch herausfinden. Es kann auch ein Gerücht sein, das Magnus gestreut hat, um Unruhe und Angst zu verbreiten. Zuzutrauen wäre es ihm. Dein Halbbruder ist nicht dumm.« Fjell drückte ihr die Hand. »Wir essen, und dann gehen wir schlafen.«

Doch so schnell sollte die Nacht nicht enden, denn nachdem sie ihre Waffen vor der großen Tür zur Halle abgelegt hatten, hörten sie eine bekannte Stimme.

»Was hat uns Ran denn heute an Land gespuckt?«, rief Gormr, der in der Mitte der Halle auf einem Podest saß und ihnen mit geröteten Wangen entgegensah.

In einer mannshohen Feuerstelle brannten Scheite, mit denen man ein Schiff hätte in Brand setzen können, an den Wänden waren Talglampen entzündet, auf einer

Tafel lagen die Reste eines opulenten Mahls, zwei Musiker spielten die Lyra, es wurde getanzt und gewürfelt, und in einer Ecke hockten drei Mönche in braunen Kutten und betrachteten missmutig das ausgelassene Gelage.

Fjell hätte nicht gedacht, dass er einmal so froh über den Anblick des älteren Kriegers sein würde. Aber wenn Gormr hier war, gab es zumindest einen Anführer, der wusste, worauf es im entscheidenden Moment ankam. Fjell ließ Hulda los und ging zu dem ergrauten Heerführer, dessen Arme mit Silber- und Goldreifen geschmückt waren. Ein schwarzes, zotteliges Fell lag um seine Schultern, und er trug ein langärmeliges Hemd aus dickem Wollstoff. Kälte und Feuchtigkeit zogen durch die Wände.

Die Männer begrüßten sich respektvoll, und Gormr schien ebenfalls erfreut, ihn hier zu sehen. »Erzähl, Fjell, was treibt dich her, und warum hast du deine schöne Frau in dieses kalte Nest auf einem öden Felsen gebracht?«

XXII

Eydis machte im Schlaf kleine schmatzende Geräusche wie ein Kätzchen. Hulda saß im Bett neben ihrer Tochter und betrachtete das zarte Kind, um das sie in diesem Winter gebangt hatte. Überall in diesen kalten Mauern zog es.

»Isla, leg noch ein Stück Holz auf die Glut«, sagte sie zu ihrer Sklavin, die ein Hemd von Jarlí gewaschen hatte und es auf einen Stock in der Nähe des Feuers hängte.

Isla ging in die Ecke des kleinen Raumes, in dem eine große Bettstatt, zwei Armlehnstühle, ein Tisch und eine Truhe standen. In einem Korb lagerten sie Holz, von dem es nie genug gab. Hulda hatte bereits einen halben Armreif zu Hacksilber gemacht, um mehr Holz und Getreide für ihre Kinder zu bekommen.

»Eydis darf nicht frieren. Dieses elendige Loch! Zwei Monde sind wir nun schon hier«, stöhnte Hulda.

Isla blies in die Glut, und eine Flamme züngelte auf und fraß sich in das Holzstück. »Herrin, ich war vorhin in der Küche und habe mich in die Halle geschlichen, um zu hören, was die Männer reden.«

Hulda sah die aufmerksame Frau an, die sie als ihre Gefährtin schätzte. »Haben sie Schiffe gesichtet?«

»Das nicht, nein. Ein Händler aus dem fernen Ispanía ist gekommen. Er hatte bunte Tücher und Krüge mit Gewürzen dabei. Davon sollten wir etwas erwerben. Die kleinen roten Schoten sind als Pulver gut gegen Fieber und Husten.« Isla griff in die Tasche ihres Wollumhangs, den sie über ihrem Kleid und den Hosen trug, und fischte eine winzige getrocknete Schote heraus.

Neugierig nahm Hulda sie zwischen die Finger und roch daran. Ein scharfer Geruch stieg ihr in die Nase. »Noch etwas? Ich gehe zum Abendessen hinunter.«

Sie gab Isla die Schote zurück, leckte an ihren Fingern und verzog überrascht den Mund.

Isla grinste. »Scharf.« Schnell wurde sie ernst. »Der Jarl Lagman hat seinen Bruder Harald hier in den Kerker werfen lassen. Morgen will er ihn öffentlich bestrafen. Es wird geredet, dass er damit Haralds Anhänger warnen will.«

Hulda rieb die Finger an ihrem Rock ab. »Lagman hätte sich mit Harald verbünden sollen. Ach, warum begreifen sie nicht, dass sie sich schwächen, wenn sie sich zerstreiten!« Sie gab Eydis einen Kuss und stand auf. »Wo ist Jarlí?«

»Er spielt mit Gormrs Söhnen im Hof. Das gefällt ihm«, antwortete Isla.

»Hol ihn rein, Isla. Er war lange genug draußen. Ich kleide mich für das Abendmahl um. Lagman wünscht meine Anwesenheit. Und pass mir gut auf die Kinder auf. Leg den Riegel von innen vor, hörst du?« Wenn ein Strafgericht bestellt wurde, kochten die Gemüter der verfeindeten Parteien hoch, und man konnte nicht wissen, was passierte. Wenn doch nur Fjell endlich käme!

Als es bald darauf Zeit fürs Essen war, ging Hulda mit Umhang und in einem Kleid mit reich bestickten Säumen die Treppe hinunter ins Erdgeschoss. Sie hatte eine goldene Kette mit blauen Steinen angelegt, die aus Byzantinum stammte. Ihren Thorshammer trug sie mit Stolz, auch wenn Lagman sich dem neuen Glauben verschrieben hatte.

Sie zog den warmen Umhang enger um die Schultern, als sie über eine nicht überdachte Brücke gehen musste. Die Festung war eine unübersichtliche Ansammlung verschiedener Gebäude, die zum großen Teil aus Holz und zum Teil aus Steinen errichtet waren. Der mächtige Rundturm bildete das Zentrum der Anlage, doch wenn es nach Lagman ging, wäre das alte Kloster, das sich innerhalb der Festungsmauern befand, ausgebaut oder erneuert worden. Doch dieses Vorhaben war auf Widerstand bei seinen Gefolgsleuten gestoßen. Hulda sah die Fackeln im Hof und entlang des Weges zum Kloster.

Froh, das Hauptgebäude erreicht zu haben, trat sie in die erleuchtete Halle, in der es warm und verraucht war. Dunkle Schwaden zogen von der Feuerstelle zur Decke hinauf. Lagman saß auf dem beschnitzten Armlehnstuhl, auf dem sonst Gormr saß, der nicht in guter Stimmung zu sein schien. Missmutig saß er neben Lagman, doch als er Hulda erblickte, hellte sich seine finstere Miene auf. »Ein Licht in dieser trüben Nacht. Hulda, ich habe Neuigkeiten für dich.«

Neben Gormr saß seine Frau, eine Dänin, die sich selten zu Wort meldete.

»Sei gegrüßt, Jarl Lagman«, sagte Hulda und neigte den Kopf.

Lagman trug seinen Bart kurz gestutzt und sein Haupthaar nach hinten gebunden. Seine Haut war blass, und dunkle Schatten lagen um die Augen. Seine Oberlippe zuckte nervös, und ständig sah er sich um. Dass er dauernd das silberne Kreuz an seinem Hals berührte, schien seine Ängste nicht zu vertreiben.

»Hulda, Fjell Halvorsons Frau. Dein Mann hat sich siegreich geschlagen. Setz dich zu uns.« Mit einer großzügigen Geste bot er ihr einen Stuhl an seiner Tafel an.

Sie setzte sich neben Gormrs Frau Sigrid und sagte leise: »Ich bin sehr froh, dass Jarlí mit deinen Söhnen spielen darf. Ich wüsste nicht, wie ich ihn sonst bändigen sollte.«

Sigrid, deren Hände gefaltet in ihrem Schoß lagen, antwortete mit matter Stimme: »Wir gebären ihnen Kinder, schenken ihnen Leben, und dann schicken wir sie in die Schlacht.«

»Das ist von den Göttern vorherbestimmt, Sigrid. Wir können nicht ändern, was die Nornen sich für uns ersonnen haben.« Hulda redete sanft, denn Sigrid hatte bereits vier Söhne im Kampf verloren.

Die Frau hob kurz den Blick, nur um gleich darauf wieder auf ihre Hände zu starren. Nicht alle Frauen waren stark genug, das Schicksal anzunehmen, das ihnen auferlegt wurde. Vielleicht war auch die Liebe zu Gormr nicht groß genug, dachte Hulda. Dass Gormr zahlreiche Frauen hatte und überall uneheliche Kinder gezeugt hatte, war kein Geheimnis. Solches Verhalten hatte man ihr über Fjell noch nicht zugetragen, obwohl sie davon ausging, dass auch er nicht mönchisch in der Fremde lebte.

Wie stand es überhaupt um Lagman?, dachte sie und schaute zum Kopfende der Tafel, wo Crovans Sohn mit seinem Messer in ein Stück Fleisch stach. War er mehr dem eigenen Geschlecht zugetan wie etwa der grausame William Rufus von England? Er umgab sich nicht mit schönen Sklavinnen, und auch von einer Braut war noch keine Rede gewesen. Ein Mönch in brauner Kutte trat zu Lagman und flüsterte ihm etwas zu, woraufhin Lagman ihn verscheuchte.

»Geh mir fort mit deinem Gewäsch!«, rief er und hob sein vergoldetes Trinkhorn. »Trinken wir auf den Sieg von König Gruffydd über die Normannen! Mit unseren Kriegern ist es ihm gelungen, die verfluchten Eindringlinge zu vertreiben.«

Die Krieger in der Halle riefen zustimmend und trampelten auf dem Boden, dass es nur so dröhnte und krachte. Hulda dachte bei sich, dass Lagman ruhig den Anteil ihres Mannes an diesem Sieg hätte erwähnen können.

Als hätte Gormr ihre Gedanken gelesen, beugte er sich zu ihr. »Die Ehre für diesen Sieg gebührt allein Fjell und seinen Männern. Wir wissen das, Hulda. Lagman auch, aber er kann die Erfolge anderer nicht anerkennen. Er ist kein Herrscher wie sein Vater, sondern ein

Weichling. Leider ist Harald nicht besser, sonst hätten wir ihn unterstützt.«

Erschrocken sah sie Gormr an. Die dunklen Tintenbilder auf seiner Haut schienen sich im flackernden Licht der Flammen zu bewegen. »Harald wollte seinen eigenen Bruder stürzen?«, flüsterte sie.

»Du musst keine Angst haben, Hulda. Das wissen hier alle. Deshalb will Lagman morgen ein Exempel statuieren.« Gromrs Augen verengten sich zu Schlitzen. »Ob ihm das nützen wird, werden die Götter entscheiden.«

Die Sonne schien zwischen grauen Wolken hindurch, und ein kalter Wind blies vom Meer herüber. Die im Hof der Festung versammelte Menschenmenge war unruhig. Es wurde getuschelt, und die Kinder waren ungewöhnlich still, so als spürten sie, dass gleich etwas Außergewöhnliches geschehen würde. Hulda hatte sich mit Isla und ihren Kindern etwas entfernt auf die begrünte Anhöhe gestellt. Hinter ihnen befanden sich die Reste des alten Klosters, und sie hörte die Mönche einen monotonen Singsang anstimmen. Die Worte klangen fremd, doch Isla schien sie zu verstehen.

»Sie beten für die Seele des Verurteilten«, sagte Isla.

»Wenn sie mit der Strafe beginnen, lenkst du Jarlí ab, Isla«, sagte Hulda, die Eydis an der Hand hielt.

Jarlí war jedoch keineswegs ängstlich, sondern hätte sich am liebsten vorn in die erste Reihe vor dem Richtplatz, in dessen Mitte ein Pfahl stand, gestellt.

»Warum kann ich nicht zu Gormrs Söhnen?«, quengelte ihr Junge.

»Weil ein Strafgericht Männersache ist, und du bist noch ein Kind«, sagte Hulda streng. Ob Fjell seinen Sohn mit nach vorn genommen hätte? Vielleicht, aber er war nicht hier, also entschied sie.

Lagman trat auf den Platz, die Krieger waren allesamt in Kettenhemden und bewaffnet angetreten. Nur einige wenige, die zu Haralds Mitverschwörern gehörten, standen unbewaffnet und gefesselt nebeneinander an einer Wand.

»… und Verräter müssen bestraft werden!«, wetterte der Jarl. »Mein eigener Bruder, mein Fleisch und Blut, wollte mich töten, mir meine Rechte nehmen, euch unterjochen mit seiner verrohten Bande.«

Es folgten eine Reihe unflätiger Beschimpfungen und Aufzählungen der einzelnen Verfehlungen, darunter das Mordkomplott gegen Lagman.

»Das Schwurgericht hat sein Urteil gefällt, im Namen Gottes sollst du geblendet und deiner Manneskraft beraubt werden, Harald!« Lagmans Stimme zitterte ein wenig, doch seine Augen sprühten Hass und Zorn auf den mordlustigen Bruder.

Hulda drehte Eydis mit dem Gesicht zu sich und drückte das Mädchen gegen ihren Umhang. »Isla!«, rief sie, und die Dienerin hielt Jarlí einen kleinen Dolch hin, den Hulda für ihn gekauft hatte.

»Damit kannst du ein Holzschwert schnitzen, Jarlí«, erklärte Isla.

Für den Moment hatte der Junge nur Augen für die kunstvoll gearbeitete Waffe und sah nicht, wie Harald an den Pfahl gebunden wurde, wie man ein glühendes

Eisen aus dem Feuer nahm und ihm die Augen damit ausglühte.

Die Schreie des Verurteilten gellten über den Platz hinaus auf die See, die gurgelnd und schmatzend gegen die Klippen rollte. Der zweite Teil der Bestrafung war der grausamere und tödlich, dachte Hulda. Als die Vollstrecker des Urteils Harald die Hosen herunterzogen, schloss Hulda die Augen. Niemand konnte diese Strafe überleben. Lagman hatte seinen Bruder zum Tode verurteilt, auch wenn er es nach außen nicht so aussehen lassen wollte.

XXIII

Fjell ging zwischen den erschöpften Männern hindurch nach vorn und stellte sich unter den Drachenkopf. Er hatte Fionn das Ruder übergeben, denn er war müde, und die Wunde an seiner Schulter schmerzte. Seine Gedanken flogen zu vergangenen Schlachten, zu tapferen Männern, die sein Schwert gefällt hatte, und zu Feinden, die einen elenden Tod verdient hatten. Er spürte die Mischung aus Furcht und überschäumender Tatkraft, die sich vor einem Kampf einstellte, roch den Schweiß und das Erbrochene von Kriegern, die sich später brüllend dem Gegner stellten. Die Nornen hatten ihm viele Siege geschenkt, und er hatte seine Gegner stets mit Respekt behandelt.

Sturmpfeil glitt durch die Wellen. Ran war ihnen wohlgesinnt, hatte ihnen günstige Winde für die Rückfahrt geschickt und hielt das Meer im Zaum. Fjells Kleidung war durchnässt, und er zitterte vor Kälte. Sein Leben hatte er in den Dienst eines Kriegsherrn gestellt und ihm gut gedient. Aber heute fühlte er sich ausgelaugt. Er hatte seine Brüder verloren. Zum ersten Mal in seinem Leben sehnte er sich nur noch nach einem warmen Bett und den Armen seiner Frau. Sein Hof auf Íl würde sie ernähren, und dort hatte er einen Großteil seines Silbers vergraben. König Gruffydd hatte sie zudem großzügig entlohnt. Von diesem Kriegszug kehrten sie satt in die Heimat zurück. Der junge Ulfarr hatte sich als Krieger bewährt und im Schildwall großen Mut bewiesen.

Wenn sie an Land kämpften, war der Schildwall eine beliebte Gefechtsformation. Dabei bildeten sie zwei Reihen und ließen die Schilde überlappen, so dass sich ein Panzer bildete, den die Angreifer nur schwer durchdringen konnten. Die knieenden Krieger der vorderen Reihe versuchten, mit ihren Schwertern und Äxten die Beine der Gegner zu verletzten, und die stehenden Krieger stachen mit ihren Spießen von oben zu. Fjell hörte noch die Schreie der Verwundeten, das Splittern von Knochen und Sehnen unter seinem Schwert und das röchelnde Stöhnen der Sterbenden. Er hatte den Göttern gut gedient und sich seinen Platz an Odins Tafel gesichert, aber Pédr und Fálki würden vor ihm dort sein und ihn mit ihrem Vater erwarten.

Die Silhouette des Turms zeichnete sich gegen den graublauen Frühlingshimmel ab. Fjell befahl, das Segel zu reffen, und leitete das Anlegemanöver ein. Drei seiner Schiffe folgten ihnen, während eins direkt weiter nach Dyflin segelte, um Crovan Bericht zu erstatten. Als sie dieses Mal am Anleger festmachten, wurden sie von den Wachen willkommen geheißen und sofort zur Festung eskortiert.

Die Plateaus oberhalb der Klippen waren nun von sattem Grün und lilafarbenen Blüten bedeckt. Die Krieger gingen auf offene Tore zu, und es roch nach Braten.

»Mir läuft das Wasser im Mund zusammen«, sagte Fionn, der neben ihm ging. »Die Nachricht von unserem Sieg hat sich anscheinend schon herumgesprochen.«

»Fionn, sieh, sie haben ein Strafgericht abgehalten.« Fjell hatte den Platz mit dem Pfahl und den blutigen Boden entdeckt.

»Gleich werden wir wissen, was hier vorgegangen ist«, murmelte Fionn, als sie Gormr in Begleitung seiner Männer über den Hof kommen sahen.

Gormr ist gealtert, dachte Fjell, wie wir alle, aber er ist noch immer ein Respekt einflößender Krieger. Jovial klopfte der Heerführer Fjell auf die Schulter, so dass dieser die Zähne zusammenbiss, um nicht aufzuschreien.

»Die Kunde von eurem Sieg ist euch vorausgeeilt, Fjell. Habt ihr viele Verluste zu beklagen?«

Fjell gab Gormr einen kurzen Bericht der Kampfhandlungen und schloss damit, dass auch seine Brüder unter den Gefallenen waren.

»Die Götter verlangen uns viel ab. Nun kommt, ihr werdet erwartet. Du vor allem, mein Freund!« sagte Gormr, doch bevor er Fjell erneut auf die Schulter klopfen konnte, wich dieser ihm aus.

Gormr lachte dröhnend. »Lass dich von deinem Weib pflegen. Das täte ich mir auch gefallen lassen.«

Während sie gemeinsam auf die Halle zustrebten, erzählte Gormr von Haralds Verurteilung. »Ich weiß nicht, was in Lagman gefahren ist, seinen Bruder so demütigen zu lassen. Das war nicht notwendig. Der arme Kerl siecht auf dem Totenlager dahin und windet sich vor Schmerzen.«

Entsetzt hatte Fjell zugehört. Er dachte an seine Reise mit Harald nach Jórvík. »Brudermord. Wusste Crovan davon? Ich kann mir nicht vorstellen, dass er das gebilligt hätte.«

»Nein, sicher nicht. Aber ich fürchte, in Dyflin braut sich was zusammen. Wir haben Nachricht aus Munster, dass Muirchertach ein großes Heer mit seinen Verbündeten aufgestellt hat.« Gormr blieb stehen. »Geh zu deiner Frau, Fjell, aber stell dich darauf ein, dass wir bald nach Dyflin müssen.«

Hulda stand mit den anderen Frauen in der Halle und flog ihm in die Arme, als er mit seinen Männern eintrat. Er drückte sie fest an sich und küsste sie auf die Lippen, die süß wie der reinste Nektar schmeckten. Mit einem unterdrückten Stöhnen ließ er sie los.

»Du bist verletzt?«, fragte Hulda und sah ihn besorgt an.

»Die Schulter. Wie geht es den Kindern?«

»Gut, sie spielen. Jarlí kämpft jeden Tag besser. Lass mich nach deiner Wunde sehen, Fjell. Ich lasse uns Essen bringen und versorge dich.« Fionn hatte sie beobachtet. »Die Götter haben ihn dir zurückgebracht, Hulda, Fálki und Pédr haben es nicht geschafft.«

»Oh nein, ach Fjell, erzähl mir alles«, bat sie ihn und nahm seinen gesunden Arm.

Fjell warf einen letzten Blick in die Runde, nickte Fionn zu und ging mit Hulda hinaus. Ihr Zimmer befand sich im ersten Stock, und auf dem Gang begegneten sie Isla, die von Hulda instruiert wurde, heißes Wasser, Met und eine Mahlzeit zu bringen. Als sie endlich allein waren, half Hulda ihm dabei, die Lederweste und das Wollhemd abzulegen. Die Wunde war glücklicherweise glatt und nicht so tief, dass Sehnen verletzt worden wären.

Hulda strich über seine Brust und drückte ihn sanft auf einen Stuhl.

Traurig sah Fjell sie an. »Meine Brüder sind in Walhall, Hulda. Sie haben tapfer gekämpft, aber ich vermisse sie.«

Sie drückte ihn an sich und murmelte: »Es ist das Schicksal der Krieger, aber die Götter verlangen uns viel ab. Ach Fjell.«

Er war still, und sie spürte seinen unruhigen Atem.

Aufmunternd sagte sie: »Du siehst aus wie ein zotteliger Bär. Ich werde dich waschen und dir den Bart stutzen und …«

»Hmm, ich habe da eine ganz andere Vorstellung«, sagte er mit rauer Stimme und zog sie auf seinen Schoß.

»Isla kommt gleich zurück«, protestierte Hulda, doch ihr Körper drängte sich warm gegen seinen.

»Sie weiß, was sich gehört. Bei den Göttern, was habe ich dich vermisst, Hulda, mein schönes Weib.« Er musste sie jetzt spüren, wissen, dass sie seine Frau war und dass sie ihn so begehrte wie er sie.

Es war ein leidenschaftlicher, beinahe verzweifelter Liebesakt, und danach hielt er sie eng an sich gedrückt und atmete schwer. Als sich ihrer beider Herzschlag beruhigt hatte, flüsterte er: »Hulda, vielleicht muss ich schon bald nach Dyflin, um Crovan zu unterstützen.«

»Nein!«, flehte sie und küsste ihn. »Ich halte es hier nicht länger aus. Diese Festung ist grau und düster, und ich weiß nicht, wem ich trauen kann, außer Gormrs Frau. Diese Mönche verbreiten Lügen und Gerüchte über jeden, den sie nicht mögen, und das sind alle, die nicht an ihren wehleidigen Gott glauben.« Sie legte eine Hand an seine Wange. »Lass uns nicht hier zurück, Fjell, nimm uns mit!«

»Und wenn wir angegriffen werden, Hulda? Ich kann euch nicht einer solchen Gefahr aussetzen.«

»Wenn Dyflin fällt, sind wir hier auch nicht mehr sicher.«

»Hast du mit irgendjemandem hier über deine Herkunft gesprochen, oder hat jemand eine Andeutung gemacht?«, wollte Fjell wissen.

Sie schüttelte den Kopf. »Ich habe Lagmans Leute von Magnus sprechen hören. Es wird geredet, dass er Schiffe bauen lässt. Das macht mir Angst, Fjell.«

Es klopfte, und Hulda rutschte von seinem Schoß, richtete ihren Rock und rief: »Ja!«

Isla brachte ein Tablett herein, das sie auf den Tisch stellte. »Das Wasser hole ich. Es sollte jetzt heiß sein.«

»Isla, haben wir noch von den Kräutern für Wunden?«

»Ja, Herrin.« Sie eilte zu der Truhe und holte eine Holzschale mit Deckel hervor, die sie Hulda reichte.

Die Tür wurde aufgestoßen, und Jarlí und Eydis stürzten herein. Fjell lachte und hob seine Tochter mit dem gesunden Arm hoch. »Was bist du groß geworden, Eydis! Und wo ist mein Sohn? Ich habe viel Lob über dich gehört, Jarlí!«

Er küsste beide Kinder auf die Wangen, fuhr ihnen durch die Haare und streckte die Beine aus. »Gib mir Brot und Fleisch, Jarlí. Erzählt mir, was ihr hier erlebt habt.«

Die Kinder begannen, wild durcheinanderzuplappern, Fjell aß hungrig von den Speisen und ließ sich von seiner Frau die Wunde reinigen und mit einer Kräuterpaste bestreichen. Schließlich legte sie ihm einen Verband an und sagte zu den Kindern: »Euer Vater braucht Ruhe. Und ihr seht ganz schmutzig aus. Isla wird euch waschen, und dann gehen wir alle schlafen.«

Spät in dieser Nacht lag Fjell auf der Bettstatt mit seiner Frau und den Kindern. Hulda hatte den Arm auf seinen Bauch gelegt, und an ihrem Atem spürte er, dass sie auch nicht schlafen konnte.

»Ich nehme euch mit, Hulda. Nördlich von Dyflin ist ein Hof, auf dem ihr euch verstecken könnt. Der Bauer schuldet mir einen Gefallen, weil wir ihn damals verschont haben.«

Der Gale war ein aufrechter Mann, dem er vertraute, und das war selten genug.

»Und was passiert, wenn Crovan Dyflin verliert?«

»Das wissen nur die Götter, Hulda.«

XXIV

Fingal an der irischen Westküste, August 1094

Warm schien die Sonne auf die Klippen und den schmalen Sandstreifen. Die See war friedlich. Fischer warfen ihre Netze aus, und Frauen putzten den Fang und schnitten einen Teil zum Trocknen auf. Beinahe hätte Hulda sich hier wie zu Hause fühlen können, denn die Menschen waren gastfreundlich und das Land fruchtbar. Nur sprachen sie Gälisch, und wann immer Schiffe gesichtet wurden oder ein fremder Reiter sich näherte, versteckte sich Hulda mit ihren Kindern im Haus von Fiachu und seiner Frau Giorsal.

Hulda tauchte noch einmal unter, kam dann prustend aus dem kalten Wasser und schüttelte die langen Haare. Nach einem Bad im Meer fühlte sie sich frisch und voller Tatkraft. Isla wartete am Strand und reichte ihr ein Tuch, mit dem sie sich trocknete.

»Giorsal hat gesagt, dass Reiter von Dyflin kommen. Sie werden hier sein, wenn die Sonne am höchsten steht.«

»Feindliche Reiter?« Hulda rieb ihren Körper, bis er wieder warm war, und warf sich ein wollenes Kleid über.

»Nein, Herrin. Es sollen Boten von König Crovan sein.« Isla legte das nasse Tuch in einen Korb und entnahm diesem einen Apfel, den sie Hulda reichte. »Alles ist gepackt. Wir können sofort aufbrechen.«

Hulda biss in den Apfel, der saftig und süß schmeckte. Fiachu hatte Vieh, baute Gerste an, und in seinem Garten wuchsen Obstbäume. Der Familie des Bauern ging es gut, solange keine feindlichen Schiffe in der Bucht ankerten und die Küste plünderten.

Schnell gingen die beiden Frauen über den warmen Sand und kletterten einen steilen Pfad zwischen den Klippen hinauf. Ein Birkenwald lag neben dem Gehöft, das von satten grünen Weiden umgeben war. Hulda war mit Isla und den Kindern auf dem Heuboden untergebracht worden, während Ulfarr, Oddi und Leidulf unten ihr Lager aufgeschlagen hatten. Fjell hatte ihr die treuen Krieger zum Schutz mitgegeben. Zweimal waren sie von räuberischen Banditen heimgesucht worden, die keinen Widerstand von den Bauern erwartet hatten und umso überraschter gewesen waren, als kampferfahrene Krieger sich ihnen in den Weg stellten und sie kurzerhand niedermetzelten. Fiachu zeigte seine Dankbarkeit, indem er sie mit Speisen großzügig versorgte, und seine Frau schenkte Hulda ein neues Kleid.

Crovan und seine Männer hatten sich in Dyflin verschanzt, und Fjell und seine Flotte sicherten die Flussmündung vor der Stadt. Bisher hatte Muirchertach nicht angegriffen, doch seit Wochen erreichten stets neue Gerüchte die Stadt. Niemand wusste, wann und ob der Kampf beginnen würde.

Fiachu stand auf dem Hof vor dem Haupthaus, das mit Stroh und Moos gedeckt war, und sprach mit Ulfarr und einem jungen Mann, in dem sie Fiachus Sohn Endae erkannte. Oddi und Leidulf hockten auf einem Baumstamm und schärften ihre Waffen. Jarlí sprang mit seinem Holzschwert umher und focht Scheinkämpfe aus, und Eydis saß auf dem Boden und streichelte ein Zicklein.

»Hulda, wir sprachen gerade über die Lage. Endae ist im Süden bei Lipnard gewesen und bringt Neuigkeiten«, sagte Ulfarr. Der junge Krieger hatte ein schmales Gesicht mit ernsten Augen. Zwei Zöpfe bändigten seitlich sein braunes Haar, das er auf dem Oberkopf gebunden trug. Er war ein hübscher Mann, und Fiachus Tochter suchte seine Nähe, was dem Bauern nicht gefiel. Verständlich, dachte Hulda, denn bald würden sie abreisen, und wenn Fiachus Tochter einen Bastard gebar, würde sie kaum noch einen guten Mann finden.

»Was hast du erfahren, Endae?«, fragte Hulda.

Oddi und Leidulf spitzten ebenfalls die Ohren.

Der Bauernsohn war klein und von kräftiger Statur, hatte breite Hände und ein kantiges Gesicht. »Ich war auf dem Viehmarkt und habe mich umgehört. Muirchertach von Munster hat seine schmachvolle Niederlage gegen Mac Lochlainn gerächt und dessen Ländereien geplündert und gebrandschatzt. Es soll ein Massaker gewesen sein.«

»Ist Domnall Mac Lochlainn tot?«, wollte Hulda wissen. Mac Lochlainn war König des nördlichen Territoriums von Uí Néill. Wenn seine Ländereien Muirchertach zufielen, bedeutete das eine Machtverschiebung, die Crovan in Bedrängnis bringen konnte. Vor einigen Jahren hatte Muirchertach eine Schlacht gegen Mac

Lochlainn verloren und hundertsechzig Geiseln in Gold und Silber auslösen müssen.

»Nein, er konnte sich behaupten und Muirchertach einen Teil des eroberten Gebietes wieder abringen, aber Muirchertach hat sich neue Verbündete gesucht«, erklärte Endae. »Die Leute haben sich erzählt, dass er mit König Domnall Ua Maél von Mide und mit dem König von Connacht einen Waffenstillstand ausgehandelt hat. Und außerdem soll er sich mit seinem Bruder Diarmuit in Cashel versöhnt haben, im Beisein des Bischofs. Er hat die Kirche auf seiner Seite.«

Ulfarr knurrte: »Mögen die Götter diese intrigante Brut vernichten. Seit sie einen Fuß auf die Inseln gesetzt haben, säen sie Zwietracht.«

Die Christen waren einflussreicher geworden. Viele Könige holten sich Bischöfe in ihr Reich und ließen Kirchen bauen. Lagman schien sich ebenfalls ganz dem neuen Glauben verschrieben zu haben, befragte seine Priester und vernachlässigte die Götter. In den letzten Jahren hat sich viel verändert, dachte Hulda, nicht ohne einen Anflug von Wehmut.

»Muirchertach wird bald angreifen«, meldete sich Oddi und stützte seine Hände sitzend auf sein Schwert, das er in den Sand gerammt hatte. Oddi und Leidulf hatten viele Schlachten geschlagen und wussten ihre Feinde einzuschätzen.

»Es wird vor dem Winter geschehen«, fügte Leidulf mit dunkler Stimme hinzu.

»Kein Heerführer wird auf die Stürme und das Eis warten und seine Männer unnötigen Strapazen aussetzen, wenn es nicht sein muss«, stellte Ulfarr fest. »Wir sollten bereit sein, jederzeit zu fliehen, Hulda.«

»Aber wir haben kein Schiff!«, gab sie zu bedenken.

»Wenn Muirchertach Dyflin angreift, wird Fjell entweder selbst kommen oder ein Schiff schicken. Er weiß, dass du mit den Kindern nicht zu Pferd fliehen kannst – und wohin auch?«, meinte Ulfarr. »Fiachu gewährt uns Schutz, aber anderswo sind wir der Feind. Sie würden dich töten oder als Geisel nehmen, Hulda.«

Die düsteren Prophezeiungen sollten sich schneller als erwartet bewahrheiten. Zwei Tage nach Endaes Rückkehr sichteten sie ein Drachenschiff am Horizont.

Ulfarr hatte die erste Tageswache und rief von den Klippen zu ihnen hinunter: »Macht euch bereit! Das ist Fjell mit seinem Schiff!«

Kaum hatte er die Sichtung verkündet, erklang hinter den Hügeln Hufgetrappel. Hulda war vom Heuboden heruntergeklettert und lief im ersten Morgenlicht über den Hof.

»Ulfarr! Da kommen Reiter! Sind das Fjells Leute?« Ihr Instinkt sagte ihr, dass es nicht die Krieger ihres Mannes waren, die ihre Pferde über die Hügel auf sie zu trieben.

Der gesamte Hof war zum Leben erwacht. Fiachu und Endae hatten Lanzen und Äxte gepackt, und auch die Knechte und Mägde hatten sich Waffen gegriffen. Oddi und Leidulf kamen in Kettenhemden und Lederwesten aus dem Stall, ihre Schwerter auf dem Rücken, den Dolch am Gürtel. Ihre Schilde standen an der Stallwand. So hielten sie es jedes Mal, wenn sich fremde Reiter näherten.

Der jüngste von Fiachus Söhnen, der gerade zwei Jahre älter als Jarlí war, kam von dem Hügel heruntergerannt, hinter dem sie das Trommeln der Hufe hören konnten.

»Sie kommen aus dem Süden!«, schrie der Junge und kam keuchend auf den Hof gerannt. »Ich habe die Farben von Muirchertach gesehen!«

Fiachu erbleichte. »Wenn sie euch hier finden, töten sie uns alle. Runter zum Strand!«

Ulfarr hatte sich ebenfalls sein Kettenhemd übergeworfen und kam mit Schwert und Schild zu ihnen. »Am Strand können wir uns verteidigen, bis Fjell da ist. Hier oben haben wir keine Chance. Nimm die Kinder, Hulda. Isla, hol die Taschen, und dann laufen wir!«

Ihre Kinder schliefen noch oben im Heu. Bevor Hulda sie holen ging, sagte sie zu Fiachu: »Warum kommst du mit deiner Familie nicht mit an den Strand? Wir nehmen euch mit nach Íl. Und wenn sich die Lage beruhigt hat, bringen wir euch zurück in die Heimat.«

Fiachu schüttelte den Kopf. »Dieser Hof gehört uns seit vielen Generationen. Es ist gutes Land. Andere werden es besetzen, wenn wir fortgehen. Nein, wir kämpfen.«

Seine Frau war aus dem Haus gekommen und stellte sich an die Seite ihres Mannes. »Wir bleiben, Hulda. Wenn sie euch hier nicht finden, werden sie uns verschonen. Wir hatten nie Probleme mit Muirchertachs Leuten.«

Wussten sie nicht, wie Muirchertach brandschatzend und mordend durch die Ländereien seiner Nachbarn gezogen war? Wie er Mann, Frau, Kinder und Vieh abgeschlachtet hatte, nur um den Feind in Angst und Schrecken zu versetzen? Fjell hatte ihr von Muirchertachs Raub- und Eroberungszügen der vergangenen Jahre berichtet. Sie mussten es wissen, aber sie hatten sich entschieden, auf ihrem Land zu bleiben.

Hulda rannte zum Stall, kletterte auf den Heuboden und weckte ihre Kinder, die von dem Aufruhr noch nichts mitbekommen hatten. Der unschuldige Schlaf eines Kindes, dachte Hulda, küsste Eydis und berührte sanft Jarlís Wange. »Es ist Zeit. Zieht euch an. Nehmt mit, was euch lieb und teuer ist.«

»Hulda!«, schrie Ulfarr von unten.

Rasch griff Hulda sich Eydis und scheuchte Jarlí auf. »Los jetzt! Schnell!«

Eydis begann zu weinen, doch Jarlí nahm sein Holzschwert und lief voraus. »Ich beschütze euch!«

Mit vor Angst zugeschnürter Kehle kletterte Hulda mit Eydis die Stiege hinunter und wurde unten von Ulfarr in Empfang genommen. »Eydis, wenn du nicht mehr laufen kannst, nehme ich dich auf den Rücken.«

Das Mädchen nickte weinend.

»Los, zu den Klippen!«, rief Ulfarr und packte Jarlís Hand.

Isla lief schon voraus, Oddi und Leidulf bildeten den Schluss der kleinen Gruppe. Fiachu und seine Leute starrten mit ihren Äxten, Speeren und Messern dem Feind entgegen. Für Dankesworte war keine Zeit. Das Donnern von Hufen auf feuchtem Boden wurde lauter.

Keuchend erreichten sie die Klippen und machten sich an den gefährlichen Abstieg. Ulfarr hatte Eydis auf den Rücken genommen, wo sich das Mädchen festklammerte und keinen Laut mehr von sich gab.

»Du bist so stark wie Freya, kleine Schwester!«, ermunterte Jarlí sie, und noch nie war Hulda so stolz auf ihren Sohn gewesen, der sich mit blutigen Fingern ohne einen Klagelaut an den Felsen entlanghangelte, abrutschte, sich wieder fasste und weiterkletterte.

Als sie glücklich unten angekommen waren, ertönte von oben eine harsche männliche Stimme.

»Wir wissen, dass ihr es seid, Hulda, Frau von Fjell Halvarsson! Kommt ihr freiwillig hoch, oder müssen wir euch holen?«

»Wer bist du, dass du es wagst, uns zu drohen?«, rief Ulfarr.

»Ich bin Kelden ap Minchuar, Heerführer des siegreichen Königs Muirchertach Ua Briain!«, brüllte der Mann von oben, und neben ihm erschienen als dunkle Wand seine Krieger. »Dyflin ist gefallen, und wir haben Crovan vertrieben wie einen räudigen Hund!«

Hulda schlug sich die Hand vor den Mund, um ihren Angstschrei zu ersticken. Gleichzeitig drehte sie sich um und suchte die See nach Fjells Drachenschiff ab, doch sie konnte es nicht sehen. Wo war er?

»Wir müssen Zeit gewinnen, Hulda«, sagte Ulfarr leise zu ihr und machte Anstalten, die Klippen hinaufzuklettern.

»Was tust du denn da?«, rief Hulda. »Bleib hier, bei Thor!«

»Ich glaube euch nicht, dass ihr den Hochkönig gestürzt habt!«, rief Ulfarr und stellte sich breitbeinig im Sand auf.

»Der Feigling hat sich aus dem Staub gemacht, bevor wir seinen Kopf auf einen Pfahl spießen konnten. Und deshalb sind wir hier. Fjell Halvorson hat den alten Schwächling auf sein Schiff gebracht, bevor wir ihn fangen konnten. Wir wollen Hulda als Geisel nehmen. Also, komm hoch, Hulda!«

Oben ertönte großes Geschrei, und ein Schmerzenslaut fuhr Hulda durch Mark und Knochen. Kurz darauf flog ein Körper die Klippen hinunter und landete vor ihnen im Sand. Es war der jüngste Sohn von Fiachu.

»Nein! Warum tut ihr das? Sie haben euch nichts getan!«, rief Hulda, doch Ulfarr schob sie zurück. »Geht im Wasser um die Klippen herum. Ich bin mir sicher, dass Fjell von dort kommt. Na los, geht!«, zischte er.

»Nein, sie werden Fiachu und seine ganze Familie töten!«, wehrte sich Hulda.

Ulfarr und auch Oddi sahen sie streng an. »Wahrscheinlich sind sie schon tot.«

Oben ging eine Bewegung durch die Reihe der Männer, und einer der Krieger begann mit dem Abstieg.

»Geh!«, befahl Ulfarr und schubste Hulda zum Wasser.

Der Wind war nicht stark, und die Wellen schwappten gemächlich zwischen den zackigen Felsen in die kleine Bucht. Sie würden schwimmen müssen. Aber Hulda hatte ihren Kindern das Schwimmen beigebracht, und Isla war eine hervorragende Schwimmerin.

»Isla, du schwimmst mit Jarlí nach rechts um die Felsen herum, ich nehme Eydis!«, entschied Hulda.

»Ein Schiff, Kelden!«, rief oben einer der Männer, und der Anführer befahl: »Alle runter!«

»Ulfarr, ihr könnt sie nicht aufhalten!«, rief Hulda, während ihr das Wasser bis zu den Hüften stieg.

Eydis schwamm neben ihr, und Hulda hielt sie am Gürtel fest. Seevögel kreisten über ihnen, und die Kälte des Meeres erfasste ihren Körper. Isla und ihr Sohn schwammen vor ihr, und Jarlí bewegte sich mit kräftigen Stößen vorwärts.

Das Rauschen der Wellen umfing sie, Hulda musste sich ganz auf die Strömung und die scharfkantigen Felsen konzentrieren, damit Eydis sich nicht verletzte, denn das Mädchen fing an, zu prusten und panisch zu paddeln.

»Ganz ruhig, Eydis. Du kannst das. Ran ist bei dir, sie ist die Göttin des Meeres und trägt dich.«

»Hier!«, rief Isla weiter vorn, und Hulda hörte Männerstimmen auf dem Meer. Eine davon gehörte Fjell.

Am Strand traf Stahl auf Stahl, und Ulfarr stieß wüste Beschimpfungen gegen die Angreifer aus, in die Oddi und Leidulf einfielen. Am Ende ihrer Kräfte, schob Hulda Eydis vor sich durch das Wasser, bis sie das Drachenschiff entdeckte, das in einer versteckten Bucht angelegt hatte. Sie sah, wie Fjell ins Wasser sprang und zu ihnen schwamm, sie packte und mit sich zog. Kräftige Hände hoben sie und Eydis an Bord, und plötzlich fiel das Segel mit lautem Knall herunter und blähte sich im Wind. Die Männer packten die Ruder und manövrierten das Schiff in wenigen Minuten von der feindlichen Küste weg.

Fjell nahm sie in die Arme und drückte sie an sich.

»Ulfarr, Leidulf und Oddi … sie sind am Strand geblieben, um uns die Flucht zu ermöglichen.« Sie schluchzte.

»Die Götter werden sie belohnen. Und wenn ich einst Walhall betrete, werde ich sie wiedersehen und ihnen Gold und Silber bringen.« Fjell ließ sie los und schrie: »Rudert!«

Hulda sah sich um und entdeckte Isla, die sich mit den Kindern an die Bordwand gehockt hatte, wo der Körper eines großen Mannes mit eisgrauem Haar lag.

»Crovan!«, flüsterte Hulda.

31

»Hast du alles, Erin?«, fragte Shona ihre Nichte, die ihren Rucksack neben den Küchentisch gestellt hatte und sich auf einen Barhocker schwang.

»Yep, also mehr Aufräumen ging jetzt nicht, Tante Shona. Ich habe meinen Schreibtisch freigemacht und die restlichen Klamotten in die Kiste gepackt.« Erin grinste. »Kein schlechter Deal.«

Shona stellte ihrer Nichte eine Flasche Zitronenlimonade von einem der Inselfarmer hin. »Sláinte!«

Sie selbst trank auch eine Limonade und lehnte sich gegen die Spüle.

»Sláinte! Danke, die ist richtig lecker«, sagte Erin. »Oh, ich glaube, da kommen sie.«

Vor dem Haus fuhr ein Wagen vor und parkte direkt neben Freyas Jeep.

»Herr Ramsey und unser Gast, sieh an«, murmelte Shona.

»Hey, Tante Shona, was ist eigentlich los? Hattet ihr Zoff? Ich dachte, ihr versteht euch!« Erin setzte ihre Flasche ab und musterte Shona aufmerksam.

»Das habe ich auch gedacht.« Shona war irritiert von Gavins Verhalten. Sie hatten zwar noch ein paarmal telefoniert, um einige Details zu klären, doch er war reserviert und kühl geblieben, hatte ihr das Gefühl gegeben, dass ihm nichts mehr an einer Beziehung lag, wie auch immer sie die gestalten würden. »Ich sag nur eins, Erin, lass dir Zeit mit den Jungs. Der Ärger beginnt früh genug.« Shona zog eine Grimasse und streckte die Hand aus. »Wir brauchen noch deinen Schlüssel.«

»Steckt oben.« Erin sprang von ihrem Hocker. »Das sagt Mum auch gerne, aber alleine zu sein, ist doch auch Mist.«

»Ist die Frage, Erin. Lieber allein, als mit dem falschen Menschen zusammen einsam zu sein. Oh, das klingt furchtbar.«

»Was ist furchtbar?« Gavin stand in der Tür und ließ eine große Tasche auf den Boden fallen. »Hey, Shona, Erin, darf ich euch Miranda vorstellen?«

Eine zierliche Schwarzhaarige kam hinter ihm durch die Tür und streckte mit strahlendem Lächeln die Hand aus. »Du musst Erin sein. Tausend Dank, du hast mich gerettet. Ich bin echt geschädigt von unserem Tourbus und brauche ein Zimmer für mich allein.«

Erin schüttelte die Hand der Sängerin. »Wow, ich würde gern mal in einem Tourbus mitfahren. Das ist doch cool!«

»Herzchen, du hast keine Ahnung, wie es ist, mit einer Horde schnarchender Kerle einen engen Bus zu teilen. Tourleben ist einfach nur anstrengend. Okay, wo ist mein Zimmer? Ich will mich noch etwas hinlegen.« Miranda packte die Tasche.

»Ich bring dich rauf, Miranda.« Shona ging wortlos an Gavin vorbei.

»So, also, ich habe da eine Idee, Gavin«, hörte sie Erin die Verhandlung beginnen und musste lächeln.

Die Sängerin stellte ihre Tasche ab und ließ sich auf Erins Bett fallen. »Danke. Einen Schlüssel habe ich auch?«

»Steckt in der Tür. Da ist auch ein Haustürschlüssel dran. Okay, wenn du was brauchst …«, schlug Shona vor, doch die Sängerin unterbrach sie.

»Stell mir einfach eine Flasche Wasser in der Küche hin. Frühstücken würde ich gegen elf Uhr. Avocadosalat, frische Blaubeeren und ein pochiertes Ei.« Miranda verschränkte die Arme hinter dem Kopf und schloss die Augen.

»Frühstück gibt es bis zehn, aber ich lasse dir alles stehen. Meine Nummer liegt hier auf dem Tisch.« Shona drehte sich um und zog die Tür hinter sich zu, ohne auf eine Antwort zu warten.

Da tut man jemandem einen Gefallen, und die Lady führte sich auf, als wäre sie in einem Grandhotel. Mit angesäuerter Miene kam sie in die Küche.

»Gavin sponsert mir einen Reitkurs! Ist das nicht toll?«, rief Erin, hüpfte von einem Bein auf das andere und umarmte Shona. »Meine Freundin wartet schon mit ihren Eltern oben an der Straße. Bis übermorgen, Tante Shona.«

Shona strich rasch über Erins Locken und sah ihr nach, wie sie fröhlich mit ihrem Rucksack die Stufen hinunterlief. Dann holte sie tief Luft und drehte sich zu Gavin um. »Miranda hat sich hingelegt. Sie scheint unser B&B mit einem Luxushotel zu verwechseln.« Shona hob die Schultern und ging zu ihrer Limonade. »Willst du was trinken?«

Er schüttelte den Kopf und sah sie mit gerunzelter Stirn an. »Nimm es ihr nicht übel. Miranda hat gerade eine Europatournee hinter sich und tritt hier nur aus Gefälligkeit auf.«

»Ach was, ich habe ihr das Zimmer auch nur aus Gefälligkeit gegeben. Nämlich, weil wir …«, sie machte eine Pause, »… befreundet sind.«

Er fuhr sich durch die Haare. »Ich will mich nicht streiten, Shona. Das brauche ich nicht, und deshalb habe ich mich lange vor einer Beziehung gescheut.«

»Das nennst du einen Streit? Du bist kurz angebunden am Telefon und wunderst dich, dass ich etwas, na ja, irritiert bin? Und wer sagt, dass wir eine Beziehung haben? Gavin, ich mag dich, aber komm erst mal mit dir selber klar, bevor du deine schlechte Laune an mir auslässt.« Shona verschränkte die Arme vor der Brust und sah ihm direkt in die Augen.

Er schluckte, schien etwas sagen zu wollen, stieß stattdessen hörbar die Luft aus und ging hinaus.

Na großartig, dachte Shona. Wie man sich in jemandem täuschen konnte. Aber besser jetzt als später. Sie warf die Haustür hinter ihm ins Schloss und machte sich ans Aufräumen und Vorbereiten für die neuen Gäste. Als sie mit allem fertig war, warf sie einen Blick auf die Uhr. Es ging auf drei zu, und die Gäste kamen erst gegen acht. Es blieben ihr fünf Stunden, in denen sie sich im Wald bei Gearach nach dem Wikingergrab umsehen konnte, das Lewis dort vermutete.

Auf der Straße nach Port Charlotte reihte sich ein Auto ans nächste. Die ganze Insel schien auf den Beinen, um das Fèis Íle zu feiern. Vor dem Port Charlotte Hotel wehten bunte Fahnen und Banner, und es gab keinen Parkplatz mehr. Der kleine Supermarkt hatte einen Getränkestand aufgebaut, Musik spielte, und die Menschen plauderten und tanzten ausgelassen.

Shona winkte einer Gruppe zu, unter der drei ihrer Gäste waren, und bog nach links auf den Feldweg nach Gearach. Hier war niemand unterwegs. Der Weg wand sich kurvenreich und steil zwischen Felsen, Anhöhen mit Buschwerk, vereinzelten Bäumen und Ginster durch die archaisch anmutende Landschaft. Zwei einsame Gehöfte, danach folgte dichter Nadelwald, die Abzweigung nach Kellsay Lodge und schließlich die Stelle, an der Freya verunglückt war. Shona parkte den Jeep neben dem Forstweg, der in das dunkle Grün der Tannen und Fichten führte, und griff sich ihren Rucksack. Eine gewisse Unruhe machte sich in ihr breit, aber sie wollte keine Angst aufkommen lassen. Sie musste herausfinden, was Freya womöglich gesehen oder gefunden hatte. Diesmal war sie besser vorbereitet und hatte sich einen Klappspaten, eine Taschenlampe, ein Messer und einen Handbesen eingesteckt. Außerdem hatte sie an eine Wasserflasche und einen Energieriegel gedacht. Ihr Telefon war aufgeladen, ausgerechnet heute musste ja kein Nebel aufkommen, und sie hatte ihrer Nachbarin Thea gesagt, wohin sie fuhr. Shona holte den Zettel aus ihrer Tasche, auf dem sie aufgezeichnet hatte, was Quinton ihr geschrieben hatte.

»Wenn die Wikinger hier einen ihrer Anführer begraben haben, dann sicher mit viel Gedöns«, sagte Shona zu sich. »Und viel Gedöns braucht viel Platz. Eine Lichtung ist das Mindeste.«

Unternehmungslustig marschierte sie los, den Blick abwechselnd auf den Boden und die Bäume gerichtet. Wo sie eine unnatürliche Öffnung im dichten Baumbestand vermutete, blieb sie stehen und sah sich den Untergrund genauer an. Was für ein mühseliges Unterfangen die Archäologie doch war, musste sie sich nach zwei Stunden eingestehen und hockte sich auf einen bemoosten Felsen. Sie öffnete ihre Wasserflasche und nahm einen tiefen Zug. Das Einzige, was sie hörte, waren die Vögel, den Wind in den alten Tannen, die ächzten und ihre Wipfel einander zuneigten, so als hätten sie sich etwas zu erzählen, und hin und wieder raschelte es im Unterholz. Wahrscheinlich ein Kaninchen oder ein Fuchs, dachte Shona. Plötzlich störte ein künstliches Geräusch die Naturkulisse, ein Piepen!

Oh nein, dachte sie, nicht schon wieder Zachary Barkham. Aber wer sonst sollte sich heute hier herumtreiben? Sie sprang auf und eilte in die vom Piepen entgegengesetzte Richtung. Nachdem sie einfach zwischen den Stämmen hindurchgehastet war, wusste sie bald nicht mehr genau, wo sie sich befand, und blieb stehen. Sie holte ihr Handy hervor und versuchte, den Ortungsdienst zu aktivieren, doch der Empfang war wieder einmal so schlecht, dass sie keinen Erfolg hatte. Hier war sie auf jeden Fall weit von einem öffentlichen Wanderpfad entfernt. Das Unterholz war dicht, die trockenen

Äste der meterhohen Tannen verzahnt, und sie wusste nicht, in welche Richtung sie sich wenden sollte. Da hörte sie ein dumpfes Geräusch, so als würde jemand ein Holzscheit spalten.

Sie ging darauf zu und ging um einen Hügel herum, auf dem ein großer Felsblock von der Sonne beschienen wurde. Gerade wollte sie den Arm heben und winken, doch sofort zuckte sie zurück, denn der Mann in der unter Zweigen verborgenen Hütte war MacRae. Shona sog zischend die Luft ein. Er war dabei, ein Reh aufzuschneiden. Und es schien nicht das erste Tier zu sein, das er zerteilte, denn seine Arme waren blutig, und im Halbdunkel sah sie zwei weitere Rehe an Holzstangen hängen.

MacRaes Telefon klingelte. Er wischte sich die Hände an seiner Hose ab und nahm das Gespräch an. »… ja, ja, wie abgemacht. Ihr bekommt zwei Stück. Ich konnte nicht vorher kommen, weil Saunders misstrauisch geworden ist.«

Der andere redete, und MacRae antwortete: »Selbst wenn, wird er die Klappe halten. Anderson steckt mit drin, was soll also passieren? Lass mich machen. Bis nachher.« MacRae legte auf und griff wieder nach seinem Jagdmesser.

Der Kerl wilderte und verdiente sich so ein schönes Stück Geld dazu, dachte Shona, machte einen Schritt rückwärts und verzog schmerzvoll das Gesicht, als sie den Zweig knacken hörte. Alarmiert von dem Geräusch, drehte sich MacRae um, ließ das Messer fallen und griff nach seinem Gewehr.

»Hallo?«, rief er und kam aus der Hütte, die nach vorn hin offen war, heraus.

Shona sah sein finsteres Gesicht und das Gewehr in seinen blutverschmierten Händen und rannte blindlings los. War sie etwa auf dem Gebiet der Lodge? Sie hatte gedacht, dass dieser Teil des Waldes zum Land der Ramseys gehörte. Aber das spielte jetzt keine Rolle, denn MacRae hatte die Verfolgung aufgenommen. Und plötzlich hörte sie einen Schuss, und eine Kugel zischte keinen Meter von ihr entfernt vorbei. War der Kerl verrückt geworden?

Panisch lief sie weiter und sprang über einen Graben. Sie hatte die Breite des Grabens und den nassen Untergrund unterschätzt und fiel der Länge nach hin, dabei verdrehte sie den Knöchel auf schmerzhafte Weise und fluchte. Als sie aufsah, entdeckte sie die lange Gestalt von Zachary Barkham zwischen den Fichten.

»Zach! Helfen Sie mir!«, rief sie.

»Warum sollte ich Ihnen helfen?«, kam es barsch zurück, und der Mann schulterte seinen Metalldetektor.

In diesem Augenblick zischte eine weitere Kugel an ihr vorbei und blieb in der Tanne neben Zach stecken. Erschrocken sah der Mann sie an. »Waren Sie das? Sind Sie völlig bescheuert?«

»Verdammt, ich stecke hier im Matsch und hab mir den Knöchel verstaucht!« Sie kroch nach vorn und versuchte aufzustehen, doch der Schmerz im Knöchel ließ sie aufstöhnen.

»Helfen Sie mir jetzt? MacRae ist hinter mir her. Ich habe ihn beim Wildern erwischt.«

»Sie sind ja wirklich zu dämlich!«, schnauzte er sie an, kam zu ihr und packte sie am Arm.

Wieder schlug eine Kugel neben ihnen ein, diesmal so dicht, dass Shona beinahe das Herz stehen geblieben wäre.

»Der Kerl bringt uns um!«, sagte sie.

»Wir müssen uns verstecken und dann die Polizei anrufen. Los!« Unsanft riss Zachary sie mit sich durch das Gehölz, das er besser zu kennen schien als sie.

Nach wenigen Schritten duckte er sich und zog sie mit sich unter einen Felsvorsprung, der von umgestürzten Baumstämmen verdeckt wurde. Die Höhle war von oben nicht zu sehen, und Zack legte den Finger an die Lippen, zog sein Telefon hervor und wählte den Notruf. Leise teilte er der Dienststelle mit, in welcher Lage sie sich befanden.

Danach bedeutete er ihr zu schweigen, und sie lauschten in den Wald, bis sie die Schritte ihres Verfolgers hörten.

»Ich habe Sie erkannt, Shona MacLean. Sie können sich vor mir nicht verstecken. Ich kenne diesen Wald besser als jeder andere. Das hier ist mein Revier, und Sie sind meine Beute.«

Shonas Augen weiteten sich entsetzt. »Er ist verrückt!«, flüsterte sie.

Zach nickte. Ihm standen Schweißperlen auf der Stirn, und als er sich mit seinem Ärmel übers Gesicht wischen wollte, kam er gegen seinen Metalldetektor, der zur Seite rollte und zu piepen begann.

»Ah!« Mit einem Satz stand plötzlich MacRae vor der Höhle und hielt sein Gewehr hinein. »Wen haben wir denn da? Ach nein, Zachary Barkham. Du lernst es nicht, oder? Habe ich dir nicht schon zigmal gesagt, dass du hier mit deinem verdammten Detektor nichts verloren hast? Rauskommen!«

Zachary ließ seinen Detektor liegen und half Shona beim Aufstehen. »Tut mir übrigens leid, dass ich Ihre Reifen zerstochen habe«, sagte er.

Erstaunt sah sie ihn an. »Das sagen Sie mir jetzt?«

Der schlaksige Mann mit dem karierten Hemd nickte. »Man soll im Angesicht des Todes die Wahrheit sagen.«

»Im Angesicht des Todes? Sind Sie beide irre? MacRae, Sie wollen uns doch nicht erschießen? Damit kommen Sie niemals durch!«, sagte Shona in dem Bemühen, ruhig zu bleiben.

Der Wilderer trug eine braune Mütze, unter der seine Augen sie böse anfunkelten. »Ich bin schon mit ganz anderen Sachen durchgekommen. Jagdunfälle passieren. Was glauben Sie denn?« Er lachte selbstsicher.

Zachary sagte mit zitternder Stimme: »Ich habe die Polizei angerufen! Die werden uns finden!«

»Welche Polizei? Die beiden Hilfssheriffs hier sind mit Betrunkenen beschäftigt, und bis einer vom Festland kommt, ist alles gelaufen.« MacRae machte eine Bewegung mit seinem Gewehr. »So, ihr geht jetzt nacheinander da lang.«

Shona schrie auf, als Zach sie losließ und sie ihren Knöchel belastete. »Ich kann nicht! Ich bin verletzt.«

»Weiber!«, knurrte MacRae und machte einen Schritt auf sie zu.

Zach nutzte die Gelegenheit, um sich auf MacRae zu

stürzen, und ein Schuss löste sich. Einer der Männer schrie auf, und beide gingen zu Boden. Atemlos sah Shona zu, wie Zach sich von MacRae losmachte, ihm das Gewehr aus den Händen riss und ihn, zitternd vor Wut und Angst, anstarrte.

»Du Irrer! Was ist denn mit dir los? So was gibt es ja wohl überhaupt nicht!«, schrie er und trat mit dem Fuß nach MacRae.

Shona humpelte näher. »Ist er verletzt?«

MacRae wimmerte und hielt sich den Oberschenkel, der stark blutete. »Ja, zum Teufel!«

»Zach, wir brauchen einen Arzt. Geben Sie mir Ihr Handy. Meins hat keinen Empfang.«

Der Automechaniker gab ihr sein Handy und hielt weiterhin das Gewehr auf den verletzten MacRae gerichtet. Shona rief zuerst den Notarzt an und wählte dann Gavins Nummer.

»Shona! Ich habe schon versucht, dich anzurufen. Es tut mir leid …«, meldete er sich.

»Ich brauche mal wieder deine Hilfe, Gavin. MacRae hat auf uns geschossen, und mein Knöchel ist verletzt, und du bist am nächsten. Wir sind hier im Wald bei… Wo sind wir, Zach?«

»Shona, um Himmels willen!«, rief Gavin.

»Auf der Höhe von Loch Gearachs nördlichem Ausläufer!«, rief Zach.

»Hast du das gehört, Gavin?«

»Ja, Shona. Bleib, wo du bist. Ich bringe Hilfe.« Er legte auf.

Obwohl der Knöchel höllisch wehtat, lächelte sie.

32

»Wir können da vorn an den Standing Stones vorbei und durch den Fluss«, schlug Niall vor, der neben Gavin im Wagen saß.

Gavin steuerte den Geländewagen in halsbrecherischem Tempo über die Wege, die teilweise kaum mehr als eine ausgefahrene Spur waren. »Sicher?«

»Ganz sicher. Da ist eine Furt. Bin kürzlich mit dem Traktor durch.« Niall stützte sich am Armaturenbrett ab, als der Geländewagen einen Satz machte.

»Wir sind aber nicht mit dem Traktor unterwegs!«, gab Gavin zu bedenken, als sie das Flussufer erreichten.

»Glaub mir, das funktioniert. Der Wasserstand ist niedrig. Genau hier!«, versicherte Niall.

Der Fluss war nicht breit und die Uferböschung flach. Langsam fuhr Gavin durch hohes Gras, spürte Steine unter den Reifen und hoffte, dass Niall sich nicht täuschte. Der schwere Geländewagen rollte durch das Wasser, und als Gavin fürchtete, dass der Auspuff im Wasser versinken würde, ging es aufwärts, und die breiten Reifenspuren des Traktors nahmen sie am anderen Ufer auf.

»Puh! Das ging ja gerade noch mal gut«, stöhnte Gavin und gab Gas.

»Und MacRae hat tatsächlich eine Waffe auf Shona

gerichtet?« Niall hielt sich fest, denn der Weg war sehr uneben.

»Anscheinend ja. Der Kerl muss vollkommen durchgedreht sein. Da vorn führt ein Forstweg in den Wald. Weißt du, wie weit wir da kommen?«

»Fahr einfach weiter, Gavin. Wir parken auf einer Lichtung, auf der sie das Holz lagern. Die gehört zur Lodge, aber das ist ja jetzt egal.«

Der Wagen sprang förmlich über Äste und kleinere Steine, bis sie die Lichtung erreicht hatten und ausstiegen.

Gavin schulterte seinen Rucksack, in den er ein Notfallset gepackt hatte, und sah sich kurz um. »Wir müssen da entlang, Niall!«

Die beiden Männer rannten zwischen den hohen Nadelbäumen hindurch, das Loch zu ihrer Rechten. Die spiegelglatte Wasserfläche schimmerte zwischen den Bäumen hindurch. Noch stand die Sonne so, dass sie genügend Licht hatten, um ihren Weg durch das Gehölz zu finden. Als es in der Nähe knackte und raschelte, blieben sie stehen. Doch es waren nur zwei Rehe, die vor ihnen davonliefen.

»Shona!«, rief Gavin, während sie weiterrannten.

Es dauerte eine Weile, bis sie Antwort erhielten, und schließlich sahen sie Shonas rotes T-Shirt zwischen den Bäumen.

»Gavin!«, rief Shona und winkte, als sie ihn und Niall kommen sah.

Atemlos kamen sie bei der kleinen Gruppe an, und Niall ging sofort zu MacRae, um ihn notfalls mit Kabelbinder zu fesseln. Doch der Kerl lag wimmernd am Boden und hielt sich das Bein.

Shona liefen Tränen über die Wangen, als sie Gavin sah.

»Du meine Güte, Shona, was ist denn nur passiert?« Gavin kniete sich vor ihr auf den Boden, wo sie, an einen Baumstamm gelehnt, saß.

Sie drückte seine Hand und brachte ein halbes Grinsen zustande. »Quinton hatte eine Idee, wo ein Wikingergrab sein könnte, deshalb bin ich hier. Und dann habe ich ihn dabei erwischt, wie er Rehe ausgenommen hat. Ich schätze, er wildert.«

MacRae drückte eine Hand auf seinen Oberschenkel und zischte: »Ihr müsst mir einen Druckverband anlegen. Die Kugel ist durchgegangen. Los, du Idiot, hilf mir endlich, anstatt da mit meinem Gewehr herumzufuchteln! Du kannst sowieso nicht damit umgehen!«

Zachary lud das Gewehr durch und richtete es auf den Verletzten. »Sei dir da mal nicht so sicher, du Drecksack.«

»Wow, Leute, jetzt beruhigen wir uns, in Ordnung?« Gavin erhob sich und streckte die Hände nach dem Gewehr aus. »Das brauchen wir nicht mehr, was, Zach? Leg es doch lieber dorthin, bevor es losgeht.«

Zachary verzog missbilligend den Mund. »Der Scheißkerl wollte uns erschießen!«

»Wollte ich nicht«, murrte MacRae. »Ich habe euch nur gedroht.«

»Hast du nicht!«, rief Zach, doch Gavin nahm ihm die Waffe aus der Hand und lehnte sie gegen einen Baum.

Niall sicherte das Gewehr und entnahm die Patronen. »Soll ich seine Wunde versorgen?«, bot der junge Mitarbeiter der Ramseys an.

Gavin gab ihm den Rucksack. »Und was ist mit dir, Zach?«

»Mir fehlt nichts. Aber der Kerl gehört weggesperrt! Der ist ja nicht normal!«, schimpfte Zachary und holte mit zitternden Fingern eine Packung Zigaretten aus seiner Hosentasche.

»Nicht im Wald, Hornochse!«, sagte MacRae grimmig und schrie auf, als Niall den Druckverband anzulegen begann.

»Er hat Glück. Die Hauptschlagader ist nicht verletzt. Das sähe anders aus«, sagte Niall.

»Ach, und du bist Arzt, oder was?«, kam es bissig von MacRae.

»Nein, aber ich habe ein Praktikum als Rettungssanitäter gemacht«, kam es prompt von Niall.

»Ein Praktikum! Na, da bin ich ja in guten Händen«, ätzte der Verletzte.

»Kann dem mal jemand das Maul stopfen?« Zach fingerte eine E-Zigarette aus der Tasche.

Gavin hockte sich wieder zu Shona und sah sie mitfühlend an. »Hey, es tut mir leid, dass ich so schroff war.«

»Du wirst schon deine Gründe haben, Gavin. Ich hätte dich nicht angerufen, aber irgendwie bist du immer derjenige, der am nächsten ist, wenn ich in Schwierigkeiten stecke. Wird nicht wieder vorkommen, versprochen.« Sie lächelte schmal.

Er hatte sie verletzt, und das war das Letzte, was er wollte. Aber wie sollte er ihr begegnen, wenn er alles verlieren würde? Die Versicherung hatte sich geweigert zu zahlen, und die Promotiontour durch Europa würden sie wohl absagen müssen.

»Du hast jedes Recht, sauer auf mich zu sein. Ich erklär dir alles. Später.« Er beugte sich zu ihr, nahm ihr Gesicht in die Hände und küsste sie, und als sie seinen Kuss erwiderte, durchströmte ihn ein tiefes Gefühl von Erleichterung und Wärme. Nein, dachte er, wie auch immer es mit der Destillerie weitergehen würde, diese Frau wollte er nicht verlieren.

»Wenn ihr fertig seid mit dem Geknutsche, wäre es vielleicht sinnvoll, mal nach den Rettungskräften Ausschau zu halten, oder?«, meinte Zachary.

Gavin hob den Kopf. »Geh ihnen doch entgegen, Zachary. Wir bleiben hier.«

»Dass mir keiner meinen Detektor anrührt. Das Ding war teuer!« Zach zog ab, und Shona rief ihm hinterher: »Sagt der, der mir zwei neue Reifen schuldet!«

Der Rettungswagen kam kurz vor der Polizei, die von Sergeant Davies vertreten wurde. Die Polizistin nahm den Fall auf, und Shona und Zach erstatteten Anzeige gegen MacRae, der sich herauszureden versuchte.

»Und dieser Mann hat seine Waffe auf Sie gerichtet?«, fragte Sergeant Davies, eine mittelgroße, stämmige Person mit kurzen braunen Haaren und wachen Augen.

»Hat er, und er hat damit auf uns gezielt und gedroht, uns zu erschießen«, bestätigte Shona erneut.

»Und die Hütte mit dem Wild?«, wollte der Sergeant wissen.

»Kann ich Ihnen zeigen«, erbot sich Zach.

»Gut. Nehmen Sie den Verletzten mit ins Krankenhaus, und dort bleibt er, bis ich ihn vernommen habe«, ordnete Jessie Davies an.

Die Rettungssanitäter legten MacRae auf die mitgebrachte Trage und schafften ihn fort.

»Ich habe Ihre Daten und werde Sie für den Bericht noch einmal befragen, Ms MacLean«, sagte Sergeant Davies. »Mr Ramsey, können Sie Ms MacLean mitnehmen?«

»Selbstverständlich. Kannst du gehen?«, fragte Gavin und half Shona auf.

Einer der Sanitäter hatte ihr einen Verband angelegt.

»Ja, wenn du mir deinen Arm leihst«, sagte sie und stützte sich auf ihn.

»Wo steht dein Wagen, Shona?«, fragte er sie.

»Am Ende des Forstwegs, aber wie weit das von hier entfernt ist, kann ich nicht mehr sagen.«

»Niall, weißt du, wo das ist?«, wandte er sich an seinen Mitarbeiter.

Der junge Mann nickte. »Ist 'ne ganze Ecke, und mit dem Knöchel …«

»Shona, mein Wagen steht näher. Ich fahre dich, und Niall bringt den Jeep zurück. Portnahaven, Niall, das Zazzles.«

Shona kramte die Schlüssel aus ihrer Hosentasche und gab sie Niall. »Danke. Ich revanchiere mich.«

»Hey, wofür? Bis gleich!« Niall verschwand in den Wald, woraufhin Gavin sie fester um die Hüfte griff und langsam mit ihr Richtung Norden ging.

»Shona …«, begann er und nahm sie in die Arme. »Als du mich angerufen hast, ist mir fast das Herz vor Sorge stehen geblieben!«

Sie verlagerte ein wenig ihr Gewicht und verzog schmerzhaft das Gesicht. »Tut mir leid. Ich weiß, dass du viel um die Ohren hast, aber das war wirklich ein Notfall.«

Er strich ihr sanft die Haare aus dem Gesicht, in denen sich Tannennadeln verfangen hatten. »Du bist die ungewöhnlichste Frau, die mir je begegnet ist. Wunderschön, klug und stark.« Er küsste sie sanft auf die Lippen. »Ich möchte dich nicht verlieren, Shona. Und wenn ich am Telefon schroff war, tut mir das leid. Momentan steht die Destillerie in Flammen.«

Sie hob erschrocken die Augenbrauen.

»Symbolisch.« Er grinste. »Es steht eine Menge auf dem Spiel.«

»Hey, das verstehe ich. Du kannst mir alles sagen, Gavin. Wir kennen uns noch nicht lange, aber wir haben eine Menge Zeit. Ich bleibe nämlich noch eine Weile hier auf Islay.«

Sie lehnte ihre Stirn an seine Brust, und er drückte seine Lippen in ihr Haar, sog den Duft ein und fühlte sich erleichtert. »Das sind die besten Nachrichten heute, Shona.«

Er fuhr sie mit seinem Wagen nach Portnahaven, wo Niall bereits mit Thea bei einem Tee in der Küche saß.

Die alte Dame sah Shona besorgt an. »Du liebe Güte, Shona, was haben Sie denn schon wieder angestellt?«

Gavin lachte. »Ja, das frage ich mich auch. Wie schaffst du es, dauernd in Gefahr zu geraten?«

»Vor die Flinte eines Verrückten, meint ihr?« Shona stützte sich am Tisch ab. »Das ist noch nicht zu Ende. Mit MacRae bin ich noch nicht fertig.«

»Okay, aber nicht heute. Ich bringe dich jetzt nach oben. Du musst dich ausruhen. So ein Schock ist nicht ohne«, meinte Gavin.

Thea, die ein hellblaues Kleid mit buntem Blumenmuster trug, nickte zustimmend. »So ist es richtig. Bringen Sie sie nach oben, und ich mache Ihnen ein Sandwich. Und Sie kriegen auch eins, junger Mann«, sagte Thea zu Niall.

Gavin half Shona die Treppe hinauf in ihr Zimmer, wo sie sich auf das Bett setzte und ihn neben sich zog.

»Danke, dass du immer für mich da bist, wenn es wirklich wichtig ist, Gavin.« Sie gab ihm einen zärtlichen Kuss und kuschelte sich in ihr Kissen. »Ich bin so müde. Kannst du nicht bleiben?«, murmelte sie.

»Willst du nicht die Schuhe ausziehen?«, fragte er lächelnd und half ihr, die Turnschuhe aufzuschnüren. Nachdem er sie neben das Bett gestellt und Shona mit einer Wolldecke zugedeckt hatte, sagte er: »Ich würde gern, aber Miranda und ihre Band spielen heute Abend, wir bieten Tastings an, und Niall muss auch zurück.«

Sie blinzelte müde. »Ich schlafe nur ein wenig und komme euch später helfen.«

»Du bleibst schön hier und ruhst dich aus.« Er drückte ihr einen Kuss auf die Wange und verließ leise das Zimmer. Als er die Tür schloss, war sie bereits eingeschlafen. Thea war unten und kümmerte sich um die Gäste.

33

Das kalte Wasser umspielte ihre Füße. Glücklich streckte Shona sich. Der Knöchel schmerzte noch, aber sie konnte mit Bandage wieder laufen. Sie schaute auf den Leuchtturm von Rhinn, ein Boot schaukelte in der Bucht auf den Wellen, und zwischen den Felsen sah sie einen Delfin auftauchen.

»Haben wir es gut, oder haben wir es gut?« Sie drehte sich um und stapfte im Bikini durch den Sand zu Gavin, der in Badehose auf einem Handtuch lag und den *Íleach* las.

Er legte die Inselzeitung zur Seite und klopfte auf den Platz neben sich. Sie glitt neben ihn und berührte mit den Lippen seine Schulter. Überhaupt hatte sie eine Vorliebe für diesen dickköpfigen Insulaner entwickelt, die sich sehr nach mehr anfühlte. Viel mehr, dachte sie und ließ sich von Gavin auf den Rücken drehen und ausgiebig küssen.

»Hast du den Artikel von Jenny Hardy schon gelesen?«, fragte er und stützte sich auf seinen Ellbogen.

»Hm, nein.« Das große Fest von Islay war vor einer Woche zu Ende gegangen, und die Resonanz war von allen Seiten durchweg positiv.

»Ich zitiere«, sagte Gavin. »›Besonders die kleine Destillerie der Familie Ramsey konnte mit ihrem Programm und dem neuen Single Malt überzeugen. Die Abfüllung mit dem Namen Saligo Bay wird bereits jetzt als Geheimtipp für eine Medaille der World Spirits Competition gehandelt. Die großen Brennereien von Islay haben ernst zu nehmende Konkurrenz bekommen.‹«

»Das ist ja fantastisch!«

»Und weißt du, was noch besser ist? Das hat Brian mir vorhin gemailt.« Gavin ließ etwas Sand auf ihren Bauch rieseln.

»Jemand will die gesamte Abfüllung kaufen?«

Er grinste. »Nicht ganz, aber auch ganz gut. Sergeant Davies hat sich unseren Fall noch mal vorgenommen und auch unseren ehemaligen Mitarbeiter, Seth Fletcher, dazu vernommen. Der hat schließlich gestanden, dass er den Code gegen Bezahlung an MacRae weitergegeben hat.«

Shona richtete sich auf. »Was? Das ist ja wohl unglaublich! Der Mistkerl hätte dich umbringen können und Zach und mich dazu. Und jetzt?«

»Er sitzt in Untersuchungshaft und wird morgen aufs Festland gebracht. Dann wird man ihn anklagen. Die Liste seiner Vergehen ist lang, und er wird wohl einige Zeit einsitzen.« Gavin sah sie an, und die Wärme in seinen Augen ließ sie alle Strapazen der vergangenen Wochen vergessen.

»Aber wegen Freyas Unfall kriegen wir ihn nicht dran, oder?« Sie hatten mit Jessie Davies über die Lacksplitter und Dr. Lewis' Analyse gesprochen. Vor Gericht würden diese Erkenntnisse jedoch nicht zugelassen.

Und allein Saunders' Versicherung, dass MacRae am Unfalltag mit dem Wagen unterwegs gewesen sei, reichte nicht aus.

»Ich fürchte, nicht. Aber er wird eine saftige Strafe bekommen, Shona. Nach Islay kommt er nicht zurück. Die Lodge hat ihm gekündigt, und keiner, der was auf sich hält, wird ihm Arbeit geben.«

Seufzend legte sie sich wieder hin. »Ich glaube, mir fällt es schwerer, mich damit abzufinden, dass der Unfall offiziell ungeklärt bleibt, als Freya. Sie wird Quinton übrigens begleiten, wenn er mit seinem Team auf die Insel kommt.«

»Dann geht es ihr deutlich besser?«, fragte Gavin.

»Na ja, aber sie hat darauf bestanden, vor Antritt ihrer Reha herzukommen. Sie will sich wohl vergewissern, dass das Zazzles noch steht. Sie traut mir nicht.« Shona lachte.

Zwei Wochen später war es so weit, die Ferien hatten begonnen, und Shona, Molly und Erin hatten das Zazzles auf Hochglanz poliert. Thea hatte vorgeschlagen, auch die Gardinen zu waschen, aber da streikten die Frauen. Gavin hatte eine Flasche des neuen Saligo Bay als Willkommensgeschenk gespendet und Thea die Blumenkübel vor dem Eingang mit Sommerblumen bepflanzt.

Als Quintons Kombi vorfuhr, stiegen Shona die Tränen in die Augen, und sie rief nach ihrer Nichte, die noch die Terrasse fegte. »Erin, sie sind da!«

Weinend und lachend zugleich fielen sich zuerst Erin und Freya und schließlich Shona und Freya in die Arme. Immer wieder drückte Shona die Schwester an sich. »Du bist so dünn geworden. Wir werden dich ordentlich verwöhnen, Freya«, schluchzte Shona.

Quinton hob das Gepäck aus dem Kofferraum und stellte es in die Diele. »Hey, Quinton«, begrüßte Erin ihn und ließ es zu, dass er sie umarmte.

Sie alle wussten, wie wichtig der Archäologe für ihre Schwester geworden war, und Erin schien nicht eifersüchtig auf ihn zu sein. »Wo ist denn dein Team?«

»Die sind schon zu unserem Ferienhaus gefahren. Das liegt bei Port Charlotte, also in der Mitte von unserem Arbeitsplatz und Portnahaven«, erklärte Quinton.

Freya streichelte Shona über die Arme. »Danke, Shona, das kann ich nie wiedergutmachen.«

Die dunklen Schatten unter Freyas Augen waren ein wenig heller geworden, aber ihre Schwester sah noch immer sehr mitgenommen aus. »Werde du einfach gesund. Mehr wünschen wir uns nicht, Freya. Du hast uns ganz schön in Angst versetzt, weißt du.«

»Ach, Unkraut vergeht nicht, das weißt du doch«, sagte Freya, die eine weite Leinenhose und ein buntes T-Shirt trug. Ihr Haar hatte sie lose zusammengebunden. Sie wirkte noch immer zart und mädchenhaft.

»Ich hatte schon Befürchtungen …« Freya ging in die Küche und schaute von dort in den Frühstücksraum. »So sauber! Es sieht hier ja aus wie geleckt!«

»Ich habe auch mitgeholfen«, sagte Erin stolz, und Freya nahm ihre Tochter in den Arm. »Meine Kleine, ich bin so stolz auf dich! Und ab heute ist Schluss mit dem Putzen. Du hast Ferien! Hast du nicht einen Ponyreitkurs geschenkt bekommen? Das will ich sehen, wie du reitest!«

»Oh ja! Mum, die sind alle supernett da auf dem Ponyhof!« Begeistert erzählte Erin von ihrer Freundin und den Pferden, und mit einem Mal schien die Welt wieder in Ordnung.

Wenn nur Freyas zitternde Hände und ihr unsicherer Gang nicht wären, dachte Shona. Und manchmal hatte Freya Wortfindungsschwierigkeiten, doch die Ärzte hatten versichert, dass sich das durch spezielles Training deutlich verbessern würde. Shona würde für Freyas einwöchigen Aufenthalt in einem der Gästezimmer schlafen, suchte aber schon nach einem kleinen Haus oder einer Wohnung in Portnahaven. Wenn ihre Schwester aus der Reha nach Hause kam, brauchte sie ihr Zimmer, und Shona benötigte ebenfalls eigene Räume. So gut sie sich auch jetzt verstehen mochten, auf die Dauer würde das nicht gutgehen.

Am nächsten Tag war Freya so erschöpft von der Reise, dass sie den Vormittag im Bett verbrachte. Shona hatte einen Gast verabschiedet, Molly war bereits dabei, die Betten zu beziehen, und Erin stellte einen Becher Tee und eine Schüssel Porridge auf ein Tablett.

»Mum mag gern Porridge. Ich bringe ihr das hoch«, sagte das Mädchen. »Es ist so schön, dass sie wieder hier ist, Tante Shona.«

Shona lächelte. »Ich habe nie daran gezweifelt, dass wir deine Mutter bald wieder auf Islay sehen.«

Dabei hatte es bei allen Familienmitgliedern Momente tiefster Verzweiflung gegeben, doch sie hatten sich immer wieder gegenseitig Mut gemacht und sich aufgebaut. Shona war dankbar für diese Familie, die in der Not ihre Stärke bewiesen hatte. Und aus dieser Notlage heraus war ihre Liebe zu Gavin entstanden, den sie ohne Freyas Unfall nicht gefunden hätte. Erin ging mit dem Tablett nach oben, und ein energisches Klopfen an der offenen Haustür riss Shona aus ihren Gedanken.

»Hallo, Shona!«, rief Quinton.

Sie sah kurz aus dem Küchenfenster. Vor dem Haus parkte sein Kombi, in dem einer seiner Studenten wartete.

»Wir sind etwas später als geplant. Es gab so viel zu organisieren. Wer es nicht selbst erlebt hat, glaubt nicht, was man alles für eine Grabung benötigt.« Quinton warf einen Blick in die Küche.

»Hallo, Quinton. Ich bin so gespannt, was wir finden werden, wenn wir etwas finden!«

Da Quinton sich suchend umsah, sagte Shona: »Freya liegt noch im Bett. Ich habe ihr dazu geraten, es langsam angehen zu lassen. Sie wollte direkt los und konnte sich kaum auf den Beinen halten.«

Der Archäologe machte ein erschrockenes Gesicht. »Wir haben ja noch ein paar Tage. Vielleicht kann sie morgen für einen kurzen Ausflug das Haus verlassen. Aber du begleitest uns, nicht wahr? Mich interessiert die Stelle mit dem Felsbrocken auf dem kleinen Hügel, die du im Wald entdeckt hast.«

Shona nickte, faltete ein Geschirrhandtuch zusammen, stellte noch einen Teller in den Schrank und sagte: »Ich verabschiede mich nur rasch.«

Quintons Studenten hatten bereits Grabungserfahrung und freuten sich auf die Herausforderung, die mit jeder neuen Grabung einherging. Ramon absolvierte ein Auslandssemester in Edinburgh, Tracey und Hannah planten ihre Magisterarbeit, und Thomas unterstützte Quinton bei dessen Forschungen zu den Wikingern auf den Hebriden.

Schwer bepackt mit Rucksäcken und Kisten, marschierten sie in den Wald, darin transportierten sie Kellen, Maßband, Schaufeln, Hacken, Siebe und dazu technische Ausrüstung wie Fotoapparat, Nivellierlatte und ein Tachymeter. Mit jedem Meter wuchs Shonas Aufregung. Es war ein wenig, als gingen sie auf Schatzsuche.

»Auf wessen Land befinden wir uns denn nun genau? Das ist ja nicht ganz unwichtig, falls wir fündig werden sollten«, meinte Quinton, als sie später den Hügel inmitten des Nadelwalds erreicht hatten.

Seine Studenten bauten einen Klapptisch auf und schwärmten aus, um sich ortskundig zu machen.

»Der Hügel liegt auf dem Land der Ramseys. Alles nordöstlich davon gehört zu Kellsay Lodge.« Shona beobachtete, wie Tracey und Hannah den Hügel erklommen und die Felsen vermaßen.

»Dr. Lewis, schauen Sie doch bitte. Diese Form entspricht einem Grab, wie wir es auf den Orkneys gefunden haben«, rief eine der Studentinnen.

Shona folgte Quinton den Hügel hinauf und staunte, wie fachkundig die Studentinnen das Terrain begutachteten. Tatsächlich lagen kleinere Steine in einem ovalen Verband, der sogar spitz zulief. Auf den ersten Blick war das für einen Laien nicht ersichtlich, denn die Steine waren teils unter Gras und Moos verborgen, doch je mehr die Studentinnen freilegten, desto deutlicher wurde die Form.

»Hast du schon einmal ein Wikingerschiff gesehen, Shona?«, fragte Quinton und betrachtete ehrfürchtig den langgestreckten Hügel mit den Steinreihen und dem großen stehenden Felsbrocken.

»Na ja, im Museum, aber das hier ist doch nicht so groß.«

»Nein, das nicht, aber die Form und dieser Stein«, Quinton sah sich um. »Wenn das kein Sonnenstein ist …« Er ging hin und her und machte mit seinem Handy Aufnahmen aus allen Perspektiven. Dabei erklärte er den Umstehenden: »Man ging lange davon aus, dass die Wikinger meistens in Küstennähe gesegelt sind. Aber sie waren hervorragende Seefahrer und sind auch über den Atlantik gesegelt, von daher ist es wahrscheinlich, dass sie auch andere Navigationsmittel hatten. Und da kommt dieser Stein ins Spiel. Wenn ich ihn untersucht habe, kann ich genau sagen, ob es sich um einen sogenannten Sonnenstein, einen *sólsteinn*, handelt. Der Stein ist ein Kristall, den die Wikinger bei bedecktem Himmel, Dämmerung oder sogar bei Schneetreiben benutzt haben. Der Kristall wirkt wie eine Art Polarisationsfilter. Faszinierend, ganz außerordentlich faszinierend …«, murmelte er.

Einen Moment später sagte der Archäologe: »Alles absperren. Hier wird nichts mehr ohne Dokumentation angefasst. Wir beginnen mit einer Sondierungsgrabung.«

Shona überlief eine Gänsehaut, während sie beobachtete, wie die Studenten sorgsam kleine Holzpfähle aufstellten, Seile spannten und Grabungsquadrate anlegten.

»Freya muss dabei sein, wenn ihr etwas aus der Erde holt«, sagte Shona. »Schließlich haben wir nur ihr und Erin zu verdanken, dass wir heute hier sind.«

»Lass uns alles vorbereiten, und übermorgen sind wir vielleicht so weit, dass wir ins Erdreich gehen können. Mein Gott, Shona …« Fasziniert betrachtete Quinton das Areal. »Wenn wir Godred Crovans Grab finden! Das wäre eine Sensation! Das Grab des letzten großen Wikingerkönigs!«

XXV

Íl, 1095

Seine Macht möge jeder Kluge
mit Maß gebrauchen;
dann findet er, wenn er unter Mutige kommt,
dass keiner allein am kühnsten ist.

Die Götterlieder der Älteren Edda

Hulda hatte sich lange Hosen unter ihr wollenes Kleid angezogen und hielt auch Eydis eine Hose hin.

»Es ist zu kalt. Wenn du mit ans Meer willst, ziehst du die Hose an.«

Ihre Tochter war genauso dickköpfig wie Jarlí, und sie schmollte noch ein wenig, bevor sie sich dem Befehl der Mutter fügte und die Wollhose unter ihr Kleid zog. Am Mittag war Schnee gefallen und hatte die Tannenspitzen mit weißen Hauben geschmückt. Allerdings zogen graue Wolken auf, und der Wind nahm zu. Bald würde die weiße Pracht eisigem Frost weichen.

»Die Götter bereiten Crovan einen stürmischen Abschied«, sagte Fjell, der gerade zur Tür hereinkam und seinen Umhang ausschüttelte. Eiskristalle flogen zu Boden, und seine Stiefel waren voller Schnee.

Godred Crovan war vor drei Monden erkrankt. Ein Fieber hatte ihn erfasst und auch einige seiner Männer dahingerafft, die mit ihm aus Dyflin geflohen waren. Crovans Seherin Glyrna sprach von einem Fluch der Götter, Hulda fürchtete sich mehr vor *drepsótt*, der tödlichen Krankheit, die alle paar Jahre auftrat und ganze Dörfer auslöschte.

»Wir hätten Crovan wie einen Hochkönig bestatten sollen. Er hätte es verdient. Ein ehrenvolles Begräbnis mit seinem Schiff, seinem Pferd, seinen Sklaven, Gold und seinen Waffen!«, sagte Fjell und rieb sich die Hände am Feuer.

Hulda trat zu ihrem Mann und nahm seinen Arm. »Fjell, wir können den Göttern dankbar sein, dass sie uns verschont haben. Wenn es *drepsótt* ist, was ihn getötet hat, dann muss er verbrannt werden. Zum Wohle der Gemeinschaft muss es sein. So will es das Gesetz!«

Als Fjell in die Flammen starrte und schwieg, fügte sie hinzu: »Crovan wird auf seinem Schiff verbrannt. Er wird als großer Krieger und Hochkönig in Walhall einziehen. Selbst Glyrna hat es so vorhergesagt.«

»Das hat sie«, murmelte Fjell und zog Hulda an sich. »Ich könnte es nicht ertragen, euch zu verlieren, Hulda. *Drepsótt* hat vor zwei Jahren auf Skuy gewütet, und es war grausam.«

Sie schmiegte sich an die Lederweste, die er über seinem Wollhemd trug. Den Kindern hatten sie Jacken aus Robbenfell nähen lassen, das die Händler im Sommer mitgebracht hatten.

»Und genau deshalb ist es richtig, Crovan seine letzte Reise auf dem Meer antreten zu lassen.« Hulda hatte den dahinsiechenden König nicht in Lagan auf der Oa besucht, weil sie sich und ihre Familie nicht dem Risiko aussetzen wollte, die Krankheit anzuziehen. Aber Fjell war mit den anderen Heerführern dort gewesen, um Abschied zu nehmen und letzte Weisungen zu empfangen.

Sie würde nie Fjells entsetzten Gesichtsausdruck vergessen, als er von den dunklen Flecken und dem gelben Ausfluss aus Löchern in Crovans Haut erzählte. Der einstmals stolze, mächtige Krieger, dieser Berg von einem Mann, war zu einem stinkenden Haufen modernder Knochen geworden.

»Wann?«

»Heute Abend, wenn die Sonne untergeht.« Fjell glitt mit den Händen über ihren Körper und zog ihren Hintern an sich. »Ich brauche dich, Hulda«, murmelte er an ihrem Ohr.

Hulda spürte ein Ziehen in ihrem Schoß, ein Sehnen nach ihrem Mann, das nie aufzuhören schien, sondern mit den Jahren nur noch gewachsen war. »Isla!«, rief sie.

Die Dienerin kam herbeigeeilt. »Ja, Herrin.«

»Die Kinder wollen draußen spielen«, sagte Hulda. »Begleite sie. Ans Meer gehen wir später gemeinsam.«

Die Tage in den Wochen von Thorri waren kurz, nass, kalt und stürmisch. Der zweite Monat des Jahres war der kürzeste, und alle waren froh, wenn die Sonne wieder an Kraft gewann und höher stieg. An diesem Abend zeigte sich Thorri mit stürmischen Böen, die nasskalte Luft an den Strand trieben, wo die Menschen gebannt auf die Bucht starrten.

Hulda stand neben Fjell, hielt Eydis an der Hand, die wiederum Jarlís Hand festhielt. Der große Bruder liebte seine Schwester über alles und gab gern den Beschützer. Sie hatten sich auf der Westseite der Bucht von Lagan versammelt. Auf der gegenüberliegenden Seite standen die Bewohner der Siedlungen von Lagan und der Oa. Fackeln wurden entzündet, und auch am Nordende der Bucht standen Menschen mit Fackeln, so dass die Bucht von flackernden Lichtern gesäumt war.

Und plötzlich, als hätten die Götter es entschieden, legte sich der Sturm, die letzten Reste der Abendsonne versanken am Horizont, und eine drückende Stille legte sich über die Bucht. Eydis öffnete den Mund, sagte jedoch nichts, als ein Drachenschiff langsam in die Mitte der Bucht fuhr. Hulda wusste, dass es von Kriegern hinausgerudert wurde, die mit einem Boot an Land rudern würden. Von hier jedoch wirkte es so, als führe das Schiff wie von Geisterhand gesteuert auf die dunkle Wasserfläche hinaus. Ein Raunen ging durch die Menschen, als eine Stichflamme in den Nachthimmel schoss und das Schiff langsam in Flammen aufging.

Fjell drückte ihre Hand, und sie spürte an seiner Atmung, dass er weinte. Sie lehnte den Kopf an seine Schulter und beobachtete, wie die Holzplanken des stolzen Drachenboots Feuer fingen und dabei mit der Strömung auf das offene Meer hinausgetrieben wurden. Ganz sicher wartete ein Ehrenplatz an Odins Tafel auf Crovan. Crovans Traum von einem großen Inselreich mit Dyflin als Königssitz war mit seinem Tod gestorben. Seine Söhne waren unfähig, sein Erbe fortzuführen. Magnus, ihr Halbbruder und König von Norvegr, hatte bereits Schiffe ausgesandt und Lagman gefangen genommen. Crovan hatte die Kraft besessen, die einzelnen Herrscher kleiner Gebiete zu einen, sie für gemeinsame Kriegszüge gegen gemeinsame Feinde zu einem Heer und einer Flotte zusammenzubringen. Doch der große König ging nun hinüber in das Reich seiner Vorfahren, würde seine Feinde und seine Freunde wiedersehen und mit ihnen an Odins Tafel seine Siege feiern. Doch was kam nach ihm?

Auf Íl hatten Gormr, Sverrir und Fjell das Land unter sich aufgeteilt. Gormr beherrschte den Norden und Osten, Sverrir hatte sich in Lagan und im Süden der Oa breitgemacht. Fjell begnügte sich mit dem Westen. Hulda hatte gemeinsam mit Fjell ihren Silberhort an einem geheimen Ort im Wald oberhalb des Gehöfts vergraben. Niemand außer ihnen beiden wusste, wo der Schatz versteckt war, der ihr Leben sicherte. Sie hatten immer genügend Hacksilber im Haus, um Händler zu bezahlen, doch der große Hort, mit dem Fjell notfalls ein Heer zu ihrem Schutz entlohnen konnte, lag versteckt. So hielten es alle Krieger.

Der Sommer kam, und immer neue Schreckensnachrichten über Magnus von Norvegr verbreiteten sich. Huldas Halbbruder wütete in seinem eigenen Land, ließ jeden Widersacher töten, meuchelte selbst Familienmitglieder, wenn er sie verdächtigte, gegen ihn zu sein, und hatte bald den Ruf eines blutrünstigen Kriegskönigs. Magnus war grausam und verzieh nichts. Wer ihn hinterging, hatte keine Gnade zu erwarten.

Hulda saß mit den Frauen am großen Tisch und bürstete Wolle aus, als Fjell Besuch mitbrachte und mit einem schmächtigen Mann durch die offene Tür trat. Der Tag war sonnig und zumeist trocken gewesen, und die Kinder waren noch unten am Strand.

Ihr Mann kam zu ihr und küsste sie auf den Mund. Ohne auf den Fremden zu achten, der sie beobachtete, strich er ihr über die Haare und sagte: »Für meine schöne Frau.«

Liebevoll legte er ihr eine Kette aus fein geschliffenen Bernsteinen um. »Sie spiegeln die Glut deiner Augen, Hulda.«

Hulda stand auf und gab ihrem Mann einen innigen Kuss. »Ich danke dir, Fjell. Willst du mir deinen Begleiter vorstellen?«

Der schmalbrüstige Mann sah nicht wie ein Krieger aus. Seine dünnen blonden Haare hingen ihm strähnig auf die Schultern, er hatte leicht vorquellende Augen und einen kleinen Mund mit dicken Lippen. Hulda fand, dass er Ähnlichkeit mit einem Fisch hatte, doch der Mann lächelte, und Fjell schien ihm zu vertrauen, denn er klopfte ihm auf die Schulter.

»Das ist Tyki, ein Däne. Er handelt mit allem, was sein Schiff laden kann, was, Tyki?«

Der Däne lächelte breiter und zog einen Walfisch aus Bernstein aus seiner Tasche. »Der ist für deine Tochter. Fjell hat mir von euren Kindern erzählt. Ich hatte vier Kinder und eine Frau.« Seine Miene verdunkelte sich.

»Vielen Dank«, sagte Hulda und nahm das schöne Kunstwerk in die Hand.

»Magnus hat sein Dorf gebrandschatzt.« Fjell sah Hulda vielsagend an.

»Kommt, setzt euch«, lud Hulda sie ein und sagte zu den Frauen: »Nehmt die Wolle mit nach hinten. Hadda, bring Bier, Brot und Käse und von dem Eintopf.«

Gehorsam verzogen sich die Frauen in den hinteren Teil des Langhauses. Hulda wischte mit einem Tuch die Wollreste vom Tisch und trug selbst einen Korb mit frischem Fladenbrot und eine Schüssel mit Butter herbei.

»Bitte, sei unser Gast, Tyki«, sagte Hulda und setzte sich zu Fjell auf die Bank.

Die Dienerin stellte einen Krug mit Bier, Becher und eine flache Holzschale mit Käse auf den Tisch. Nachdem sie auch eine tiefe Schüssel mit dampfendem Eintopf und Schalen dazugestellt hatte, bereitete Hulda dem Gast und ihrem Mann eine Portion zu. Sie selbst aß nur etwas Brot und Butter.

Hungrig griff Tyki zu. Fjell ließ ihn essen, bevor er sagte: »Tyki ist Magnus begegnet.«

Aufmerksam sah Hulda den Fremden an. Ein Gefühl von Furcht schnürte ihr den Magen zusammen. Magnus, ihr Halbbruder, der nicht wissen durfte, dass sie noch lebte, zog raubend und mordend an den Küsten entlang.

»Wie sieht er aus?«, flüsterte sie.

Tyki trank etwas Bier, wischte sich mit dem Handrücken über den Mund und stach das Messer in den Käse. »Nicht groß wie Fjell, Haar und Bart sind rotblond. Er ist ein schöner Mann.«

Tyki hielt inne und musterte Hulda. »Wenn ich dich ansehe, Hulda, dann könnte ich sogar eine Ähnlichkeit feststellen.«

»Was redest du da, Tyki!«, rief Fjell und schlug mit der Hand auf den Tisch. »Meine schöne Frau soll dem grausamen Magnus ähnlich sehen? Ich könnte das Gesetz der Gastfreundschaft vergessen.«

Tyki räusperte sich verlegen. »Entschuldigt. Natürlich ist das Unsinn. Aber ich habe ihn von Angesicht zu Angesicht gesehen, als ich als Sklave auf sein Schiff gebracht worden bin. Das war vor drei Jahren. Ich konnte fliehen, aber ihn, der meine Familie gemordet und unser Dorf niedergebrannt hat, vergesse ich nicht.«

Ein eisiger Schauer lief über Huldas Nacken, und sie sah ihren Mann an, der Tyki Bier nachschenkte. »Was hast du im Hafen von Skuy gehört?«

»Magnus hat einen Stellvertreter auf die nördlichen Inseln geschickt. Ingimundr soll die Herrschaft über Suðreyar und Norðreyar übernehmen. Aber die Jarls auf den Inseln werden das nicht zulassen. Der Widerstand wächst. Es gab schon gewaltsame Zusammenstöße auf Na Hearadh.«

»Magnus will das alte Reich wiederauferstehen lassen«, meinte Fjell grimmig. »Das werden wir nicht zulassen. Niemals. Ich muss mit Gormr und Sverrir sprechen. Und was ist mit Lagman?«

Tyki schüttelte den Kopf. »Keine guten Nachrichten, Fjell. Lagman wurde freigelassen, nachdem von Man aus ein Lösegeld gezahlt wurde, aber er soll sich verändert haben. Einer der Männer, die Lagman auf dem

Schiff nach Man begleitet haben, hat berichtet, dass Crovans Sohn nur noch von seiner Schuld spricht. Er habe sich versündigt, weil er seinen Bruder hingerichtet hat.«

»Er ist also so ein frömmlerischer Christ geworden und hat sich ganz von den Göttern abgewandt?«, wollte Fjell verdrossen wissen.

Tyki nickte. »Es ist wohl so. Papst Urban hat zu einem Kriegszug nach Jerusalem aufgerufen. Sie wollen Palästina im Namen ihres Gottes befreien. Herzog Robert von der Normandie ist ebenso ein Eiferer und ruft bewaffnete Laien zusammen, um sich auf diesen Kreuzzug zu begeben. Lagman hat verlauten lassen, dass er plant, an diesem Unterfangen teilzuhaben.«

Fjell stöhnte und fuhr sich über seinen Bart. »Lagman ist also auch als Verbündeter verloren. Wäre Crovan noch am Leben, wäre es niemals so weit gekommen. Bei den Göttern, wir müssen uns wappnen.«

Ängstlich sah Hulda ihren Mann an. Was stand ihnen bevor?

XXVI

Íl, 1098

Fjell ließ sein Pferd in eine langsame Gangart fallen. Der Regen hatte aufgehört, und es roch nach Erde und geschnittenem Gras. Die Bauern waren fleißig, bestellten die Felder und kämpften, ohne zu murren, gegen Stürme, Sintfluten und Frost. Nur gegen eine Plage waren sie machtlos – die unersättliche Gier des Königs von Norvegr. Bei dem Gedanken an Magnus und seine Gräueltaten wurden Fjells Lippen schmal. Die neueste Nachricht hatte sie tags zuvor erreicht. Magnus hatte Skotland angegriffen. Deshalb war Fjell mit Huldas Bruder Benkt zu Gormr geritten.

»Ausgerechnet zum Fest von Eostre muss Magnus angreifen. Heute Abend ist doch die große Feier«, beschwerte sich Benkt.

Als Krieger hatte sich Benkt oft in der Schlacht ausgezeichnet. Er hieb mit der Axt für zwei, er trank für vier, und er liebte die Frauen. Seine eigene Frau Ásvi, die im Haus seiner Mutter lebte, bekam ihn selten zu Gesicht, und wahrscheinlich war es ihr ganz recht so, denn sie war genauso bigott wie Brigida.

»Magnus' Heer lagert noch auf dem Festland, aber

einige seiner Schiffe haben bereits im Hafen der Halbinsel Sátiri festgemacht.« Die Halbinsel zog sich wie ein langer Finger bis hinunter zur großen Insel der Vestmen, wo Muirchertach nun in Dyflin herrschte.

Die Bedrohung durch Magnus rückte gefährlich nah. Lagman war nicht länger König von Man und den Inseln und von Magnus gefangen gesetzt gewesen. Nachdem Magnus den für ihn nutzlosen Gefangenen freigelassen hatte, war Lagman mit Herzog Robert nach Jerusalem gezogen und wenige Wochen nach Antritt der Pilgerreise verstorben.

»Gormr und Sverrir werden mit uns gegen Magnus kämpfen. Aber wie lange können wir Íl halten, wenn die anderen sich ergeben?«, schnaufte Benkt.

»Wer sagt, dass die anderen nicht kämpfen werden? Auf der Insel Leòdhas haben sie Ingimundr getötet, als er sie drangsaliert hat, und die Krieger auf der Nachbarinsel Na Hearadh haben sich ebenfalls gegen Magnus' Leute gewehrt. Wir müssen es nur schaffen, sie alle zusammenzubringen. Gemeinsam können wir eine Flotte aufstellen, die es mit Magnus aufnehmen kann«, sprach Fjell voller Überzeugung.

Der entscheidende und zugleich unsicherste Faktor war die Einigkeit aller Anführer.

»Aber heute feiern wir, Benkt. Und morgen beraten wir uns in Kriegsdingen.« Fjell schnalzte mit der Zunge, und sein Pferd verfiel in einen leichten Trab.

Das große Fest zu Ehren von Eostre, der Göttin des Frühlings, wurde in jedem Jahr mit großer Vorfreude erwartet. Alle Bewohner eines Dorfes beteiligten sich an den Vorbereitungen, kochten, backten Brote, füllten frisches Bier und Met ab, die Frauen zogen ihre schönsten Kleider an, und Musikanten, Gaukler und Akrobaten wurden eingeladen. So kam es, dass auch Tyki wieder auf Íl war. Er hatte mit seinem Handelsschiff Waren aus Byzanz und dem Frankenland mitgebracht, und seine Neuigkeiten von fremden Höfen und Häfen wurden begierig erwartet.

Hulda, die Kinder und die meisten Leute vom Hof waren schon unten im Dorf, um in der Großen Halle zu feiern. In den Buchten und auf den Wachtürmen entlang der Küste wechselten sich die Wachen ab. Seit der kriegerische König von Norvegr mit seiner Flotte das Inselreich heimgesucht hatte, sandten sie Späher aus, und die Drachenschiffe waren jederzeit einsatzbereit.

Fjells Pferd scheute leicht, als sie an der Hütte der Nonne vorbeikamen, denn Thyra stand mit ausgebreiteten Armen in einem braunen Umhang auf dem Weg. »Möge der Herr euch beschützen und euch vor der Sünde bewahren!«, rief die Nonne.

»Soll ich ihr eins überziehen?«, fragte Benkt.

»Lass sie. Heute feiern wir alle ein Freudenfest. Auch du, Thyra. Komm runter ins Dorf, iss dich satt, tanze und trinke mit uns«, lud Fjell sie ein und schenkte ihr ein breites Lächeln.

Thyra versteckte die Hände in den weiten Ärmeln ihres Umhangs. Ihr Kopf und ihre Haare wurden von einem Tuch vollständig umhüllt. Nur das spitze Gesicht mit den stets anklagend blickenden Augen war zu sehen.

»Ihr feiert ein sündiges Fest, wo es doch das Fest unseres Herrn ist!« Thyra sah die Reiter durchdringend an. »Der Herr Jesus wurde gekreuzigt und ist wiederauferstanden. Er starb für die sündigen Menschen und hat ihr Leid auf sich genommen, um gen Himmel zu fahren und ihnen wieder zu erscheinen und …«, predigte die Nonne.

»Soll ich ihr nicht doch eins überziehen?«, fragte Benkt und beugte sich mit grimmiger Miene vor.

Fjell lachte. »Spar dir deine Worte, Thyra. Wir feiern das Leben und die Fruchtbarkeit. Unsere Göttin bestraft nicht, sondern sie will, dass wir uns lieben und Kinder zeugen. Das Leben kann uns schon morgen von den Göttern genommen werden. Heute danken wir ihnen für das Geschenk des Lebens.«

Er trieb sein Pferd an und ließ die Nonne stehen, die weiter von Buße und Sünde sprach.

Die beiden Männer brachten ihre Pferde in den Stall.

»Wir sehen uns später in der Halle, Fjell«, sagte Benkt, der zuerst seinen Bruder und die Mutter besuchte.

Fjell nickte und machte sich auf den Weg zum Haus seiner Familie. Seine Mutter war alt und fast blind, Báfurr und seine Frau kümmerten sich um sie.

»Báfurr, mein Bruder!«, rief Fjell, als er das Haus seiner Eltern betrat. Der Geist seines Vaters war noch immer spürbar, dachte Fjell und freute sich, als er Hulda mit seiner Mutter am Feuer sitzen sah.

»Fjell!«, rief Báfurr und kam auf ihn zugehumpelt. Er hatte Verletzungen aus vielen Schlachten davongetragen, doch er wirkte rüstig und kraftvoll. Báfurrs dunkle Augen lachten ihn an, und Fjell umarmte den Bruder kurz und fest.

»Deine Frau hat uns ein halbes Schwein mitgebracht. Danke dir, mein Bruder. Aber sag, was habt ihr besprochen?«, wollte Báfurr wissen.

Fjell weihte seinen Bruder knapp ein. »Noch kein Wort zu den anderen. Morgen Mittag wird der große Rat tagen.«

Die buschigen Augenbrauen seines Bruders zogen sich zusammen. »Ist gut. Nur eins: Müssen wir einen Angriff fürchten?«

»Zurzeit konzentrieren sich Magnus' Attacken auf die Skoten. Und Donald sitzt in Rescobie im Gefängnis«, sagte Fjell und behielt die anderen im Auge. Doch es waren nur die Sklaven und Familienmitglieder im Haus.

Donald war der Bruder des verstorbenen Königs Malcolm III. Gemeinsam mit seinem Neffen Edmund hatte Donald die Skoten kurze Zeit geführt, war jedoch von den Engländern gestürzt worden. Es hieß, dass Edmund in das Kloster Montacute in Somerset gegangen war.

»Und was macht die Ratte Edgar? Es ist eine Schande, dass dieser Normannenfreund König von Skotland geworden ist«, entrüstete sich Báfurr. Die Schmach der Niederlage gegen den ersten Normannenkönig saß noch immer tief.

Fjell nickte und streckte die Hand nach seiner Frau aus, die auf ihn zukam. »Hulda«, murmelte er und küsste sie.

»Was macht ihr so ernste Gesichter? Heute ist ein Feiertag, unser großes Fest! Wir wollen Eostre zeigen, dass wir ihrer würdig sind.«

Fjell spürte die Hand seiner Frau an seinem Gesäß, grinste und zog sie an sich. »Und wie wir heute feiern werden!«

Für die kommenden Stunden vergaßen die Menschen von Íl ihre Sorgen und ihren Kummer und huldigten, tanzend, lachend und sich den körperlichen Sinnesfreuden hingebend, ihrer Göttin. Die dunklen Wolken, die sich über dem Inselreich zusammenbrauten, wollte heute niemand sehen.

Die Nornen spannen ihre Schicksalsfäden und hockten gehässig kichernd unter den Wurzeln von Yggdrasil.

XXVII

Winter, 1098

Einen Saal sieht sie stehn,
schöner als die Sonne,
mit Gold gedeckt, in Gimle,
dort werden treue Gefolgschaften wohnen
und für immer die Freude genießen.

Die Götterlieder der Älteren Edda

»Ich träumte einen Traum letzte Nacht, auf Seide und weichen Fellen, einem Kissen tief und weich, in einem ungestörten Frieden …«, sangen die Frauen, während sie die Wolle am großen Tisch zogen und kneteten.

Hulda bestickte den Saum von Eydis' neuem Kleid. Ihre Tochter war zehn Lenze jung und noch immer so zart wie eine Sommerblume, die ein Windhauch knicken konnte. Jarlí war beinahe ein junger Mann und übte seit letztem Winter mit einem Schwert, das Fjell für ihn hatte anfertigen lassen. Das Schwert trug Jarlís Namen, genau wie Fjells Name auf die Klinge seines Schwertes geritzt war.

»Mama, wie bekomme ich den Faden durch diese Falte?«, fragte ihre Tochter, die neben ihr auf einer Bank am Feuer saß.

Sie saßen mit überkreuzten Beinen in den Fellen, die Kleider auf dem Schoß liegend. Hulda liebte diese stillen Stunden, in denen sie ihren Gedanken nachhängen konnte und ihre Tochter bei sich hatte. Sich vorzustellen, dass Eydis eines Tages mit einem Mann fortgehen würde, war schmerzlich.

»So, meine Kleine, schau …« Sie zeigte Eydis, wie sie den Stoff halten musste, um die Nadel hindurchstechen zu können.

Aus den Augenwinkeln sah sie, wie eine Gestalt an der Kochstelle vorbeihuschte und nach draußen verschwand. Hadda, die junge Sklavin, die aus Dyflin mit ihnen nach Íl gekommen war, benahm sich in der letzten Zeit anders, dachte Hulda. Vielleicht hatte sie einen Liebhaber? Sie war dänischer Abstammung und hegte nicht den Wunsch, nach Dyflin zurückzugehen. Das hatte sie Isla erzählt.

Hulda gab Eydis einen Kuss auf die Stirn und stand auf. »Isla!«

Ihre Dienerin, die Einzige, der sie vertraute, erhob sich vom Tisch und kam zu ihr. »Isla, weißt du, was mit Hadda ist? Hat sie einen Mann, zu dem sie geht?«

Isla, deren Haar inzwischen von grauen Strähnen durchzogen war, schüttelte den Kopf. »Das weiß ich nicht, Herrin. Ich habe sie nie mit einem Mann gesehen. Soll ich ihr folgen?«

»Nein, lass. Und wenn sie einen hat, sei es ihr gegönnt. Ich glaube, sie hat Tyki schöne Augen gemacht«, sagte Hulda mit einem schiefen Lächeln.

Der dänische Händler verbrachte den Winter auf Íl, hatte im Dorf ein leerstehendes Haus bezogen und bot Waren an, die begehrt waren. Schmuck mit bunten Steinen aus dem Süden, Tonwaren, Seide, Kämme aus Elfenbein und Horn und Silberschmuck stießen auf das Interesse der Bewohner.

»Tyki? Das wäre mir neu«, meinte Isla nachdenklich. »Tyki macht der Tochter von Báfurr Geschenke.«

»Ah«, meinte Hulda und nahm sich vor, mehr auf Hadda zu achten.

Zwei volle Monde später brach Ylir, der letzte Monat des Jahres an. Die Menschen bereiteten sich auf das Julfest vor. Das Leben auf Íl war nicht länger von der Sorge um einen Angriff von Magnus geprägt, denn dieser kämpfte noch immer auf dem Festland gegen Edgars Truppen, die sich standhaft wehrten.

Hulda war dabei, einen Brotteig zu kneten, als die Tür aufschwang und Fjell mit Benkt hereinkam. Hulda freute sich, dass die beiden sich so gut verstanden, denn Fjell wies Benkt in seine Schranken, wenn dieser wieder einmal zu ausufernd feierte.

Sie wusch sich die Hände in einer Wasserschüssel und ging auf die Männer zu. Fjell nahm sie in die Arme und küsste sie, wie er es bei jedem Wiedersehen tat. Manchmal konnte Hulda nicht glauben, dass ihre Liebe mit den Jahren nur noch stärker wurde. Ihr Glück war vollkommen, auch wenn die Götter ihnen weitere Kinder versagt hatten. Sie klopfte die Wassertropfen von seinem Schulterfell.

»Kommt nur, der Eintopf ist heiß, und wir sind dabei, noch mehr Brote für die Festtage zu backen.«

Die Männer warfen die Felle und Umhänge ab und setzten sich zu Eydis auf die lange Bank.

»Sieh, Vater, ich habe den Saum ganz allein genäht!« Stolz zeigte Eydis ihre Arbeit vor.

»Das ist sehr schön, meine Kleine«, sagte Fjell und hielt die Hände dicht vors Feuer. »Wo steckt dein Bruder?«

»Der ist bei den Schafen. Eins ist weggelaufen, und er hilft Osric, es zu suchen«, antwortete Eydis und beugte sich wieder über ihren Stoff.

Fjell nickte. »Osric ist gern bei den Tieren. Aber er muss sich auch um mein Kettenhemd und die Waffen kümmern.«

»Der Junge wäre lieber Bauer als Krieger«, bemerkte Benkt.

»Sprecht ihr von Osric?«, fragte Hulda, die ein Tablett mit Bierkrügen und einer dampfenden Schüssel Eintopf auf einen Schemel stellte. Hier auf der Bank waren sie unter sich, und die Frauen konnten weiter die Wolle ziehen.

»Danke, Hulda. Setz dich. Es gibt Neuigkeiten«, sagte Fjell leise.

Benkts Miene verdunkelte sich. Hungrig griff er nach dem Brot und riss sich ein Stück ab, das er in den Eintopf tauchte.

»Wir kommen aus Naustvík von Gormr. Ein Späher hat Nachrichten vom Festland gebracht. Magnus hat sich mit Edgar geeinigt. Edgar bleibt weiterhin König von Skotland, tritt aber jeden Anspruch an das Inselreich und die Halbinsel Sátiri ab.« Fjell trank etwas Bier und drehte den Becher hin und her.

Aus dem Halbdunkel im hinteren Teil des Hauses löste sich ein weiblicher Schatten, und Hadda ging langsam zu den Frauen an den Tisch. Hulda würde sie später fragen, was sie so lange draußen getrieben hatte, doch jetzt waren die Neuigkeiten wichtiger.

»Was bedeutet das für uns, Fjell?«, fragte sie sorgenvoll.

»Erst einmal haben wir Frieden«, meinte Benkt.

»Aber Magnus sitzt auf Sátiri. Das ist nicht weit von uns. Wenn er Silber braucht, wird er uns überfallen, so viel ist sicher. Und er wird Silber brauchen, um sein großes Heer unterhalten zu können. Die Skoten kann er nicht mehr ausrauben, das wäre Vertragsbruch.« Fjell leerte seinen Becher und nahm sich einen Löffel Eintopf.

»Und hinter Edgar stehen die verdammten Normannen mit König William Rufus und die Priesterbrut. Bei der Vertragsunterzeichnung waren Priester aus Edgars Kloster in Cowjum dabei«, fügte Benkt hinzu.

Fjell und Benkt wechselten einen bedeutungsvollen Blick, und Benkt schüttelte den Kopf, doch Fjell fuhr noch leiser fort: »Als Sicherheit für den Frieden hat Edgar Geiseln von Magnus verlangt.«

Huldas Magen zog sich zusammen. »Was heißt das, Fjell? Wer musste denn als Geisel herhalten?«

»Magnus' Heerführer Dvalarr und zehn seiner besten Krieger wurden als Geiseln akzeptiert, aber Edgar verlangt nach Geiseln von königlichem Blut.« Fjell nahm Huldas Hand, die zu zittern begann.

»Hulda, keine Angst, dein Geheimnis ist sicher.«

Sie sah zu ihrem Bruder, der nickte. »Fjell hat mich eingeweiht. Es musste sein, Hulda. Wir müssen dich beschützen. Wir haben einen Spion in Magnus' Heer. Sollte sich etwas ändern, wird er uns sofort benachrichtigen, und wir bringen dich von hier weg.«

Huldas Augen füllten sich mit Tränen. »Íl ist meine Heimat. Unsere Heimat. Wo sollen wir denn hin, und wo sind wir sicher, wenn Magnus das Inselreich beherrscht?«

»Ich habe drei Schiffe, Hulda. Jetzt in den kalten Monaten ist die Überfahrt gefährlich, aber wir könnten bis Grœnland und dann dorthin, wo Leif Eriksson war. Auf die andere Seite des Meeres.« Fjell sprach leise und eindringlich auf sie ein.

»Das ist gefährlich, Fjell. Wir könnten alle sterben«, flüsterte Hulda.

Fjell sah zu den Frauen, die sie beobachteten. »Lass dir nichts anmerken, Hulda. Wir finden einen Weg.«

»Es darf nur keinen Verräter unter uns geben«, meinte Benkt düster. »Magnus belohnt Überläufer großzügig.«

An diesem Abend gingen Fjell und Hulda Arm in Arm den Hügel hinter ihrem Hof hinauf. Es war eine klare Nacht. Die Mondsichel stand silbern umgeben von unzähligen Sternen, von denen einer besonders hell leuchtete.

Hulda sagte: »Sieh nur, die Augen von Thiassi!«

Die beiden Sterne gehörten zum Sternbild Thiassi, dem Gott der Kälte und Vater von Skandi, der Göttin des Winters. Die Götter hatten die Funken der Feuerwesen aus Muspellheimr genommen und sie an den Nachthimmel geblasen, wo sie den Menschen den Weg wiesen.

»Und da ist Nidhogg, die Schlange. Hulda, sollten wir segeln müssen, werden uns die Sterne den Weg über das Meer weisen. Hab keine Furcht«, sagte Fjell und küsste sie.

Sie öffnete die Lippen, spürte Fjells Bart an ihrer Wange und vertraute auf ihre Liebe und Fjells Stärke.

»Ich kann überall leben, Fjell, wenn wir nur zusammen sind«, flüsterte sie, und er drückte sie fest an sich.

XXVIII

Brüder werden gegeneinander kämpfen
Und sich den Tod bringen.
Axtzeit, Schwertzeit, gespaltene Schilde,
Windzeit, Wolfszeit,
bis die Welt zugrunde geht,
kein Mann wird den anderen schonen.

Die Götterlieder der Älteren Edda

Das Jahr neigte sich mit eisigen Winden seinem Ende zu. Fjell war zu Gormr nach Naustvík geritten, um sich dessen Treue zu versichern. Die Gerüchte über Jarls auf Skuy und in Norðreyar, die sich Magnus unterworfen hatten, rissen nicht ab.

Eiskristalle hingen in Fjells Bart und Haaren, als er das Tor von Gormrs Festung erreichte. Seine Oberschenkel waren kalt, und er spürte seine Muskeln kaum noch. Die Wachen erkannten ihn und brachten ihn sofort zu ihrem Anführer.

»Gormr!«, rief Fjell, als er auf den unverwüstlichen Krieger zuging, der in seiner Halle dicht am Feuer in weichen Fellen saß.

Der jetzt grauhaarige Anführer war noch immer eine kraftvolle Erscheinung und sein Schwerthieb gefürchtet. Die Tintenzeichnungen wirkten im Schein der Flammen lebendig, und kluge dunkle Augen sahen Fjell an.

»Fjell, mein Freund!«, rief Gormr und erhob sich, um seinem Gast auf die Schultern zu klopfen. »Haben dich die Nachrichten schon erreicht?«

Fjell schaute ihn erstaunt an. »Nein, welche Neuigkeiten? Ich bin hier, weil ich wissen will, wo du stehst. Ich werde mich Magnus nicht unterwerfen.«

Gormr lachte dröhnend und schlug sich auf die Schenkel. »Dann sind wir einer Meinung. Ich werde mich diesem Wiesel von einem König auch nicht anbieten. Wir haben genügend Männer und Schiffe, um ihm zu widerstehen. Aber hör mir zu, es wird erzählt, dass hier auf Íl eine Verwandte von Magnus lebt. Und die will er sich als Geisel holen, um sie gegen seinen Heerführer auszutauschen.«

Die Kälte fuhr Fjell mit aller Macht in die Glieder. Es war also ans Licht gekommen. Nur wie? Wer hatte Hulda verraten?

Gormr musterte ihn eindringlich. »Du verschweigst mir etwas, Fjell. Wenn wir gemeinsam gegen die Ratte stehen wollen, müssen wir einander vertrauen können. Bei Sverrir bin ich mir längst nicht mehr sicher. Verfluchter Sohn einer Aussätzigen!«

Fjell überlegte und entschied sich, Gormr zu vertrauen. Sie hatten ihre Differenzen gehabt, aber in entscheidenden Momenten war auf Gormr immer Verlass gewesen. Er wäre ein würdiger Nachfolger Crovans gewesen, doch Lagman war zu dumm und stolz gewesen, das zu erkennen.

»Hulda ist es«, sagte er leise. »Hulda ist die Halbschwester von Magnus.«

Gormr starrte ihn einen langen Moment schweigend an. »Bei Thor, Fjell, dann ist sie in großer Gefahr. Du solltest sofort wieder zu eurem Hof reiten und sie mit dem Schiff von hier fortschaffen.«

»Und du? Kannst du hier allein gegen Magnus dein Land verteidigen?« Fjell stand auf und wurde von Gormr durch die Halle begleitet.

Seine Männer schenkten ihnen kaum Beachtung, niemand hatte ihr Gespräch mitangehört.

»Das werden die Götter entscheiden. Ich werde niemals ein Vasall des Norvegrs sein, und Magnus kann seine Männer nicht überall zu gleicher Zeit haben. Wenn du dich beeilst, bist du vor Sonnenuntergang wieder auf deinem Hof.« Gormr winkte einem seiner Männer auf dem Hof. »Bring Fjells Pferd!«

»Danke, Gormr«, sagte Fjell.

Sie packten einander bei den Händen und sahen sich an. »Mögen die Götter dir wohlgesinnt sein, Fjell!«

Noch nie war Fjell so schnell von Naustvík nach Süden geritten. Er ließ sein Pferd über Felsen springen, ungeachtet des gefrorenen Bodens, doch es trug ihn sicher an Loch Langeadail vorbei, durch das Moor, die Dünen, um die Anhöhe von Kindrochid, bis er endlich den Wald sah, hinter dem sein Hof lag. Die Sonne hatte sich schon tief gesenkt, und dunkelviolette Strahlen erreichten die Ebene vor den Hügeln bei Loch Gorm. Doch die friedliche Szenerie wurde von aufsteigenden Flammen, Rauch und Schreien zerstört.

Wie von Sinnen trieb Fjell sein Pferd an, zog im Galopp das Schwert aus dem Gurt am Rücken und überlegte fieberhaft, wer seinen Hof angriff. Nach dem, was Gormr angedeutet hatte, konnte es eigentlich nur Sverrir sein, denn Magnus' Leute hätten niemals unbemerkt landen können.

Endlich erreichte er die letzte Anhöhe und sah bereits Sverrirs Männer im Kampf vor den Palisaden seines Hofes, dessen Langhaus in Flammen stand.

»Hulda!«, brüllte Fjell und stürzte sich zwischen die Kämpfenden. Er trug kein Kettenhemd, nur seine Lederweste, und suchte nach seinen Leuten.

Benkt schwang seine Axt und hielt mit der anderen seinen Schild. »Sie muss noch mit den Kindern drinnen sein, Fjell!«

Schulter an Schulter wehrten sie die Schläge der Gegner ab, unter denen Fjell Männer erkannte, mit denen er einst gemeinsam auf Raubzug gegangen war.

»Was ist denn in euch gefahren, ihr Hundesöhne?«, brüllte Fjell und durchtrennte einem Mann die Kehle.

Plötzlich hörte er laute Rufe und Pferdegetrappel, und Fionn und die Männer aus dem Dorf kamen dazu und hieben eine Gasse durch das Getümmel vor der Palisade.

Fjell stürmte hindurch und sah sich im Hof um, der von Rauchschwaden durchzogen wurde. »Hulda!«, brüllte er verzweifelt.

Der Dachstuhl des Langhauses krachte mit lautem Getöse ein, und eine Stichflamme schoss in den dunklen Himmel. Er sah seine Sklaven erschlagen am Boden liegen. Der kleine Osric hielt sich tapfer mit einem Schwert einen Hünen vom Leib. Fjell lief dazu und hieb blindlings auf den Angreifer ein, hörte Knochen splittern und spürte den Schmerz nicht, als ihn die Klinge des Gegners am linken Arm traf. Der Hüne ging zu Boden, und Fjell packte Osric. »Wo ist Hulda?«

Der Junge hustete und zeigte auf den Wald. »Isla hat die Kinder mit in den Wald genommen. Die Herrin ist von Sverrir mitgenommen worden.« Er wies auf den Stall.

»Nein!«, schrie Fjell und rannte auf den Stall zu. Die Flammen des Langhauses leckten bereits nach den umliegenden Gebäuden.

Er hörte Jóns Stimme hinter sich und stieß die Stalltür auf. Da stand Sverrir und hielt Hulda an den Haaren gepackt. Er hatte ihr das Kleid aufgerissen.

»Fjell!«, rief Hulda und trat verzweifelt mit den Füßen nach Sverrir.

Der drehte sich sofort um, packte sein Schwert und stellte sich Fjell breitbeinig gegenüber. »Du kommst zu spät, Fjell. Deine Zeit ist vorüber. Magnus weiß, dass Hulda von königlichem Blut ist.«

Hulda stieß einen Schrei aus, denn plötzlich war Hadda aus dem Dunkel des Stalles getreten und hielt ihr einen Dolch an die Kehle.

»Ich habe euch belauscht, wenn ihr meintet, dass euch niemand hört. Aber wir sind da, wir Sklaven sind die Ohren, die immer hören, die Schatten, die niemand sehen will, aber wir sind da«, zischte Hadda hasserfüllt. »Und Sverrir hat mich verstanden und die Frau in mir gesehen.«

Fjell sah den Hass in den Augen der Sklavin und wusste, dass sie zustechen würde. »Sverrir, sag deiner

Hure, dass sie Hulda nicht töten darf. Ihr wollt sie doch als Geisel verkaufen.«

Lauernd beobachtete Sverrir ihn, drehte sich kurz zu den Frauen um und rief: »Sie muss am Leben bleiben, Hadda!«

»Komm schon, Sverrir, kämpfe wie ein Krieger, nicht wie ein Feigling!«, lockte Fjell den Verräter.

Die Flammen hatten den Stall erfasst. Das Vieh brüllte und trampelte und durchbrach den Bretterverschlag. Eine Kuh stolperte, stieß gegen Hadda, die den Dolch noch immer an Huldas Hals presste, und die Klinge fuhr mitten durch das weiße Fleisch seiner Frau. Huldas Augen suchten seine, ihr Blick brach, und sie sackte zusammen. Entsetzt taumelte die Sklavin nach hinten.

»Nein! Thor, hilf mir!«, schrie Fjell in äußerstem Schmerz und stürzte sich auf Sverrir, dessen Schwert ihn erwartete.

Bevor die Klinge Fjell traf, stieß er sein Schwert mitten durch den Bauch des Hünen. Der Rauch war beißend und raubte ihm fast die Sinne, doch Fjell schaffte es, zu seiner Frau zu kriechen und sie in die Arme zu nehmen. Dann krachten die brennenden Balken über ihnen zusammen und begruben sie unter sich.

Dicke Schneeflocken fielen vom Himmel, als Gormr den letzten Stein auf das Grab auf dem Hügel legte. Die kleine Gruppe stand auf einer Lichtung inmitten des dichten Waldes.

»Ich hätte dich begleiten müssen, mein Freund. Nun gehst du vor mir nach Walhall.« Der alternde Krieger legte die Hand schwer auf die Schultern des Jungen neben sich. »Dein Vater und deine Mutter sind tapfer gestorben, Jarlí«, fügte Gormr hinzu.

Isla weinte und bekreuzigte sich, Eydis fest an der Hand haltend.

Fionn wischte sich die Augen und sagte: »Wir müssen aufbrechen, Isla. Magnus wird bald hier sein und Jagd auf die Kinder machen.«

»Geht mit dem Segen der Götter. Ich bleibe hier«, sagte Gormr. »Mein Haus steht euch immer offen. Und vergiss nicht, Jarlí, dein Vater war ein großer Krieger.«

Hinter den Klippen waren die Masten der Drachenschiffe zu sehen, die auf sie warteten. *Sturmpfeil* würde sie nach Grœnland bringen und, wenn die Götter es wollten, vielleicht noch weiter, in ein Land, das darauf wartete, von tapferen Männern und Frauen entdeckt zu werden.

34

Hope is the thing with feathers,
That perches in the soul,
And sings the tune without the words,
And never stops – at all.

(Hoffnung ist das Ding mit Federn dran,
das in der Seele hockt,
und zum Gesang der Melodie auf Worte
gut verzichten kann,
und kein Ende kennt, nein, keins.)

Emily Dickinson

Von der Küste wehte ein frischer Wind herüber, und ein leises Rauschen ging durch die Tannen und Fichten.

»Ein Raunen wie vor tausend Jahren«, sagte Shona leise und strich über die Rinde eines verwachsenen Stammes neben sich.

»Du stehst da neben einer Eibe, Shona, die könnte gut über tausend Jahre alt sein oder älter«, sagte Quinton Lewis.

Freya saß in einem Klappstuhl, und sie hatten ihr trotz der milden Temperaturen eine Decke über die Beine gelegt. An diesem Tag hatte sie eine rosige Gesichtsfarbe und strahlte schon seit dem Morgen. »Auf einem Kirchhof in Pertshire steht eine Eibe, die soll fünftausend Jahre alt sein.«

»Wirklich? So alt? Da müssen wir mal hinfahren, Mum«, schlug Erin vor und beobachtete, wie die Archäologiestudenten den letzten Stein zur Seite rollten.

»Vorsichtig!«, mahnte Quinton. »Wir wollen alles wieder so hinlegen, wie wir es vorgefunden haben. Und keiner gräbt weiter als bis zum roten Band!«

Rote Pfähle markierten das rechteckige Grabungsfeld, das im Osten an das Land der Lodge grenzte. Doch Saunders hatte signalisiert, dass sie freie Hand hatten und die Lodge keine Ansprüche auf Artefakte stellen würde, die sich zur Hälfte auf dem Land der Lodge befanden. MacRae hatte dem Ruf der Lodge schweren Schaden zugefügt, weshalb sich Saunders bewusst bedeckt halten wollte.

Der Archäologe und sein Team gingen mit großer Sorgfalt vor, und man spürte die Anspannung bei allen auf der Hügelkuppe. Sergeant Davies hatte einen Teil des Waldes für die Dauer der Ausgrabung absperren lassen, doch natürlich hatte sich die mögliche Sensation eines Wikingergrabs auf der Insel herumgesprochen, und sie stellten nachts Wachen auf, um die Grabungsstelle vor Neugierigen oder Grabräubern zu schützen.

Heute war der große Tag, und alle waren gekommen – die Eltern von Freya und Shona und auch die Ramseys hatten sich auf den Weg hinaus zum Wald bei Loch Gorm gemacht, um Zeugen der möglichen Entdeckung zu sein.

»Oh, seht doch, da schimmert etwas Helles in der Erde!«, rief Shona, als Quinton mit einer Grabungskelle kratzte.

Die Steine, die in der Form eines Miniaturschiffes aufgehäuft worden waren, hatten sie bereits zur Seite gelegt, nummeriert und fotografiert.

»Das ist ja spannender als ein Krimi«, meinte Gavin und legte die Arme um Shona, die sich an ihn lehnte und ihren Knöchel entlastete.

»Okay, Erin, jetzt darfst du auch etwas Erde herausnehmen, so wie ich es dir gezeigt habe«, sagte Quinton, und das Mädchen kniete sich neben ihn und schob mit einer kleinen Schaufel Erde in eine Holzkiste.

Freya lächelte glücklich und griff nach der Hand ihrer Mutter, die neben ihr stand.

»Das ist aber ein langwieriges Unterfangen, wenn ich das mal so sagen darf«, meinte Henry Ramsey. »Da produzieren wir ja einen Whisky, bis wir hier Ergebnisse sehen!«

Gavin grinste, und seine Mutter stieß ihren Mann an. »Sei mal nicht so ungeduldig. Wir sind hier Zeugen eines historischen Ereignisses.«

Es dauerte tatsächlich noch eine Stunde, bis Hannah den Griff eines Schwertes freilegte und Quinton einen Schädel fand. Und kurz darauf fanden sie die Umrisse eines weiteren Schädels und die dazugehörigen Skelette. Ergriffen standen sie vor dem Grab von zwei Menschen, die vor ungefähr tausend Jahren einen gewaltsamen Tod gefunden hatten.

»Wenn mich nicht alles täuscht, haben wir hier einen Mann und eine Frau. Das ist äußerst selten. Es muss sich um einen Krieger und eine wohlhabende Frau gehandelt haben«, überlegte Quinton und hob das Schwert heraus. Vorsichtig bürsteten sie die Erde von der Klinge, die noch immer silbrig schimmerte. Teile einer Hülle waren erhalten, genau wie ein Helm, ein Kettenhemd und Silbermünzen.

An der Hand des weiblichen Skelettes war ein Ring zu sehen, zahlreiche Armreife und reich verzierter Goldschmuck.

»Die Fibel, Erin«, sagte Quinton. »Die Fibel, die ihr gefunden habt, zeigt dieselben Verzierungen wie der Schmuck dieser Frau. Wir müssen das alles genau untersuchen, aber auf den ersten Blick würde ich die Funde in eine Zeit datieren.«

»Ist es das Grab von Crovan, dem Hochkönig?«, fragte Freya gebannt.

Quinton schüttelte den Kopf und studierte mit einer Lupe eine Inschrift auf dem Schwert. Die Klinge war stellenweise korrodiert, doch er schien einige Zeichen, die wie Runen aussahen, entziffern zu können. »Das ist ein Name. Fiðr oder Fyerr oder …«

Ramon schaute sich die Klinge an und sagte: »Fjell, würde ich sagen. Das heißt Fjell.«

»Der Mann, der dort liegt, hieß Fjell«, sagte Freya, erhob sich und trat an das Grab. »Ich habe es gespürt, wisst ihr. Immer wenn ich mit Erin hier oben war, habe ich gespürt, dass hier etwas sein muss. Fjell. Und wer die Frau neben ihm ist, werden wir wohl nicht erfahren, Quinton?«

Der Archäologe hob die Schultern. »Es wird noch eine ganze Zeit dauern, bis wir alles freigelegt haben, und dann beginnt die Puzzlearbeit. Es gibt kaum Berichte über Frauen aus dieser Zeit. Und von einem Krieger mit dem Namen Fjell habe ich in Snorris Schriften nichts gelesen.«

Hannah, die in dem Erdloch hockte und eine Münze abwischte, sagte: »Ich auch nicht, aber das hier ist eine Münze mit dem Porträt von Crovan. Das ist der Knaller, die sind so selten!«

Shona betrachtete die nebeneinanderliegenden Skelette. »Es muss ein Paar gewesen sein, und sie hatten Freunde oder Gefolgsleute, die sie schätzten, sonst hätten sie ihnen kein solches Begräbnis zugestanden.«

Quinton nickte. »Das könnte durchaus sein. Die Münzen und das Schwert geben uns gute Anhaltspunkte.« Er hob den Blick und sah Gavin an. »Dieses Grab birgt einen wertvollen Fund. Es ist zwar nicht das Grab eines Hochkönigs, aber die Silbermünzen, die Waffen und der Schmuck sind von großer historischer Bedeutung. Vom materiellen Wert ganz abgesehen. Was soll damit geschehen?«

Gavin sah seine Eltern an. »Wir würden es dem Museum in Edinburgh verkaufen. Eine Schenkung können wir uns nicht leisten, aber wir haben gedacht, dass wir dem Museum einen Vorzugspreis machen.«

Quinton lächelte. »Das klingt vernünftig. Da finden wir sicher eine einvernehmliche Lösung, die beiden Seiten zugutekommt.«

»Und wenn die Grabung abgeschlossen und das Grab wieder geschlossen ist, stellen wir hier eine Tafel auf«, sagte Freya.

»Ich finde, ihr solltet einen Whisky nach diesem Krieger benennen«, schlug Shona vor.

»Und vielleicht können wir Repliken von dem Helm und dem Schwert machen lassen und sie in der Destillerie ausstellen«, meinte Gavin.

Freya ging zu Shona und ergriff ihre Hände. »Ohne dich wären wir nicht hier, Shona. Ihr alle habt das hier ermöglicht, und ich kann euch gar nicht genug danken.«

Die Schwestern sahen einander mit schimmernden Augen an.

»Vielleicht war es vorherbestimmt, dass wir dieses Grab finden«, sagte Shona.

Freya wischte sich die Tränen von den Wangen. »Du meinst, die Götter hatten ihre Finger im Spiel?«

»Wer auch immer unsere Schicksalsfäden gezogen hat«, sagte Shona, »hat seine Sache ziemlich gut gemacht.«

In diesem Augenblick rissen die Wolken auf, ein Sonnenstrahl fiel auf das Grab, und die Bäume rings um sie herum schienen zu flüstern.

Nachwort

Die Einwohner von Islay werden die Ileachs genannt, und so heißt auch die Inselzeitung, die ich zum ersten Mal in einem Coffeeshop in Bowmore las. Man erreicht die Insel, die dicht neben Jura und der winzigen Insel Gigha liegt, mit der Fähre von Kennacraig aus. Es gibt auch einen Flughafen in Glenegedale im Südosten der Insel. Loganair fliegt täglich von Glasgow nach Islay.

Ich empfehle jedem, die Fähre zu nehmen und sich viel Zeit zu lassen bei der Annäherung an die Königin der Hebriden, wie Islay gern genannt wird. Jede Hebrideninsel hat ihren ganz eigenen Charme, aber ich muss gestehen, dass ich mich sofort in Islay verliebt habe. Wo Skye überwältigend, größer und auch touristisch wesentlich überlaufener ist, kann Islay mit viel Ruhe und wilder Natur punkten. Die meisten kennen vor allem die großen Whisky-Destillerien, die von der einzigartigen Lage der Insel profitieren.

Die Destillerie der Ramseys ist an eine kleine, unabhängige Destillerie auf Islay angelehnt. Vor Ort durfte ich lernen, dass alles von Hand gemacht und auch die Gerste selbst angebaut wird. Die Brennerei liegt in einer spektakulären Gegend. Machir Bay und die gewaltigen Dünen, die Felsmassive im Westen, die alte Kirche und die Kriegsgräber – das alles ist so eindrucksvoll, dass ich nicht anders konnte, als diesen Schauplatz zu wählen.

Ich stand dort unten an einem stürmischen Tag mit Halsschmerzen (die hat der Whisky schnell kuriert) und habe die Drachenschiffe vor mir gesehen, wie sie in die Bucht segeln, lautlos auf den Strand laufen und wie die Nordmänner ins Wasser springen und das Land erobern, auf dem sie viele Spuren hinterlassen haben.

Über die Wikinger auf den Hebriden hatte ich schon einiges gelesen. Ich wusste, dass es eine Zeit gegeben hat, in der die Isle of Man eine Machtbasis der Wikinger gewesen ist, dass es mächtige Jarls auf den Orkney-Inseln gegeben hat und dass Irland früh von den Nordmännern entdeckt worden war. Was mich faszinierte, war die Figur des Godred Crovan, des letzten Hochkönigs der Nordmänner, eine mystische Gestalt, über die es nur wenige Fakten gibt. Crovans irisch-skandinavische Herkunft und sein Tod auf Islay werden in zahlreichen historischen Quellen erwähnt. Immer wieder wird er als der letzte große Herrscher der Nordmänner bezeichnet, einer, der an die alten Götter glaubte und sich klug mit dem neuen Glauben arrangierte.

Ausschlag gaben die jüngst erschienenen Forschungsergebnisse von Alan Macniven, einem Wissenschaftler der University of Edinburgh. In seiner Veröffentlichung »The Vikings in Islay – the Place of Names in Hebridean Settlement History« untersucht er akribisch den Zusammenhang von Ortsnamen (Endungen, Herkunft, Ableitungen) und Siedlungen der Wikinger auf Islay. Macniven stützt sich auf die historische Karte von

Stephen MacDougall (1749–51) und teilt Islay in *parishes* ein, in denen er jede Siedlungseinheit untersucht und den sich im Laufe der Jahrhunderte verändernden Ortsnamen erläutert. So weit möglich, habe ich jeweils die Old Norse (ON) – Altnordische Variante verwendet. Ein Beispiel ist die Endung býr, was Farm bedeutet und in Conisby, Ballinaby und Neriby zu finden ist.

Eingehend hat sich auch R. Andrew McDonald in »The Sea Kings – the Late Norse Kingdoms of Man and the Isles 1066–1275« mit Crovan befasst. Wiederholt wird berichtet, dass Crovan krank aus Dublin/Dyflin fliehen musste und einer Seuche zum Opfer fiel. Die Wikinger waren sehr viel gebildeter und klüger, als lange Zeit angenommen wurde, und ich kann mir vor diesem Hintergrund gut eine Feuerbestattung Crovans auf dem Meer vorstellen.

Neben der Quellenforschung war es die Insel selbst, die mich inspiriert und fasziniert hat. Den Wald bei Gearach gibt es genauso wie eine Lodge und einen Schießstand ganz in der Nähe. Das Land gehört leider nicht ausschließlich den Ileachs, sondern auch ausländischen Investoren. Die fiktive Kellsay Lodge liegt auf einem Land, das in der Realität von russischen und belgischen Investoren gekauft wurde. Tatsächlich buchen reiche Jagdtouristen gern einen Abschuss, während sie auf Islay Urlaub machen.

Aber es gibt auch die schönen Erlebnisse, die mich begeistert und verzaubert haben. Das Port Charlotte Hotel hat eine gut sortierte Bar, eine hervorragende Küche, und den Abend mit der heimischen Folkband werde ich nicht vergessen. Die gesamte Küste der Insel ist sehenswert, jede Bucht verschieden, mal sanft, mal rau, mal schroff, mal überraschend weißer Sand und karibisch blaues Wasser. Die Ileachs sind freundlich und hilfsbereit und immer zu einem Schwätzchen aufgelegt.

Portnahaven liegt so idyllisch an einer Bucht, wie ich es beschrieben habe. Das Zazzles gleicht dem Ferienhaus, in dem wir uns einquartiert hatten, und morgens konnte ich von der Terrasse aus den Leuchtturm auf Orsay sehen.

Wenn es euch irgendwann vielleicht nach Islay zieht, findet ihr

Reisetipps auf meiner Website
www.constanzewilken.de.

Glossar

Old Norse
Naustvík: Ardnave, Islay
Cantwara rice: Kingdom of Kent
Gefeoht alt Stanfordbrygge: Stamford Bridge
Jórvík: York
Englaland: England
Engilsaxar: Angelsachsen
Frakkar: Franzosen
Nórvegr: Norweger
Skotland: Schottland
Hjaltland: Shetland
Bretland: Wales
Orkneyjar: Orkney
Tare: Seetang
Dy Oer: Jura
Íl: Islay
Suðreyar: Südliche Inseln der Hebriden
Norðreyar: Orkney und Shetland
Cumbraland: Cumberland
Temes: Themse
Connacht: Bezirk an der irischen Küste
Lagan: Laggan, Islay
Dyflin: Dublin

Loch Indalr: Loch Indaal, Islay
Skuy: Skye
Serkland: Länder südlich des Kaspischen Meeres
Svartahaf: Schwarzes Meer
Leòdhas: Lewis
Nattearadh: Harris
Nattmal: Nachtmahl
Valskr: schottischer Stamm
Balley Cashtal: Castletown auf der Isle of Man
Drepsótt: Seuche, tödliche Krankheit
Sátiri: Halbinsel Kintyre
Gimle: Die Edda des Snorri Sturluson beschreibt Gimle als einen Ort im Himmel, in dem alle guten Menschen leben werden.

Autorin

Constanze Wilken, geboren 1968 in St. Peter-Ording, studierte Kunstgeschichte, Politologie und Literaturwissenschaften in Kiel und promovierte an der University of Wales in Aberystwyth. Als Autorin ist sie sowohl mit großen Frauen- als auch mit historischen Romanen erfolgreich. Weitere Titel von Constanze Wilken sind bei Goldmann in Vorbereitung.

Constanze Wilken im Goldmann Verlag

Der Duft der Wildrose. Roman (E-Book)
Ein Sommer in Wales. Roman (E-Book)
Sturm über dem Meer. Roman (E-Book)
Das Erbe von Carreg Cottage. Roman
(Auch als E- Book)
Die Klippen von Tregaron. Roman
(Auch als E-Book)
Die Frauen der Villa Fiore. Giulias Geschichte. Roman
(Auch als E-Book)
Die Schwestern der Villa Fiore. Biancas Geschichte.
Roman (Auch als E-Book)
Das Geheimnis von Ardmore Castle. Roman
(Auch als E-Book)
Das Rosencottage. Roman (Auch als E-Book)
Die Liebenden von Islay. Roman
(Auch als E-Book)